BASTEI
LÜBBE
TASCHENBUCH

Über die Autorin:

Frida Matthes arbeitete viele Jahre für Funk und Fernsehen. Nach Hunderten Reportagen über Fabergé-Eier, essbare Algen, Hundeernährungsberatung, Kinderfußball, Höhlenkäse und andere seltsame Phänomene fühlte sie sich gut gerüstet für die fiktive Welt des Schreibens. Mittlerweile hat sie unter verschiedenen Pseudonymen etliche Romane, Jugend- und Sachbücher veröffentlicht – und dabei Platz 1 der SPIEGEL-Bestsellerliste erobert. Frida Matthes lebt mit ihrer Familie in Köln.

FRIDA MATTHES

Vom Glück und den Tagen dazwischen

ROMAN

BASTEI LÜBBE TASCHENBUCH

BASTEI LÜBBE TASCHENBUCH
Band 17762

Dieser Titel ist auch als Hörbuch und E-Book erschienen.

MIX
Papier aus verantwortungsvollen Quellen
FSC® C083411

Originalausgabe

Titelillustration: © Irtsya/Shutterstock.com; iryna1/Shutterstock.com; windesign/Shutterstock.com; jax10289/Shutterstock.com
Umschlaggestaltung: FAVORITBUERO, München
Satz: Dörlemann Satz, Lemförde
Gesetzt aus der Bodoni
Druck und Verarbeitung: CPI books GmbH, Leck – Germany
ISBN 978-3-404-17762-2

5 4 3 2 1

Sie finden uns im Internet unter www.luebbe.de
Bitte beachten Sie auch: www.lesejury.de

1

Bevor ich das amtliche Endergebnis meiner wissenschaftlichen Studie präsentiere, möchte ich mich erst einmal vorstellen. Mein Name ist Emmi Pfeiffer. Ich bin Expertin für Enttäuschungen. Die letzte meiner Enttäuschungen, das sprichwörtliche Tüpfelchen auf dem i im Wort Studie, hieß Arne und war ein süßer Automechaniker mit Vorliebe für Literatur und asiatische Küche, den ich in meinem Spanischkurs kennengelernt habe und der mich gestern mit zu sich genommen hat. Bevor er zur Arbeit fuhr, küsste er mich und bedankte sich für die Nacht, und ich radelte nach Hause. Die kühle Morgenluft prickelte auf meiner Haut, aber vielleicht waren das auch seine Berührungen, die ich noch spürte.

Als ich mich nach dem Duschen im Spiegel betrachtete, sah ich das feiste Grinsen in meinem Gesicht, das genährt wurde von der Aussicht, ihn wiederzusehen – und der aufregenden Möglichkeit, endlich die Antwort auf die Frage »Wann beginnt eigentlich das schöne Leben?« bekommen zu haben.

Dann machte ich mich bei wunderbarstem Sonnenschein auf den Weg zur Schule, wo ich meiner dritten Klasse die Zeugnisse präsentierte, um mich danach in die Sommerferien zu verabschieden. Beim Verlassen des Schulgebäudes wählte ich die

Nummer von Arne, dem süßen Automechaniker, und wurde mit einer freundlichen Frauenstimme verbunden, die mir vorgaukelte, die gewählte Rufnummer sei nicht vergeben. Erst dachte ich, ich hätte mich vertippt – aber nichts da. Ich starrte auf die Zahlen, die ich mir in mein oberwichtiges Notizbuch geschrieben hatte, weil mein Akku mal wieder im entscheidenden Moment versagt und ich die Nummer nicht sofort hatte speichern können. Verglich sie mit dem, was ich ins Handy eingegeben hatte – es waren dieselben Zahlen, und damit bestand kein Zweifel: Dieser Sack hatte mir doch tatsächlich eine falsche Mobilnummer gegeben! Der süße Arne hatte mich aufs Kreuz gelegt.

In der naiven Gemütslage, die ich tatsächlich über Jahrzehnte gepflegt habe, hätte ich mir jetzt massenweise Ausreden einfallen lassen, die begründeten, warum er das wohl getan haben könnte – von einer Ablenkung während des Diktierens der Nummer oder einer possierlichen Schusseligkeit, die sich bald aufklären würde, bis hin zu einer ausgemachten Zahlengedächtnisschwäche, einer Art Nummernbehinderung. Die zweite typische Reaktion auf so einen Schock wäre gewesen, sofort nach den möglichen Fehlern zu suchen, die *ich* verbrochen haben könnte, und mein Gehirn zu martern, mit dem, was ich im Verlaufe des Abends Dämliches gesagt oder getan haben könnte, um mir danach noch mal alle meine Schwächen einzeln ins Gedächtnis zu rufen, die zwangsläufig jeden Mann verschrecken *mussten*.

Aber an diesem schönen Julimorgen hielt ich inne und sah in den Schulgarten. Über Nacht war der Sommer herangerollt, eine Welle von Licht und Farben, die sich über Rasen und Beete ergossen und die grünen Knospen in rote und gelbe, weiße und orangefarbene Blüten verwandelt hatte. Vögel tanzten in den Zweigen des Apfelbaums, die Blätter der Birken funkelten silbrig, wenn die Brise durch sie hindurchwehte. Mir wurde klar, dass es vorbei war. Vorbei mit der skandalös naiven Vorstellung, er hätte das vielleicht *unbeabsichtigt* getan. Und erst recht vorbei mit den unzähligen Vorwürfen an mich selbst. Es war genug. Die wissenschaftliche Studie war nun beendet.

Nach dreihundertachtzehn Dates konnte ich plötzlich mit kristallklarem Blick erkennen, dass es gar nicht an mir lag, dass ich nicht den Richtigen fand. Ich konnte überhaupt nichts dafür! Und warum? Weil sich die Evolution einen folgenschweren Fehler erlaubte. Die Natur mochte unschlagbar sein, wenn es darum ging, spektakuläre Blütenkreationen hervorzubringen, doch beim Mann versagte sie. Möglich, dass es früher mal Männer gegeben hatte, die ein Herz besaßen, aber die waren offenbar im Aussterben begriffen. Herzlosigkeit war zu einem dominanten Merkmal geworden, das sich vererbte und am Ende durchsetzte. Und wenn die Männer herzlos geworden waren, dann gab es auch keine Hoffnung mehr, der großen Liebe zu begegnen.

In diesem Moment begriff ich die Zusammenhänge, die es unmöglich machten, dass ich jemanden fand. Das Großartige aber war, dass mich diese Erkenntnis kein bisschen deprimierte. Im Gegenteil. Auf einmal kribbelte mein ganzer Körper, ich war aufgeregt vor Erleichterung. So, als ob ich eine Brille aufgesetzt hätte, mit der ich meine Umgebung auf einmal nicht mehr verschwommen sah, sondern alle Details messerscharf erkennen konnte. Ich war endlich in der Wirklichkeit angekommen und verstand, dass ich einem Geist nachgejagt war, einem Mythos, einem Phantom. Jetzt konnte ich mich zur Ruhe setzen und endlich das Leben genießen. Die Suche war beendet.

»Frau Pfeiffer«, sprach mich da plötzlich eine Schülermutter an, jovialer Tonfall, ernste Miene. Es war Frau Lochner, die mir am Schultor auflauerte, natürlich. »Auf Mias Zeugnis gibt es ein *Missverständnis*, das wir jetzt *gemeinsam* aufklären könnten«, sagte sie dann mit versteinertem Lächeln, das sie vermutlich für verständnisvoll und großzügig hielt. Bereits das ganze Schuljahr über hatte ich Frau Lochner immer wieder erklärt, dass ich mich bei der Bewertung der Tests nur nach den objektiven Regeln richtete, hatte Tipps zum Lernen gegeben und war einfach unheimlich konstruktiv geblieben. Und das wäre ich sicher auch jetzt noch gewesen, wenn Arne der Automechaniker mir nicht die Augen geöffnet hätte. »Ich bin sehr enttäuscht über das Befriedigend in Mathe, das muss ich schon sagen«, schmollte Frau Lochner. »Und Mia natürlich auch, sie hat sich so angestrengt.«

»Tja, Frau Lochner«, sagte ich mit meinem freundlichsten Lächeln und steckte mein Handy in die Tasche. »Ich kann Ihnen nur raten: Gewöhnen Sie sich dran. Und Mia sollte sich auch schon mal dran gewöhnen. Das Leben steckt nun mal voller Enttäuschungen. Je früher man das begriffen hat, desto weniger macht es einem aus.«

Mias Mutter blähte ihre Backen vor Empörung auf, aber es war mir egal, denn an diesem Freitag begannen nicht nur meine Sommerferien, sondern ein neuer Lebensabschnitt fing an. Ich ließ Frau Lochner und ihre Tochter verdattert stehen und fuhr nach Hause. Der Wind strich mir durch die Haare, und die Sonne kitzelte mein Gesicht.

2

Und so mache ich es jetzt offiziell: Ich sage dem Singleleben Adieu! Einem Single fehlt nämlich etwas, und mir fehlt jetzt offiziell nichts mehr. Ab heute führe ich eine voll funktionierende Individualpartnerschaft mit mir selbst. Ha! Ich überlege, ob ich meine Eltern anrufen soll, um ihnen die tolle Neuigkeit sofort mitzuteilen. Ja, Doris und Heinz, eure Tochter ist nicht mehr die bedauernswerte Achtunddreißigjährige, die händeringend nach einem Kerl sucht. Eure Tochter ist alleinige Geschäftsführerin ihres erfolgreichen und erfüllten Lebens. Ist das nicht toll?

Ich greife schon zum Telefon, dann zögere ich, denn ich male mir aus, wie *toll* meine Eltern das finden würden. Seitdem ich mit Bruno, dem Sohn der Postbeamtin, Schluss gemacht habe, wittern sie nämlich hinter allem, was mit meiner Lebensgestaltung zu tun hat, ein psychisches Problem. Wie Bindungsstörungen. Oder Feminismus. Eine Zeit lang haben sie mich auch vermeintlich subtil ausgefragt über die enge Beziehung zu meiner besten Freundin Kim, als ob sie da des Pudels Kern vermuteten, wobei sie selbstverständlich das Wort *lesbisch* nie in den Mund nahmen. Kim würde ich ja gerne anrufen, um ihr die großartigen Neuigkeiten zu überbringen, aber die ist mal wieder auf einem ihrer monatelangen Rucksacktrips in Argentinien.

Dabei fällt mir mein eigener Urlaub ein, den ich in zwei Wochen antreten muss. O Schreck! Ich habe ihn in einer düsteren Stunde auf Anraten einer meiner Facebook-Singlegruppe-freundinnen gebucht. Keine Ahnung, was ich mir dabei gedacht habe. Vermutlich gar nichts. Singles sind ja so leicht manipulierbar! Da reicht schon die dreiste Lüge »Da wirst du unter Garantie jemanden finden!«, und schon ist man gewillt, zweitausendsiebenhundert Euro zu latzen, um mit »Megastimmung« zehn Tage lang mit achthundert anderen Singles auf einem Kreuzfahrtschiff eingepfercht über das Mittelmeer zu schippern. Dabei hasse ich Bootsfahrten. Und Rafting, von dem der Reiseveranstalter hofft, dass man sich von Todesangst gepeinigt in schäumender Gischt das Jawort entgegenschleudert. Und Klettertouren in den Dolomiten – meine Güte, was habe ich letztes Jahr vor Höhenangst geschlottert! Und Städtereisen hasse ich auch, wenn ich sie mit einer heterogenen Singlegruppe machen muss. Wobei sich das *heterogen* darauf bezieht, dass die Verhaltensauffälligkeiten ungleichmäßig verteilt sind – es wimmelt nur so von Egomanen, Langweilern, Angebern, unerträglichen Schwatzbacken und anderen Soziallegasthenikern.

Aber jetzt ist Ende damit. Keine Singlereisen mehr für Emmi Pfeiffer. Ich bin ja so erleichtert! Endlich kann ich mal in meinem Urlaub machen, was *ich* will. Und ich habe sechs blitzeblanke Wochen vor mir! Ist das nicht wunderbar? Die richtige Gelegenheit, mir als Erstes ein cooles Hobby zuzulegen. Gin zum Beispiel. Ist ja so was von angesagt! Und ein perfektes Smalltalkthema, mit dem man sich wunderbar profilieren kann. Man lehnt sich an die Bar und entlarvt jeden, der nur Bombay Sapphire und Beefeater kennt, als Amateur, während man selbst über kleine Westerwälder Destillerien und ihre Ginkreationen palavern kann, als hätte man Wacholder im Blut. Und wenn die Männer einem dann begehrliche Blicke zuwerfen, dann sagt man einfach: »Bedaure, Babe. Ich fall nicht mehr drauf rein.«

Ja, sehr schön, Gin! Tolle Idee. Ich krame also die Flasche Gin raus, die ich noch irgendwo rumstehen habe, aber es ist nur eine enttäuschende Marke namens Gordon's Dry, und die sieht kein bisschen elitär aus. Vielleicht sollte ich auch erst mal was essen, bevor ich anfange, meinem neuen Hobby nachzugehen. Doch mein Kühlschrank ist nur von außen reichlich dekoriert mit Postkarten und Fotos, innen ist er erschreckend leer. Es gibt noch ein Stück Holländer Käse und ein Glas Gewürzgurken, bei dem das Wasser noch nicht ganz trüb geworden ist. Na gut. Besser als nichts.

Ich schneide mir eine Scheibe Käse ab, belege sie mit Gurkenscheiben und setze mich kauend an den Computer, um die blöde Reise zu stornieren. Dann ändere ich bei Facebook meinen Status in »In einer Beziehung« und schreibe meiner Singlegruppe einen Abschiedsbrief. Die sollen ruhig wissen, dass ich nicht mehr dabei bin, wenn sie sich gegenseitig ihr Leid über ihre missglückten Rendezvous klagen. Oh, meine »Freundin« Ines hat ein Foto von sich gepostet, mit neuer Frisur. Schwarz. Fransig. Grauenhaft. Da hilft auch nicht die Selfieperspektive von oben, die so schöne schmale Wangenknochen macht. Allein diese fahle Gesichtsfarbe! Mein Gott, die Arme. Das Singleleben rüttelt sichtlich an ihr. Ich klicke schnell auf *Gefällt mir* und schließe die Seite.

Was nun? Mein Blick fällt auf meinen Balkon. Die Sonne prasselt voll darauf, sieht richtig verlockend aus. Wenn nur *sie* nicht wäre! Meine fiese Untermieterin. Sie hockt in ihrem gigantischen Netz und tut so, als wäre sie da draußen zu Hause. Weswegen ich den Balkon dieses Jahr noch gar nicht benutzt habe. Ich hatte immer gedacht, mein neuer Freund – oder jedenfalls irgendeiner der Kerle, die ich abschleppe – würde der Spinne heldenhaft den Kampf ansagen und für mich den Balkon zurückerobern. Aber Pustekuchen! Simon hat rundweg heraus gesagt, dass er alles wegmachen würde – Unkraut, Altglas, Kalkflecken, kein Thema –, nur Spinnen? Auf keinen Fall. Und das sind schon Momente, in denen man sich fragt, was die Evolution eigentlich den lieben langen Tag so treibt. Ich meine, gut, Männer müssen heute nicht mehr dem Wollnashorn nachjagen, aber einer kleinen Spinne könnten sie doch wohl auch in digitalen Zeiten gegenübertreten. Aber vermutlich müsste dazu erst irgendeine Blitzbirne eine App programmieren, die den Herren die Schöpfung erklärt.

Also gut, denke ich grimmig. Als alleinige Geschäftsführerin meines Lebens muss ich das in den Griff kriegen. Mit dem richtigen Equipment ist es ja auch kein Problem. Ich nehme mir Gummihandschuhe und ziehe sie bis zum Ellenbogen hoch. Schnappe mir einen feuchten Lappen und zur Sicherheit auch noch einen Besen.

»So, Spinne«, verkünde ich, als ich die Balkontür aufstoße. »Deine Aufenthaltsgenehmigung ist abgelaufen!« Ich halte den Besen mit gestrecktem Arm so weit es geht von mir weg und ratsche energisch durch das silbrige Netz. Die Spinne, überrascht von der Attacke, schwingt auf den bebenden Fäden, springt auf den verstaubten Balkontisch und fängt an zu rennen, nur leider in die falsche Richtung, nämlich direkt auf mich zu. Ich hole mit dem feuchten Lappen aus und schleudere ihn dem achtbeinigen Monster entgegen, aber wegen der Gummihandschuhe habe ich keinen richtigen Griff, und der Lappen flutscht mir aus der Hand. Er segelt mitsamt der Spinne über das Balkongeländer. »Tschüssikowski«, rufe ich ihr hinterher, triumphbeseelt und angefeuert von dem Adrenalin, das durch meine Adern pumpt.

Dann schaue ich über das Balkongeländer. Da hängt der Lappen. Quietschorange. Mitten auf den Geranien meiner Vermieter, die unter mir wohnen. Ups. Das wird ihnen nicht gefallen. Lore und Herbert Meurers Hobby ist Akkuranz. Akkuratesse? Akkuratheit? Egal. Sie haben es jedenfalls gerne *genau*. Und sauber. Auch in ihrem Garten, der aussieht wie mit der Nagelschere bearbeitet. Buchsbäume en masse, fein säuberlich in Form gehalten. Ein Jägerzaun! Ja, so was gibt es noch. Und dann sind da die Rosen, die Lore Meurer mit zusammengekniffenem Mund und eckigen Bewegungen regelmäßig beschneidet und die sie alle beschriftet hat. Unten in jedem Beet steckt ein kleines Schild mit der genauen Bezeichnung – Abigaile und Bouquet d'Or und Snow Ballet. Hat sie mir schon mal vorgeführt, mit sichtlichem Besitzerstolz. Für einen Moment hat sie sogar ihre Sprödigkeit abgelegt, ihre blauen Augen haben richtig geleuchtet. Und ihre Geranien hegt und pflegt sie auch, sie knipst ständig verblühte Blüten ab. Wem's hilft!

Aber die Meurers sind eigentlich ganz okay. Für Leute über sechzig. Denn immerhin haben sie mir ihre Zweizimmerwohnung mit Balkon vermietet. Als ich bei ihnen war zur Mietvertragsunterzeichnung, gab es Kaffee, den Lore Meurer aus einer altmodischen Kanne in die altmodischen Tassen schenkte, und einen Teller mit einer Plätzchenvariation, die Herbert Meurer in sich hineinschlang, nicht ohne mir mit verschmitztem Lächeln etliche Kipferl und Bärentatzen aufzudrängen. Dazu versuchte er, mich zum Lachen zu bringen mit Wortverdrehungen wie: »Das ist das hüpfende Komma ... äh, der springende Punkt.« Ich kam mir vor wie in einem der Heinz-Erhardt-Filme, die meine Eltern so gerne sehen (die einzige Gelegenheit, zu der sie so was wie Humor auspacken).

Meine Vermieter kann man also durchaus als seltsam beschreiben, weil sie einerseits eine altertümliche Rollenverteilung pflegen, sich andererseits aber nicht an meiner Rollenverteilung stören. (Da ich ja alleinige Hauptdarstellerin in meinem Leben bin, hat die Besetzung der Nebendarsteller in der Vergangenheit einige Male gewechselt – du meine Güte, mein Leben ähnelt wirklich dem Durcheinander einer griechischen Tragödie!) Auch grüßen sie immer höflich meine Studienobjekte im Treppenhaus und verlieren nie ein Wort darüber. Nur wenn ich aus Versehen vergesse, meinen Treppenabschnitt zu putzen, gibt es eine freundliche Erinnerung an die Hausordnung. Und jetzt habe ich die von ihnen so geliebte Ordnung auf ihrer Terrasse attackiert! Hoffentlich haben sie noch nichts bemerkt.

Ich beuge mich ein wenig weiter über das Geländer, um zu checken, ob die Luft rein ist. Und was sehe ich da? Da steht Lore Meurer in ihrer fliederfarbenen Strickjacke am Rand der Terrasse, die Hände auf das Mäuerchen gestützt, das sie zum Garten hin abgrenzt. Sie bewegt sich nicht. Ihr Kopf mit den kurzen grauen Haaren ist wie versteinert. Was ist nur mit ihr los? Ist sie so geschockt von dem Anblick des Lappens? Ich beobachte sie einen Moment ratlos. Warte darauf, dass sie sich rührt. Den Lappen entfernt, zu mir nach oben guckt, mich mit scharfer Stimme tadelt. *Irgendwas.* Aber nichts. Für eine Frau, die sonst immer in Bewegung ist, ist das sehr seltsam. Ich räuspere mich. Keine Reaktion.

»Frau Meurer?«, frage ich also. Immer noch nichts. Ich wiederhole ihren Namen etwas lauter. »Alles in Ordnung?« Und da schüttelt sie den Kopf. Minimal. Doch ich sehe es. Sie schüttelt den Kopf. Jetzt bin ich wirklich in Sorge. »Ist was passiert?«, frage ich.

Sie sieht zu mir nach oben, und dann flüstert sie: »Mein Herbert.« Sie stockt. »Mein Herbert ist tot.«

»Waaas?«, entfährt es mir.

»Er ist einfach umgefallen«, sagt sie, »und jetzt ist er tot.« Man hört ihr an, dass sie selbst nicht versteht, was sie da sagt.

»O mein Gott«, sage ich. »Das ist ja schrecklich. Das tut mir sehr leid.«

»Er ist im Krankenhaus«, wispert sie. »Und ich soll hinfahren. Mich verabschieden. Und …« Sie hebt die Arme in die Luft und lässt sie dann wieder kraftlos fallen.

»Ja«, sage ich. »Das ist bestimmt gut. Machen Sie das.« Aber weil sie immer noch da steht und sich nicht rührt, frage ich: »Geht es Ihnen nicht gut?« Eine wirklich bescheuerte Frage. Natürlich geht es ihr nicht gut. Ihr Mann ist gerade gestorben.

»Doch«, sagt sie. »Mir geht es gut. Ich kann mich nur nicht bewegen.«

»Warten Sie!« Wieder so eine bedingt gratulationswürdige Aussage von mir angesichts ihrer Salzsäulenstarre. Aber was will man machen? Ich sprinte durch meine Wohnung, denke gerade noch dran, meinen Wohnungsschlüssel zu schnappen, dann sause ich die Treppe runter. Vorne raus aus dem Haus, durch das Garagentor, wo normalerweise Meurers Mercedes parkt, an den Mülltonnen vorbei in den Garten, linksrum zur Terrasse meiner Vermieter. Da steht sie immer noch. Lore Meurer. Der Schock hat sie fest im Griff. »Da bin ich«, sage ich leicht ratlos. Frau Meurer erfasst mich mit ihren hellblauen Augen. Sie flackern, die Panik lauert in der Tiefe dahinter, sucht noch verzweifelt einen Weg nach draußen. Ich gehe die drei Stufen hoch zu ihr, lege meine Hand auf ihre Schulter und führe sie zu einem der Terrassenstühle. »Setzen Sie sich erst mal hin«, schlage ich vor. Zum Glück folgt sie meiner Anweisung willenlos. Dann sitzt sie da, kerzengerade, und streicht mit ihren von Altersflecken gesprenkelten Händen über ihre schwarze Jerseyhose, hin und her, her und hin. Was nun? »Ein Schnaps«, fällt mir ein. »Der wird Ihnen helfen.«

»Wir haben keinen Schnaps«, haucht Lore Meurer. »Nur Rebellenblut. Den mag mein Herbert so gern.«

O Gott. Dieser fürchterliche Brombeerwein, den meine Eltern auch schon mal zu festlichen Gelegenheiten »köpfen«.

»Nee«, sage ich. »Ein paar mehr Umdrehungen sollten es schon sein.« Ich also zurück in meine Wohnung, den Gordon's Dry Gin geholt und eine amtliche medizinische Dosis abgefüllt für Lore Meurer. Sie nippt und scheint wirklich total daneben, denn das harte Zeug entlockt ihr nicht mal ein Blinzeln. Ich nehme auch einen kleinen. Wozu ein famoses Hobby doch alles gut ist! Fünf Minuten später ist Lore Meurer so weit aufgelockert, dass sie mir Informationen geben kann. Viel weiß sie allerdings nicht. Ihr Mann Herbert ist vor etwa zwei Stunden beim Aufräumen seines Schreibtisches bei Ihlsen Consulting bewusstlos zusammengebrochen und sofort ins Krankenhaus gebracht worden. Doch die Ärzte konnten nichts mehr für ihn tun. »Welches Krankenhaus?«, frage ich entschlossen.

»Malteser.«

»Na los, dann fahren wir.« Als wir in ihr Wohnzimmer kommen, schnuppere ich. »Riecht es hier angebrannt?«

»Ich weiß nicht«, sagt Lore Meurer. »Ich koche Mittagessen.«

Ich also rein in die Küche und den Herd abgestellt, bevor noch die ganze Bude in Flammen aufgeht. Dann bestelle ich ein Taxi und fahre mit meiner Vermieterin zum Krankenhaus.

3

Es ist Samstagmorgen. Ich liege in meinem Bett und bin wach, dabei ist es erst halb neun. Fühle mich schon so erholt! Tja. So ist das Leben eben, wenn man die Männersuche aufgegeben hat. Man muss nicht jeden Abend von Bar zu kultureller Veranstaltung und zum Sport hechten, in der Hoffnung, irgendwo einen Traumprinzen aufzugabeln. Was ich an Energie gewinne. Und Lebensfreude! Allein weil ich mich nicht mehr martern muss mit der Frage, was mit mir nicht stimmt! Und weil ich nicht mehr meine Freizeit damit verplempern muss, beim Onlinedating mit meiner Brillanz zu prahlen. (*Bikinifigur?* Und wie! Mindestens zwei! *Cellulite?* Was ist das? *IQ?* Massenweise! Mmmh … Oder war es doch umgekehrt? Egal, mein Onlineflirt-Torben aus Gießen hat sowieso nur Wert auf korrekte Rechtschreibung und einen Führerschein gelegt. *Frag mich nicht!*)

Ich habe gestern Abend tatsächlich angefangen, ein Buch zu lesen! Habe ich ewig nicht gemacht, anscheinend bin ich ein bisschen aus der Übung. Konnte mich jedenfalls nicht wirklich konzentrieren. Lag vielleicht auch an dem Lärm von oben, aus der Wohnung von Paula und Lars. Es klang wie ein heftiger Streit, es rumpelte, dann knallte es. War da ein Schrei? Plötzlich senkte sich eine seltsame Stille über die Szenerie, die mich aufhorchen ließ. Aber alles blieb still, nichts rührte sich mehr oben, und ich entspannte mich wieder und dachte: Na ja, haben sie sich halt mal gestritten, kommt in den besten Beziehungen vor.

Von außen immerhin wirken sie wie ein harmonisches Paar aus dem Bilderbuch. Er ein Bankmensch mit Anzug und Krawatte, sie Illustratorin von Kinderbüchern, die ihr Geld mit Kellnern verdient, weil es leider zum Leben nicht reicht, knallbunte Zauberwelten zu erschaffen. Sie sind beide Ende zwanzig. Als sie vor vier Jahren eingezogen sind, habe ich mit Paula zwei-, dreimal Kaffee getrunken, und die Begeisterung über ihre Arbeit als Illustratorin sprudelte nur so aus ihr heraus, während sie mir im Sekundentakt Fotos von ihren Zeichnungen zeigte – sehr süße Bilder von Fröschen und Elfen und Elefanten und Zwergen und Drachen. Aber dann hatte ich eine intensive Studienphase mit einem Kerl namens Carlos, und Paula war auch sehr beschäftigt. Mittlerweile sehe ich ihre Katze, die durch das kleine Flurfenster im Erdgeschoss in den Garten gehen kann, am häufigsten.

Jetzt ist oben wieder alles ruhig. Ich starre ein bisschen an die Decke und überlege, was ich mit diesem Tag anfangen soll. Checke mein Handy, aber da gibt es nichts Neues. Die Nachricht von gestern steht noch ganz oben. Von meiner *Schulleiterin*. In den *Ferien. Melde dich. Bin noch bis Sonntag im Land.* Da hat Frau Lochner ja nicht lange gebraucht fürs Petzen. Mit nervigen Eltern beschäftige ich mich allerdings erst in sechs Wochen wieder. Ich klicke auf Löschen und lege das Handy weg.

Nun, da ich mein Leben anders ausgerichtet habe, brauche ich dringend neue Betätigungsfelder. Als Erstes könnte ich ein paar mehr Freundinnen gebrauchen. Kim ist ja leider mal wieder nicht da. (Sie ist Psychotherapeutin und braucht immer lange Urlaub, um sich von dem Seelenmüll anderer Leute zu erholen.) Von meinen eingefleischten Singles und ihren ewig gleichen Storys über Männer habe ich erst einmal genug. Kenne ich doch selbst alles, *gähn*. Und meine Kolleginnen zum Beispiel, die sind zwar alle sehr nett, aber auch alle sehr brav verheiratet und haben Kinder, was sie nicht davon abhält, sich andauernd zu beschweren, wie anstrengend alles ist und dass die ganze Arbeit an ihnen hängen bleibt, und dann stöhnen auch sie über ihre Männer. Also bitte! Sie haben wenigstens welche. Und wenn einer der Zwerge nur *Piep* macht, schwenken ihre Köpfe rum, und da kann man von dem heißesten Sex erzählen, sie hören einfach nicht mehr zu. Spaßfaktor: äußerst bescheiden!

Wer bleibt da übrig? Schwierig. Ich gebe zu: Mein Geschäftsmodell ist noch in der Entwicklungsphase. Aber davon lasse ich mich nicht stressen. Habe mich ja gestern erst selbstständig gemacht! Und wie jeder weiß, dauert es, bis so ein Geschäft läuft wie geschmiert. Kein Grund zur Panik also. Ich gehe ins Bad und schrubbe mir die Zähne und klemme einen Teil meiner störrischen Haare in eine Schmetterlingsspange. Dabei fällt mir ein, dass ich den Spinnenlappen noch nicht raufgeholt habe. Werde ich gleich mal tun. Die arme Frau Meurer macht schon genug durch, da braucht sie nicht auch noch Fremdkörper im Garten. Hoffentlich hat sie gestern ihre Freunde angerufen, sodass sie nicht den ganzen Tag allein war. Kinder haben sie ja leider nicht, habe ich erfahren. Und andere Verwandtschaft auch nicht, es gibt nur einen Bruder von Herbert auf Gran Canaria.

Ich werde gleich mal nach meiner Vermieterin sehen. Sie sah so klein aus gestern. Wie sie da in dem Krankenhausflur stand und mit dem Arzt geredet hat. So in sich zusammengefallen. Wie der Kuchen, den ich einmal gebacken habe. Er ist erst aufgegangen wie ein Heißluftballon, um dann zu einer harten Teigplatte zusammenzufallen und zu verdorren. Ich stelle fest, dass ich mir Sorgen um meine Nachbarin mache. Was für ein Glück, dass mir mein neues Geschäftsmodell Zeit für die Pflege nachbarschaftlicher Beziehungen einräumt!

Ich springe also die Treppe runter, wobei mir Paula entgegenkommt, in einem Blumenkleid, das fröhlich um ihre stämmigen Waden streicht. Dazu ein violetter Cardigan, ein wippender Sonnenhut und eine große Sonnenbrille – der Look der Kreativen. Da passt es, dass aus ihrer Einkaufstasche ein Büschel Möhrengrün ragt.

»Hi, Paula, du bist aber schon früh auf«, sage ich fröhlich.

Sie murmelt »Hallo« und wuscht mit gesenktem Kopf an mir vorbei, was ich merkwürdig finde, wo sie doch sonst eher aus dem Land der Laberbacken kommt. Ich diagnostiziere eine ausgeprägte Morgenmuffelei. Beim Bäcker lasse ich mir die doppelte Menge Croissants einpacken und kaufe aus einem seltenen Impuls heraus eine von diesen dicken intellektuellen Wochenendzeitungen. Als Geschäftsführerin des eigenen Lebens muss man ja auf dem Laufenden sein. Auf dem Rückweg klingele ich dann bei meiner Vermieterin. Es dauert nur zehn Sekunden, bis Lore Meurer öffnet. Farblich hat sie sich schon ihrem neuen Familienstand angepasst. Schwarzer Rock, schwarze Bluse, graue Strickjacke. Obwohl draußen die Sonne scheint. Sie bewegt sich noch steifer als sonst, ich habe den Eindruck, nur ihre kerzengerade Körperhaltung verhindert, dass sie kollabiert.

»Guten Morgen, Frau Meurer«, sage ich mitfühlend.

»Guten Tag«, sagt sie. »Sie haben nicht zufällig die Scherben von zwei Porzellanwindhunden in der Mülltonne gesehen?«

»Äh …«, sage ich. »Wie bitte?«

»Natürlich nicht, natürlich nicht«, murmelt sie und ihre Augen wandern fahrig umher.

»Ich habe Ihnen was zum Frühstücken mitgebracht.« Ich halte die Tüte mit den Croissants hoch.

»Oh«, macht sie verwirrt. Aber dann tritt sie einen Schritt zur Seite. »Kommen Sie doch bitte herein.«

Sie geht vor mir her in die Küche, in der es stark nach Putzmitteln riecht. Die angekokelten Kartoffeln und die eingebrannten Flecken auf dem Herd von dem Mittagessen, das gestern beinahe in Flammen aufgegangen wäre, hat sie offenbar schon beseitigt.

»Und, sind Ihre Freundinnen gestern noch gekommen?«, frage ich. Sie schaut mich an, als wüsste sie nicht, wovon ich rede. »Sie haben mir doch gestern im Krankenhaus gesagt, dass Sie zwei Freundinnen anrufen wollten.«

»Ach so, ja. Sicher. Kaffee?« Sie deutet auf eine silberne Thermoskanne, die auf dem Tisch steht.

»Gern«, antworte ich. »Ein bisschen Koffein kann nicht schaden.« Außerdem habe ich den Eindruck, dass es gar nicht schlecht wäre, wenn die Frau etwas Gesellschaft hätte. Ich kenne mich zwar bislang nur mit Gemütszuständen wie Liebeshysterie und Liebeskummer aus und nicht mit einer derartig extremen Situation, aber meine Intuition sagt mir, dass Lore Meurer besser nicht allein bleiben sollte. Sie holt zwei Tassen aus einem der Eichenholzhängeschränke, stellt eine Zuckerdose mit silberner Zuckerzange und ein Kännchen Kaffeesahne auf den Tisch. »Ich hoffe, Sie mögen Croissants!«, sage ich und reiße die Papiertüte auf.

Für einen Moment scheint der Panzer ihrer Selbstbeherrschung einen Riss zu bekommen, denn sie rümpft minimal die Nase, bevor sie einen silbernen Brotkorb hervorholt und die Croissants dort hineinlegt, die Tüte zusammenfaltet und in den

Papiermüll wirft. Dann setzt sie sich hin. Pickt mit ihrer Fingerspitze einen Krümel von der Tischplatte auf und streift ihn auf ihrem Teller ab. Starrt einen Moment auf den Korb mit den Backwaren, greift nach einem Croissant, beschaut es von allen Seiten, als wüsste sie nicht, was das ist, dann sagt sie feierlich: »Leben wie Gott in Frankreich.« Und beißt hinein. Fast zeitgleich fängt sie an zu weinen. Ich springe auf und reiße ihr von der Küchenrolle eine Armlänge Papier ab, damit sie den Sturzbach an Tränen trocknen kann. Dann betrachte ich ihre bebenden Schultern und überlege, ob es angebracht ist, sie in den Arm zu nehmen. Ich streichele ihr unbeholfen über den Oberarm und weiß nicht, was ich sagen soll. Sie tupft sich die Augen ab. »Mein Herbert mochte die auch so gerne«, erklärt sie mir schluchzend. »Er hat das immer gesagt mit dem Gott in Frankreich. *Immer.* Jeden Sonntag, wenn er für uns Croissants geholt hat.«

»Ihr Herbert hatte einen guten Geschmack«, sage ich leise.

»Zwei Wochen ...«, flüstert sie und legt das Croissant wieder auf ihren Teller. »In zwei Wochen wäre er pensioniert worden.«

»Oje. Das tut mir sehr leid für Sie«, sage ich und schiebe nach einer kurzen Pause hinterher: »Essen Sie.« Ich deute auf das Croissant. »Das ist gut für die Seele.«

In dem Moment klingelt es wieder. Gott sei Dank, denke ich, da kommt die Kavallerie. Durch Lore geht ein Ruck, sie streicht ihre Bluse unter der Strickjacke glatt und stakst zur Wohnungstür. Gedämpfte Worte. Ich stopfe mein Croissant in mich rein und spüle es eben mit Kaffee herunter, da führt Lore eine Frau in die Küche.

Wenn ich bis gerade noch dachte, Lore wäre der Inbegriff der Akkuratesse, dann muss ich zugeben, dass ich mich geirrt habe. Lores Freundin ist ein Monument der Friseurkunst. Ihr aschblondes Haar endet fünf Zentimeter unterhalb ihres Kinns rundherum in der akribischsten Haarrolle, die ich jemals gesehen habe. Ich dachte, so was gäbe es nur noch in Sechzigerjahrefilmen, als die ganze Welt dem Haarsprayrausch erlegen war. *Unfassbar*. Jede einzelne Strähne liegt exakt an ihrem Platz und würde vermutlich nicht mal von einem Tornado durcheinandergewirbelt. Ich kann meine Augen kaum von der Haarskulptur lösen, wobei die Dame auch ansonsten noch einiges zu bieten hat in Sachen Stil. Sie trägt zum Beispiel ein Halstuch, in das der Knoten *hineingebügelt* zu sein scheint. Ihr anthrazitfarbenes Seidenpolohemd hat nicht einen Fussel, und mit der Bügelfalte ihrer Hose könnte man vermutlich Schaschlik schneiden.

Wie macht sie das nur?

Umgekehrt scheint die Frau auch an mir Gefallen gefunden zu haben, denn sie mustert mich mit ihren graublauen Augen, bleibt an meinem Ausschnitt hängen und an meinem Rock. Zum Glück bin ich für einen freien Tag skandalös seriös angezogen. Der Rock reicht fast bis zum Knie. Und ich habe einen BH an, also bitte.

Sie gibt mir die Hand, nein, nur die Fingerspitzen bescheren mir einen Hauch von Händedruck, bevor sie so schnell wieder loslässt, als hätte sie einen Elektrozaun berührt.

»Marlies Helmschrodt«, stellt sie sich vor und glättet mit spitzem Mund die Buchstaben, als drehte sie sie durch die Mangel. Dann, in tragischem Tonfall an Lore gewandt: »Oh, Lore. Jetzt bin ich ja da. Ich bin so schnell gekommen wie möglich.« Sie schaut sie bemutternd an.

Lore setzt sich wieder an den Tisch und begutachtet stumm ihr Croissant.

»Gut«, antworte ich an ihrer statt. »Wir können hier etwas Beistand gebrauchen.«

Marlies beachtet mich nicht. »Wir beide werden das zusammen durchstehen, Lore«, sagt sie eindringlich. »Ich bin bei dir und helfe dir bei allem. Du weißt, wir sitzen im selben Boot.«

Für einen Moment runzelt Lore die Stirn, als wäre sie erstaunt und wollte etwas kommentieren, aber dann seufzt sie nur.

»Und wann kommt das Bestattungsunternehmen?«, fragt Marlies beflissen.

»Das Bestattungsunternehmen …«, wiederholt Lore.

»Ich empfehle dir Bestattungen Salmer oder Freilich. Auf keinen Fall Ackermann. Dieser Mann macht dir nur Probleme. *Nur Probleme!* Ich sage dir, da kenne ich Geschichten! Wer macht das Catering?«

»Catering?«

»Den Trauerschmaus.«

Lore seufzt und starrt wieder auf ihren Teller.

»Essen Sie erst mal was, Frau Meurer«, sage ich. »Beißen Sie noch mal richtig rein in das Ding, das gibt Kraft.« Ich zeige auf das Croissant, das mit der abgebissenen Spitze wie amputiert aussieht.

Marlies fördert aus ihrer Tasche eine Tupperdose zutage und sagt schnell: »Ich habe dir Suppe mitgebracht, Lore. Rindfleisch. Mit Markklößchen. Die kräftigt. *Die* solltest du essen. Wilfried hat auf Rindfleischsuppe geschworen, und wenn einer was vom guten Essen verstand, dann ja wohl er.« Sie nimmt Lore den Teller mit dem Croissant weg, und Lore schaut ihm hilflos nach, wie er davonschwebt. Da klingelt es wieder an der Tür. »Ich geh schon«, sagt Marlies. »Und dann mache ich dir die Suppe warm.«

Keine Frage, sie hat hier das Kommando übernommen. Gut für mich, dann kann ich ja gehen. Ich will mich gerade von Lore verabschieden, da drängt eine Frau in die Küche, eine rotweinfarbene Wolke mit silbernen Ohrringen. Sie wirft sich Lore an den Hals.

Meine Nachbarin wird dabei so steif wie gestern, als wir im Krankenhaus ankamen. Eine sichtlich erschütterte Kollegin von Herbert stürmte dort auf uns zu. Sie stürzte sich regelrecht in Lores Arme, klammerte sich an sie und fing an zu schluchzen. Da wurde Lore auch ganz hölzern, tätschelte ihr ungelenk den Rücken und machte dabei ein Gesicht, als müsste sie ein vollgeschnoddertes Taschentuch umarmen.

»Mensch, Lore«, sagt die rotweinfarbene Frau und schüttelt entsetzt den Kopf, wobei ihre Ohrringe unpassend heiter klimpern. »Es ist einfach schrecklich. Der arme Berti! Wie geht es dir?«

»Gut«, sagt Lore. Die Frau seufzt und wirft mir einen verzweifelten Blick zu. »Ich bin die Jutta«, stellt sie sich mir vor und ist mir mit ihrer offenen Art auf Anhieb sympathisch. »Lore und ich sind alte Freundinnen.« Für einen winzigen Augenblick verfinstert sich Lores Mienenspiel, als ob diese letzte Aussage nicht der ganzen Wahrheit entspräche.

»Wir kennen uns aber schon länger«, posaunt Marlies, während sie am Herd herumwerkelt, und fügt spitz hinzu: »Obwohl du viel älter bist als ich, Jutta.«

Jutta verdreht die Augen. »Zwei Jährchen, Marlies. Zwei Jährchen hab ich dir voraus. Und das Tollste ist, dass ich mich gar nicht wie sechsundsechzig fühle.«

»Komm, Lore«, sagt Marlies und holt einen Suppenteller aus dem Schrank. »Jetzt stärkst du dich erst einmal.«

»Na gut«, sage ich angesichts so viel freundschaftlicher Unterstützung. »Dann geh ich mal. Aber wenn Sie noch Hilfe brauchen, dann sagen Sie mir Bescheid, okay, Frau Meurer?«

»Danke«, sagt Lore tonlos.

Ich nicke den beiden anderen Ladys zu, und mit einem Seufzer der Erleichterung verziehe ich mich in meine Firmenzentrale.

4

Ich nehme mir die Zeitung und setze mich auf meinen spinnenfreien Balkon. Auf Seite 5 frage ich mich, wie ich auf die Idee gekommen bin, Zeitunglesen wäre eine sinnvolle Freizeitbeschäftigung für einen Samstag im Juli. Immerhin finde ich im Sonderteil ein paar Rezepte für Gin-Cocktails, aber da empfiehlt irgendein Schickimicki-Barkeeper allen Ernstes, Gin mit Blaubeeren und Thymian zu »infusionieren«, weswegen ich beschließe, das Gin-Hobby nicht auf die Spitze zu treiben.

Ich will die Zeitung schon weglegen, da geschieht es. Plötzlich weiß ich, dass es kein Zufall war, dass ich mir heute ausnahmsweise diese Zeitung gekauft habe. Denn auf Seite 43 springt mir eine postkartengroße, girlandenumsäumte Anzeige ins Gesicht, und ich ziehe die Luft ein und halte sie an, so erschrocken bin ich über das, was ich da lese. Es ist eine Hochzeitsanzeige. Eine ziemlich pompöse Hochzeitsanzeige. Genauer gesagt, die Ankündigung der Vermählung von Dr. Fritz Bender, der mit unglaublicher Begeisterung und Funkenregen und unter Jubelgeplärre der ganzen Sippschaft eine gewisse Yuna Mika Park, seine angebliche Seelenverwandte, heiratet. Tsss, denke ich grimmig und klappe empört die Zeitung zu. Von wegen, seine *Seelenverwandte!* Höchstens dritten Grades.

Ich beschließe, dass es an der Zeit ist, ein bisschen meinem Hobby nachzugehen. Ich habe mir also gerade einen richtig schönen Gin Tonic gemacht, da klingelt es an der Tür, und mir fällt siedend heiß ein, dass es der erste Samstag im Monat ist. Am ersten Samstag im Monat bin ich mit meinen Eltern verabredet. *Immer.* Da haben sie eine Vertretung für ihren Schreibwarenladen und kommen aus Königswinter rüber nach Bonn, wo wir dann einen »schönen Spaziergang« machen, den ich das »Schlenderverhör« nenne, und anschließend im Café Müller-Langhardt am Bonner Markt Baumkuchen essen. Der Ablauf dieser Zusammenkunft hat sich noch nie geändert, denn wenn meine Eltern eines nicht ertragen können, dann sind es Abweichungen von der Routine. Seit sechsundvierzig Jahren sind sie zusammen, und jeder Tag folgt einem ewig wiederkehrenden Muster. So schaffen sie es, sich den Zeitläufen zu widersetzen. Die Jahre strömen an ihnen vorüber, ohne ihnen etwas anhaben zu können, was einerseits unheimlich beruhigend ist, andererseits die Frage aufwirft, warum sie keinerlei Bedürfnis nach Abwechslung verspüren.

Darauf kenne ich allerdings die Antwort, die so einleuchtend wie verstörend ist. Etwas, das bisher funktioniert hat, wird auch weiter funktionieren, das ist ihre feste Überzeugung. So sind sie, pragmatisch von Grund auf. Auch aus pragmatischen Gründen haben sie geheiratet. Seine Eltern hatten das Ladenlokal, sie brauchte einen Job, also heirateten sie. Und für sie scheint die Rechnung aufgegangen zu sein, denn sie machen einen zufriedenen Eindruck. Glück ist ihrer Meinung nach eine Extravaganz, nach der zu streben das viel zu große Risiko birgt, abzustürzen und abzurutschen in emotionale Untiefen. Dann lieber eine gleichbleibende Linie der Zufriedenheit, ohne große Ausschläge nach oben und nach unten.

So verlockend die Aussicht auch ist, sich mit Genügsamkeit in Liebesdingen vor Herzschmerzen zu bewahren – leider, leider klappt das bei mir nicht. Hab's probiert! Mit Bruno, dem Sohn der Postbeamtin. Wir waren ein Jahr zusammen, er war nett und wir mochten beide Kunstausstellungen und Bücher von Charlotte Link, und wir konnten uns gut unterhalten, aber immer, wenn ich seine Hand nahm, hatte ich ein »Guten Tag« auf den Lippen. Seine Zunge war wie eine Schnecke, die kurz aus ihrem Häuschen rausguckt, um sich dann verschreckt wieder zurückzuziehen, seine Hände blieben tatschige Fremdkörper. Erotik geht anders.

»Er hat einen sicheren Job«, sagte mein Vater. »Und seine Eltern haben eine Ferienwohnung auf Norderney, was könnt ihr da Geld sparen, wenn ihr dort eure Urlaube verbringt!«

»Greif zu, bevor es eine andere tut«, drängte meine Mutter.

Obwohl das Thema Heiraten mit Anfang zwanzig eigentlich noch gar kein Thema für mich war, schien Bruno tatsächlich mit sich zu ringen, ob er es wagen sollte, mich um meine Hand zu bitten. Er machte Bemerkungen über unsere Lebensplanung, die mich aufhorchen ließen, und ich wartete mehrere Wochen in seltsamer Unruhe, ob er vor mir auf die Knie fallen würde. Wie ich dann reagieren würde, wusste ich nicht, versuchte mir aber einzureden, dass Bruno ein passender Mann ist. Wir verstanden uns gut und stritten nie, lachten über *Friends* und *Ally McBeal* und aßen gerne Penne Arrabiata im La Riviera, vorher einen gemischten Salat.

Dann kam Silvester, und ich wusste, das war der Tag. Bruno vibrierte förmlich vor Spannung, bevor wir auf diese Party von Kim und ihrem damaligen Freund Pete gingen, und ich zermarterte mir mein Hirn nach der richtigen Antwort, behielt mit flackerndem Blick die Uhr im Auge, die unweigerlich auf das Ende des Jahres zutickte. Ich beschloss, mir einen Wodka zu holen, und dann traf ich in der Küche diesen Typen mit den grünen Augen, der mich nur ansehen musste, um in mir ein Feuerwerk zu entzünden, und da wusste ich die Antwort. Ich wollte nicht auf kleiner Flamme gar gekocht werden.

Ich erinnere mich an das Gespräch, in dem meine Eltern mit unbeweglicher Miene die Neuigkeit von der Trennung aufnahmen. Sie hatten eine Verlobung erwartet, deswegen versuchte ich, es ihnen so schonend wie möglich beizubringen. Während ich in dürren Worten die neueste Entwicklung in meinem Leben referierte, vermied ich, sie anzusehen, und starrte an ihnen vorbei auf die Schrankwand, die seit Anbeginn aller Zeiten das Wohnzimmer meines Elternhauses beherrschte – ein dunkles Monstrum aus Eichenholz, das alles verschluckte, was man ihm darbot: Tischdecken, Nähutensilien, die Familienspielesammlung, die guten Gläser, die goldbedruckten Ledereinbände der Reader's-Digest-Jubiläumsklassiker und das bisschen Licht, das es geschafft hatte, durch die schweren Gardinen zu dringen. Ich hatte sie einmal gefragt, ob sie der Schrankwand nicht überdrüssig seien, aber meine Eltern verneinten. »So viel Stauraum bekommt man nicht alle Tage«, sagte meine Mutter. »Außerdem«, sie sah mich entrüstet an, »so was wirft man doch nicht weg.«

Und so stand sie immer noch da, die Schrankwand, unverrückbar, dunkel und mächtig, als ich offenbarte, dass ich Bruno keinesfalls heiraten wolle, und das war das erste Mal, dass etwas an ihr abprallte und zurück ins Zimmer schoss.

»O nein«, schrie meine Mutter auf und schlug die Hände an die Wangen.

»Aber warum?«, fragte mein Vater fassungslos.

»Er ist einfach nicht meine große Liebe.«

»Ach, Kind …«

Sie seufzten, als ob ich ihnen gesagt hätte, dass ich anstatt Grundschullehrerin lieber professionelle Lottospielerin werden wollte.

»Ich bin eben romantisch«, verteidigte ich mich.

»Realitätsfremd«, sagte meine Mutter, »ist auch ein Synonym für romantisch.«

»Blödsinn«, entfuhr es mir, aber dann holte sie den Duden aus der Schrankwand und zeigte es mir, und der Duden irrt nie.

Sie haben die Trennung von Bruno nie ganz verwunden, verstanden schon gar nicht, und mit jedem Jahr, in dem das neue Jahrhundert älter wurde, verstanden sie es weniger. Hoffnung keimte nur einmal noch in ihnen auf, das war damals, als ich ihnen den angehenden Arzt Fritz Bender vorstellte. Seitdem fragen sie nur noch zaghaft nach den romantischen Entwicklungen in meinem Leben, oft vermeiden sie es ganz, und wir reden nur über die Schule, über das Wetter, über den Laden und die neuesten Klatschgeschichten der Kundschaft. Aber immer stand sie im Raum, die Frage mit dem stummen Vorwurf, dass ich Bruno abgelehnt hatte: Mein Gott, was soll nur aus dir werden? An schlechten Tagen hat mich das runtergezogen, und das waren viele.

Damit ist es jetzt jedoch vorbei. Ich werde mich nicht mehr von meiner Männerlosigkeit deprimieren lassen oder mich gar dafür rechtfertigen. Diese Welt ist nicht geschaffen für die Liebe, Liebe ist ein antiquiertes Modell, ausrangiert wie Nachtspeicherheizungen und Drehscheibentelefone.

5

»Hey, kommt rein«, sage ich zu meinen Eltern. »Wie wäre es, wenn wir heute zur Abwechslung mal hierbleiben würden? Mein Balkon ist jetzt spinnenfrei!«

Meiner Mutter ist es nicht recht, das sehe ich sofort, aber ich ignoriere ihre Unruhe, die aus der Abweichung von Gewohntem herrührt, und schaffe Tatsachen, indem ich ihnen Kaffee einschenke, die Tassen auf den Balkontisch stelle und mich mit meinem Gin Tonic auf einen der drei Klappstühle pflanze. Meine Eltern setzen sich zu mir, loben höflich die Aussicht, werfen sich dabei allerdings Blicke aus der Abteilung »Wiesollen-wir-es-ihr-beibringen?« zu. Doch das kann eine alleinige Geschäftsführerin nicht aus der Ruhe bringen. Und der Gin Tonic schmeckt auch hervorragend.

»Gut, dass jetzt Ferien sind«, sagt mein Vater. »Da kannst du dich endlich mal was entspannen.«

»Freust du dich auf die Kreuzfahrt?«, fragt meine Mutter.

Ich winke ab. »Hab ich abgesagt.«

»Aber … wieso? Ich meine, achthundert Menschen, da muss doch einer dabei …«

»Hab's aufgegeben«, sage ich fröhlich.

»Wie *aufgegeben?* Was aufgegeben? Kind, wovon redest

du?« Ich schaue sie beide an, die hochgeschossene schlanke Gestalt meiner Mutter, meinen Vater mit dem krausen Haar und der braunen Strickjacke. »Ich glaube nicht mehr an die Liebe«, sage ich. »Damit ist es vorbei.«

»Aber ... *wieso?*«

»Klassische Konditionierung. Ihr wisst schon. Der Pawlow'sche Hund.« Sie bleiben regungslos. Ich nehme noch einen großen Schluck, bevor ich es erkläre. »Die Männer von heute ... Wie soll ich es nur ausdrücken? Sie haben ein Herz aus Beton. Und wenn man sich mit ihnen einlässt, endet das regelmäßig in einem Fiasko. Und jetzt habe ich genug davon. Ich möchte ein schönes Leben führen. Nicht eines voller Enttäuschungen.« Ich leere das Glas, die Eiswürfel klimpern, als ich es abstelle.

»Aber es muss doch nicht unbedingt die große Liebe sein«, sagt meine Mutter. »Eine starke Zuneigung reicht doch auch! Und der Rest ergibt sich dann. Wenn man bereit ist, sich zu ... arrangieren.«

Mein Vater nickt gewichtig.

»Nein, Mama. Ich will mich nicht *arrangieren*. Da bleibe ich lieber allein. Und das Beste ist: Das ist nichts Schlimmes! Im Gegenteil. Freut euch für mich! Ich freue mich jedenfalls für mich.«

Ich stehe auf und hole mir noch einen Gin Tonic. Als ich wieder rauskomme, sitzen sie immer noch wie versteinert da.

Meine Mutter hat den Blick auf ihre Oberschenkel gesenkt, auf denen ihre Hände ruhen, und flüstert mit erstickter Stimme: »Brunos Ältester ist jetzt bei der Freiwilligen Feuerwehr.«

»Und bald fahren sie wieder nach Norderney. Da ist es so schön«, fügt mein Vater hinzu. Ich enthalte mich einer Antwort und schlürfe an meinem Drink. Eine Weile hören wir nur das Zwitschern der Vögel im Garten. Plötzlich ruft mein Vater: »Ich habe die Idee! Du kommst mit uns in Urlaub! Wie früher!«

Ich muss husten. »In den Bayerischen Wald?«

»Natürlich. Meißens würden sich sehr freuen. Und ihre Gudrun wohnt auch immer noch dort. Mit der hast du doch früher immer so schön gespielt.«

Schön gespielt? Mobbing von Stadtkindern war ihr Hobby. Jeden landwirtschaftlichen Scherz hat sie sich erlaubt. Allein die Sache mit den Blutläusen. Sie und ihr Cousin Michi haben mich in den Hühnerstall geschickt und sich kaputtgelacht, als mir nachher die Läuse aus den Haaren fielen! Hysterisch geschrien habe ich und bin kopfüber in den saukalten Fischteich gesprungen. Und dann haben sie gebrüllt: »Reg dich ab! Das sind doch keine Läuse! Das sind *Blutläuse!*« Und sie haben gelacht, als wäre das kein Grund auszuflippen. Ich meine, woher sollte ich wissen, dass Blutläuse für Menschen harmlos sind? Bei *dem* Namen!

Es ist über zwanzig Jahre her, dass ich das letzte Mal da war. Gudrun ist damals eine schlaksige Sechzehnjährige mit ungelenken Bewegungen gewesen, aber die Gemeinheiten sind ihr immer geschmeidig von der Hand gegangen. Sie hat mich mitgenommen zum Grillfest des Gesangsvereins, wo sie mich mit Apfelkorn abfüllen wollte und ich beim Flaschendrehen einen dick bebrillten Jungen küssen sollte. Als ich beides verweigerte, hat sie mich stehen lassen, und ich musste den ganzen Weg zurück zur Pension allein durch den Wald laufen, und so ein Wald kann ganz schön dunkel sein. Danach bin ich nie wieder dorthingefahren.

6

Eine Woche später ist die Beerdigung von meinem Nachbarn auf dem Poppelsdorfer Friedhof. Der Pfarrer trägt einen schwarzen Talar und eine Metallschiene am Fuß, weswegen er die ganze Trauerfeier über seltsam schief steht. Edith Piaf singt *La vie en rose*, Herbert Meurers Lieblingslied, alle weinen. Lore wird auf der einen Seite untergehakt von Marlies, auf der anderen Seite von Herberts Bruder, kanarische Sonnenbräune zum schwarzen Anzug. Dahinter schreiten Kollegen und Kolleginnen. Welch ein Jammer, dass er seine Pensionierung nicht mehr erlebt hat, sagen sie, er war so ein netter Mann. Ich will mich eigentlich nach der Beisetzung verabschieden, aber Jutta, die sympathische Freundin von Lore, drängt mich, mit in den Grünen Keller zu gehen, Herberts Lieblingslokal, wo der Trauerschmaus stattfindet. Lore, das Gesicht noch schmaler, die Augen wie zwei Vögel, die den Ausgang aus dem Käfig nicht finden, bestätigt die Einladung nickend. Also gehe ich mit. Es gibt Kartoffelsalat, Würstchen, belegte Brötchen, Streuselkuchen und Kaffee.

»Herbert hätte es so gewollt«, sagt Lore, »dass wir es uns gut gehen lassen, meine ich.« Sie fängt wieder an zu weinen, und weil Marlies für einen Moment den Posten neben ihr verlassen hat, ist es jetzt Jutta, die den Arm um sie legt.

»Er hat wirklich was verstanden vom guten Leben«, sagt sie.

Juttas Mann heißt Reinhardt und ist ein Dichter, was er mir sofort auf die Nase bindet, dabei lässt sein Outfit sowieso keinerlei andere Schlüsse zu, außer vielleicht noch Clochard. Er trägt sein zerschlissenes Cordsakko, den weißen Knitterschal und die abgestoßenen braunen Schuhe jedenfalls wie ein Rangabzeichen der Lyrikervereinigung. Die letzten Haare, die er hat, sind tiefgründig zerzaust, die Schultern gebeugt unter der Last der Tragödie namens Leben. Trotz seiner waidwunden Ausstrahlung stopft er Kartoffelsalat in sich rein, als hätte er seit drei Tagen nichts gegessen. Mayonnaise tropft auf sein Kinn, während er mir von seinem Poetischen Zyklus vorschwärmt, in dessen Zentrum derzeit das Wort »Kalamitäten« steht, ich warte auf die nächste Gelegenheit zur Flucht.

Jutta kommt mir auch nicht zu Hilfe, sie unterhält sich mit der Kollegin, die ich im Krankenhaus gesehen habe. Sie ist schon wieder rot verweint. Marlies sitzt derweil abseits an einem Tisch und beobachtet die Szenerie mit abweisender Miene, vielleicht ein Schutzmechanismus gegen emotionale Überlastung. Würde mich nicht wundern, wo sie doch auch Witwe ist und sicher mit schweren Erinnerungen zu kämpfen hat. Das Buffet hat sie nicht angerührt, jetzt bestellt sie ein Wasser, beschaut sich das Glas im Schein der Lampe und lässt es zurückgehen. Als sie ein neues bekommen hat, wischt sie den Flaschenhals mit der Serviette ab, bevor sie sich einschenkt, und bedenkt die Kellnerin mit einem strafenden Blick. Die Kellnerin verdreht die Augen, sobald sie ihr den Rücken zugewandt hat.

Reinhardt langt noch mal bei den Brötchen mit gekochtem Schinken zu, und ich nutze die Gelegenheit und flüchte zu Marlies. »Möchten Sie nichts essen?«, frage ich freundlich.

»Meine Liebe«, sagt Marlies mit zusammengekniffenem Mund. »Mein Mann war Lebensmittelinspekteur. Ich erspare

Ihnen die Details, aber eines können Sie mir glauben: Dieses Etablissement war ihm ein besonderer Dorn im Auge.«

»Aber es schmeckt«, sage ich.

»Ja, an der Ahnungslosigkeit der Menschen verdient sich manch einer eine goldene Nase, hat Wilfried immer gesagt, und da hatte er wirklich recht!«

7

Dr. Fritz Bender heiratet. Dieser miese Satz hat sich seit einer Woche in meinem Kopf eingenistet und dort häuslich eingerichtet. Natürlich habe ich ihn so gut es geht ignoriert, aber egal, was ich auch mache, er meldet sich immer wieder zu Wort. Und heute schreit er mich regelrecht an. Gut, ist vielleicht normal so, schließlich tritt Fritz an diesem Morgen in den Stand der Ehe, in St. Nikolaus. Das ist die hübsche Kirche in Bonn-Kessenich. Dr. Fritz Bender, Date Nummer 78 bis 284, damals noch ohne Doktortitel. Ich sehe ihn vor mir, in diesem Hotelzimmer in Amsterdam, als wir auf dem Bett lagen, die *Simpsons* schauten, Heineken tranken und uns darüber einig waren, dass Heiraten was für Langweiler ist. Ich begründete das damit, dass man doch zusammen sein sollte, weil man es *wollte*, und nicht weil man es wegen eines Trauscheins oder seiner Eltern *musste*. Er lachte und fuhr mit dem Finger unter dem Träger meines BHs entlang bis zu einer Stelle, die mir, als er sie berührte, die Luft zum Sprechen nahm, und wir mussten atemlos das Bier zur Seite stellen. Fritz. Der gut aussehende Fritz Bender, angehender Facharzt für Radiologie, mit dem Röntgenblick für meine Seele.

Na ja, denke ich. Sie wird schon sehen, was sie davon hat,

diese Yuna Mika Park, wenn sie Fritz tatsächlich heiratet. Denn seine Abneigung gegen das Heiraten damals lag für ihn wohl eher in dem lästigen Treueversprechen. *Monogamie?* Nichts für Fritz Bender. Und in so einer Angelegenheit ändern sich Männer nicht. Entweder sie sind treu oder sie sind es nicht. Ich habe noch von keinem gehört, der es *geworden* ist. Jedenfalls nicht auf Dauer.

Plötzlich ist mir nach ein bisschen Hirngymnastik zumute zu der Frage: Was würde ich anziehen, wenn ich heute zu Fritz Benders Hochzeit ginge? Rein *theoretisch*, selbstverständlich. Es müsste definitiv was sein, das selbst von der Braut ablenken würde. Das rote asymmetrische Schlauchkleid wäre eine Möglichkeit. Eng, verrucht, waffenscheinpflichtig. Aber das wäre *zu* offensichtlich. Es müsste etwas Dezenteres sein, etwas, das einem erst auf den zweiten Blick die Sprache verschlägt. Das weiße Blumenkleid mit dem himbeerfarbenen Gürtel, verspielt, unschuldig und unwiderstehlich – damit kann man sogar Fahrrad fahren –, dazu meine Divasonnenbrille und den wagenradgroßen Hut. Ich würde einfach als alleinige Geschäftsführerin meines erfolgreichen Lebens hinfahren und mich als geheimnisvoller Gast hinten in die Kirche setzen. Niemand würde mich kennen, denn Fritz war zwar sehr spendabel im Austausch von Körperflüssigkeiten, aber äußerst knauserig mit der Bekanntgabe unserer Beziehung.

Kennengelernt haben wir uns durch puren Zufall vor einer Bäckerei. Ich war mit Kim verabredet, doch weil sie manchmal Termine vergaß, wollte ich sie anrufen, um sicherzugehen, dass sie kommen würde. Da stellte ich fest, dass mein Akku mal wieder leer war. Und da stand Fritz und biss in ein Käsebrötchen, und ich fragte ihn, ob er mir kurz sein Handy leihen würde. Er musterte mich, zog das Handy aus der Tasche seiner ausgebeulten Jeans und reichte es mir.

»Wenn du deinen Freund anrufst, sag ihm, dass du heute was anderes vorhast.«

»Ach ja?«, fragte ich erstaunt.

Er nickte. »Du gehst mit mir ins Kino.«

Da wollte ich eigentlich protestieren und ihm nicht nur dreiste Dreistigkeit, sondern auch einen Hang zur Selbstüberschätzung diagnostizieren, aber dann schaute er mir in die Augen und ich hörte mich sagen: »In welchen Film?«

Und dann schlug er auch noch *Brügge sehen … und sterben?* vor, und also rief ich Kim an und sagte ihr ab und dass ich sie nachher anrufen würde. Was ich dann auch nicht tat, weil es sehr, sehr spät wurde mit Fritz Bender, dem angehenden Facharzt für Radiologie. Und wunderbar. Nur dass er mich nach knapp einem Jahr immer noch nicht seiner Familie vorgestellt hatte. Oder in seinen Freundeskreis eingeführt. Er behauptete, er hätte keine Freunde. Nur Kollegen, und die wären rund um die Uhr im Schichtdienst. Aber ich wäre auch in seine Selbsthilfegruppe mitgegangen, wenn er an einer teilgenommen hätte, nur um mal *irgendwem* von seinen Leuten zu begegnen. Wir trafen uns immer nur bei mir. Wir gingen auch selten aus, höchstens mal zum vietnamesischen Imbiss oder in die Spätvorstellung ins Kino. Er sagte immer, er müsse mir schon reichen. Denn das sei es, worauf es ankomme. Dass wir zwei zusammen wären. Ich sei seine Welt, sagte er.

Das klang so romantisch, und ich liebte ihn dafür. Insgeheim wurmte es mich dennoch, denn es hätte perfekt sein können mit uns. Das war es allerdings nicht, weil er so ein Geheimnis aus seinen Freunden und seiner Familie machte. Sich aufführte wie ein glitzernder Solitär. Aber selbst wenn einer keine Freunde hat, jeder Mensch hat Familie. Ob nett oder furchtbar – keiner ist allein auf die Welt gekommen. Warum nur? Warum erzählte er mir nichts von ihnen? Warum stellte er mich nicht vor? Hatte er Angst, seine Eltern würden mich nicht mögen? Wollte er sich nicht binden? Hatte er was zu verbergen? Was hatte er zu verbergen? *Was?*

Und daraufhin tat ich etwas, auf das ich wirklich nicht stolz bin. Und wofür ich auch sehr hart bestraft wurde. Mit der bitteren Erkenntnis nämlich, dass meine Skepsis angebracht gewesen war. Dass ich recht gehabt hatte. Mal wieder!

Diese Yuna Mika Park wird auch noch ihr blaues Wunder erleben, da bin ich mir sicher. Auch wenn sie noch so sehr seine Eltern kennt. Frau Prof. Dr. Annegret Bender und Herr Dr. Dr. Siegfried Bender, wie es in der Anzeige in angeberischster Schnörkelschrift heißt. Meine Güte! *Handeln* die mit akademischen Titeln, dass sie sie gleich in der Großfamilienpackung bekommen haben, oder was? Und meint er vielleicht, ich wäre nicht qualifiziert genug für so eine kultivierte Verwandtschaft? Dieser *Armleuchter!*

Ich drehe mich vor dem Spiegel. Ja, das Kleid sitzt fantastisch. Und wenn ich schon einmal angezogen bin, dann kann ich ja auch dort vorbeifahren. Nur um einmal die bedauernswerte Braut zu sehen. Noch den Hut auf, damit meine Locken mich nicht verraten – fertig für den kleinen Ausflug in meine Vergangenheit. Für einen Besuch in eine Zeit, als ich noch nicht die alleinige Geschäftsführerin meines erfolgreichen Lebens war, sondern der Evolutionsposse namens Mann hinterhergehechtet bin.

8

Sechs Stunden später bin ich wieder zu Hause, stelle mein Fahrrad in die Garage, schließe die Tür auf, eile die Treppe hoch. Die Absätze meiner Schuhe klackern wie die Kastagnetten einer Flamencotänzerin. In der Wohnung angekommen lehne ich mich erschöpft gegen die Tür und atme tief ein und aus. Ausflüge in die Vergangenheit bergen allerhand Gefahren. Zum Beispiel können Entscheidungen, die man einst für folgerichtig und zwingend erachtet hat, sich plötzlich als Trugschluss herausstellen und das eigene Leben in ein völlig anderes Licht rücken.

Hätte ich eine andere Abzweigung genommen, wie sähe dann mein Leben aus?

Wer wäre ich dann?

Wäre ich eine andere?

Wäre ich glücklicher, als ich es jetzt bin?

Wie nennt man Fragen, auf die niemand eine Antwort hat? Auf die es keine Antwort geben *kann*, nicht in einer Million Jahren?

Mir wird schwindelig. Ich öffne schnell die Augen, und das Schwanken lässt nach. Holla, der Champagner hat es aber in sich. Ich kicke die Schuhe weg, sie kullern lustig durch den

Flur. Ich schalte meine Anlage ein und tanze ein bisschen durch die Wohnung. Mit Fragen, auf die es keine Antwort gibt, kann man nur eines machen: sie vergessen.

Gerade schenke ich mir den letzten Rest Gin ins Glas, da klingelt es. Es ist meine liebe, arme Nachbarin, die Witwe. Sie steht vor meiner Tür, klein und verlegen. »Oh, halllllooo Frau Meurer«, sage ich herzlich und versuche, nicht zu schwanken.

»Äh … hallo«, sagt sie leise. »Komme ich ungelegen?«

»*Absssssolut* nicht«, rufe ich. Die Buchstaben purzeln über meine Zunge wie aufgedrehte Welpen. »Ich feiere gerade, ein *bisssssschen* aber nur. Weil es Fragen gibt im Leben, die sind hundsgemeine kleine Dinger, vor allem, wenn man wirklich über sie nachdenkt … Hicks.«

Sie mustert mich. »Haben Sie getrunken?«

»Mein neues Hobby«, sage ich und klammere mich an der Tür fest. »Ich meine nicht trinken. Sondern Gin. Wollen Sie einen? Auf meinem Balkon? Der ist jetzt völlig spinnenfrei.«

»Nun«, sagt sie reserviert. »Ich wollte Sie eigentlich um einen kleinen Gefallen bitten, aber wenn es Ihnen gerade nicht …«

»Na klar, liebe Frau Nachbarin. Wassss kann ich denn für Sie tun?« Ich räuspere mich und versuche, mich zu konzentrieren.

»Kommen Sie bitte mit, dann zeige ich es Ihnen.«

Ups, da muss ich also wieder die Treppe runter, auf nackten Füßen, die Steine sind kalt, irgendwie kribbelt es. Sie führt mich in ihre Wohnung, in ein Zimmer mit Schreibtisch, Computer und einem Regal mit Aktenordnern. An der Wand hängt ein Bild vom Meer, eine Welle bricht über Klippen, die Sonne leuchtet sie von hinten an und lässt das Wasser türkisfarben schimmern.

»Da«, sagt sie und zeigt auf den Aktenordner, der zugeklappt auf dem Schreibtisch liegt. »Würden Sie sich das bitte mal ansehen?«

»Hm«, mache ich und fühle mich ganz fachmännisch, als ich den Ordner in die Hand nehme und das Schild auf dem Rücken vorlese. »Croissant. Wieso heißt der Ordner Croissant?« Aber Lore antwortet nicht, sondern beobachtet mich nur mit großen Augen, und ich klappe den Ordner auf und beuge mich darüber, wobei ich mir die Locken festhalten muss, damit sie mir nicht vor den Augen baumeln. Es sind unheimlich offiziell aussehende Dokumente. »Das«, sage ich und tippe gewichtig auf die Formulare, »ist Französisch.«

»Ja, genau.« Sie sieht mich erwartungsvoll an. »Und was steht da?«

»Äh … Ach so.« Ich richte mich wieder auf und zucke mit den Schultern. »Ich weiß nicht. Ich kann kein Französisch.«

»Aber Sie sind doch Lehrerin!«

Ich muss lachen. »Sekundarstufe I. Also Grundschule. Wir unterrichten dort zwar Englisch, aber kein Französisch, tut mir leid.«

»Oh«, macht Lore enttäuscht.

Ich überlege einen Moment. »Wir können es beim Translator eingeben.«

»Beim *was?*«

»Im Internet gibt es automatische Übersetzungsprogramme.«

»Wirklich?«

»Na klar. Warten Sie einen Moment. Bin gleich wieder da.«

Ich flitze wieder die Treppe hoch, touchiere leicht den Türrahmen meines Eingangs, hole mein Tablet, flitze wieder raus, und auf dem Treppenabsatz laufe ich genau in Paula hinein. Es mag an meinem beeinträchtigten Reaktionsvermögen liegen oder an Paulas Sonnenbrillenscheuklappensmartphonetunnelblick, jedenfalls fliegt ihr die Sonnenbrille in hohem Bogen von der

Nase. Erschrocken schaut sie mich an, dann sofort wieder weg, bückt sich, setzt die Brille wieder auf und huscht weiter nach oben. Verwirrt starre ich ihr hinterher, rufe noch »Alles klar?«, aber sie antwortet nicht, sondern schlägt oben schnell die Tür zu.

Nachdenklich gehe ich die Treppe weiter runter. Wobei sich das Nachdenken auf einen einzigen Gedanken beschränkt, der in meinem Schampus-Gin-Hirn hin und her schwappt wie eine Luftmatratze in der Brandung, nämlich: Hatte sie ein verdammt großes Veilchen, oder bilde ich mir das nur ein?

Als ich vor Lores Wohnungstür stehe, lasse ich die Luft aus der Matratze, und der Gedanke gluckert unter die Wasseroberfläche. Ich muss mich jetzt auf meine Karriere als Dolmetscherin konzentrieren, das läuft in meinem Zustand auch mithilfe des Translators nicht ganz so fluffig. Ich vertippe mich ein paar Mal, aber schließlich kann ich meiner Nachbarin verkünden: »Also, dieses *titre constitutif de propriété*, was hier oben drübersteht, heißt so viel wie Besitzurkunde.«

»Wie? Besitzurkunde?«, fragt sie verwirrt. »Wieso Besitzurkunde?«

Ich blättere in dem Aktenordner und im Translator. »Also«, schließe ich die Untersuchung ab. »Meine werte Frau Vermieterin, ich würde mal sagen: Ihnen gehört ein Haus in Frankreich.«

»Mir?« Sie wird bleich und lässt sich erschöpft auf den Drehstuhl sinken.

»Na ja. Hier steht, es gehört Ihrem Mann. Nun ja … dann gehört es jetzt ja wohl Ihnen.«

»Sind Sie sicher? Ich meine, ein Haus in Frankreich? Aber …«

»In Port-en-Bessin-Huppain. Das ist …«, tipp, tipp, wisch auf dem Tablet, »… in der Normandie. Am Meer.«

»Aber was … und wann … Ich meine, *wieso?* Und wie lange?« Sie ist sichtlich von der Rolle.

»Hier sind auch Unterlagen von der Bank«, sage ich, als ich den Ordner weiter durchblättere. »Die sind sogar auf Deutsch. Und daraus geht hervor, dass Ihr Mann das Haus vor achtzehn Jahren gekauft hat. Wussten Sie das denn nicht?«

Meine Vermieterin sieht gar nicht gut aus. Sie fängt an zu keuchen, Schweiß steht ihr auf der Stirn, und dann kippt sie auf einmal nach hinten weg.

Mit einem Schlag fühle ich mich sehr nüchtern.

9

Ich schaffe es, sie auf den Boden zu legen und die Füße hochzuhalten, und da klappt sie zum Glück auch schon die Augen wieder auf.

»Frau Meurer, ich hole einen Rettungswagen«, sage ich, aber sie winkt ab.

»Nicht nötig. Geht schon wieder.«

Ich führe sie ins Wohnzimmer und setze sie aufs Sofa, hole ihr ein Glas Wasser, überlege kurz, dann nehme ich mir das Telefon und suche nach der Nummer von dieser Jutta. Ein bisschen Verstärkung könnte ich hier gebrauchen.

Zwanzig Minuten später ist sie da. Bis dahin hat Lore keinen Ton von sich gegeben, sitzt da wie erstarrt, sieht nur ab zu auf die andere Seite des Gobelinsofas, wo ein Platzdeckchen liegt, daneben auf dem Beistelltisch eine Pfeife in einem Aschenbecher. Ich vermute mal, das war Herberts Platz.

»Schickes Kleid«, sagt Jutta, als ich sie reinlasse. »Wo ist sie?« Wir gehen ins Wohnzimmer, Jutta setzt sich neben Lore und legt ihr die Hand auf die Schulter. Ich bringe Jutta mit knappen Worten aufs Laufende. »Puh«, ruft sie. »Das ist aber ein starkes Stück. Berti hat vor *achtzehn* Jahren ein Haus in Frankreich gekauft. Und du wusstest nichts davon? *Warum?*«

Lore schüttelt nur den Kopf.

»Wir haben gehofft, dass du was darüber weißt«, sage ich.

»Ja, genau. Weißt du irgendwas darüber?«, fragt Lore und es klingt wirklich verzweifelt.

»Ich meine, ich habe mich immer gut verstanden mit Berti«, sagt Jutta, woraufhin Lore ein Schatten über das Gesicht huscht, der sich aber sogleich wieder verflüchtigt. »Von einem Haus in Frankreich weiß ich allerdings nicht das Geringste«, fügt Jutta hinzu. Lore fängt an zu weinen, Jutta streichelt ihr über die Schulter. »Aber das ist doch nicht so schlimm«, sagt sie. »Das ist kein Weltuntergang.«

Es klingelt erneut, und da die beiden beschäftigt sind, gehe ich öffnen. Es ist Marlies Helmschrodt, das Frisurenmonument mit dem verkniffenen Mund. Sie rauscht an mir vorbei ins Wohnzimmer und trägt dabei einen Kuchen vor sich her wie der Pfarrer die Monstranz.

»Hallo, Lore, ich hab dir … Was ist denn *hier* los?«, fragt sie und ihre Kommandostimme bröckelt. »Und was machst *du* hier?« Sie funkelt Jutta misstrauisch an.

»Was wohl?«, sagt Jutta. »Ich helfe unserer Freundin.«

Marlies' gestriegelte Augenbraue lupft sich vor Empörung. Also wirklich, diese drei nicht mehr ganz jungen Mädels benehmen sich wie zickige Schülerinnen. Lore und Jutta und Jutta und Marlies, sie scheinen alle miteinander ein Hühnchen zu rupfen zu haben. Und plötzlich bin ich ganz erschöpft von diesem Tag. Beim Aufwirbeln tieferer Schichten der Vergangenheit kommt es nämlich zu tektonischen Verschiebungen in der Gegenwart, die leicht ein emotionales Erdbeben verursachen können. Ich nehme mir ein Glas Rebellenblut, Jutta hat die Flasche kurzerhand aufgemacht.

»Was hat er mir nur angetan?«, jammert Lore und nippt an dem Brombeerwein, den Jutta ihr vor die Nase hält.

»Na ja«, bemerkt sie. »Erst mal hat er nur ein Haus gekauft. Das muss ja nichts heißen.« Lore und Marlies fahren mit den Köpfen herum und mustern sie empört. »Ist ja gut«, gibt Jutta zu. »Das wird schon was heißen.«

»Aber was?« Lore schaut betrübt in ihr Glas, als ob dort die Antwort treiben würde.

»Tja«, sagt Marlies spitz. »Man hat ja schon viel gehört.« Sie wiegt bedächtig ihren Kopf, als wüsste sie genau Bescheid.

»Was hat *man* gehört?« Durch Lores sanfte Stimme zieht ein Fauchen.

»Nun ja«, sagt Marlies mit spitzem Mund. »Was manche Männer so treiben. Ich meine, Wilfried hat natürlich nie …«

»Aber ich kann mir nicht vorstellen, dass Berti … Also nein«, unterbricht Jutta. »Er war schon ein Charmeur, das ist klar, er hätte dennoch nicht …«

Lore schaut sie genervt an. »*Was* hätte er nicht?«, fragt sie herausfordernd.

»Ich will damit sagen: Wir wissen doch noch gar nichts«, redet sich Jutta kurzerhand raus.

»Aber diese eine Kollegin«, sagt Marlies, »die war doch auch seltsam. Die hat geheult, als wäre *ihr* Mann gestorben.«

»Ist euch das auch aufgefallen?«, fragt Lore entsetzt.

»Natürlich. Ihr Gesicht war rot wie eine Feuerqualle.« Marlies schnaubt.

»Die stand doch nur unter Schock«, behauptet Jutta. »Weil sie dabei war, als Herbert gestorben ist.«

»Gute Ausrede«, sagt Marlies.

»Nun bring sie doch nicht auf falsche Ideen«, herrscht Jutta sie an. »Was redest du die ganze Zeit für ein Zeug!«

»Das ist kein *Zeug*. Das ist die *Wahrheit!* Ich hab erst neulich in einer Zeitschrift gelesen von einem Mann, der zwei Familien hatte«, plappert Marlies. »Die eine hat von der anderen nichts gewusst. Nicht das Geringste. Stellt euch das mal vor!« Sie schaut Beifall heischend in die Runde.

»O Gott. O mein Gott«, wispert Lore und presst sich die Hand auf den Mund.

Jutta schenkt ihr noch ein Glas Rebellenblut ein und wirft Marlies einen Blick zu, schallend wie eine Ohrfeige. Einen Moment senkt sich eine bedrohliche Ruhe über den Raum.

Bevor es zu emotionalen Explosionen kommt, wird es Zeit einzugreifen. »Mädels«, sage ich und stelle mein Glas ab. »Bevor man eine These aufstellt, muss man erst einmal Daten erheben.« Ich bemühe mich, beim Referieren nicht zu lallen. »Das nennt man wissenschaftliches Arbeiten. Bevor wir hier also falsche Schlüsse ziehen, sollten wir Nachforschungen anstellen. Hicks.«

»Endlich mal ein vernünftiger Vorschlag.« Jutta klatscht in die Hände, dann wendet sie sich an Lore. »Also, Lore. Ist dir irgendwas aufgefallen an Herbert? Irgendein seltsames Verhalten?«

Lore sitzt einen Moment da und guckt bedröppelt vor sich hin, streicht wieder mit den Händen über ihre Hosenbeine, hin und her, her und hin, und dann bricht sie erneut in Tränen aus.

»Seht ihr«, sagt Marlies triumphierend, »das kommt davon.« Sie setzt sich neben Lore und nimmt ihre Hand. »Denk nicht weiter drüber nach, Lore. Das ist doch alles …«

»Ja, er war seltsam, und es wurde immer schlimmer, besonders in letzter Zeit«, platzt es da auf einmal aus Lore heraus. »Er war dauernd auf ewig langen Dienstreisen und hat Überstunden gemacht. Und als ich ihn danach fragte, sagte er nur, er müsse eben alles regeln für die Übergabe an seinen Nachfolger. Und dabei hat er so gelächelt, so still. Als ob er ein Geheimnis hätte, eines, das ihn tief von innen wärmt.« Sie schnieft in ein

Taschentuch, knetet es eine Weile, und dann wird sie von einem weiteren Weinkrampf geschüttelt. »Und neulich«, schluchzt sie, »da hat er mich von einer ganz komischen Telefonnummer aus angerufen.«

»Von was für einer komischen Telefonnummer?«, drängt Jutta sofort.

»Sie war so lang und seltsam und … ich hab sie aufgeschrieben.« Lore deutet schwach auf das Tischchen mit dem Telefon. »Unter der Telefonablage.«

Jutta macht Anstalten aufzuspringen, aber Marlies prescht vor und fischt schnell den Notizzettel von der Kommode. »Sie fängt mit 0033 an«, sagt sie.

Ich tippe sie schnell bei Google ein und verkünde: »Das ist die Vorwahl von Frankreich.«

Lore schlägt entsetzt die Hand vor den Mund.

»Das kann nur bedeuten …«, fängt Marlies an.

Diesmal ist Jutta schneller. »Wir klingeln da durch!«, ruft sie. »Dann wissen wir genau Bescheid.«

»Spitzenidee«, sage ich.

Lore wird ganz blass. »A … aber …«, stammelt sie.

»Lore«, sagt Marlies beschwörend. »Lass dich nicht verrückt machen. Wir müssen gar nichts tun. Wir sitzen die Sache einfach aus und …«

»Blödsinn«, ruft Jutta. »Da dreht man doch durch, wenn man nicht Bescheid weiß.«

»Ich bin auch eindeutig fürs Anrufen«, melde ich mich.

Lore kommt sichtlich ins Zweifeln.

»Überleg es dir gut«, mahnt Marlies. »Es kann sein, dass du mit dem Ergebnis nicht zufrieden bist.«

»Das ist sie doch jetzt auch nicht«, bemerkt Jutta. »Und wenn sie nicht Bescheid weiß, dann wird es nur noch schlimmer!«

»Lore«, wiederholt Marlies und schaut sie hypnotisierend an.

»Hätte ich nur nicht das neue Telefon gekauft!«, jammert Lore. »Dann hätte ich das gar nicht mitbekommen! Dann hätte ich die Nummer nicht gesehen. Wer weiß, wie oft er mich schon von dieser Nummer aus angerufen hat, und ich habe es nicht bemerkt!«

»Ja, das sind die Tücken dieser modernen Technik«, ätzt Marlies. »Der gläserne Mensch!«

»Was hat das denn jetzt damit zu tun?«, wirft Jutta ein.

»Ich sag ja nur«, sagt Marlies. »Auf jeden Fall«, fügt sie hinzu, »brauchst du gar nichts zu unternehmen, Lore. Tu einfach so, als hättest du noch das alte Telefon.« Sie schaut zufrieden drein, als hätte sie das Problem damit gelöst.

Jutta schüttelt fassungslos den Kopf. »Das ist doch nicht dein Ernst!«, ruft sie. »Lore, du musst da anrufen.«

Und da nickt Lore schwach.

»Na also«, sagt Jutta zufrieden und greift zum Telefon, will schon wählen, dann zögert sie plötzlich. »Äh … Wer von euch spricht denn Französisch?«

Marlies gibt einen zufriedenes »Ha!« von sich, hebt ihr Kinn und verschränkt triumphierend die Hände vor der Brust.

Jutta reicht den Hörer an Marlies. »Marlies, du musst das machen«, bestimmt sie.

»Ach so? *Muss ich das?* Ich glaube kaum.« Sie ziert sich eine Weile, aber nach minutenlangem Betteln, beschwörenden Argumentationen und flehenden Blicken ist sie doch bereit, ihre Französischkenntnisse in den Dienst der Allgemeinheit zu stellen. »Ich heiße das nicht gut. Trotzdem mache ich es. Für dich, Lore, damit du das weißt. Aber«, sie hebt den Zeigefinger, »ihr müsst still sein. Ich muss mich konzentrieren.« Wir nicken ergeben und sind mucksmäuschenstill. Marlies nimmt den Zettel, schaut noch einmal in die Runde, legt den Finger auf den Mund, um erneut zur Stille zu gemahnen. Dann wählt sie die erste Ziffer, hält inne und sieht Lore an. »Bist du sicher, Lore? Soll ich das wirklich tun?«

Lore nickt wieder, die Hände zu Fäusten geballt. Marlies drückt die nächste Taste, es ist die längste Nummer der Welt, denn nach jeder Ziffer, die sie drückt, schaut sie auf den Zettel. Es dauert gefühlte Stunden, bis sie alles eingegeben hat. Es knackt in der Leitung, dann tutet es. Ich fasse vor Aufregung Juttas Arm und drücke ihn. Lore ist kalkweiß. Marlies räuspert sich. Dann ein Klacken. Der Hörer an der anderen Seite der Leitung wird abgehoben.

»Allô?«, hört man eine weibliche Stimme. Marlies starrt den Hörer an, wir starren Marlies an. Aus dem Hintergrund dringt der lautstarke Streit zweier Kinder. *»Ärrbärt?«*, fragt die Frau.

Und da legt Marlies so schnell wieder auf, als hätte sie in Hundekacke gefasst. Alle starren sie an, mit offenem Mund.

»So«, sagt sie. »Nun zufrieden?«

»Aber warum hast du sie nichts gefragt?«, ruft Jutta entgeistert.

»Was hätte ich denn fragen sollen? Zu dem Thema ist doch wohl alles gesagt«, stellt Marlies fest.

Lores Kinn sackt herunter, ihre Stirn zerknittert, sie reibt erneut mit den Händen über ihre Hosenbeine.

»Lore«, sagt Jutta und legt den Arm um sie. »Meine liebe Lore.« Die fängt wieder an zu weinen. Marlies verdreht die Augen und wirft mit feindseligen Blicken nur so um sich. Ich springe auf und hole ein fahnenlanges Stück Küchenrolle, weil die Taschentücher alle sind, dann verteile ich den Rest der Flasche Rebellenblut und wir trinken schweigend. Als Lore aufgehört hat zu weinen, fragt Jutta: »Was machen wir denn jetzt?«

»Nichts«, zischt Marlies. »Wir machen jetzt gar nichts. Und

morgen gehe ich mit Lore zu meinem Freund Claus Rüdiger von Achtendonk. Der ist Anwalt.«

»Zu wem?«

Marlies wiederholt den Namen, als wäre er ein Ritterschlag.

»Den kenn ich nicht.«

»Musst du auch nicht, liebe Jutta. Es reicht ja wohl, wenn ich ihn kenne.«

»Aber was willst du denn mit einem Anwalt, Lore?«, fragt Jutta.

»Ich ...«, antwortet sie erschöpft, »... ich muss jetzt allein sein.«

»Natürlich«, sagt Marlies. »Das verstehe ich sehr gut.«

Jutta und ich stehen auf, wobei ich mich wundere, warum der Boden sich so schief anfühlt.

»Kommst du, Marlies?«, fragt Jutta.

»Gleich«, sagt sie und bleibt neben Lore sitzen wie ein Tempelwächter. »Geht ihr nur schon.«

Jutta gibt Lore einen Kuss in ihr kurzes Haar, tätschelt noch einmal ihre Schulter und dann gehen wir, begleitet von Marlies' grimmigem Lächeln.

10

In meinen Kopf ist eine Trommelgruppe eingezogen, die unablässig auf die Pauken haut. Die Geschäfte laufen an diesem Sonntagmorgen nicht ganz so phänomenal. Wobei ich mir gerade überlege, wie phänomenal die Geschäfte eigentlich gestern gelaufen sind. Irgendwie dämmert mir, dass es da auch holperig zuging. Ja, genau. Jetzt fällt es mir wieder ein. Meine arme Nachbarin. *Vermieterin.* Die arme Lore. Musste in ihrem fortgeschrittenen Alter erfahren, wie unverantwortlich Männer mit den Herzen von Frauen umgehen, und dass das globale Geschwafel von Liebe doch nichts weiter ist als eine PR-Maßnahme, mit der Frauen dazu gebracht werden sollen, die absurd egoistischen Verhaltensweisen von Männern zu tolerieren und ihnen auch noch die Wäsche zu bügeln, hurra! Aber wenn die Frauen erst kapiert haben, dass es wahre Liebe gar nicht gibt, dass sie nur eine Illusion ist, dann hören sie auch auf, Männer für unentbehrlich zu halten. Und ihnen hinterherzulaufen. Oder gar hinterherzuputzen!

Wie wird meine Studie die Welt verändern! *Besser* machen! Wenn ich sie veröffentlicht habe, dann können sich nämlich auch Frauen wie Lore Meurer vor Enttäuschungen wappnen, weil sie eben schon wissen, dass Männer ein naturgegebener

Fehlschlag sind. Mich, die Autorin der Studie, wundert dagegen jetzt schon nichts mehr. Wobei ich zugeben muss, dass bei der gestrigen Hochzeit von Dr. Fritz Bender durchaus die eine oder andere Überraschung aus der Torte gesprungen ist. Ich bin nämlich doch ein klitzekleines bisschen von meinem Plan abgewichen, nur einen kurzen Blick auf die Braut zu erhaschen und dann die Biege zu machen.

Es war nämlich so: Ich kurvte mit dem Rad einhändig zur Kirche, weil ich die ganze Zeit meinen Hut festhalten musste, der drohte wegzufliegen, und war froh, als ich an der Kirche endlich mein Fahrrad abstellen konnte, und noch froher, dass ich gar kein Auto besaß, mit dem ich hätte fahren können, denn alle Parkplätze, sogar die illegalen, waren belegt mit einer unglaublichen Ansammlung von schweren schwarzen Limousinen und dickreifigen SUVs. Auf dem Kirchplatz dann: ein Gospelchor.

Ha! Der Fritz Bender *ohne* Doktortitel hat sich immer über Gospelchöre lustig gemacht! Vor allem, wenn es gar keine waschechten Afroamerikaner waren, die da sangen, sondern hohlwangige Weiße, die sich in den Hallelujas suhlten, in der Hoffnung auf ein bisschen göttliches Charisma. Nun ja. Ich mich also unter die Gäste gemischt. Kam mir gleich vor wie auf Sylt, all die Klunker und Designerklamotten, die blasierten Mienen der Teenager und die zurechtgeschnibbelten Nasen und aufgepumpten Lippen der älteren weiblichen Gäste. Familie Bender gehört ganz offensichtlich nicht zum Mittelstand. Und die neue Verwandtschaft scheint auch nicht gerade vom Mindestlohn zu leben – asiatische Geschäftsleute in exquisiter Garderobe, Chanel und Dior allenthalben, selbst für die Kleinsten.

Ich schlenderte herum und stellte mich unauffällig hinter zwei aufgedonnerte Schlachtschiffe, an deren mit Hyaluronsäure gefüllten Hamsterbacken die Zeit sich schon längst den

Zahn ausgebissen hat. Die beiden sprachen über Urlaubspläne.

»Ich weiß noch nicht, wo es dieses Jahr hingeht«, sagte die eine.

»Wir sind wieder in Marbella«, näselte die andere.

Dann die erste: »Zur Not fahre ich halt wieder auf die Seychellen.«

»Wo geht denn die Hochzeitsreise hin?«, mischte ich mich ein.

Erst erntete ich seltsame Blicke, aber meine Sonnenbrille war von Valentino und mit dem Hut hätte ich auch beim Pferderennen in Ascot aufschlagen können, deswegen schien ich ihre Musterung bestanden zu haben.

»Die Hochzeitsreise geht nach Mauritius, allerdings erst im Herbst, jetzt haben die beiden natürlich keine Zeit dafür«, antwortete die eine.

»Natürlich«, warf ich wissend ein.

»Die haben aber auch ein Pensum, die beiden«, sagte die andere, und schon waren sie mitten in einem Gespräch über die fantastischen Karriereaussichten des Brautpaars, das so harmonierte in seinem Überfliegertum, und ich dachte an Fritz Bender, wie er nur mit Shorts bekleidet neben mir in den Rheinauen in der Sonne lag und sagte, er würde sich nie in das Hamsterrad einsperren lassen, auch wenn er die Assistenzarztstelle bekommen würde.

Ich beschloss, mich schon in die Kirche zu setzen, ganz nach hinten, wo die entfernte Verwandtschaft, Kollegen und alte Freunde eben hingehören.

Es war sehr cool, dass ich völlig inkognito hier sein konnte. Niemand außer Fritz kannte mich. Und wenn ich mich hinter die Säule setzte, dann würde er mich mit meinem Hut garantiert nicht erkennen. Ich könnte aber beim Einmarsch einen Blick auf die Braut werfen und dann unauffällig abhauen, bevor der ganze Klimbim mit dem Gelübde losging. Und wenn mich jemand fragen sollte, würde ich mich als Kollegin ausgeben. Ich suchte mir also gerade den strategisch günstigsten Platz, da sprach mich jemand an.

»Haben Sie schon ein Programmheft?« Mitte dreißig, dunkelblond, nette braune Augen, Grübchen am Kinn, die Haare aus diplomatischen Gründen extrem kurz rasiert, knuddeliger Bauchansatz, kein Ehering. Optik: passabel.

»Nein«, sagte ich.

»Wollen Sie mit in meins reinschauen?«, fragte er grinsend und wedelte mit einem cremefarbenen Heftchen aus Büttenpapier. Charme: akzeptabel.

»Ich warne Sie«, sagte ich. »Ich singe ganz furchtbar.«

Er lachte. »Das halte ich aus.« Dann gab er mir die Hand. »Ich bin Ulf, der Cousin von Fritz.«

»Ich bin Emmi, die Schwester«, sagte ich. Natürlich schaute er sofort skeptisch, das war ja auch beabsichtigt, damit ich kokett hinzufügen konnte: »Die *Kranken*schwester.«

Und dann kicherte ich verführerisch, bis mir klar wurde, dass ich dem Flirtreflex erlegen war. Verdammt. Dabei wollte ich doch längst alle dämlichen Singlegewohnheiten abgelegt haben! Aber wie das Schicksal mit seinen Kartenspielertricks so ist, war mein Flirtreflex in diesem Fall noch einmal äußerst nützlich. Was ich nur im ersten Moment nicht merkte, denn jetzt hatte ich Ulf an der Backe, der mir in allen ölverschmierten Details von seinem neuen Auto erzählte, einem Oldtimer-Cabriolet-haste-nicht-gesehen-Superteil, nak, nak, nak.

Ich checkte derweil die Umgebung. Suchte den Bräutigam. Scannte die erlauchte Gästeschar, um Aufschluss darüber zu erhalten, warum er mich nicht in diese Kreise eingeführt hatte. Ich saß so weit hinten, dass ich die interessanten Reihen vorne über die ganzen Köpfe nicht sehen konnte. Aber jetzt kamen zwei Ehepaare herein, eines deutscher, das andere koreanischer Abstammung, beide um die sechzig, beide überaus kultiviert, das sah man schon an ihrem würdevollen Schreiten. Ich überlegte, ob ich disqualifiziert worden war, weil meine Eltern einem Doktortitel nie näher gekommen waren als bei Boris Pasternaks Schiwago, da aber immerhin in Goldprägung und mit Ledereinband. Wenn man einen Schreibwarenladen führt, sind akademische Verfransungen nur hinderlich.

Und plötzlich sah ich ihn. Dr. Fritz Bender, vorne am Altar. Im *Frack!* Die Haare viel kürzer, richtiggehend *gestutzt* sah er aus. Und hager! Ich starrte durch meine Sonnenbrille und suchte in den leicht ausgehungerten Gesichtszügen den Mann, mit dem ich nachts um zwei Nudeln mit Ketchup gekocht hatte. Der mir jeden Tag den Witz der Woche erzählt und selbst am lautesten gelacht hatte. Den Mann, der mir das Herz gebrochen hatte. Was war mit ihm geschehen?

»Und?«, fragte Ulf und stieß mir seinen speckigen Ellenbogen in die Seite. »Möchtest du nachher mal eine Probefahrt machen?«

In dem Moment fing die Orgel an zu dröhnen wie eine Mischung aus Hupe und gigantischem Handy. »Ah«, sagte ich, um diplomatisch einer Antwort zu entgehen. »Der Hochzeitsmarsch.«

Ulf starrte mich an, als hätte ich gerülpst. »Das ist nicht der *Hochzeitsmarsch*«, korrigierte er leicht pikiert. »Der ist von Felix Mendelssohn Bartholdy. Das ist hier ist das *Brautlied.* Aus *Lohengrin*, Richard Wagners bester Oper.«

Krieg dich wieder ein, dachte ich.

Alle drehten sich nach hinten, um den Einzug der Braut zu sehen. Es ging also los, das alte Spiel »Was hat sie, was ich nicht hab?« Ich schloss die Augen. Das erste Wort, das mir bei ihrem Anblick in den Sinn kommen würde, wäre es. Ich hörte es rauschen. Es rauschte, als kämen Millionen Seidenspinnerschmetterlinge herangeflattert. Dann öffnete ich die Augen. Achtete aber nicht auf die Wolke von Kleid, sondern nur auf ihr Gesicht. Und das erste Wort, das mir einfiel, war: Disziplin. Natürlich war sie eine Schönheit mit einem Turm aus seidig glänzendem schwarzem Haar, in das Dutzende Perlen gewoben worden waren. Mandelaugen, herzförmiger Mund, hohe Wangenknochen. Ihre Miene verriet jedoch nicht, ob sie unterwegs war zu einem Examen oder zum schönsten Tag ihres Lebens. Zielstrebig sah sie aus und ehrgeizig, die neue Frau Dr. Fritz Bender. Sie schaute nicht nach links und nicht nach rechts, sondern nur nach vorne, zu Fritz. Und sie lächelte nicht. Es gab mir einen Stich.

»Ich könnte dich nachher mitnehmen zu der Feier«, raunte Ulf in mein Ohr.

Nein danke, dachte ich. Aber vorher sagte ich noch: »Okay.«

Ich konnte nicht anders. Denn das Dumme ist, dass die Frage »Was hat sie, was ich nicht hab?« eine von denjenigen ist, auf die es keine Antwort gibt. Jedenfalls keine, die man sich im Vorbeischlendern abholen könnte. Dafür musste man schon ein bisschen tiefer forschen.

Und weil ich nun mal eine Anhängerin des wissenschaftlichen Arbeitens bin, konnte ich auf den Erwerb fundierter Kenntnisse nicht verzichten.

11

Natürlich ist wissenschaftliches Arbeiten furchtbar anstrengend. Mein Kopf tut immer noch weh, als würde gerade ein Lochmuster reingestanzt. Ich sollte ein Aspirin einwerfen. Später, wenn ich aufstehe. Erst mal schlafe ich noch eine Runde. Doch zu dem Trommeln in meinem Kopf gesellt sich ein schriller Ton. Es klingelt. An meiner Wohnungstür.

Unter normalen Umständen hätte ich das jetzt glatt ignoriert – es ist Sonntag, Herrgott noch mal. Aber es sind keine normalen Umstände. Meine Nachbarin ist Witwe geworden, und irgendwie bin ich in die Sache mit reingezogen worden. Also werfe ich mir schnell was über und schlurfe zur Tür, spähe durch den Spion und öffne.

»Hi, Jutta«, sage ich gähnend.

»Guten Morgen … Oh … störe ich?«

»Wenn ich das wüsste. Mein Hirn ist nämlich noch irgendwo in Honolulu.«

»Schicker Kimono!« Sie grinst und betrachtet die Pfauen auf der Blumenwiese, mit der ich mich umhüllt habe.

»Ja«, sage ich. Dann fällt mir ein, welche Gepflogenheiten in solchen Situationen angebracht sind. »Komm doch rein und setz dich schon mal in die Küche. Ich komme gleich!«

Ich gehe ins Bad und versuche, mich auf die Schnelle einigermaßen herzurichten – kämmen, Wasser ins Gesicht, Zähne putzen, alles auf Autopilot. Was habe ich mir nur dabei gedacht, auch noch dieses Rebellenblutzeug in mich hineinzuschütten? Wissenschaftlicher Vermerk: Rebellenblut nach Gin, das haut nicht hin. Erst Gin, dann Rebellenblut, tut selten gut. Oder so. Muss noch an meiner These arbeiten. Als ich in die Küche komme, steht Jutta auf dem Balkon und schaut in den Garten.

»Da unten liegt ein Lappen«, sagt sie. »Auf den Geranien.«

»Oh, verdammt. Der gehört mir. Ich will ihn schon seit Tagen hochholen. Willst du einen Kaffee?«

»Ja, gerne.«

Während er durch die Maschine blubbert, sagt Jutta mir, warum sie gekommen ist. »Ich war gerade unten. Bei Lore. Ihr geht es sehr schlecht. Wir müssen was tun.«

Gedankenverloren spiele ich mit dem Trinkröhrchen mit der papiernen Erdbeerverzierung am Knick, durch das ich gestern den Gin Tonic gezogen habe, aber verfluchte Axt!

»Was schwebt dir vor?«, frage ich und schenke Jutta Kaffee in den einzigen sauberen Becher, den ich gerade noch gefunden habe. Ich nehme die Tasse von gestern. Mit meinem Restalkoholspiegel mache ich sowieso jede Bazille platt.

»Sie muss wissen, wer Herbert wirklich war. Was er gemacht hat. *Warum* er es gemacht hat«, sagt Jutta.

Ich nehme einen heißen Schluck und hoffe, meinen Grips mit einem Koffeinschock wieder zum Leben zu erwecken.

»Du meinst«, frage ich langsam, »sie sollte dahinfahren? Nach Frankreich?«

Jutta nickt. »Ich denke, das sollte sie.«

»Warum sagst du ihr das nicht einfach?«

»Ich habe es schon versucht«, sagt sie finster. »Aber Marlies ist natürlich da und beglückt sie schon wieder. Ich hatte gehofft, dass du meine Verstärkung sein könntest.«

»Was ist bei euch eigentlich los?«, frage ich. »Irgendwie ist da doch Sand im Getriebe … äh … in eurer Freundschaft. Oder so.« Ich kratze mich am Kopf.

»Ach«, sagt Jutta und stellt ihre leere Tasse in die Spüle. »Das ist eine lange Geschichte. Erzähle ich ein anderes Mal. Wollen wir?« Ich werfe mir schnell ein paar weniger pfauenträchtige Klamotten über und begleite Jutta nach unten.

Marlies öffnet die Tür, jedoch nur einen Spalt. »Hallo«, sagt sie reserviert und macht keine Anstalten, uns hereinzubitten.

»Lässt du uns rein, Marlies, oder sollen wir hier draußen Wurzeln schlagen?«, fragt Jutta ungehalten.

Marlies zögert noch einen Moment, so als ob sie einen Grund suchen würde, Jutta die Tür vor der Nase zuzuschlagen, dann besinnt sie sich. »Ja, aber natürlich«, sagt sie und lässt uns vorbeiziehen. Wobei sie mich einer visuellen Prüfung unterzieht, weswegen ich kurz überlege, ob mein Spaghettiträgerkleid und die Flip-Flops nicht doch etwas zu leger sind. Andererseits bin ich froh, dass ich mich in meinem Zustand überhaupt aus der Wohnung bewegen konnte.

»Hallo, Lore«, sagt Jutta. Ich grüße auch freundlich, setze mich aber erst mal nicht hin, wie Lore vorschlägt, sondern gehe auf die Terrasse und klaube endlich den Lappen von den Geranien, die schon ganz verblüht sind. Marlies glotzt wieder misstrauisch, als ob sie mir die nötige Expertise zum fachgerechten Umgang mit Lappen keineswegs zutrauen würde. Mit der stimmt was nicht, so viel ist schon mal sicher. Auf dem Sofa entspinnt sich derweil ein neues Drama mit dem Titel »Kampf um Lore«, wobei Jutta und Marlies von entgegengesetzten Enden aus kämpfen. »Du kannst nur ein neues Leben anfangen, wenn du das alte abschließt«, tut Jutta eindringlich kund.

»Wer sagt denn, dass sie ein neues Leben anfangen möchte?«, fragt Marlies und setzt sich schnell auf Lores andere Seite. »Vielleicht gefällt Lore ja ihr Leben jetzt so, wie es ist.«

Jutta beugt sich vor und schaut Marlies an Lore vorbei an. »Aber Lores altes Leben ist vorbei«, sagt sie. »Herbert ist weg. Und er kommt auch nicht wieder! Verstehst du das nicht?«

»Er ist überhaupt nicht weg«, bricht es aus Marlies heraus. »Er ist noch da! Er ist in Lore, in ihren Gedanken, in ihrem Herzen. Er ist überall hier in diesem Raum. In der ganzen Wohnung ist er. Also ist er nicht weg. Und das wird er auch niemals sein.« Lore fängt an zu weinen. »Da siehst du, was du angerichtet hast«, fügt Marlies hinzu.

»Einer muss doch hier vernünftig sein«, widerspricht Jutta.

»Vernünftig?« Marlies schnaubt höhnisch. »Was ist denn vernünftig daran, die arme Frau zum Weinen zu bringen?«

»Man muss den Tatsachen ins Auge sehen, Marlies«, sagt Jutta spitz. »Aber ich weiß ja, dass das nicht deine Stärke ist.«

»Was soll das denn jetzt schon wieder heißen?« Marlies stemmt die Hände in die Seiten und sieht aus, als ob sie sich ziemlich zusammennehmen müsste, um nicht zu schreien.

»Das soll heißen, dass ...« Juttas Stimme wird lauter.

Und da reißt mir der Geduldsfaden, der an diesem Morgen sowieso nur dünn und faserig ist. »Ruhe jetzt, Ladys«, rufe ich dazwischen und recke einen Zeigefinger nach oben in die Luft, den anderen lege ich an die Lippen, das Leisezeichen, wie ich es bei meinen Schulkindern mache.

»Also wirklich«, schnaubt Marlies, aber dann ist sie doch endlich still. Nur Lore schnieft immer noch herzzerreißend.

»Danke«, sage ich und nehme den Zeigefinger runter. »Und jetzt fragen wir erst einmal, und zwar in aller Ruhe, Lore, also Frau Meurer, wie sie die ganze Sache sieht.«

»Ja«, schluchzt Lore. »Ich weiß es nicht.«

Jutta will etwas dazwischenplärren, und Marlies holt auch schon wieder Luft, um ihr in die Parade zu fahren, aber da sind ganz schnell meine Zeigefinger in der Luft und an meinen Lippen.

»Schschsch!«, mache ich so energisch, wie es mein pochender Schädel zulässt. »Jetzt ist Lore dran.«

»Herbert«, stößt sie flehentlich hervor. »Warum hast du mich angelogen?«

»Na ja«, sage ich. »Dafür gibt es eine simple Erklärung: Er ist ein Mann.« Ich zucke die Achseln. »Männer sind nun mal so. Das ist wissenschaftlich erwiesen.«

»Wie diese Wissenschaft heißt, würde ich gerne mal wissen«, sagt Marlies. »Mein Wilfried war jedenfalls ganz anders.«

Jutta entfährt ein übergeschnapptes Lachen, dabei wirft sie empört die Hände in die Luft. Ihre Miene ist richtiggehend grimmig, als sie den Mund öffnet.

Doch bevor sie eine Tirade loslassen kann, sagt Lore: »Ich würde sie schon gerne sehen. Seine Kinder, meine ich.«

»Wie bitte?«, frage ich. »Kinder? Was für Kinder?«

»Herberts Kinder.«

»Hab ich irgendwas verpasst? Woher wissen Sie, dass er Kinder hat?«

Sie zieht ein Foto unter einem Buch hervor. »Das hab ich in seiner Brieftasche gefunden.« Drei semmelblonde Kinder unter einem Apfelbaum, französische Granithäuser im Hintergrund. »Sie sind genauso blond wie Herbert, als er klein war«, sagt sie, und die Tränen quellen schon wieder aus ihren Augen. »Und sie haben auch seine Nase. Wenn Herbert drei Kinder hat, die in Frankreich leben, will ich sie sehen. Und die Frau vielleicht …« Sie bricht ab.

Jutta seufzt. »Richtig, Lore. Du wirst dich besser fühlen, wenn du der Sache auf den Grund gehst.«

»Nein, Jutta, ganz falsch«, hält Marlies dagegen, »sie wird dann erst recht am Boden zerstört sein.«

»Jetzt hört doch mal auf zu zanken«, rufe ich. »Wir sollten Lore unterstützen. Und zwar alle gemeinsam!«

»*Ich* für meinen Teil unterstütze Lore nach Leibeskräften«, keift Marlies und zeigt auf Jutta, »was ich von der da nicht gerade behaup...«

»Gut«, unterbricht Lore, plötzlich wieder mit festerer Stimme. »Dann kommst du also mit nach Frankreich, Marlies.«

»Ich?«, ruft Marlies entsetzt. Jutta grinst schadenfroh. »Und du auch, Jutta«, bestimmt Lore.

Da wird Jutta blass um die Nase. »Nein, Lore. Das geht nicht«, wehrt sie ab und gestikuliert fahrig mit ihren Händen. »Ich fahre nicht mit. Nicht ans Meer.«

»Hast du eine Wasserphobie?«, frage ich schmunzelnd, aber Jutta ist offenbar nicht nach Scherzen zumute.

»Nein!« Jutta schüttelt kategorisch den Kopf. »Ich fahre einfach nicht ans Meer und Schluss.«

»Und ich«, gibt Marlies ihren Senf dazu, »halte diese Unternehmung für eine sehr gefähr...«

»Du hast gesagt, du hilfst mir«, unterbricht Lore. »Und du kannst Französisch. Ich brauche dich. Allein schaffe ich das nicht.«

»Aber Wilfried ... und der Friedhof«, fängt sie wieder an.

»Der Friedhof?«, ruft Jutta. »Was willst du denn auf dem Friedhof, du meine Güte! Drehst du jetzt völlig durch?«

Das irritiert mich ein bisschen, da Marlies doch Witwe ist, und deswegen kann ich Marlies verstehen, als sie zurückgiftet: »Ich sag's ja. *Herzlos*. Aber so kennen wir unsere Jutta. Da, wo andere ein Herz haben, hat sie einen Stein.«

»Nimm das sofort zurück«, schreit Jutta, und es dröhnt mir

in den Ohren und hallt in meinem Kopf, eine fiese Rückkoppelung fiept durch meine Eingeweide.

»Jetzt hört doch mal auf mit diesem kindischen Rumgezicke«, rufe ich dazwischen und presse meine Hände auf die Schläfen. »Das ist ja schlimmer als auf dem Schulhof!« Für einen Moment sind alle still. »Kann mir jetzt mal bitte einer sagen, was hier los ist?«, frage ich. »Hier ist nämlich irgendwas Gewaltiges im Busch, und ich will wissen, was es ist. Und zwar von jedem der Reihe nach.« Jutta spielt nervös mit einem ihrer klimpernden Ohrringe, während Marlies abwehrend die Hände vor der Brust verschränkt. Lore sitzt einfach nur da wie ein Häufchen Elend. »So«, bestimme ich und zeige auf Jutta. »Du bist zuerst dran. Was ist deiner Meinung nach das Problem?«

Jutta seufzt. »Das Problem ist: Marlies benimmt sich wie eine Witwe, dabei ist Wilfried gar nicht tot«, erklärt sie. »Er wohnt quicklebendig mit einer Frau namens Corinna in Wolfenbüttel. Nur will Marlies das einfach nicht wahrhaben.«

Ich habe mich noch nicht von dieser überraschenden Neuigkeit erholt, da zischt Marlies: »Dafür war *sie* mit Herbert zusammen, bevor er Lore geheiratet hat.« Dabei zeigt sie anklagend auf Jutta. »Und dass Lore ihr den Mann ausgespannt hat, hat sie Lore nie verziehen. Stimmt's, Lore?« Lore guckt so, als wäre sie gerade zum Latrinendienst abkommandiert worden.

»Aber wir waren doch schon lange getrennt, als Berti sich in Lore verliebt hat«, ruft Jutta. »Und ich war nur ein lächerliches Jährchen mit Berti verheiratet. Das war einfach nur eine *Jugendsünde!* Ich hab mich für Berti gefreut, als er und Lore geheiratet haben, das hab ich dir schon hundert Mal gesagt, nicht, Lore?«

Lores Gesichtsausdruck hat sich immer noch nicht aufgehellt, im Gegenteil. Es scheint nach wie vor, als nebelte ein übler Geruch ihre Riechzellen ein.

»Und sie hasst es, dass du ihn Berti nennst«, kreischt Marlies.

»Ich kenne Herbert Meurer seit fünfzig Jahren«, brüllt Jutta, »und er war nun mal der Berti, und er wird immer der Berti für mich bleiben, damit müsst ihr euch abfinden!«

Marlies plustert sich schon wieder auf, aber jetzt ist Schluss, das sehe ich Lore, deren Schultern beben, an.

»Seid ihr endlich fertig?«, rufe ich dazwischen.

Jutta atmet tief aus und sagt in ruhigem Ton: »Tut mir leid, Lore. Vielleicht können wir ja noch mal in Ruhe darüber sprechen, warum dich das stört, dass ich ihn Berti nenne. In Ordnung?«

Lore weint stumm vor sich hin und zuckt mit den Schultern.

Marlies spitzt die Lippen: »Und nur damit das mal gesagt wurde. Jutta soll sich hier nicht so aufspielen, schließlich …«

»Wer spielt sich denn hier auf?«, unterbricht Jutta sie.

»Schließlich hat sie Reinhardt …«, will Marlies fortfahren.

»Ruhe!«, brüllt Jutta zornesrot. »Kein Wort mehr, Marlies.«

»Aber …«

»Marlies!«, mahnt Jutta und ballt die Fäuste.

Und Marlies lässt sich davon beeindrucken, denn sie verstummt, welch eine Wohltat für meine pochenden Schläfen und mein zerschlissenes Nervenkostüm.

»Also«, bemühe ich mich, diese Diskussion sachlich abzuschließen. »Wenn ich die Sache richtig sehe, dann dürfte es kein Problem sein, wenn Marlies … wenn Frau Helmschrodt mit nach Frankreich fahren würde.«

»Aber …«, setzt sie an.

»Immerhin sind Sie dann die Einzige, die Ihrer Freundin wirklich hilft.« Marlies' Augen verengen sich einen Moment, während sie kurz nachdenkt, dann schaut sie triumphierend zu Jutta.

»Das stimmt«, sagt sie zufrieden. »Auf mich kann Lore sich immer verlassen.« Sie tätschelt ihrer Freundin die Schulter, die dankbar ihre Hand drückt.

»Na also.« Ich seufze erleichtert. »Dann wäre das ja geklärt.«

12

Ich sitze auf meinem Balkon in der Sonne, die ich mit einem Schirm von meiner zarten Haut abhalte. Erstens würde die Sonne meine Hirnzellen überkochen lassen, und zweitens sind die Zeiten, in denen ich meine Epidermis für einen strahlenden Look strapaziert habe, endgültig vorbei. Als ob ein reizvoller Teint helfen würde, den Mann des Lebens zu finden! Was für ein Blödsinn. Ach, ich bin froh, dass ich das Kapitel endgültig abgeschlossen habe. Erst gestern habe ich gesehen, wie deprimierend das werden kann. Dr. Fritz Bender und seine Yuna Mika Park wirkten jedenfalls vor dem Traualtar nicht glücklich. Kein Seifenblasensurfen, kein schaumiger Triumph der Gefühle. Zufriedene Gesichter, das ja. Wie bei einer Firmenfusionierung, wenn die Aktienkurse steigen.

»Mann«, flüsterte ich Cousin Ulf zu, während vorne die Ringe angesteckt wurden. »Hier heult ja nicht einer! Weder die Braut noch die weibliche Verwandtschaft. Ich sehe keine einzige Träne!«

»Wieso sollte einer weinen?«, fragte Ulf zurück. »Das ist doch eine *Hochzeit*, keine Beerdigung.« Männer sind ja solche Emotionsamateure! Und da soll sich noch einer wundern, dass sie von Liebe keine Ahnung haben.

Als die Zeremonie vorbei war, durfte Richard Wagner in die Tasten hauen mit seinem Brautgedöns. Ich schlurfte hinter Ulf hinaus in die grelle Sonne, wo ein Rolls-Royce-Cabriolet auf das Brautpaar wartete, um sie zur Lokalität der Wahl zu kutschieren. Da fuhren sie dahin, der Schleier der Braut wehte fotogen im Wind, und der Hochzeitsfotograf knipste sich die Finger wund. Ulf hielt mir die Tür seines Wagens auf, kontrollierte aber noch schnell, ob an meinen Schuhen vielleicht irgendein Staubkörnchen haftete, das den Innenraum verschandeln könnte. Ich durfte passieren und setzte mich auf das rote Leder. »Und?«, wollte er mit stolzgeschwellter Besitzerbrust wissen. »Wie findest du es?«

»Na ja«, sagte ich. »Schon schick.«

Ich ließ den Arm über die Seitentür baumeln, bekam von Ulf allerdings einen Rüffel. Er erklärte mir, wie sehr Talgabsonderungen den Lack korrodierten. Ich hätte ihm gerne erklärt, dass seine Wortabsonderungen mein Hirn korrodierten, riss mich aber zusammen. Ich war im Dienste der Wissenschaft unterwegs, da durfte ich nicht zimperlich sein. Das sagte ich mir immer wieder, als er mich auf der Fahrt zum Veranstaltungsort, einem elitären Herrenhaus in Alfter, vollsabbelte mit seinen Ansichten über das Gemurkse der Kassenärztlichen Vereinigung, die dafür sorgte, dass Fachärzte wie er bald am Hungertuch nagen würden.

Ich beschloss, die Scheidung einzureichen, als wir ankamen, doch irgendwie schien Ulf der Ansicht, dass er mich gemietet hatte. Jedenfalls zeigte meine Ansage »Ich misch mich mal unters Partyvolk« keine Wirkung, denn er klebte an mir wie ein Polyesterhemd bei dreißig Grad und stellte mich wahllos irgendwelchen Leuten vor. Nach dem ersten Schampus nannte Ulf mich »seine persönliche Krankenschwester« und kicherte grunzend. Anlass genug, die Diagnose »Dummschwätzerei« um

»Alkoholunverträglichkeit« zu erweitern. Ich versuchte natürlich trotz der widrigen Umstände, meine Recherche voranzutreiben, aber niemand konnte mir etwas wirklich Aufschlussreiches über die Braut erzählen. Die am häufigsten benutzten Schlagwörter waren »gute Partie«, »interessantes Forschungsgebiet« und »Handicap 8«.

»Fritz spielt Golf?«, entfuhr es mir, und alle glotzten mich blöd an. »Dr. Bender, meine ich natürlich.«

»Er ist Arzt. Was soll er sonst in seiner Freizeit machen?«, fragte ein rothaariger Lulatsch zurück, und alle lachten schallend.

»Welche Freizeit?«, gab eine Schwarzhaarige zurück, die eindeutig zu klein war für ihr Gewicht. Noch mehr Gelächter. Haha. Medizinische Kalauer vom Allerfeinsten.

»Besonders jetzt wird er noch weniger Zeit haben«, sagte der Rothaarige. »Er muss sich ja anstrengen, um mit seiner Frau mitzuhalten.«

»Ja.« Die Schwarzhaarige wiegte anerkennend den schweren Kopf. »Yuna ist wirklich ehrgeizig. Hat die Bender'sche Aufnahmeprüfung bestanden *und* den Gottfried-Wilhelm-Leibniz-Preis gewonnen. Für mich ist sie eine klare Nobelpreiskandidatin.«

»Nobelpreis?«, entfuhr es mir prustend. »Da sag ich nur: hinten anstellen!«

»Ach ja?«, fragte Ulf anzüglich. »Woran forschst du denn? An sexy Krankenschwesternuniformen?« Er versuchte, den Arm um mich zu legen, aber ich streifte ihn schnell ab.

»Zu deiner Information«, sagte ich, »mein Forschungsobjekt ist der emotionsbehinderte Mann, dessen charakterliche Defizite zum Aussterben der Liebe führen. Und wenn du mich jetzt entschuldigen würdest – meine soziologischen Forschungen dich betreffend sind abgeschlossen.«

»Aber …«, widersprach er begriffsstutzig. »Ich hab dich doch in meinem Auto mitfahren lassen!«

»Sehen Sie, meine Damen und Herren, *quod erat demonstrandum*«, sagte ich zu den anderen und ließ ihn stehen.

Es wurde dringend Zeit für mich, ins Epizentrum der Feierlichkeiten vorzustoßen, in das bombastische Festzelt, das auf der Wiese vor diesem mondänen Herrenhaus aufgebaut worden war, dorthin, wo das Brautpaar samt seiner gelehrten Erzeuger die Aufwartungen entgegennahm.

13

Es ist immer noch Sonntag, mittlerweile Nachmittag, und ich mache mir gerade einen Tee, da höre ich Geschrei von oben. Es rumpelt gewaltig, und etwas kracht, noch ein Schrei, und dann ist da wieder diese unheimliche Stille. Ich bekomme ein klammes Gefühl. Was geht da oben vor sich? Paulas Veilchen fällt mir wieder ein und ihre neue Vorliebe für Sonnenbrillen, völlig unabhängig von meteorologischen Einflüssen und Tageszeiten. Das kann man doch nicht mehr nur mit ihrem Künstlerdasein begründen! Und überhaupt.

Jetzt wo ich drüber nachdenke und mir noch mal die letzten Begegnungen ins Gedächtnis rufe, scheint mir die sonst so lebhafte Paula regelrecht zu verblassen, farblos zu werden, wie ein grüner Filzstift, nachdem man einen Wald koloriert hat. Das ist doch wirklich seltsam. Und eventuell Anlass für ein bisschen Zivilcourage. Am Ende muss ich noch vor Gericht zugeben, dass ich mir Sorgen gemacht, aber nichts unternommen habe, weil man sich ja nicht in das Privatleben von Leuten einmischen will. Das wäre ja nun reichlich bescheiden, charakterlich gesehen.

Doch bevor ich die Polizei oder sonst wen einschalte, muss ich mehr herausfinden. Also entschließe ich mich, nach dem

Rechten zu sehen, der Sache auf den Grund zu gehen. Auch wenn es mir widerstrebt. Ich steige also die Treppe hoch, mein Herz bummert. Ich war erst einmal bei Paula und Lars oben, als ich ein Paket für sie angenommen habe. Vor der Tür stehen Laufschuhe in Männergröße und Damengummistiefel in Knallrot. Sie haben eines der Schrägstrichklingelschilder: Habermann/Woltz. Nichts rührt sich.

Ich will schon gerade wieder umkehren, da wird die Tür aufgerissen. Lars steht da, der Bankmensch, am Wochenende ganz volksnah in Jogginghose und T-Shirt. Er ist trotz Bäuchlein und etwas abstehenden Ohren ein ganz ansehnlicher Kerl mit blonden Haaren, die ihm keck ins Gesicht fallen. Er lächelt wie sonst auch immer, wenn ich ihn sehe. Doch jetzt wird sein Blick unstet und etwas wirr. Oder täusche ich mich?

»Hi, Emmi. Was gibt's?«, fragt er freundlich. Im Hintergrund ist ein Fernseher zu hören, von Paula keine Spur.

»Ich wollte fragen, ob ihr was Milch für mich habt.« Ich wedele mit der Tasse, die ich mitgenommen habe, damit er mich reinlässt.

»Nein, tut mir echt leid.« Er zuckt mit den Schultern. »Ist uns auch ausgegangen. Aber der Kiosk um die Ecke hat welche.«

Er will die Tür schon wieder zumachen, da sage ich aus einem Reflex heraus: »Warte mal.«

»Was denn noch?« Seine Freundlichkeit bekommt etwas Angestrengtes, so als wäre ich der letzte Kunde vor Schalterschluss, der mit Extrawünschen zu Überstunden zwingt.

»Ich wollte Paula was fragen«, sage ich. »Ist sie da?«

»Ja. Und nein.« Er lacht. »Sie ist mitten in einem Projekt und hat nächste Woche Abgabetermin. Ich habe strenge Anweisung, sie nicht zu stören.«

»Oh. Na ja. Wenn sie eine Pause macht, dann sag ihr doch,

ich würde sie gerne kurz sprechen. Wegen ... eines Schulprojekts. Da könnten wir ihre Hilfe gebrauchen. Wird bezahlt natürlich.« Die Aussicht auf ein Honorar muss doch eine darbende Künstlerin anlocken.

»Ich sag's ihr.« Lars nickt. »Tschüs!«

Und damit drückt er die Tür zu. Nachdenklich gehe ich die Treppe runter. Er macht eigentlich einen total normalen Eindruck, auch ist er mir bisher nie als irgendwie aggressiv oder sonst wie unbeherrscht aufgefallen. Aber mein Instinkt sagt mir, dass bei den beiden was faul ist. Dass er Paula gegenüber vielleicht handgreiflich wird. Instinkt allein ist allerdings noch kein Beweis. Verdammt. Warum hab ich früher nie drauf geachtet, was da oben los ist? Weil ich natürlich mit der unnützen Männersuche beschäftigt war, deswegen. Da sieht man es mal wieder, wozu es gut ist, dass ich damit aufgehört habe.

Im Treppenhaus kommen mir Lore und Marlies entgegen, die sich wie zwei Schulmädchen vor meiner Tür herumdrücken.

»Guten Tag«, begrüße ich sie, »wollen Sie zu mir?«

Sie nicken und grüßen zurück. Lore ringt sichtlich nach Worten, also eröffnet Marlies das Gespräch mit dem erstaunlichen Bekenntnis: »Frauen sollten nichts steuern, was größer ist als ein Einkaufswagen.«

»Aha«, mache ich und versuche, den tieferen Sinn dieses Satzes zu entschlüsseln.

»Das hat Wilfried immer gesagt«, wirft Lore ein.

»Er hat mir deshalb einen Smart gekauft.« Marlies nickt.

Dann schauen mich beide erwartungsvoll an.

»Schön für Sie«, antworte ich, während ich immer noch rätsele, wohin diese Unterhaltung führen wird. »Ich fahre am liebsten Fahrrad«, füge ich probehalber hinzu.

»Aber einen Führerschein haben Sie doch wohl«, stellt Marlies fest.

»Natürlich habe ich einen Führerschein«, antworte ich und komme mir schon vor wie beim Onlinedating.

»Gut …« Lore seufzt erleichtert.

»Dann ist es also abgemacht«, sagt Marlies.

»Äh … Was ist abgemacht?«, frage ich skeptisch.

Die beiden werfen sich einen Blick zu, und Lore Meurer beißt sich auf die Lippen.

14

Meine erste Begegnung mit Untreue hatte ich lange vor Dr. Fritz Bender. Genauer gesagt am Ende der Schulzeit. Ich war kurz vor den Abiklausuren mit Jens zusammengekommen, einem Matheass mit hübschen blauen Augen und akzeptabler Frisur. Er half mir beim Lernen und ich ihm dabei, die Menge an Spucke beim Zungenkuss zu kontrollieren. Bei der Party zur Feier der letzten Klausur ging es ziemlich heiß her. Damals hatte man noch keine exquisiten Hobbys, sondern soff einfach alles, was einem unter die Finger kam. Verheerend! Denn kaum kam ich vom Brechen wieder, da hatte der volltrunkene Jens schon seine Zunge der dumpfbackigen Bine in den Hals geschoben.

»Ich dachte, du wärst weg«, lallte er, als ich ihn von dieser dreisten Kuh wegzerrte, die mich aus lidschattenverschmierten Augen anschielte und was von »Weggegangen, Platz vergangen« brabbelte. In meinem Hirn drehte sich sowieso alles, deswegen beschloss ich, dieses zauberhafte Pärchen nicht an seiner Vereinigung zu hindern. Und da ich danach keine Mathenachhilfe mehr brauchte, weinte ich Jens keine Träne nach.

Erst die zweite Seitensprungepisode ging mir an die Nieren. Und machte mich stutzig. Erste Voraussetzung für das Abenteuer Forschung: Neugier!

Date Nummer 41 bis 53 war Holger V. Marx. Dieses V war eine große Sache für ihn, obwohl er mir nie verriet, wofür es eigentlich stand. Ich nannte ihn heimlich Holger den Fünften, weil das V ja auch die römische Zahl Fünf ist. Holger der Fünfte war der Star an der Philosophischen Fakultät, einer traditionell frauenlastigen Stätte, durch die er mit gefälligem Lächeln zu schlendern pflegte, seine ganzen hundertneunzig Zentimeter Körperlänge ein Festspiel der Proportionen. Ich hatte ihn schon im Verdacht, narzisstisch veranlagt zu sein, weil ihn das Schicksal der Kinder, die er später mal zu unterrichten hätte, viel weniger interessierte als seine glorreiche Stellung als Oberbefehlshaber über die Gefühle seiner Kommilitoninnen. Aber seinen Narzissmus hielt ich damals noch für zweitrangig. Er sah gut aus, er war höflich, er war begehrt, und er war mein. Ein passabler Liebhaber war er auch.

Der Anfang vom Ende kam, als er sich nach einer praktischen Lehrübung mal wieder abfällig über die unfassbare Dummheit von Kindern äußerte und ich ihn fragte, warum er denn ausgerechnet den Beruf des Grundschullehrers gewählt habe. Er sah mich an, seine hellbraunen Augen von Kränkung verschleiert. Kurz darauf erwischte ich ihn mit Caro Siebert, viertes Semester. In meiner Wohnung. In meinem Bett. In meinen violetten Makosatinlaken, die ich mir vor Wonne übersprudelnd in der Woche davor gegönnt hatte! Es war natürlich ein Racheakt gewesen, weil ich gewagt hatte, seine berufliche Qualifikation infrage zu stellen.

Aber sosehr ich mir auch einredete, dass Holger V. Marx einfach ein Loser war, genau wie zuvor Jens, setzte sich in mir der Verdacht fest, dass Männer allzu sorglos mit den Herzen von Frauen spielten und im Zweifelsfall nicht lange fackelten, sie auf den Müll zu kicken. Es verstrichen einige Jahre mit weiteren wenig erfolgreichen Beziehungsversuchen, bis Fritz Bender auf den Plan trat. Fritz Bender, der mich nicht seiner Familie vorstellen wollte und jedes Gespräch zu seiner Herkunft im Keim erstickte, indem er meine Lippen mit seinen versiegelte, wodurch all meine Fragen in einem Rausch der Hormone hinfortgespült wurden. Bis ich wieder bei Verstand und dem ewigen Zweifel ausgesetzt war.

Meine Freundin Kim fand Fritz' Verhalten ebenso suspekt, und wir rätselten viele Happy Hours lang, was denn wohl dahinterstecken könnte. Irgendwann hielt ich es – in Erinnerung an Jens, die Schlabberzunge, und Holger den Fünften – nicht mehr aus. Ich musste es wissen. Musste wissen, was der Grund für sein Verhalten war. Also verfolgte ich ihn. Meine Freundin Kim leistete mir dabei Gesellschaft, nicht ohne mir immer wieder einzutrichtern, dass es ein Fehler sei, *vielleicht*. Vielleicht aber auch nicht.

Wir saßen also in ihrem Auto und beobachteten die Ausfahrt der Mitarbeitergarage des Krankenhauses, in dem Fritz gerade sein Praktisches Jahr abriss. An diesem Abend habe er keine Zeit, hatte er gesagt. Nachtschicht. Aber das sagte er andauernd. Und an dem Tag hatte er erwiesenermaßen gelogen, denn Kim hatte auf seiner Station angerufen, und weil die dort ja so eine dämliche Informationspolitik betreiben, nach der man Patienten keine Auskünfte über das Personal geben darf, hatte sie sich total undercover als Frau Dr. Korschenbroich, Kniechirurgin, ausgegeben und nach ihm gefragt. Und da hatte man ihr gesagt, er habe nur bis sechzehn Uhr Dienst.

Um halb fünf fuhr er mit seinem grünen Saab aus der Garage. Kim und ich rutschten tiefer in unsere Sitze, bis er vorbei war, dann nahmen wir die Verfolgung auf. Wenn er zum Studentenwohnheim fährt, geben wir auf, bestimmte ich. Das Wohnheim – ein versiffter Betonklotz mit zweihundertsechsundfünfzig Einwohnern auf jeweils zwölf Quadratmetern – war der

Grund, dass wir uns immer bei mir trafen. Er hatte es mir einmal von außen gezeigt, und ich hatte ihm zugestimmt, dass es nicht gerade einladend aussah.

Als ich ihn später – von Ruhelosigkeit getrieben – noch mal darum bat, ihn dort besuchen zu dürfen, lehnte er mit der fadenscheinigen Begründung ab, es sei nicht aufgeräumt, woraufhin ich sagte, wenn das ein Grund wäre, sich nicht mehr gegenseitig zu besuchen, würden achtzig Prozent der Studenten den sozialen Tod sterben. Aber er ließ sich nicht umstimmen, und ich bekam sein Zimmer dort nie zu Gesicht. Ein Umstand, den Kim mit störrisch hüpfenden Augenbrauen für fragwürdig erklärte.

Und so wunderte es uns auch nicht allzu sehr, dass er an diesem Tag nicht zum Studentenwohnheim unterwegs war, sondern in die Südstadt fuhr, Alleen mit prächtigen Gründerzeithäusern, schicke Wohnungen, nahezu unbezahlbar. Er parkte seinen Wagen in der Königstraße, sprang raus und stiefelte schnurstracks auf Haus Nummer 42 zu, warf im Vorbeigehen ein Papierchen in die Mülltonne, holte dann einen Schlüssel raus und verschwand hinter der reich mit Schnitzereien verzierten Tür.

Kim und ich fischten in der trüben Suppe der Spekulationen, weil ich vor Schreck wie auf den Autositz getackert war. Ich konnte einfach nicht aufstehen und der Sache auf den Grund gehen. Aber gerade, als ich mich aufraffen wollte, das Klingelschild zu inspizieren, kam Fritz schon wieder raus. Er hatte sich *umgezogen*. Trug jetzt schwarze Jeans und ein hellgraues Jackett. An seiner Seite eine Frau in einem roten Kleid, einen Blumenstrauß in Geschenkverpackung in der Hand. Sie hatte einen dunkelbraunen Pixie-Cut und lachte mit lackierten Lippen. Er legte ihr den Arm um die Schultern, und zusammen gingen sie zu einem windschnittigen Audi TT, in dem sie in eifriger Harmonie davonbrausten.

Ich saß da, zusammengeschnurrt wie ein ausgeleierter Luftballon, aus dessen löchriger Membran jedes Fitzelchen Luft entwichen war. Kim sagte gar nichts, sondern stieg aus und ging zu Haus Nummer 42, und als sie wiederkam, peitschte sie mir die Namen auf dem Schrägstrichklingelschild um die Ohren: Bender/Schultheiß, erster Stock links. Und da nützt das schönste Hobby nichts, von so was erholt man sich nie mehr.

15

Lore und Marlies wollen also, dass ich mitfahre. Als Chauffeurin. Ich muss ein bisschen kichern. Damit haben sich meine Urlaubsoptionen in diesem Jahr ja noch mal *spektakulär* verändert. Mit zwei Witwen, *von denen die eine nur so tut, als wäre sie eine*, auf den Spuren eines untreuen Ehemannes in die Normandie zu fahren, kommt mir ungefähr genauso verlockend vor wie mit achthundert aufgekratzten Singles übers Mittelmeer zu schippern oder mit meinen Eltern auf Nostalgietour in den Bayerischen Wald zu fahren. Da bleibe ich doch lieber hübsch auf meinem Balkon sitzen. Erstens will ich meine neu gewonnene Freiheit genießen, und zweitens muss ich erst noch die Geschehnisse von gestern verarbeiten. Und damit meine ich nicht das, was Lore durchmachen muss, sondern das, was auf Dr. Fritz Benders Hochzeit noch passiert ist.

Das bombastische Herrenhaus, wo am Samstag die Bender-Park-Fusion gefeiert wurde, war nämlich keineswegs eine gemietete Location. Es war der Bender'sche Familiensitz. *Einer* der Familiensitze. Sie haben noch Häuser an allen erlauchten Ecken und Enden der Welt. Ich sage nur: eine Dachterrassenwohnung in Saint Tropez, ein Loft in London, ein Chalet in der Schweiz. Und etliche andere Luxusadressen. Diese Zusammenhänge erklärte mir ein Klappergestell in einem silberfarbenen Korsagenkleid, das am Rand des Festpavillons stand und sich an ein Glas Champagner klammerte. Und mir leuchtete sofort ein, dass der Spross so einer Familie nicht mal einen dicken Zeh in ein Studentenwohnheim setzte! Wo sollte er denn da seine goldenen Löffel aufbewahren? Während mich das Klappergestell also über das Familienvermögen aufklärte, überlegte ich, ob das vielleicht eine Erklärung war für Fritz' seltsames Verhalten an dem Tag, an dem wir uns nach der großen Inspektion unserer Beziehung noch einmal getroffen und ich ihn mit meiner Spürnase konfrontiert hatte, die ihm auf die Schliche gekommen war.

Erst starrte er mich eine gefühlte Ewigkeit mit seinen nougatfarbenen Augen an. Meine Wut begann unter seinem Röntgenblick zu bröckeln, und damit auch der Entschluss, ihn sofort zum Teufel zu jagen und nie wiedersehen zu wollen.

»Sag was«, bat ich, als ich den beißenden Funkenhagel in meinem Magen nicht mehr aushielt.

Er senkte den Kopf zu Boden, die Arme auf den Knien abgestützt, erschöpft wie nach einem langen Marsch. Überlegte noch einen Moment, dann guckte er wieder zu mir hoch, und die Falten, die sich von den Nasenflügeln bis zu den Mundwinkeln zogen, waren tiefer denn je.

»Vertrauen«, sagte er mit einer Stimme, die tief aus einem Schacht zu dringen schien. »Das ist für mich das Wichtigste in einer Beziehung.«

Ich dachte kurz daran, ihm die Nase zu brechen, aber stattdessen rief ich aufgebracht: »Wie kann ich dir denn vertrauen, wenn du mich so anlügst?«

Er seufzte tief. »*Du* hast mich hintergangen, indem du mich verfolgt hast«, stellte er fest. Was für eine völlig verquere, hanebüchene, bodenlos freche Logik!

»Wie sollte ich denn nicht skeptisch werden, wenn du mich nie deiner Familie vorstellst?«, schrie ich. »Und jetzt weiß ich ja auch, warum. Weil du eine andere hast! Weil du längst mit jemandem zusammenwohnst!«

»Ja, das tue ich«, sagte er. »Aber das ist meine Sache.«

»Das ist ... *deine Sache?*«, kreischte ich.

Anstatt auf meine Frage zu antworten, stand er auf und sagte dann einen Satz, über den ich seitdem tausendmal nachgegrübelt habe. »Prinzipien. Der wichtigste Schutz für alles, was einem lieb und teuer ist.« Und damit ging er zur Tür, drehte sich um, durchbohrte mich noch einmal mit seinem Röntgenblick und sagte: »Schade. Sehr schade.« Und dann war er weg. Aus meiner Wohnung und meinem Leben.

Aber nicht aus meinen Gedanken.

»Klingt wie der Propagandaspruch für eine Versicherung«, sagte ich zu Kim, als wir seinen Auftritt zum hundertsten Mal sezierten.

»Für mich klingt es einfach wie Scheiße«, sagte Kim und winkte dem Kellner.

Damals hatten wir das Hobby Mojito. Auch eine feine Sache.

Immerhin hatte mein Besuch bei Fritz Benders Hochzeit gestern eine durchaus erhellende Wirkung, weil ich seinen blöden Propagandaspruch endlich kapiert habe. Der ist tatsächlich so was wie das Familienmotto. Bei Benders geht nämlich alles nach extrem strengen Prinzipien zu, und Fritz hatte nichts weiter getan, als sich daran zu halten. Was für ein Armutszeugnis! Dickes Bankkonto, aber charakterlich insolvent.

Nach der Unterhaltung mit dem Klappergestell hatte ich – zwischen diversen Gläsern Champagner – noch einige sehr aufschlussreiche Begegnungen. Erst wäre ich an der Schampusbar fast mit Fritz zusammengestoßen, wobei mein Hut vom Kopf gefegt wurde. Ich war erschrocken, doch dieser Fritz starrte mich einfach nur an. Er war auch noch dürrer als der Fritz vom Traualtar und hatte auch keinen Röntgenblick.

Jemand rief: »Mark, dein Bruder sucht dich.«

»Welcher?«, fragte Mark im Weggehen. »Fritz oder Christian?«

Gut, dass ich selbst angesichts der nächsten Blutsverwandtschaft unter dem Radar fliegen kann, dachte ich gerade und wollte meinen Hut wieder aufziehen, da sagte jemand: »Emmi?«

Ich drehte mich um. Es war der Pixie-Cut, die Schrägstrich-Schultheiß.

»Hä?«, machte ich eloquent und sammelte mich gerade genug, um verwirrt zu stammeln: »Wo… woher kennst du meinen Namen? Und mich? Und überhaupt?«

Sie lachte. »Fritz hat mir mal ein Foto von dir gezeigt.«

»Nein!«, entfuhr es mir. Ich schnappte mir schnell noch ein Glas, das auf einem Tablett an mir vorbeischwebte.

»Wegen dir hat Fritz doch damals mit mir Schluss gemacht.«

»Echt jetzt?« Mir klappte die Kinnlade runter, und eine Menge Fragen kullerten durch meinen Kopf. »Aber … das versteh ich nicht …«

»Er kam eines Tages nach Hause und sagte: Merle, ich hab jemand anderes kennengelernt.« Auf meine Frage hin fügte sie das genaue Datum hinzu.

»Aber das war ganz am Anfang von unserer Beziehung«, sagte ich ungläubig und versuchte weiter, die Zusammenhänge zu begreifen. »Ein Jahr später habt ihr immer noch zusammengewohnt!«

Sie nickte. »Ja. In verschiedenen Zimmern. Wir hatten uns friedlich getrennt, und ich war damals gerade im Examen. Fritz hatte auch so viel zu tun im Krankenhaus, aber …«, sie senkte die Stimme und schaute sich kurz um, als ob sie überprüfen wollte, dass wir nicht belauscht würden, »… aber vor allen Dingen hätte es Ärger gegeben mit seinem Vater.«

»Wie jetzt? Das verstehe ich alles nicht.«

Sie lachte wieder. »Die Bender'sche Frauenpolitik ist ja auch wirklich nicht leicht zu verstehen. Wenn man es aus Sicht der Familie sieht, allerdings schon. Frauengeschichten stürzen jede große Familie in den Ruin, das hat der Senior seinen Jungs aber so was von eingebläut. Bei vier Brüdern kein Wunder.«

Und dann zog sie mich in ein stilles Eckchen und erläuterte mir die Regeln, die Dr. Dr. Siegfried Bender aufgestellt hatte, um das über Jahrhunderte vererbte und ständig vermehrte Familienvermögen zusammenzuhalten. Trau keiner Frau, die über dein Vermögen Bescheid weiß, es sei denn, sie hat mehr Geld als du. Und trau auf gar keinen Fall einer Frau, die dir nicht gehorcht. Die Probezeit beträgt ein Jahr. Vorher darf sie nichts von dem Vermögen erfahren. Wenn sie Probleme macht, kann sie keine Bender werden. Denn eine Frau, die du nicht im Griff hast, darf auf keinen Fall geheiratet werden, egal ob mit Ehevertrag oder ohne, das gibt nur Ärger.

»Was ist das denn für ein Schwachsinn?«, rief ich aufgebracht.

Sie zuckte mit den Schultern. »Geld macht seltsam«, sagte sie. »Ehrlicherweise hatte ich immer gedacht, dass Fritz anders wäre. Dass er ausscheren würde. So wie Hannes, sein jüngerer Bruder. Der lebt in Hamburg, weil er keine Lust hat, sich vorschreiben zu lassen, wie er zu leben hat. Weswegen er heute auch nicht eingeladen ist.« Sie seufzte. »Als du also gegen die Bender'schen Regeln verstoßen hast, indem du Fritz hinterherspioniert hast, war er zwar ganz schön fertig, aber weiterhin der brave Junge.« Sie zuckte mit den Schultern.

Ich nahm mir noch einen Champagner. »Und jetzt ist er mit

ihr verheiratet«, stellte ich fest und deutete auf die schöne Yuna Mika Park, die wie eine Eisskulptur am Brauttisch thronte.

»Eine perfekte Frau für einen Bender«, erklärte Merle. »Reich, gebildet, ehrgeizig, folgsam.«

»Tja«, sagte ich achselzuckend »Damit konnte ich leider nicht dienen.«

»Nimm's nicht zu schwer. Das können die wenigsten.«

Sie lächelte mir zu, und ich bedankte mich bei ihr für die interessante Unterhaltung. Meine Mission hatte ich damit erfolgreich zu Ende gebracht. Ich wusste, was ich wissen musste, und konnte nach Hause gehen. Ich also raus aus dem Pavillon, vorbei an den gesittet parlierenden Gästen, wobei ich mein Handy aus der Tasche zog, um mir ein Taxi zu rufen, und weil ich aufs Display starrte, sah ich ihn erst, als er schon vor mir stand. Ich konnte noch gerade abbremsen, bevor es eine erneute Kollision gab.

»Emmi?«, fragte er ungläubig, und seine nougatfarbenen Augen begannen zu schmelzen. Diesmal war es der echte Fritz.

»Hi, Fritz«, sagte ich, und zum Glück fiel mir ein, was man an so einem Tag landläufig zu einem Bräutigam sagt. »Herzlichen Glückwunsch.«

»W… was«, stammelte er, »was machst du denn hier?«

»Ich musste sehen, ob du jemanden gefunden hast, der sich an deine Prinzipien hält. Und das hast du. Das freut mich für dich.«

Er schluckte, die Wangen hohl, der Röntgenblick flackerte.

»Emmi …«, fing er an, aber ich konnte plötzlich nicht mehr atmen.

»Mach's gut«, sagte ich, drehte mich schnell um und ging.

Als ich aus der Einfahrt heraus war, wandte ich mich um, und da stand er noch immer und sah mir nach, und zum Glück kam da schon das Taxi. Ich stieg hinein, knallte die Tür zu und schaute noch einmal auf den Mann, der mir das Herz gebrochen hatte und der an seinem Hochzeitstag aussah, wie auf kleiner Flamme gar gekocht.

Sein Blick verfolgt mich bis jetzt. Ich sitze in Ruhe auf meinem Balkon und bin nach wie vor hin- und hergerissen. Einerseits bin ich froh, dass ich jetzt Bescheid weiß. Dass ich wenigstens die Frage »Warum hat er mich damals verlassen?« beantworten kann. Und ich widerstehe der Versuchung, mir Vorwürfe zu machen, dass ich nicht ausgeharrt habe, denn dann wäre ich jetzt vielleicht mit Dr. Fritz Bender und seinem Familienimperium verheiratet, eine angepasste Maus in der Falle. Andererseits habe ich ihm angesehen, dass auch er verletzt worden ist. Dass ich nicht die Einzige bin, die verwundet aus der Beziehung herausgegangen ist. Aber es stellt sich keine Genugtuung darüber ein, es ist kein Triumph – im Gegenteil, all die verdammten Konjunktive haben sich zusammengerottet und setzen mir zu: hätte ich vielleicht, hätte ich doch, hätte er, hätten wir ... Wäre dann die Sache anders ausgegangen? Wären wir zusammen glücklich geworden? Ach, immer diese Fragen, auf die es keine Antworten gibt.

Es klingelt an meiner Tür, sicher Lore und Marlies, die mich noch mal bequatschen wollen wegen der Fahrt, und ich überlege schon, wie ich sie möglichst elegant abwimmeln kann. Bleib ruhig und freundlich, sage ich mir und öffne die Tür. Und da steht auf meiner Fußmatte weder Lore noch Marlies noch Jutta. Vor meiner Wohnungstür steht Dr. Fritz Bender, die Haare zerzaust, das hellgrüne T-Shirt mit dem Beerlao-Aufdruck aus Amsterdam verwaschen, und er schaut mich an, und in seinen nougatfarbenen Augen läuft ein Schmachtfetzen der dramatischsten Sorte an, Popcornkino vom Allerfeinsten.

16

Sechs Jahre hat er Zeit gehabt, *sechs Jahre*, in denen ich mich mit Fragen und Vorwürfen gemartert habe, versucht habe, mein Herz zu flicken, und dann ist er *seit einem Tag verheiratet* – und da kommt er mit *so was?*

Nein, mein Lieber, nicht mit mir!

Nicht mit Emmi Pfeiffer, der Expertin für Enttäuschungen!

Es ist Montagmorgen, ich habe Urlaub, immer noch fast sechs Wochen lang. Mit Ausschlafen war heute nichts, bin schon ewig wach, musste nachdenken. Über Dr. Fritz Benders unmoralisches Angebot. Seelentoxikum hat Kim ihn genannt, wegen seiner vergiftenden Wirkung auf mein Gemüt. Sie würde ausrasten, wenn sie hören würde, was er gestern vorgetragen hat! Natürlich werde ich nicht auf seinen Vorschlag eingehen, also bitte, das wäre ja noch schöner. Ich habe es sogar geschafft, Fritz nicht hereinzulassen, habe seinem flackernden Röntgenblick widerstanden, ihn abgewiesen und zurückgeschickt zu seiner Frau. Eine hundertprozentige Garantie auf meine Standfestigkeit möchte ich natürlich nicht geben. Er war in ziemlich desolater Verfassung, herzerweichend gar. Und man wird schließlich keine Expertin für Enttäuschungen, wenn man immer das macht, was einem die Vernunft zuschreit.

Deswegen halte ich es für das Klügste, ein paar Tage zu verschwinden. Und da meine reizende Vermieterin und ihre noch reizendere Begleitung, das Frisurenmonument Helmschrodt, nicht allein den Meurer'schen Mercedes steuern können, werde ich also morgen in die Normandie fahren. Ich muss nur noch meinen Eltern klarmachen, dass ich lieber mit meiner verwitweten Nachbarin in den Urlaub fahre als mit ihnen in den Bayerischen Wald. Und davor muss ich noch etwas anderes erledigen. Projekt »Zivilcourage für Anfänger«. Deswegen trinke ich auch meinen Kaffee im Flur, mit einem Ohr an der Wohnungstür klebend. Da endlich höre ich Schritte auf der Treppe. Ich linse durch den Türspion und sehe ihn in seiner Bankuniform vorbeieilen, blank rasiert und hübsch mit Schlips, springt er seinem Tagwerk bei der Sparkasse entgegen. Darauf hatte ich gewartet. Ich stelle die Tasse ab und laufe ins Wohnzimmer, spähe zwischen den Blättern meiner Grünlilie hindurch auf die Straße, dort steht der dunkelblaue Seat. Ich beobachte, wie Lars einsteigt, seine Tasche auf den Beifahrersitz wirft und losfährt. Bingo!

Mein Herz trommelt, als ich nach oben laufe und schelle. Bitte mach auf, flehe ich stumm. Und tatsächlich, ich höre sie schon hinter der Tür.

»Ja, das ist eine Knallerfrau, echt mega. Bis auf das Gesicht natürlich.« Spöttisches Lachen. Die Tür geht auf. Da ist Paula, diesmal ohne Tarnbrille. »Die Figur ist der Killer, das Face voll Merkel«, sagt sie noch ins Telefon, bevor sie mich sieht und erschrocken den Kopf wegdreht, sodass ich das Veilchen nicht sehen kann. »Ich ruf zurück, okay?« Sie legt auf. »Hey, Emmi«, sagt sie verlegen. »Ich dachte, es wäre Lars.« Sie will die Tür schon wieder schließen, aber ich drücke dagegen.

»Paula, ist alles in Ordnung?«, frage ich schnell.

»Ja, natürlich«, sagt sie mechanisch und sieht mich nicht an.

»Was ist mit deinem Auge passiert?«

»Ach, ein dummes Missgeschick. Mir ist beim Lesen das Buch runtergefallen, genau auf die Fresse. Oder besser gesagt, aufs Auge.« Sie lacht, es klingt eher hysterisch als fröhlich. Ich mustere sie argwöhnisch. Natürlich kenne ich diese Art Ausreden aus unzähligen Krankenhausserien. Normalerweise heißt es da gerne »bin die Treppe runtergefallen« oder »gegen den Türrahmen gelaufen«, und dann weiß der gut aussehende Assistenzarzt oder die clevere Krankenschwester sofort, dass da was im Busch ist. »Dämliches Hardcover«, setzt Paula noch hinzu, aber ich falle nicht drauf rein.

»Schlägt er dich?«, frage ich rundheraus.

»Was? Nein! Natürlich nicht!« Sie hebt abwehrend die Hände. *»Natürlich nicht«*, wiederholt sie. »Was für eine Idee! Pfffhh, also wirklich, als ob Lars so was machen würde, also bitte, das ist lächerlich, wirklich *total lächerlich.*« Sie wiederholt ein verächtliches »Pfffffhhh!« Und fragt dann: »Wie kommst du denn darauf?«

»Na ja, ich hab diesen Lärm gehört, ein paar Mal und … ich hab schon überlegt, ob ich die Polizei rufen soll.«

»Was? Nein!«, ruft sie erschrocken. »Wir hatten nur eine klitzekleine Auseinandersetzung, okay, da ist halt mal ein bisschen Geschirr zu Bruch gegangen, hahahahaha, das kann doch mal passieren.«

Ihr Veilchen sieht wirklich abenteuerlich aus, das Weiße in ihrem Auge ist rot unterlaufen, was zu der hellblauen Iris richtig unheimlich wirkt. Und sie ist doch so viel kleiner als Lars, und hier stimmt was nicht. Ich *spüre*, dass sie nicht die Wahrheit sagt, und zwar so sehr, dass ich es fast greifen kann. Ich seufze.

»Paula … das ist eine ernste Sache. Wenn er so was einmal macht, macht er es wieder.«

»Ich sage doch, da war nichts«, beharrt sie.

Ich stehe noch einen Moment unschlüssig vor der Tür, merke jedoch, dass es nichts bringt. »Aber wenn du Hilfe brauchst, sag mir Bescheid«, bitte ich sie noch. »Du weißt ja, wo du mich findest.«

Sie nickt, ich drehe mich um und gehe nach unten. Ich meine, was hatte ich erwartet? Dass sie mir im ersten Anlauf die Wahrheit sagt? Es ist ja für geschlagene Frauen total schwer, sich so was einzugestehen, da habe ich schon oft was drüber gelesen. Die Frauen verteidigen ihre Männer und halten zu ihnen, sobald ein Dritter dazukommt und nachfragt. Manchmal haben sie natürlich auch einfach Angst vor dem Mann, wenn er mitkriegt, dass sie geplaudert haben. Aber ich habe schon eine Idee, was ich noch unternehmen kann. Denn eines ist klar: Ich werde mich nicht so leicht abwimmeln lassen. Paula braucht Hilfe, ich spüre das!

Ich rufe Kims Kollegen an. Er heißt Jaroslav, ist Traumatherapeut und teilt sich mit Kim seit acht Jahren die psychologische Praxis. Wenn sie für zwei Monate ausfliegt, übernimmt er ihre Patienten, während sie für ihn einspringt, wenn er mal wieder in seine alte Heimat Tschechien fährt. Ich mochte ihn von Anfang an, er ist ein sehr guter Therapeut, wie Kim mir versichert hat, und ein total ruhiger, gelassener Zeitgenosse, trotz der vielen Arbeit. Auch jetzt hört er sich geduldig an, was ich über den Fall weiß, und meint, für den Anfang sei vielleicht Antiaggressionstraining empfehlenswert, das zum Beispiel ein Kollege von ihm anbietet. Danach müsse Lars aber vermutlich eine Therapie machen, um die Ursache für seine Gewaltausbrüche herauszufinden und bekämpfen zu können. Auch eine Paartherapie sei manchmal sinnvoll.

»Hast du da ein paar Unterlagen oder so?«, frage ich. »Die ich Paula geben kann? Dann kann sie selbst entscheiden, wann sie Hilfe holen will.«

»Ja, ich habe Flyer für das Antiaggressionstraining, du kannst dir gerne welche abholen kommen.«

Also radele ich schnell auf die andere Rheinseite nach Beuel, wo die Praxis liegt.

»Viele Betroffene zögern sehr lange, bis sie diesen Schritt tun«, gibt mir Jaroslav noch mit auf den Weg. »Wenn du meinst, dass es zu heftig wird, dann musst du die Polizei rufen!«

Ich verspreche, das zu tun, hoffe aber, dass es nicht nötig sein wird. Weil das Wetter so schön ist und ich Zeit habe, fahre ich noch zu meinen Eltern weiter, hübsch den Rhein rauf Richtung Königswinter. Mein Vater quittiert gerade einen Lottoschein und unterhält sich mit einem runzeligen Mann mit schwarzer Schiebermütze und ausgebeulter Hose, der aussieht, als käme er gerade aus dem Hühnerstall. Meine Mutter sortiert die Schreibhefte und Buntstifte in einem Regal für Schulkinder, die anscheinend gerade von einem der Kunden, die meine Eltern »Wühlmäuse« nennen, durcheinandergebracht worden sind, was sie zwar stets zum Kopfschütteln veranlasst, ihr aber auch die Unentbehrlichkeit ihres Berufes bescheinigt. Als sie damit fertig ist, setzen wir uns nach hinten in die kleine Küche, wo sie mir ein Wasser einschenkt, und ich eröffne ihr, dass ich mit meiner dreiundsechzigjährigen Nachbarin in die Normandie fahre.

»Du hast eine dreiundsechzigjährige *Freundin?*«, fragt meine Mutter sichtlich bemüht, das irgendwie einzuordnen.

»Wer hat eine dreiundsechzigjährige Freundin?«, ruft mein Vater aus dem Ladenlokal.

»Emmi!«, antwortet sie.

»Na ja. Freundin würde ich nicht gerade sagen«, korrigiere ich. »Ich bin eher so was die Chauffeurin. Und moralische Begleitung.«

»Moralische Begleitung? Was soll das schon wieder heißen?«, fragt meine Mutter verwirrt.

Jetzt erscheint auch mein Vater im Kücheneingang, und meine Eltern wechseln wieder diese Blicke, von denen sie anscheinend meinen, sie wären unauffällig. Ich erkläre ihnen rasch die Umstände, obwohl ich die Aussichtslosigkeit meines Unterfangens erahne. Mit so was wie Untreue oder anderweitigem Hintergehen eines Partners können sie so wenig anfangen wie mit rohem Fisch auf Reis. Und auch der Sinn von Reisen in Länder, in denen kein Deutsch gesprochen wird, ist ihnen bislang verborgen geblieben.

»Und deswegen fährst du nicht mit in den Bayerischen Wald?«, fragt mein Vater verdattert. »Du weißt aber schon, dass wir deine Unterkunft bezahlen würden?«

»Das ist nett«, sage ich diplomatisch. »Ihr schafft das allerdings auch ohne mich, was ich von meiner Nachbarin nicht behaupten kann.«

»Na ja«, sagt meine Mutter und hat sich schon wieder gefasst. »Du musst tun, was du tun musst.«

»Ja«, sage ich und bemühe mich, das klamme Gefühl zu ignorieren, das ich immer noch habe, wenn ich es ihnen nicht recht machen kann, das liebe Kind, das keines sein kann, die ewige Enttäuschung.

Aber ich kann es nun mal nicht ändern.

17

Die Sonne geht in einem Spektakel von Orange und Blau unter, als ich die letzten Sachen für die Fahrt packe, wobei ich eher planlos vorgehe, was auch daran liegt, dass es keinen genauen Plan gibt. Wir haben nämlich gar nicht besprochen, wie lange wir eigentlich dortbleiben wollen, und am Atlantik weht ja auch im Sommer schon mal eine steife Brise. Brauche ich eigentlich Gummistiefel? Ich hatte mal irgendwo welche, rote mit weißen Punkten, eigentlich ganz niedlich. Dann fällt mir ein, dass Kim sie mal in einem kreativen Anfall als Pflanzgefäße missbraucht hat, das passiert eben, wenn man unvorsichtigerweise die wahnsinnig originellen Dekotipps in Frauenzeitschriften liest. Also bleibt es bei Flip-Flops und Sneakers, auch egal.

Ich lege noch den Sonnenhut, den ich bei der Bender-Park-Fusion getragen habe, oben auf die Klamotten und versuche abzuschätzen, wie stark er in Mitleidenschaft gezogen wird, wenn ich den Koffer zudrücke, da geht es wieder los. Gepolter von oben, Geschrei, Klirren, dann Türenschlagen. Ich stehe wie gebannt, da klopft es hektisch bei mir an der Wohnungstür. Es ist Paula, und sie zittert. Ich lasse sie schnell rein und donnere die Tür zu, denn von oben höre ich Lars brüllen.

»Paula, komm zurück!«

Ich führe Paula in die Küche und setze Wasser für Tee auf. Fünf Minuten später klingelt es, ich spähe durch den Spion, es ist Lars, natürlich. Ich lege die Kette vor und öffne die Wohnungstür einen kleinen Spalt. Lars wirkt ganz ruhig, und er lächelt.

»Hi, Emmi. Ich würde gerne mit Paula sprechen«, sagt er mit cilig zusammengekratzter Liebenswürdigkeit.

»Sie ist gerade auf der Toilette«, flunkere ich.

Er atmet schwer ein und aus, sein Lächeln verzerrt. »Dann warte ich, bis sie fertig ist«, schlägt er vor.

»Das kann dauern«, sage ich tapfer.

»Sag ihr, sie soll wieder hochkommen.« Er reißt sich sichtlich zusammen und fügt ein »Bitte!« hinzu.

»Mache ich. Ach, Lars!« Ich ziehe einen der Flyer aus meiner Tasche, die an der Garderobe neben der Tür hängt. »Hier. Guck ihn dir in Ruhe an.«

Er reißt mir den Flyer aus der Hand, wirft einen Blick darauf und wird puterrot. »Was soll ich denn damit?«, fragt er supersauer.

»Denk drüber nach«, sage ich schnell.

Ich will gerade die Tür schließen, da stemmt er sich dagegen und zischt durch den Spalt: »Misch dich nicht in Sachen ein, die dich nichts angehen, okay, Emmi?«

Seine Stimme ist ruhig, still wie ein im Frost erstarrter Gletschersee, der friedlich in der Sonne schimmert, aber zum eisigen Grab wird, wenn man hineinfällt. Mir läuft es kalt den Rücken runter, und ich schließe die Tür.

Paula sitzt bleich vor ihrer Teetasse und umklammert sie mit beiden Händen. »Was soll ich denn jetzt machen?«, wispert sie.

»Wir können die Polizei rufen, wenn du willst«, schlage ich vor.

Aber sie schüttelt vehement den Kopf. »Nein. Nein. Er beruhigt sich schon wieder. Es ist nur …«

Sie ringt mit den Worten.

»Es ist nur *was?*«, frage ich.

»Er hat ziemlich Stress auf der Arbeit, da werden Stellen abgebaut und … das macht ihm Sorgen. Und wir wollten doch ein Haus kaufen und …« Sie schaut in die Ferne. »Na ja. Er ist im Moment echt schräg drauf.«

»Paula. Er darf seinen Frust nicht an dir auslassen. Schon gar nicht so.«

»Ich weiß«, sagt sie leise, dann stützt sie den Kopf in die Hände. »Aber er dreht halt ziemlich am Rad und … Was soll ich denn jetzt machen?«

»Ich hab ihm einen Flyer gegeben, auf dem alles über ein Antiaggressionstraining steht.«

»Du hast *was?*«, fragt sie.

»Ja, es gibt da so Seminare, in denen man lernt, seine Wutausbrüche in den Griff zu kriegen. Das wäre doch was für ihn.«

»O Gott …« Paula schluckt. »Jetzt flippt er bestimmt total aus.«

»Heute kannst du hier schlafen, wenn du möchtest. Aber morgen früh müssen wir was anderes überlegen, da fahre ich nämlich für ein paar Tage weg.«

Sie nickt langsam, dreht die Tasse in ihrer Hand. »Okay.« Dann nach einer Pause: »Ich sag ihm nur eben Bescheid, damit er sich keine Sorgen macht.«

»Du willst aber doch nicht hochgehen, oder?«

Sie schüttelt den Kopf. Ich reiche ihr mein Telefon, und sie ruft ihn an.

»Lars«, sagt sie. »Lars …« Weiter kommt sie nicht. Ich höre ihn aufgeregt auf sie einreden, verstehe jedoch nicht genau, was er sagt. »Ich bleibe heute Nacht bei Emmi, okay?« Eine Schimpftirade durch das Telefon. Dann legt er auf.

Eine Minute später Klopfen an der Tür. »Paula! Paula! Komm raus, wir klären das.«

»Ich … ich kann nicht«, stammelt sie atemlos.

Ich rufe durch die Tür: »Lars, geh jetzt hoch, sonst rufe ich die Polizei.«

Wutentbrannt stapft er nach oben. Zehn Minuten später hören wir ein Geräusch an der Tür. Ein Zettel ist darunter hindurchgeschoben worden.

Es tut mir leid. Ich liebe dich. Komm zurück.

Paula fängt an zu weinen, sie ist sichtlich hin- und hergerissen. Lars steht noch vor der Tür, ich beobachte ihn durch den Spion, er kaut an seinen Fingernägeln herum.

»Lars, wir reden morgen in Ruhe darüber, okay?«, ruft Paula durch die Tür, und endlich scheint er einzusehen, dass es nichts bringt. Erleichtert beobachten wir, wie er nach oben geht, dann Türenknallen und Geschepper. »Das Geschirr«, sagt Paula und lacht nervös. »Das letzte bisschen, was noch ganz ist. Vorzeitigen Polterabend nennt er das.« Ein letzter Rums, dann ist Ruhe. Paula erzählt mir von ihm, von seinem Stress auf der Arbeit und dass Lars in letzter Zeit wegen jeder Kleinigkeit aus der Haut fährt.

Und dann schläft sie auf dem Sofa ein. Sie sieht fast aus wie ein Kind, so entspannt ist ihr rundliches Gesicht.

18

»Normalerweise hätte ich jetzt Croissants geholt, aber …«, sage ich zu Paula am nächsten Morgen.

Wir sitzen schon früh in der Küche vor unserem Kaffee und sprechen es nicht aus, doch die Vorstellung, die Wohnung zu verlassen, fühlt sich für uns beide mulmig an, solange wir nicht sicher sind, dass Lars weg ist. Als es um acht Uhr klingelt, zuckt nicht nur Paula auf meiner weißen Küchenbank zusammen.

»Paula«, ruft Lars von draußen und klopft gegen die Tür. »Bitte, sprich mit mir.«

Er klingt ruhig und flehend. Sie seufzt und öffnet die Tür, die Kette bleibt geschlossen. Sie unterhalten sich leise durch den Spalt, dann kehrt sie in die Küche zurück.

»Ich habe ihm versprochen, dass ich nach Hause komme.«

»Und willst du das auch?«

Sie zuckt mit den Schultern. »Was soll ich denn machen? Ich kann ja schlecht die ganze Zeit hierbleiben.« Der Versuch eines Lachens, dann fügt sie verzagt hinzu: »Je länger ich weg bin, desto … wütender wird er doch.«

»Er muss einsehen, dass er sich Hilfe holen muss«, sage ich. Paula starrt mich verwirrt an. »Na, das Antiaggressionstraining«, erinnere ich.

»Ach so, ja, natürlich. Aber ob das wirklich was nützt?«

»Irgendwas muss man ja unternehmen«, sage ich. »Einfach so weitermachen geht ja auch nicht.«

»Ich weiß einfach nicht, was ich tun soll«, jammert sie. »Ich liebe ihn doch so. Auf der anderen Seite hab ich Angst, dass ...« Sie fängt an zu schluchzen und schlägt die Hände vors Gesicht.

»Am besten wäre bestimmt, wenn ihr was Abstand voneinander hättet«, sage ich. »Er soll mal den Flyer lesen. Dann kann er drüber nachdenken, was er dir angetan hat.«

»Aber wo soll ich denn hin?«, fragt Paula.

»Kannst du nicht zu deinen Eltern?«, frage ich.

»Um Gottes willen, nein«, ruft Paula erschrocken. »Meine Mutter ...« Sie schüttelt heftig den Kopf. »Nein, das geht auf keinen Fall.« Sie rührt in ihrem Kaffee, gedankenverloren, nimmt einen Schluck. Ihre Schultern sacken noch ein bisschen weiter nach unten.

»Hast du keine Freundin?«

»Nee, meine Freundin in Bamberg, wo ich herkomme, die hat drei Kinder und ist megagestresst. Und die anderen haben total kleine Appartements, denen würde ich ganz schnell ziemlich auf den Zünder gehen.« Sie knetet ihren Rocksaum.

»Dann fahr doch auch ein paar Tage in den Urlaub«, schlage ich vor.

»In den Urlaub? *Wohin denn?* Und ganz allein? Das trau ich mich nicht.« Sie ist total verzagt.

Ich gucke auf die Uhr, dann rücke ich mit dem Plan raus, den ich heute Nacht geschmiedet habe. »Paula, hier jedenfalls kannst du nicht bleiben, weil ich doch gleich verreise.«

»Ach, stimmt ja. Wohin eigentlich? Sicher machst du wieder was total Interessantes, oder?«

Paula schaut mich irgendwie bewundernd an, was ich ziemlich seltsam finde und dementsprechend mit einer Grimasse quittiere.

»Na ja. Dieser Begriff ist mir für meinen diesjährigen Urlaub bisher *nicht* eingefallen. Ich fahre mit Frau Meurer und einer Freundin in die Normandie.«

»Mit unserer Vermieterin? Sie fährt in den Urlaub? Jetzt, wo ihr Mann gerade gestorben ist?« Sie bekommt vor Erstaunen kullerrunde Augen, dann reißt sie erschrocken den Mund auf und haucht: »Dann sind alle aus dem Haus ... *weg?*«

»Ja«, sage ich. »Sie muss was erledigen in der Normandie. Ich wollte erst auch nicht mit. Aber Frau Meurer braucht eine Chauffeurin, also hab ich gedacht: Was soll's? Fahr ich halt in die Normandie!« Ich tue so, als ob mir gerade etwas einfällt. »Hey! Bei uns wäre noch ein Platz frei.«

»Meinst du *echt?*«

Ich nicke. »Klar. Meurers Mercedes ist doch *riesig*.«

»Und was sagt Frau Meurer dazu?«

»Die findet das okay«, behaupte ich, dabei habe ich natürlich noch kein bisschen mit ihr darüber gesprochen.

Wenn ich es ihr erkläre, versteht sie es bestimmt, denke ich. Außerdem bin ich die Fahrerin, da darf ich doch hoffentlich auch ein Wörtchen in Sachen Passagierliste mitreden.

Paula sitzt noch eine Weile da, dann steht sie auf, schaut in den Garten, die Sonne schiebt sich langsam um die Hausecke, zeichnet eine schwarz-grüne Linie auf den Rasen. »Vielleicht ist es wirklich am besten«, sagt sie. »Dann kann ich in Ruhe nachdenken, wie es weitergeht und ... und so.«

Um halb neun geht Lars zur Arbeit, vor meiner Tür verlangsamt er den Schritt, überlegt offenbar, ob er noch mal klopfen soll, aber rennt dann weiter nach unten. Ich kontrolliere vom Fenster aus, ob er wirklich in sein Auto steigt und abfährt. Sobald die Luft rein ist, geht Paula nach oben, um ein paar Sachen zu packen. Und ich muss meine Vermieterin davon in Kenntnis setzen, dass wir noch eine weitere Passagierin haben.

19

Im Flur vor Meurers Wohnung stehen schon zwei Reisetaschen bereit, die Wohnungstür ist angelehnt. Ich stelle meinen kleinen Trolley ab, klopfe und rufe. Lore winkt mich in die Küche, wo sich Marlies über eine Landkarte beugt. Ihr Halstuch ist mal wieder akkurat drapiert, wie die Schleife auf einem Geschenk, dem man schon von Weitem ansieht, dass man es niemals aufgeknotet bekommt, ohne die Verpackung zu zerreißen.

»Ah, Frau Pfeiffer, gut, dass Sie da sind!« Marlies deutet auf die Karte, auf der mit orangefarbenem Klebestreifen die Route markiert ist. »Nach meiner Berechnung«, referiert sie, »können wir die zweite Rast hier einlegen.« Sie tippt auf einen grünen Klebepunkt irgendwo in Frankreich.

»Sie haben die ganze Route *berechnet?*«, frage ich beeindruckt.

»Nun ja, wir sollten nicht blindlings in eine solche Unternehmung starten, die ja sowieso schon reichlich spontan, um nicht zu sagen, *überstürzt* angegangen worden ist. Und für deren Ausgang ich im Übrigen keine Garantie übernehme, Lore, das muss ich noch einmal anmerken.«

Lore, schwarzer Pullover, schwarzer Rock, ein Mund wie ein Bleistiftstrich, nickt. »Ja, Marlies. Ich weiß.«

»Übrigens«, fange ich an und überlege, wie ich das Thema »Paula auf der Flucht« sensibel anbringen kann.

Da redet Marlies unbeirrt weiter. Sie ist *jetzt schon* in Fahrt. »So, und von Rouen geht es dann weiter Richtung …«

»Übrigens, Paula kommt mit«, platze ich dazwischen, das wird sonst nichts.

Marlies erstarrt in der Bewegung, ihr Haar bebt vor Entgeisterung. »Wer, bitte schön, ist Paula? Also, wenn es ein Hund sein sollte, dann muss ich mein Veto …«

»Paula Habermann?«, ruft Lore dazwischen. »Aus dem zweiten Stock?« Ich nicke und erkläre, dass Paula dringend eine Luftveränderung braucht, dass sie kurz vor einem Nervenzusammenbruch steht, sich aber Urlaub nicht leisten kann. Und zur Sicherheit füge ich noch hinzu, dass ich nur mitfahre, wenn sie mitfährt. Die ganzen Verstrickungen mit ihrem gewalttätigen Freund lasse ich mal lieber weg, damit die Ladys nicht überfordert sind. Die würden vielleicht noch die Polizei informieren oder ähnlich dramatische Schritte einleiten. »Na, also gut«, entscheidet Lore schließlich und zuckt mit den Schultern. »Dann fährt Paula eben mit.«

»Ich wusste zwar nicht, dass wir ein rollendes Ferienheim sind«, fügt Marlies verdrießlich hinzu, »aber bitte. Wenn es gar nicht anders geht.«

»Es geht nicht anders«, sage ich erleichtert. »Dann wäre das also geklärt.«

»Allerdings«, überlegt Marlies, »gibt es dann ein Problem. Der Proviant, den ich genau für drei Personen kalkuliert …«

»Huhu!«, ruft in dem Moment eine Stimme aus dem Flur. »Lore?« Und da schneit Jutta herein, in khakifarbenen Cargohosen und knallroter Funktionsweste.

Jetzt wird Marlies erst recht kalkweiß. »Was will *die* denn hier?«, ruft sie entsetzt.

»Hallöchen«, begrüßt Jutta uns aufgekratzt. »Wann fährt denn der Bus los?«

»A … also«, stammelt Marlies, da klingelt es erneut. »Das muss Claus Rüdiger sein!«

Eine dunkle Erinnerung wabert durch mein Hirn, die das Wort »Anwalt« mit sich schleift.

»Du hast ihn wirklich kommen lassen?«, fragt Jutta Lore erschrocken.

Diese Frage immerhin klärt sich ganz schnell, dann da ist er auch schon in der Wohnung. Ein gewaltiger Mann mit kurzen Haaren, die er sich mit Gel fransig an die Stirn geklebt hat. Eine Toga statt des grauen Anzugs, und er ginge als römischer Senator durch.

»Guten Tag, die Damen«, dröhnt er, um danach die selten dämliche Floskel »Wo brennt's denn?« abzulassen und glitschig zu lachen. Ich beschließe, dass es an der Zeit ist, das Auto zu packen. Die nächste Viertelstunde bin ich damit beschäftigt, den beachtlichen Kofferraum des Mercedes zu füllen. Als ich wieder hochkomme, ist Claus Rüdiger von Achtendonk bereits im Gehen begriffen. Er steht im Türrahmen wie ein Felsmassiv aus grauer Schurwolle, unter seinem Arm klemmen drei Aktenordner, beschriftet mit *Versicherungen* und *Bank* und *Croissant*. »Gut, Frau Meurer, ich schaue mir alles an und werde Sie dann über das weitere Vorgehen unterrichten«, schnauft er. »Keine Sorge, Sie sind bei mir in besten Händen.«

»In Ordnung«, haucht Lore und schaut den Anwalt aus weit aufgesperrten Vogelaugen an.

Claus Rüdiger von Achtendonk reicht Lore die Hand, sein Siegelring ist fast so groß wie eine Armbanduhr, Marlies beehrt er mit einem Handkuss, igitt, aber ihr scheint es zu gefallen. Sie lächelt geschmeichelt, und er schiebt sich mit den erbeuteten Unterlagen in Richtung Haustür.

»Das war nicht klug, Lore«, sagt Jutta. »Diese Anwälte sind nur auf Geld aus. Und bei einer Witwe wittern die sofort fette Beute.«

»Vertraust du ihm etwa nicht, nur weil er *mein Anwalt* ist?«, fragt Marlies schneidend.

»Nein«, sagt Jutta, sie versucht sichtlich, ruhig zu bleiben. »Ich misstraue erst einmal jedem, der Zugang zu meinem Geld haben will.«

»Ha!«, schnaubt Marlies, als ob sie gerade Jutta der dreisten Lüge überführt hätte, aber Jutta redet einfach weiter, nur eine Spur lauter.

»Und das sollte Lore auch tun. Besonders, wenn sie so völlig ahnungslos ist!«

»Gerade, *weil* sie völlig ahnungslos ist, sollte sie sich Hilfe holen, meine Güte«, tadelt Marlies.

»Aber doch nicht bei einem fremden Anwalt!«, ruft Jutta.

»Er ist nicht fremd! Ich kenne ihn zufälligerweise sehr gut!«, triumphiert Marlies.

»In welcher Angelegenheit hat er dich denn vertreten?«

»Das geht dich gar nichts an«, kanzelt Marlies sie ab.

»Meinst du wirklich, das war ein Fehler?«, meldet sich Lore zu Wort, und ihr Blick flattert zwischen Marlies und Jutta hin und her.

»Natürlich. Vor allem gibt es doch gar keinen Grund zur Hektik«, sagt Jutta. »Das Geld läuft nicht weg. Wir können die Unterlagen auch in Ruhe anschauen, wenn wir zurück sind.«

»Wenn *wir* zurück sind?« Marlies schnappt nach Luft.

»Ach so«, verkündet Jutta feierlich. »Ja, ich komme mit.«

»Wie bitte?«, setzt Marlies an. »So war das aber gar nicht …«

»Oh, wie schön«, ruft Lore dazwischen. »Danke, Jutta!«

Marlies' Gesicht verfinstert sich. »Ich dachte, du magst das Meer nicht.«

»Mag ich auch nicht. Ich will aber auch nicht hierbleiben, denn sonst gibt es noch mehr Tote, entschuldige, Lore.« Sie tätschelt Lores Arm. »Wenn ich hierbleibe, dann springe ich Reinhardt an die Gurgel und erwürge ihn mit seinem Dichterschal, so wahr mir Gott helfe. Dieser Mann treibt mich in den Wahnsinn! Allein die ganzen Geräusche, die er erzeugt. Er kratzt sich andauernd wie ein Affe mit Schuppenflechte und dann das Schlurfen und Schniefen und …«

»Aber das ist doch nun wirklich kein Anlass, all deine Grundsätze über Bord zu schmeißen«, unterbricht Marlies kühl, die Wangen vor Eifer gerötet. »Ich meine, das Meer ist direkt …«

»Liebe Marlies, kümmere du dich doch bitte um deine eigenen Angelegenheiten, und zerbrich dir nicht für mich den Kopf«, sagt Jutta. Ihr Lächeln balanciert auf dem schmalen Grat zwischen Liebenswürdigkeit und Abscheu.

»So, alles eingeladen«, rufe ich und klatsche in die Hände, um die elendige Auseinandersetzung abzubrechen. »Wir können los! Ich gehe schnell nach Paula gucken.«

»Wer ist Paula?«, fragt Jutta verdutzt, und die anderen beiden erklären es ihr, während sie raus zur Garage gehen und ich die Treppe rauflaufe.

Paula sitzt noch am Tisch und bastelt an einem Brief an Lars, der sich eher als Comiczeichnung herausstellt. Ein Mann inmitten von zerbrochenem Porzellan und eine Frau in einem davonbrausenden Wagen, auf dessen Nummernschild I LUV U steht. Darunter hat sie geschrieben: *Ich brauche etwas Abstand, um nachzudenken. Ich liebe dich! Deine Paula*

20

Paulas Reisetasche auch noch in den Kofferraum zu quetschen ist nicht ganz einfach, weil eine Kühltasche den letzten freien Platz blockiert. Die Mädels sitzen schon im Auto, Marlies auf dem Beifahrersitz, die Karte ausgebreitet auf ihren Knien. Während ich das Gepäck strategisch günstig verschiebe, sehe ich durch das Rückfenster, wie sie am Kassettendeck herumfummelt. Plötzlich erschallt Musik, genauer gesagt ein Klavier mit einer tranigen Melodie aus der Abteilung »geheuchelte Romantik«.

»Richard Clayderman ist die ideale Begleitmusik für diese Fahrt«, doziert Marlies, »weil er erstens Franzose und zweitens Klaviermusik so beruhigend ist.«

»Bei Richard Clayderman wird mir schlecht«, kontert Jutta, die im Fond in der Mitte sitzt. Marlies lacht abfällig. »Wenn dir übel wird, ist das nun wirklich nicht die Schuld von Richard Clayderman. Wahrscheinlich warst du wieder im Grünen Keller essen.«

»Ich finde die Musik aber auch scheußlich«, rufe ich von hinten.

»Da muss man sich *reinhören*, dann hat es etwas sehr Meditatives«, beharrt Marlies.

»Dieses Geklimper geht mir tierisch auf die Nerven«, regt sich Jutta auf.

»Durch Klaviermusik kann man gar nicht wütend werden«, behauptet Marlies jetzt, »es ist wissenschaftlich erwiesen, dass beim Hören der Blutdruck sinkt.«

»Mir platzt die Hutschnur, wenn du das Gedudel nicht abstellst!«, schreit Jutta.

»Contenance, meine Liebe, Contenance«, sagt Marlies und räkelt sich auf dem Beifahrersitz, wohl wissend, dass sie wegen ihrer räumlichen Position die alleinige Aufsicht über das Kassettendeck hat. Paula, die noch neben mir steht, guckt ein bisschen konsterniert (soweit ich das durch ihre Sonnenbrille beurteilen kann), als dämmerte ihr, in welch seltsame Sache sie da reingerutscht ist. Ich beeile mich mit der Umräumerei, um vorne den Streit zu schlichten, da schnellt Jutta zwischen den Vordersitzen vor in Richtung Kassettendeck, doch Marlies hat sie aus den Augenwinkeln bemerkt. Sie will sie abblocken, wozu sie aus einem Reflex heraus die Landkarte hochreißt, weswegen Juttas Hand mitten im Pariser Untergrund landet. Marlies brüllt, als hätte sie jemand vom Eiffelturm gestoßen, und zerrt die Karte an sich, was das Ausmaß der Zerstörung noch vergrößert. Ein Bombenkrater klafft im Herzen von Frankreich. »Aber … aber …«, stammelt sie angesichts der zerfetzten Karte, »… jetzt wissen wir doch gar nicht, wo wir langfahren müssen.«

»Doch, ich hab ein Navi«, rufe ich und knalle die Kofferraumklappe zu, dann steigen Paula und ich ein.

Als Erstes drücke ich auf den Auswurfknopf. Richard Clayderman verstummt. Während Lore Paula begrüßt und sie vorstellt, zeige ich Marlies das Navi. Eines meiner Studienobjekte hat es mir zum Geburtstag überreicht, weil »so was ja jeder braucht«. Wieder eine Männerlogik, die sich Frauen nicht ganz so leicht erschließt, vor allem nicht Frauen, die nur ein Fahrrad besitzen.

»Ich lasse mich doch nicht von einem Computer austricksen«, sagt Marlies pampig.

»Das Navi ist super«, behaupte ich, dabei habe ich es noch nie benutzt.

»Also wirklich«, zischt Marlies, schnallt sich ab, steigt aus, zerknüllt die Karte und schmeißt sie wutentbrannt in die Papiermülltonne. »Jutta muss mir eine neue kaufen«, fordert sie, als sie wieder auf ihrem Platz sitzt.

Ich atme tief ein und muss an Klassenfahrten denken und die ewigen Zankereien zwischen den verfeindeten Mädchencliquen. »Also, Mädels, wir machen es so«, bestimme ich. »Wenn mein Navi nicht funktioniert, dann kauft Jutta an einer Tankstelle eine neue Landkarte, in Ordnung?«

»In Ordnung«, sagt Jutta.

»Ich will auf jeden Fall eine neue«, beharrt Marlies mit verschränkten Armen. »Egal, wohin das Ding uns bringt.« Sie wedelt in Richtung Navi, das ich mithilfe von Saugnäpfen oben auf dem Armaturenbrett befestige.

»Keine Sorge, liebe Marlies, die bekommst du«, sagt Jutta schnippisch.

»Ist jetzt alles geklärt?«, frage ich mit meiner strengen Lehrerstimme.

Keine Antwort. Immerhin. Ich nehme das als Ja und starte den Wagen, und dann geht es endlich los. *Geschätzte Ankunftszeit 18 Uhr 34.* Marlies schaut auf ihre Uhr und seufzt, das Garagentor fährt hinter uns auf Knopfdruck herunter, dann sind wir auf der Straße. Und so simpel wie erstaunlich ist die Tatsache, dass jede noch so große Reise vor der eigenen Haustür beginnt. Man muss nur aufbrechen, dann kann man bis in die entlegensten Winkel der Erde gelangen.

21

Wir sind also auf der Flucht. Ich meine, Paula und ich. Und Jutta irgendwie auch. Ein Auto voller männergeschädigter Frauen. Und ich bin nicht nur die perfekte Reiseleiterin mit meinen reichlichen Erfahrungen in Sachen Männermist. Es ist auch eine einmalige Gelegenheit, meine wissenschaftliche Studie auf die ältere Generation auszuweiten. Sozusagen als Kontrollgruppe. Und wie jeder weiß, der sich nur ein bisschen mit wissenschaftlichem Arbeiten beschäftigt hat, ist die Bestätigung der Ergebnisse durch eine Kontrollgruppe entscheidend für die Aussagekraft der Studie. Ich bin jetzt schon begeistert.

Bis hinter dem Autobahnkreuz Köln-West sind alle still. Der Mercedes-Stern thront unangefochten über der blank polierten dunkelblauen Motorhaube, der Wagen rollt trotz seines erstaunlichen Alters von dreißig Jahren ruhig und gelassen über den Asphalt. Die Rushhour ist längst vorbei, alle Angestellten sitzen an ihren Schreibtischen, und wir schnurren auf der linken Spur an den Lkw vorbei. Ich habe den Arm auf der Mittelkonsole abgelegt, es ist ein Automatikgetriebe, bequemer geht es eigentlich kaum. Ich überlege zwar, was wir vergessen haben, irgendwas ist es, aber ich komme nicht drauf. Also denke ich nicht weiter drüber nach.

»Die erste Pause können wir ja in Belgien einlegen«, ruft Jutta von hinten. »Da essen wir Pommes. Mit Erdnusssoße!«

»In Belgien machen wir keine Rast«, widerspricht Marlies sofort. »Wilfried hat immer gesagt, Belgien ist der größte Saustall der EU, küchenhygienisch gesehen.«

»Pommes mit Erdnusssoße, da bin ich dabei«, rufe ich und füge an meine Beifahrerin gewandt hinzu: »Wenn man durch Belgien fährt, muss man Fritten essen, das ist ein ehernes Reisegesetz.«

»Lore«, sagt Marlies, »könntest du den beiden Damen bitte beibringen, dass wir die erste Rast auf französischem Boden machen? Ich habe das genau ausgerechnet. In drei Stunden erreichen wir die französische Grenze, und dann ...«

»Ich muss mal«, sagt Lore.

»Also wirklich«, brummt Marlies. »Wozu macht man eigentlich eine Planung, wenn sie sowieso über den Haufen geworfen wird?«

Nach vierunddreißig Kilometern machen wir also den ersten Halt an der Raststätte Frechen Nord. Marlies starrt in stummem Protest feindselig vor sich hin, Lore und Paula gehen auf die Toilette, Jutta und ich in den Shop, damit Marlies wegen der überfallartigen Erweiterung unserer Reisegruppe nicht mehr mit ihrer Proviantproblematik hadern muss. Sie hat für gut siebenhundert Kilometer drei Äpfel, drei Bananen und neun belegte Brote vorgesehen, was ja für fünf Personen kein bisschen reicht, belgische Pommes hin oder her.

»Du siehst ganz anders aus ohne das ...« Jutta weist auf ihr Gesicht. Stimmt, fällt mir ein, vor lauter Aufregung habe ich heute Morgen ganz vergessen, mich zu schminken. Ich komme mir plötzlich so nackt vor, aber dann meint Jutta: »Sieht gut aus.«

»Danke«, sage ich, wenn auch mit leisem Zweifel. Ich

meine, das letzte Mal ungeschminkt aus dem Haus gegangen bin ich … Phhh! Keine *Ahnung*, wann! Schminken ist doch so selbstverständlich wie Zähneputzen! Tja, stelle ich fest, das sind dann wohl die ersten Auswirkungen meines neuen Lebensabschnittes, eine interessante Verhaltensänderung, die sich unbemerkt eingeschlichen hat. Apropos Verhaltensänderung. »Eine Sache würde mich doch mal interessieren: Was ist denn jetzt mit deiner Wasserphobie?«, frage ich.

Aber da enteilt Jutta mit einem aufgeregten Schrei in Richtung der Regale mit den Keksen und stürzt sich auf irgendwelche Hafercookies, eine Sorte, die sie angeblich schon seit Jahren überall sucht und nun endlich gefunden hat. Ich verstehe den Wink mit dem Zaunpfahl und hake nicht weiter nach. Es wird sich schon eine andere Gelegenheit ergeben. Wir erstehen drei Packungen Kekse, eine Literflasche Limo und stapelbare Kartoffelchips, die *Gala*, die *inTouch*, die *People* und das *Goldene Blatt* für Lore.

»Die wichtigsten Nachrichtenmagazine!« Jutta lacht und schwenkt die Zeitschriften mit ihren grellen Schlagzeilen.

Marlies hat nur Augen für die Lebensmittel, die ich im Arm trage. »Nur zu eurer Information«, sagt sie, »diese Sachen sind das pure Gift. Voller Transfettsäuren, Aromastoffe und anderen Zutaten aus dem Chemiewerk.« Jutta unterdrückt ein Kichern und wirft mir einen Blick zu, und ich muss mich zusammenreißen, um nicht loszuprusten. »Sind wir hier auf einem Schulausflug, oder was?«, fragt Marlies angesäuert.

»Kommt mir fast so vor.« Jutta lacht wieder. »Du bist auf jeden Fall die strenge Lehrerin.«

»Kommt, Mädels«, mahne ich. »Keine Streitereien mehr.«

Die beiden sind noch schlimmer als Mia Lochner und Lynn Sophie Gaber, die größten Zicken aus meiner Klasse. Die muss ich auch immer auseinander setzen, sonst geht das den lieben langen Tag mit der Angifterei. Lores und Juttas Herbert-Berti-Ausspann-Problem ist groß genug, zwischen Marlies und Jutta scheint es noch schlimmer zu stehen. Marlies' Stimme bekommt regelrecht Frostbeulen, sobald sie mit Jutta spricht. Jutta muss sich schwer zusammenreißen. Sowieso wirkt sie ziemlich impulsiv – leicht entzündliches Nervenmaterial, würde ich sagen. Gut, dass ich die beiden schon vor Fahrtbeginn getrennt habe.

Wir mampfen ein paar Kekse, außer Lore, die schon wieder abwesend wirkt, und Marlies, die uns lautstark erklärt, dass in *ihrem* Auto ja auf gar keinen Fall etwas gegessen werden dürfte, was *krümeln* könnte, aber zum Glück lässt sich Lore davon nicht verleiten, uns das Essen zu verbieten. Hinter Aachen werden dann alle still. Nur Paula kichert ab und zu, während sie auf ihrem Smartphone rumklickt und große Kaugummiblasen platzen lässt. Und Marlies lästert noch eine Weile weiter, erst über die hygienischen und organisatorischen Unzulänglichkeiten der Belgier, dann über die Machenschaften der Lebensmittelindustrie, deren Profitgier auf dem Cholesterinspiegel der kleinen Leute ausgetragen wird. Oder so ähnlich. Ich habe nämlich auf Durchzug geschaltet, auch Lore döst, und Jutta und Paula hängen ihren Gedanken nach.

Meine schweifen auch ab.

22

Der zweite Meilenstein in meinem Leben nach dem drohenden Antrag von Bruno, den ich fast geneigt war anzunehmen, weil Silvester mir deutlich vor Augen führte, dass die Zeit nicht stehen bleibt, niemals stehen bleibt, war mein achtunddreißigster Geburtstag. Nachdem die Tage lange dahingaloppiert waren, gleichmäßig, über die fruchtbare Ebene des Jungseins, die einem anfangs unendlich vorkommt und die man jeden Tag aufs Neue mit Elan durchquert, stellte ich auf einmal fest, dass aus den Tagen Monate und Jahre geworden waren, und da schrie ich »Brrr, halt!« und drehte mich um und sah den Anfang der Ebene nicht mehr, nur die Vierzig, die sich plötzlich vor mir auftürmte wie eine schwere Gewitterwolke. Die ganze Zeit hatte ich mir eingeredet, es ist nur eine Zahl, das macht nichts, du siehst nicht aus wie achtunddreißig, und du wirst auch mit vierzig nicht aussehen wie vierzig und dich auch nicht so benehmen, also ist es völlig unerheblich. Ich war geneigt, spöttisch über die Zahl zu lachen, die mir doch keine Angst einjagen konnte! Und dann wachte ich am 11. Mai dieses Jahres von einem lauten Ticktack auf, das nicht von meinem Wecker stammte, mir aber dennoch in den Ohren dröhnte, den ganzen Tag, mal lauter, mal leiser. Es ließ sich nicht abstellen.

Langsam machte ich mir Sorgen, bis Kim eintraf und trocken diagnostizierte: »Psychosomatischer Tinnitus.«

»Meinst du echt?«, fragte ich.

»Na sicher. Biologische Uhr. Schon mal was von gehört?«

»Haha. Und was mache ich dagegen?«

»Du kannst entweder drei Stunden meditieren und das Geräusch willkommen heißen oder AC/DC auflegen.« Sie zog eine Flasche Sekt aus der Tasche. Ich wühlte in meinen CDs. »Tut es auch Limp Bizkit?«

»Yep.«

Wir bedröhnten uns mit Crossover-Rock und Aperol Spritz und gingen dann mit ein paar Freundinnen Cocktails trinken, was meinem psychosomatischen Tinnitus gut zu bekommen schien. Ich war wieder bestens drauf und ließ mich von Kim überreden, aus nostalgischen Gründen noch ins Carpe Noctem zu gehen, einen schummrigen Nachtklub, der seit den 1990ern fest zum Bonner Nachtleben gehört und wo der Krach gespielt wird, den Kim am liebsten mag. Dort tranken wir Tequila und tanzten und tranken und tanzten, und um kurz vor eins musste Kim mich nach Hause schleifen und mir einen Eimer neben das Bett stellen. Am nächsten Morgen war mein Kopf voller Drahtwolle, die an den Synapsen scheuerte und die Nervenenden freilegte, und da wurde mir klar, dass ich mich die ganze Zeit selbst betrogen hatte.

Da hatte ich Geburtstag um Geburtstag gefeiert und jedes Mal gedacht, *jetzt*, jetzt muss es doch mal eintreffen, mein Geschenk, *das* Geschenk, das doch jedem zusteht, wie man an den eigenen Eltern sieht, an Nachbarn, Freunden, Bekannten, Kollegen. Das Geschenk, das einem in jedem Film und jedem Frauenroman versprochen wird – die Liebe des Lebens. Aber jetzt war ich achtunddreißig und damit schon fast *vierzig* und es dämmerte mir langsam, dass ich vielleicht zu denjenigen gehörte, die übergangen wurden, die gar kein Geschenk bekamen, die leer ausgingen. Denn die gab es auch, die Mauerblümchen, die gestörten Psychotanten, die Couch-Potatoes, die sich nie rauswagten, die *anderen* halt. So eine war *ich* doch nicht.

Um die Panik zu unterdrücken, dass ich vielleicht doch aus irgendeinem unerfindlichen Grund zu den bedauernswerten Verlierern gehörte, sagte ich mir, es liegt an mir, ich habe mich nicht genug bemüht, ich sehe noch nicht gut genug aus, ich bin nicht nett genug. Das klassische Nikolaus-Syndrom: »Wenn du nicht artig bist, bekommst du nichts.« Und ich bemühte mich noch mehr, feilte an Smalltalkthemen, meinem Aussehen, steigerte die Rate des Ausgehens, die Kontaktmöglichkeiten, bis an den Rand der Erschöpfung, immer in der Hoffnung, vielleicht ist er es, der nett lächelnde Mann da vorne. Vielleicht wartet er auf mich in der Bahn, an der Obsttheke, im Museumscafé, im Spanischkurs, aber dann doch wieder nichts. Nicht jedes Töpfchen findet sein Deckelchen, nein. Warum? Warum *ich?* Was mache ich falsch? Fragen, auf die es keine Antworten gibt. So dreht man sich im Kreis, bis einem schwindelig ist.

Aber heute weiß ich, dass die Verwirrung nur ein typisches Symptom von Betriebsblindheit war, die jeden ereilt, der zu lange mit einer wissenschaftlichen Studie befasst ist. Zum Glück habe ich es geschafft, diese Phase der Betriebsblindheit zu überwinden. Zum Glück habe ich herausgefunden, was eigentlich schiefläuft, wo genau die Ursachen für meine Beziehungspleite liegen. Und gerade jetzt, wo ich den spektakulären Durchbruch in der Theorie des Beziehungsschiffbruchs erzielt habe, kreuzt plötzlich Dr. Fritz Bender vor meiner Tür auf und bittet mich, zu ihm zurückzukommen. Also wirklich! Aber das ist ja wohl der allerletzte Beweis für die Richtigkeit meines Studienergebnisses, nämlich dass die Männer es sind, die sich aus dem Spiel ausgeklinkt haben, weil sie nicht mehr bereit sind, ihr Herz als Pfand einzusetzen. Sie setzen es nur als Lockmittel ein, und sobald man angebissen hat, heißt es: ätsch, reingelegt.

Ich, Emmi Pfeiffer, Expertin für Enttäuschungen, lasse mich nicht mehr reinlegen. Schon gar nicht von Dr. Fritz Bender.

23

»Port-en-Bessin-Huppain liegt in der Provinz Basse-Normandie«, informiert uns Marlies ungefähr auf der Höhe von Lüttich. »Genauer gesagt in der Region Calvados, woher der Apfelbranntwein gleichen Namens stammt.«

»Calvados!«, entfährt es mir. »Auch ein interessantes Hobby!«

»Wie bitte?«

»Ach, nichts.«

»Was hast du diesem Anwalt eigentlich gesagt, was er machen soll?«, fragt Jutta Lore und beugt sich ein bisschen vor, weil Paula jetzt zwischen ihnen in der Mitte sitzt.

Marlies spitzt natürlich sofort die Ohren.

»Na ja«, sagt Lore. »Er soll halt alles … regeln. So wie es am besten für mich ist.«

»Aber wie will er wissen, wie es am besten für dich ist?«

Lore zuckt mit den Schultern. »Ich weiß nicht. Marlies hat gesagt …«

»Ruf ihn besser an und sag ihm, dass er nichts unternehmen soll, bis wir zurück sind«, fordert Jutta.

»Sie hat ihm schon eine Vollmacht gegeben«, sagt Marlies triumphierend.

Jutta stöhnt. »Mensch, Lore«, sagt sie, doch dann entdeckt sie etwas, das ihre Aufmerksamkeit ablenkt. »Da!«, schreit sie. »Noch zwei Kilometer.«

Sie deutet auf ein Schild, das irgendein windiger Möchtegerngastronom schief an einen Baum genagelt hat. *Frites* ist in blauen Lettern draufgemalt, darunter sind ein paar quietschgelbe Stangen in einer Papiertüte abgebildet, das Ganze sieht so professionell aus wie eine Kleinkindzeichnung.

»Das ist nicht euer Ernst«, sagt Marlies.

»Die Belgier haben die Pommes erfunden«, sagt Jutta. »Dagegen wird sogar Wilfried nichts einzuwenden haben.«

»Wer will alles Pommes?«, frage ich ganz demokratisch.

Auch Paula meldet sich, und Lore fügt hinzu, sie hätte auch nicht wirklich was dagegen. Also muss Marlies sich damit abfinden. Der Parkstreifen des Rastplatzes ist trotz des großen Müllcontainers voll mit bunten Hinterlassenschaften – Papierknäueln, Plastikflaschen, Getränkedosen, einem ausrangierten Campingstuhl mit flatternder Sitzfläche, einem braunen Koffer, aufgeklappt und ausgeweidet. Daneben entdecke ich einen Hundehaufen, dessen Anblick sofort Spekulationen auf den Verursacher auslöst. Ich meine, wie groß kann ein Hund eigentlich werden? Wie ein Mammut? Vier Autos aus Deutschland und Holland parken auf dem Rastplatz, ein paar Lkw stehen weiter hinten.

»Hier ist ja gar nichts los«, stellt Jutta fest.

»Die Leute wissen schon, warum sie nicht anhalten«, mault Marlies und begafft angewidert den Müll. »Die Vernünftigen jedenfalls.«

Immerhin steigt sie mit aus, wobei sie ihre orangefarbene Handtasche an sich klammert, als ob gleich ein Halunke hinter der Mülltonne auftauchen und über sie herfallen würde.

»Ohne Lars war ich noch nie so weit weg von zu Hause!«,

lässt Paula verlauten und schaut sich ehrfürchtig auf dem zugemüllten Rastplatz um.

»Na, das Sightseeing verschieben wir auf später«, sagt Jutta, »jetzt wird erst mal gespachtelt.«

In der Imbissbude empfängt uns der typische Fettgeruch, aber ohne den hätten die Pommes wohl niemals den Siegeszug um die ganze Welt gehalten. Gedämpfter Brokkoli jedenfalls kann da erfolgsmäßig nicht mithalten. Hinter dem blitzsauberen Glastresen steht ein verblüffend fröhliches junges Mädchen mit Haarnetz über dem bläulich gefärbten Haar.

»Bitte schön«, sagt sie mit flämischem Akzent und lächelt.

»Ich hätte gerne Fritten mit Erdnusssoße und eine Fanta«, sagt Jutta.

Lore bestellt sich Pommes mit Mayo und eine Cola.

»E. coli«, ist alles, was Marlies zu sagen hat.

Lore schaut irritiert auf die Speisekarte über der qualmenden Fritteuse. »Ich weiß nicht, ob es das hier gibt«, sagt sie.

»Natürlich gibt es das hier«, sagt Marlies. »Und zwar massenweise. Ganz umsonst.« Dann stapft sie nach hinten und inspiziert die Resopaltische, zückt ein Desinfektionsspray und beginnt, die Tischplatte ihrer Wahl einzunebeln. »Ja, guckt ruhig blöd!«, sagt sie. »Vorsicht ist besser als Salmonelleninfektion!«

Jutta zieht eine Grimasse. Das Frittenmädchen schaut mich fragend an. »Pommes Spezial mit Ketchup, Mayo und Zwiebeln, bitte«, sage ich, weil mir plötzlich aufgeht, dass mein Mundgeruch ja auch nur noch mich was angeht.

Als ich noch nicht alleinige Geschäftsführerin meines erfolgreichen Lebens war, habe ich immer auf stark ausdünstende Gerichte verzichtet, falls ich urplötzlich in eine spontane Knutscherei mit dem Mann meiner Träume verwickelt werden würde. Was für eine Geschmacksverschwendung!

Paula jammert angesichts der vielen Soßen, dass sie gar nicht weiß, was sie nehmen soll. »Mayonnaise ist ja der Klassiker. Die Samurai-Soße klingt auch toll. Oder doch lieber Curry? Oder Aioli? Was würdest du nehmen, Emmi?«

»Dann nimm doch mehrere und probier«, schlage ich vor.

»Gute Idee«, ruft sie, braucht aber trotzdem noch fünf Minuten und eine eingehende Beratung des Frittenmädchens, bis sie vier verschiedene Soßen in Extraschälchen bestellt hat, dazu ein belgisches Bier. »Die Getränke gehen auf mich«, ruft sie. »Weil ihr so nett seid und mich mitnehmt.« Ihre Stimme klingt brüchig, als hätte sie einen dicken Kloß im Hals.

Dann sitzen wir an dem Tisch, der nach Desinfektionsmitteln stinkt, was aber vom Geruch der Pommes überlagert wird. Und von dem Bier, das Paula anstößt und von dem ein guter Schluck auf die Tischplatte schwappt.

»Das darf doch nicht wahr sein«, entfährt es Marlies. Wir werfen alle unsere Servietten auf die Lache, sodass das Bier aufgesaugt wird, und beachten Marlies' aufgebrachte Blicke nicht weiter. Denn jetzt geht es ans Essen.

»O. Mein. Gott. Kann es sein, dass das die leckersten Pommes sind, die ich jemals gegessen habe?«, ruft Jutta.

»Absolut«, bekräftige ich, denn die Dinger sind spitzenmäßig, salzig und fettig, klar, aber auch total kartoffelig – sie haben eine knusprige Hülle und ein weiches Inneres.

Auch Lore scheint total überrascht über den Geschmack und schaufelt richtig in sich hinein. Paula tunkt jede Fritte in eine andere Soße, bis sie sich festgelegt hat, dass die Samurai-Soße die beste ist. Währenddessen schaut Marlies auf das Essen, als wäre es Plutonium.

»Probier mal«, sagt Lore und hält ihr übermütig eine schöne lange Fritte hin. Aber Marlies lehnt sich nur zurück und schüttelt angewidert den Kopf. »Im Leben nicht.«

»Du verpasst was«, sagt Jutta mampfend. »Schmeckt wirklich super.«

Anstatt zu antworten, faltet Marlies eine ihrer braunen Stoffservietten auseinander und legt sie vor sich auf den Tisch. Dann holt sie eine Tupperdose hervor, aus der sie ein Käsevollkornbrot nimmt, es auf die Serviette legt, als ob es sich erst an seine Umgebung gewöhnen müsste, bevor es in der Lage ist, sich verspeisen zu lassen. Dazu schenkt sie sich einen Tee aus ihrer Thermoskanne ein. Sie nimmt das Brot akkurat in beide Hände, beißt einmal hinein und legt es wieder ab, trinkt einen Schluck, nimmt erneut das Brot und beißt wieder ab. Wenn ich nicht so abgelenkt wäre von meinen Pommes, hätte Marlies mich glatt als treues Publikum für ihre Essensvorführung gewonnen. Auch Lore und Jutta spähen zwischendurch immer wieder auf Marlies' zeremonielle Mahlzeit, die sie mit dem Säubern ihrer Finger mit einem desinfizierenden Feuchttuch beendet. Nur Paula ist mal wieder mit ihrem Smartphone beschäftigt.

»An wen schreibst du?«, frage ich und versuche, nicht besorgt zu klingen.

Ich meine, ich hoffe, dass sie Lars nicht die Koordinaten unseres Reiseziels durchgibt. Einem wild gewordenen Brutalofreund würde ich nicht gerne begegnen, aber vor allem würde ich meine zartbesaiteten Mitreisenden damit ungerne konfrontieren.

»Ach, da ist so ein Forum, da bin ich Mitglied …«, sagt sie abgelenkt, und ich gestatte mir eine gewisse Erleichterung.

»So«, sagt Jutta, als sie ihre Plastikschale leer von sich schiebt. »Und was essen wir jetzt?«

Marlies saugt einmal geräuschvoll Luft in sich hinein.

»Ich würde mal gerne wissen, wie diese Frikandel schmecken«, meldet sich Lore überraschenderweise zu Wort.

»Gute Idee«, ruft Jutta begeistert. »Ich will auch eine!«

»Ihr wollt *Wurst* essen?« In Marlies' graublauen Augen spiegelt sich das blanke Entsetzen. »Wisst ihr denn nicht, was in *Wurst* drin ist?«

»Nee«, sage ich. »Und ich will es auch gar nicht wissen. Bestellst du mir eine mit?« Jutta nickt und ist schon vorne am Tresen.

»Das ist euer Untergang«, unkt Marlies, das Orakel von Belgien.

Aber niemand hört auf sie. Jutta, Lore und ich hauen uns also noch eine Frikandel rein, auch schön mit Zwiebeln und Soße.

»Und jetzt einen Schnaps«, sagt Jutta und hält sich damenhaft die Hand vor den Mund, als sie ein Aufstoßen unterdrückt.

Marlies beobachtet sie mit grimmigem Lächeln. »Und, hast du schon Sodbrennen?«

»Nein, Marlies, hab ich nicht. Hast du schon Vergnügungsverkalkung?«

»Haha«, macht Marlies.

Tendenziell interessiert mich die Eskalation dieses Geplänkels nicht. Aber ich werde sowieso schon wieder abgelenkt – von Paula, die offenbar gerade eine emotional aufgeladene Nachricht erhalten hat. Sie steht mit starrem Blick auf und geht raus. Mir schwanen moralische Nöte, und ich folge ihr.

»Zehn Anrufe«, sagt sie leise zu mir, während sie die Mailbox abhört. Ihr Gesicht verhärtet sich, sie beißt sich auf die Lippen. »Mann, ist der sauer. Wenn er mich findet, bringt er mich um«, prophezeit sie düster. »Ich muss ihn zurückrufen!«

»Nicht«, rufe ich entsetzt und reiße ihr kurzerhand das Handy aus der Hand. »Er darf nicht wissen, wo wir sind!«

»Wieso nicht?«, fragt sie.

»*Wieso* nicht? Weil er uns dann vielleicht verfolgt! Du hast doch gerade selbst gesagt, wenn er dich findet, bringt er dich um.«

»Ach«, sagt sie. »Das hab ich doch nur so … *gesagt.*« Sie wird blass. »Meinst du wirklich, er wäre dazu in der Lage?«

»Keine Ahnung, wozu er in der Lage ist. Vermutlich hättest du auch nie gedacht, dass er in der Lage wäre, dich zu schlagen.«

Sie überlegt einen Moment. »Also soll ich ihm *gar nicht* antworten?«

»Würde ich nicht machen«, sage ich. »Ich würde das Ding sowieso nicht benutzen. Er kann dich doch damit orten!« Sie wird noch blasser. »Nimm am besten den Akku raus«, rate ich ihr.

»Wozu?«, fragt Jutta, die gerade vorbeikommt, wobei sie sich im Gehen reckt und streckt.

Ich überlege, ob ich sie in Kenntnis setzen soll über Paulas Freund, aber da fällt mir endlich ein, was ich die ganze Zeit vergessen habe. »Marlies' Landkarte!«, rufe ich und starre Paula düster an. Sie ist wie ein Wegweiser zu uns.

»Fängst du jetzt auch noch damit an?«, fragt Jutta. »Ist ja schon gut, ich kaufe ihr eine neue.« Sie geht zu den anderen beiden.

Paula windet sich derweil. »Wenn er sie findet, dann weiß er doch, wo wir sind und … Er war so sauer, dass … Ich glaub, ich fahr besser nach Hause. Oder … Nein, das geht auch nicht.«

»Paula«, sage ich. »Du bist gerade erst weg. Vielleicht beruhigt er sich auch wieder.«

»Ja«, sagt sie. »Vielleicht tut er das.«

»Und vielleicht denkt er gar nicht daran, den Müll zu durchsuchen«, sage ich. »Vielleicht kommt er gar nicht auf die Idee, dass wir dorthin fahren. Ich meine, wer kommt heute überhaupt noch auf die Idee, eine Landkarte zu benutzen?«

»Hoffen wir es«, haucht sie und stakst dann zum Auto.

Als wir alle wieder angeschnallt sind, japst Marlies theatralisch nach Luft und kurbelt das Fenster auf. »O mein Gott«, stöhnt sie. »Das riecht ja hier wie in der Pommesbude des Grauens.«

Im Rückspiegel trifft sich mein Blick mit Juttas, die schnell wegguckt, weil sie sich wieder das Lachen verkneifen muss.

»Das ist vermutlich genau wie mit Knoblauch«, mutmaße ich und meine Mundwinkel zucken dabei verräterisch. »Man riecht ihn nur, wenn man selbst keinen gegessen hat.«

»Oder ein Vampir ist«, wirft Jutta prustend ein.

»Die Fettmoleküle haben sich an den Fasern eurer Kleider festgesogen, das ist ein physikalischer Vorgang«, schlaumeiert Marlies weiter.

»Besser an den Klamotten als an meinen Hüften«, kommentiert Lore da in derart trockenem Tonfall, dass wir alle in Lachen ausbrechen.

Nur Marlies lässt sich nicht zu Heiterkeit hinreißen. »Da sieht man es. Einmal an einer belgischen Frittenbude gegessen und das Niveau ist im Sinkflug.« Sie zieht ein parfümiertes Tuch aus ihrer Handtasche und presst es sich vor die Nase.

24

Aber eines muss man Marlies lassen: Von den misstrauischen Bemerkungen zu der Stimme aus dem Navi mal abgesehen, ist sie eine gute Beifahrerin. An den Mautstellen auf der französischen Autobahn klappt alles wie am Schnürchen. Bis wir an dem Kassenhäuschen angelangt sind, hat sie schon das Kleingeld abgezählt, das ich der Dame am Schalter nur noch in die Hand drücken muss. Für die französischen Autobahnen muss man zwar bezahlen, dafür ist wenig los. Sehr angenehm. Wir sind schon fast bei Rouen. Und seit Amiens hat sich Marlies an das Fritten- und Zwiebelaroma im Auto so gewöhnt, dass sie das Taschentuch wieder weggesteckt hat.

An einer Tankstelle hat Jutta ihr eine neue Landkarte gekauft, die sie mit gnädigem Nicken und ohne Wiederkäuen des Streits entgegengenommen hat. Seit der Clayderman-Affäre und der Pommes-Auseinandersetzung gab es auch keine weiteren Ausbrüche meiner Ladys mehr. Alles ist ruhig. Sogar Paula hat ihr Handy weggelegt. Der Mercedes schnurrt weiter wie ein Kätzchen, obwohl er ungefähr so groß ist wie ein Elefant. Ich hoffe, die haben genug breite Parkplätze da in diesem Küstenort mit dem langen Namen.

»Wie ist eigentlich der Plan?«, frage ich in die Stille hinein. »Ich meine, wenn wir angekommen sind. Was machen wir dann?«

Diesmal bleibt sogar Marlies ruhig. Alle Aufmerksamkeit wendet sich Lore zu. Sie räuspert sich.

»Dann gehen wir zu dem Haus und …«, ihre Stimme sinkt in sich zusammen, »… und dann gucken wir und …«

»Überlasst das Reden mir«, posaunt Marlies. »Ich regle das schon.«

Lore verbirgt das Gesicht hinter den Händen und fängt plötzlich an zu schluchzen.

Jutta tätschelt ihr das Bein. »Wir sind bei dir, Lore. Du bringst es hinter dich wie einen Zahnarztbesuch. Und danach fahren wir nach Bayeux, plündern die erstbeste Patisserie und gucken uns den Teppich an.«

»Teppich?«, frage ich verwirrt.

»Den berühmten bestickten Wandteppich der Königin Mathilda«, erklärt Jutta. »Er ist tausend Jahre alt und fast siebzig Meter lang. Den *muss* man sehen, wenn man in der Gegend ist.«

»D-Day«, trumpft Marlies auf. »*Das* ist das Interessanteste an der Region Normandie. Der Einmarsch der Alliierten am 6. Juni 1944, der amerikanische Soldatenfriedhof am Omaha Beach, das Kriegsmuseum in Bayeux, die Bunker, der künstliche Hafen von Winston Churchill.«

»Sie haben sich aber gut vorbereitet«, sage ich erstaunt.

»Nun ja«, lacht Marlies selbstgefällig. »Das ist doch selbstverständlich.«

Und dann wandelt sich das Gespräch in rasantem Tempo und wendet sich einem Thema zu, das alle Singlefrauen dieser Welt hassen. Denn Jutta stellt mir aus dem Nichts die Frage des Grauens. Die man zwar einfach mit einem knappen Nein beantworten könnte, was Singlefrauen aber leider niemals gelingt. Aus einem unerfindlichen Zwang heraus garnieren sie das Nein mit einem Schwall an Rechtfertigungen. Denn die Singlefrau sucht die Schuld an ihrem Alleinsein erwiesenermaßen überproportional oft bei sich.

Umso froher bin ich, dass ich kein Single mehr bin und jetzt mit Leichtigkeit und ohne Rechtfertigungsdrang auf Juttas Frage antworten kann: »Nein, habe ich nicht. Ich habe keinen festen Freund.«

»Aber so ein hübsches Mädchen wie du kann sich vor Verehrern doch sicher nicht retten …«

Marlies schnaubt verächtlich und wirft mir einen Seitenblick zu. Also bitte! Was weiß sie denn? Na ja. Vielleicht das, was Lore ihr über meine Studienobjekte erzählt hat. Nur was hat sie erzählt? Egal.

»Ich bin nicht mehr auf dem Markt«, sage ich. »Hab mich ausgeklinkt.«

»Warum eigentlich?«, fragt Lore mit leisem Stimmchen. »Da waren doch auch nette Männer dabei.« Sie räuspert sich. »Soweit ich das beurteilen kann, jedenfalls.«

»Die sahen vielleicht nett aus, aber mit denen stimmte trotzdem was nicht«, erläutere ich nur zu gerne und setze dann an, um meine Studienergebnisse schon einmal einem ausgesuchten Kreis zu offenbaren. »Die Männer von heute verehren nämlich nur ihre eigene Freiheit, ihren Egoismus und ihre Rücksichtslosigkeit, aber ganz sicher nicht mich. Oder eine andere Frau. Ich habe wirklich lange darüber nachgedacht und sehr viele wissenschaftliche Daten erhoben, und jetzt weiß ich einfach, dass es nicht an uns Frauen liegt. Männer sind es, die irgendwann im Laufe der Evolution falsch abgebogen sind, Endstation Beziehungsunfähigkeit.« Es herrscht für einen Moment Stille. Aber das stört mich nicht, denn endlich ist es an der Zeit, meine Studie einem Publikum vorzustellen, zumindest auszugsweise. »Ich weiß, dass das für euch überraschend kommt. Ich war ja auch ganz schön baff, als ich es endlich herausfand«, erkläre ich. »Besonders, weil die Biologen einem doch immer eintrichtern, was für ein unglaubliches Faszinosum die Evolution doch ist. Mit all den ausgeklügelten Tricks, die Tiere und Pflanzen entwickelt haben, nur um besamt zu werden. Ja, schön, kann ich da nur sagen, die Evolution ist trotzdem ein Stümper. Der Beweis dafür? Läuft draußen herum, auf zwei Beinen, hat angeblich ein Gehirn und noch angeblicher ein Herz und nennt sich Mann.«

Die Mädels schweigen verblüfft. Hm. Wenn ich schon keinen Beifall erwartet habe, dann doch immerhin zustimmendes Gemurmel, Beipflichten aus Betroffenensicht. Aber nichts. Ratlosigkeit macht sich breit. Ich könnte ja jetzt auf die völlig offensichtliche charakterliche Fehlbildung von Herbert hinweisen, der seiner Frau eine französische Liaison vererbt. Oder Juttas Verlangen nach Erdrosselung ihres Mannes ins Feld führen, ganz zu schweigen von Paulas Problem mit Lars. Ich könnte von Marlies' abspenstigem Gatten reden. Oder von Dr. Fritz Bender anfangen. Tue ich aber nicht. Um die vier aus der Reserve zu locken. Um ihre Sichtweise zu hören. Bestimmt denken sie jetzt an all die Männer, die sie kennen, die sich genauso schäbig verhalten haben. Und gleich werden sie mir noch ein Dutzend Beispiele nennen, mit denen ich meine Studie anreichern kann.

Lore meldet sich als Erstes zu Wort: »Da war doch mal einer mit Hund. Der war ausgesprochen höflich. Und immer gut gekleidet. Den fand ich nett.«

Ein verächtliches Schnauben löst sich aus meiner Nase. Das war jetzt nicht das, was ich an Redebeitrag erwartet hatte, aber gut.

»Natürlich fanden Sie ihn nett«, sage ich. »*Alle* fanden Bobtail-Michel nett. Besonders die Frauen.« Bobtail-Michel besaß ein kleines Weinlokal in der Altstadt, schwärmte für Sauvignon

Blanc aus dem Rheingau und Ente à l'orange und spielte zu allem kulturellen Überfluss Piano. Wenn er auch noch Jonglierbälle und ein Einrad besessen hätte, dann wäre ich vor der geballten Kleinkunst zurückgeschreckt und niemals mit ihm ausgegangen. Stattdessen nannte er eine stattliche Sammlung amerikanischer Serien und eine Vorliebe für Promillepicknicks sein Eigen und schaffte es so, trotz seines offenkundigen Diploms in gehobener Lebenskunst, noch angemessen bodenständig und lustig zu sein. Und Pompidou, seinen Hund, fand ich auch putzig. *Anfangs.* »Der Hund war das Problem«, erkläre ich.

»Magst du keine Hunde?«, fragt Jutta.

»Keine, die nur dazu da sind, Frauen aufzureißen. Wildfremde Frauen lächelten ihn an und warfen ihm Blicke zu und fragten, ob sie mal den Hund streicheln dürften. Er ist am Rhein entlangflaniert wie ein Popstar.«

»Ja, der Hund war wirklich süß«, sagt Paula, »den hab ich auch ein paarmal gesehen.«

»Und dann das Weinlokal mit all seinen Mädelsstammtischen. Die daueralkoholisierten Weiber haben ihn angehimmelt«, bricht es aus mir heraus. »Jeden Abend hingen dieselben bei ihm rum, in der Hoffnung, beim Kehraus den Sprung in sein Bettchen zu schaffen. Er hat immer gesagt, das sei nun mal das Geschäft, aber ich hab ihm genau angesehen, wie sehr er es genossen hat, und dann … na ja. Eines Tages hat sich dann gezeigt, dass ich recht gehabt hatte.«

»Was war denn da?«

Ich hab die Szene noch genau vor Augen, als ich mich nach einem Mojito-Abend mit Kim zu einem Spontanbesuch entschlossen hatte und pünktlich zum Abschließen ins Lokal gewankt war. Dort hing eine rothaarige Besoffene an der Bar und presste ihre Brüste auf den Tresen, und Bobtail-Michel hatte den Arm um sie gelegt und redete auf sie ein, während er in ihr Dekolleté schielte. Als er mich bemerkte, starrte er mich derart ertappt an, dass mir alles klar war. Ich schleuderte ihm ein »Das war's jetzt aber wirklich …« entgegen und machte mich davon. Er rief mich zwar später an und behauptete, es sei eine rein platonische Unterhaltung gewesen, laberte was von einer Lebenskrise der Rothaarigen, ich hatte jedoch keinen Bedarf mehr an Ausflüchten und fadenscheinigen Beteuerungen, auch wenn sie scheinbar noch so sachlich daherkamen. »Sobald Brüste im Spiel sind, kannst du dir das Platonische in die Haare schmieren«, sagte ich deswegen und legte auf.

Die Details der Trennung von Bobtail-Michel will ich den Mädels aber ersparen, deswegen erkläre ich es jetzt kurz und bündig: »Sagen wir es so: Er hat sich mit einer Dame intensiver beschäftigt, als es eine normale Position als Lokalbesitzer erlaubt.«

»Du Arme«, haucht Paula.

Doch dann räuspert sich ausgerechnet Lore und überrascht mich mit der Aussage. »Dieser Arzt war auch sehr nett.« Und schiebt hinterher: »Obwohl er nicht aussah wie ein Arzt.«

»Phh«, mache ich. »*Der* war der Schlimmste von allen.«

»Wieso?«, fragt Jutta. »Was hat er denn falsch gemacht?«

»Nichts«, sage ich. »Er hat *gar nichts* falsch gemacht. Bis ich festgestellt habe, dass er mich *die ganze Zeit* betrogen hat.«

»Auweia«, sagt Paula.

Und Lore entfährt ein betrübtes: »Oh, wie schade.«

Ich fühle mich langsam erschöpft, weil ich feststelle, dass ich natürlich schon wieder in die Rechtfertigungsfalle geraten bin, deswegen lenke ich vom Thema ab. »Was war denn eigentlich mit Reinhardt los«, frage ich mit Blick in den Rückspiegel, »dass du auf einmal Lust hattest, ihn zu erwürgen, Jutta?«

»Ich weiß gar nicht, wo ich anfangen soll«, sagt Jutta, was aber nicht stimmt, denn sie redet sehr schnell weiter.

Wie faul Reinhardt ist und dass sie ihn dauernd bekochen soll und wie er mit seiner Poesie das Arbeitszimmer komplett in Beschlag genommen hat, sodass Jutta keinen Platz mehr für sich hat, und wie er am Schreibtisch sitzt, auf einem Bleistift herumkaut wie ein Dackel mit Zahnstein und dabei in die Ferne schaut, als ob da die Erleuchtung auf ihn warten würde. Und wenn sie eines seiner Gedichte nicht bejubelt, unterstellt er ihr, dass sie von Kunst nichts verstehe.

An dieser Stelle prustet Jutta abfällig, und sogar Marlies empört sich: »Tsss. Dieser Mann ist wirklich impertinent.« Wenn Marlies sich sogar auf Juttas Seite schlägt, dann muss das wirklich der Gipfel der Unverschämtheit sein.

Jutta erzählt weiter, was sie letztendlich aus dem Haus getrieben hat. »Er hat einen Freund zu uns eingeladen, und als ich dagegen protestiert habe, hat er nur gesagt, dass er in *unsere* Wohnung doch wohl seine Freunde einladen dürfe, soziale Zensur würde er nicht hinnehmen. Dabei hat uns dieser Abgesandte der Apokalypse beim letzten Mal das Weinregal leer gesoffen und das Klo verstopft, *mit Katzenstreu*. Aber Reinhardt meinte, das sei Teil eines Kunstwerks gewesen, davon verstünde ich ja nun mal nichts. Und da hab ich gewusst, ich muss raus, sonst passiert was Schlimmes.«

Seltsam, denke ich. Einer Frau wie Jutta hätte ich gar nicht zugetraut, dass sie sich so von einem Mann auf der Nase rumtanzen lässt. Sie wirkt trotz ihres Alters noch so jung und selbstbewusst und stark. Ich fand schon bei der Beerdigung, dass dieser selbstverliebte Heini ohne Manieren gar nicht zu ihr passt.

»Dieser Mann ist wirklich undankbar«, sagt Marlies, und erstaunt registriere ich, dass die beiden wieder gleicher Meinung sind. »Und ich kenne mich mit Undank aus. Ich meine, Männer sind das eine, aber gibt es etwas Undankbareres als Kinder? Lore, sei froh, dass du keine hast.« Für einen Moment huscht ein Schatten über Lores Gesicht, ich sehe es im Rückspiegel, aber Marlies bemerkt es vorne nicht und plappert einfach weiter. Jetzt ist sie an der Reihe, Dampf abzulassen. »Die kümmern sich doch um gar nichts außer um sich selbst«, beschwert sie sich. »Frank hat nie Zeit. Als wäre er der Präsident der Vereinigten Staaten! Nie kommt er mich besuchen. Oder hilft mir mal! Ich habe ihn gefragt, ob er nach dem Haus guckt, jetzt wo ich nicht da bin, und was hat er frech gesagt? Das Haus passt schon allein auf sich auf. Als ob das zu viel verlangt wäre, mal nach der Post zu sehen. Was habe ich nicht alles für meine Kinder geopfert! Und was ist der Dank? *Gar nichts*. Das ist der Dank.« Marlies' Litanei ist immer noch nicht am Ende, ich komme mir schon vor wie bei *Wettstreit der Schicksale*. »Und Kerstin, die konnte es gar nicht abwarten wegzuziehen. Mit diesem schmierigen Kerl, der es nur auf eine Aufenthaltsgenehmigung abgesehen hat. Kerstin meinte zwar, dass das überhaupt keine Rolle spiele, aber ich habe seinen schlechten Einfluss auf meine Tochter sofort bemerkt. Sie war wie ausgewechselt! Trug auf einmal die Haare kurz, bloß weil *ihm* das gefallen würde. Die schönen Haare! Hat dieser Kerl auf dem Gewissen. Und dann hat er sie regelrecht entführt. Ausgerechnet, als Nachwuchs unterwegs war. Was haben Wilfried und ich uns auf Enkel gefreut! Aber auch dieses Glück war uns nicht vergönnt, denn jetzt wohnt Kerstin in Freiburg, weiter weg ging es ja wohl nicht. Angeblich gefällt es ihr dort. Diese penetranten Eltern von ihrem Goran wohnen direkt nebenan! Dabei bin ich doch wohl eindeutig die Oma Nummer 1, es ist *meine* Tochter, die das Kind geboren hat! Eine himmelschreiende Ungerechtigkeit! Aber so ist es. Kinder saugen einen aus und lassen einen dann blutleer liegen.« Marlies beschließt ihren Monolog, und als kein Beifall kommt, dreht sie sich zur Rückbank um. »Stimmt's oder hab ich recht?« Die Einzige, die antwortet, ist Paula. Wobei ein zaghaftes Schulterzucken nicht die Zustimmung ist, die Marlies sich erhofft hat. »Jutta«, sagt sie direkt. »Du kannst doch von der Undankbarkeit von Kindern auch ein Liedchen singen.«

»Wie bitte?«, fragt Jutta. »Ich hab gerade nicht zugehört.«

»Pfhh«, macht Marlies enttäuscht, dreht sich wieder nach vorne, zupft verlegen an ihrer Hose herum, befühlt ihre Haarrolle, und immer noch sagt keiner was. Ja, bei *Wettstreit der Schicksale* wird mit harten Bandagen gekämpft, da bekommt nicht jeder Zuspruch.

»Wir müssen tanken«, bemerke ich, um von der rasanten Verwesung der Stimmung abzulenken.

25

Nach knapp siebenhundert Kilometern erreichen wir Bayeux, das betagte Städtchen in der Normandie – Granithäuser und verwinkelte Gassen, in denen man sich gut die Zeit der Droschken als Verkehrsmittel vorstellen kann. Wir kommen am Kriegsmuseum vorbei, auf das Marlies lautstark hinweist, und biegen am Kreisverkehr ab Richtung Küste. Eine schnurgerade Straße, ein Château zur Linken, Kühe, grüne Wiesen, Pappeln, verfallene Steinhäuser, noch mehr Kühe, dann wieder hübsch gepflegte Anwesen zwischen Feldern, die ein Bauer auf einem einsamen Traktor pflügt. Irgendwann wieder ein Kreisverkehr, in der Mitte das bronzene Modell eines Fischschwarms und ein großes Schild mit Fischerbooten, das so was verkündet wie »Port-en-Bessin-Huppain, ein lebendiger Hafen«. Die Straße fällt vor uns ab, wir können über den Dächern des Ortes das Meer glitzern sehen. Es ist kurz vor halb acht abends.

Ich will gerade eine lobende Bemerkung zur Zuverlässigkeit des Navis machen, da ruft Lore plötzlich panisch: »Stopp!« Ich fahre rechts auf den Parkstreifen vor einer Kirche. Sie atmet heftig und zittert. »Ich kann das nicht«, erklärt sie. »Es ist zu viel für mich.« Sie fängt an zu weinen.

»Ganz ruhig«, beschwichtigt Jutta. »Es ist völlig normal, dass du nervös bist.«

Marlies macht ein »Hab-ich's-nicht-gesagt?«-Gesicht, hält aber die Klappe.

»So«, bestimme ich. »Alle aussteigen, Lagebesprechung.«

Und dann stehen wir vor der granitenen Kirche und überlegen. Paula zündet sich eine Zigarette an, Marlies wedelt verächtlich den Rauch weg, was Paula gar nicht bemerkt, bis Marlies Lore demonstrativ weiter wegzieht und dabei etwas von den Vorzügen der guten Seeluft brabbelt. Jutta schnalzt genervt mit der Zunge angesichts von Marlies' separatistischen Umtrieben, woraufhin Marlies sie anschnauzt, ihre ewige Meckerei sei nicht hilfreich, und Jutta sich empört, sie habe nicht gemeckert, aber das würde Marlies gar nicht bemerken, weil sie so mit Motzen beschäftigt sei, und ich merke, dass mir auch langsam der Hals anschwillt bei diesem Gezanke, besonders nach der anstrengenden Autofahrt.

In den allgemeinen Zustand der Gereiztheit macht Jutta einen vernünftigen Vorschlag. »Wir müssen ja sowieso hier übernachten«, sagt sie. »Ich schlage vor, wir suchen uns ein Hotel, gehen was essen und morgen, wenn wir ausgeruht sind, gucken wir uns das Haus an.«

»Das Auto«, japst Lore und schlägt sich erschrocken die Hand vor den Mund. »Diese Frau kennt doch bestimmt Herberts Auto. Und dann weiß sie, dass wir hier sind. Ich will aber nicht, dass sie das weiß und …« Ihre Stimme erstirbt.

»Guter Einwand«, sage ich. »Dann stellen wir das Auto eben am Hotel ab und gehen zu Fuß.«

»Fragt sich nur, wie wir jetzt ein Hotel finden«, wirft Jutta ein.

Das ist der Moment für Marlies' Triumph. »Das hab ich doch längst«, posaunt sie. »Die einzige Unterkunft, die noch Zimmer freihatte, war das King Hotel. Allerdings«, fügt sie spitz hinzu, »hatte ich mit drei Zimmern gerechnet. Ob wir fünf Zimmer bekommen, wage ich zu bezweifeln. Immerhin ist Hochsaison. Aber ich nehme auf jeden Fall ein eigenes, schließlich habe ich mich ordnungsgemäß für diese Unternehmung angemeldet und bin nicht einfach spontan auf die Idee gekommen mitzufahren.« Sie wirft Jutta einen strafenden Blick zu.

»Lasst uns doch erst mal dort hinfahren und gucken, was geht, bevor wir uns jetzt um ungelegte Eier streiten«, schlage ich vor.

»Sehr guter Einfall«, lobt Jutta. »Erst die Fakten, dann der Streit.«

»Vielleicht müssen wir uns ja gar nicht streiten.« Ich seufze. »Paula, kommst du?«

Ich sehe noch, wie sie ihr Handy hastig wegsteckt. Ich kann nur hoffen, dass Lars nicht wutentbrannt ihre Fährte aufnimmt.

Wir rollen langsam den Hügel hinunter in den Ort mit seinen Natursteinhäuschen, Geschäften mit maritimen Konsumartikeln und Restaurants mit hübschen Terrassen. Die Autos tuckern über ein einspuriges Sträßchen durch das winzige Ortszentrum. Es liegt direkt an einem Kanal, der sich vom Hafenbecken etwa dreihundert Meter ins Inland zieht, mit Fischerbooten und Schiffen mit allerhand Netzen und aufgestapelten leeren Plastikkisten, die nach einem Fang sicher voller Fische sind. Große Schleusentore sorgen dafür, dass bei Ebbe das Wasser im Kanal bleibt.

Über eine Schwenkbrücke gelangt man auf die andere Seite des Kanals, wo ein großer Parkplatz am Fuße der Dünen liegt. Die Küste steigt dahinter steil an, zum Strand hin wacht ein historisch anmutender Befestigungsturm über das Hafenbecken, das so groß ist wie ein paar Fußballfelder und von einer gewaltigen Mauer umschlossen, mit nur einer Ausfahrt in der

Mitte, durch die die Boote in See stechen können. Wir fahren im Schritttempo an den Restaurants und Shops vorbei, biegen links ab, und da sind wir auch schon. Das King Hotel ist nicht gerade ein lauschiges Romantikhotel, es hat eher was von einem amerikanischen Motel. Eine Treppe führt auf einen umlaufenden Balkon mit rotem Geländer, über den man in die Zimmer auf den beiden oberen Stockwerken kommt. Funktionalität ist hier oberstes Gebot, für Klassenfahrten gut geeignet, denke ich unwillkürlich.

An der Rezeption sitzt eine Französin mittleren Alters, silbergraues kurzes Haar, eine Lesebrille auf der schmalen Nase, die in Kontrast steht zu dem jugendlichen Outfit – maritim geringelter Pullover und Jeans. Sie schaut aufmerksam, als wir mit unserem Gepäck durch die Tür stolpern, verzieht aber keine Miene. Marlies drängt sich nach vorne und fängt an, auf Französisch zu palavern, ganz die Frau von Welt. Dabei deutet sie abwechselnd auf Lore und mich, auf Jutta und Paula, dann fuchtelt sie wichtig in Richtung des Computers herum. Die silbergraue Rezeptionistin hört sich das ganz ruhig an und sagt am Ende, sie könne auch Deutsch.

»Sie nimmt Rücksicht auf euch«, erklärt Marlies uns und wiederholt auf Deutsch die ganze Litanei: »Diese beiden sind dazugekommen.«

Sie deutet auf Paula und Jutta. »Ich hatte drei Zimmer reserviert für Meurer, Pfeiffer und Helmschrodt, aber wir brauchen noch zwei für Habermann und Schilling, die sich spontan zu dieser Reise entschieden haben.«

Die Rezeptionistin hört ihr regungslos zu und erwidert: »Drei Zimmer reserviert, drei Zimmer frei.«

»Da haben wir es«, sagt Marlies spitz. »Jetzt sind die Eier also gelegt. Die *faulen* Eier. Seht zu, wie ihr euch einigt.«

Plötzlich geht es doch ganz schnell, da Lore gesteht, dass

sie gegen Gesellschaft nichts einzuwenden hätte, und Marlies nicht will, dass Jutta und Lore eine Koalition bilden. Sie verkündet, dass es wohl das Beste wäre, wenn sie auf Lore aufpassen würde. Also teilen wir uns so auf, dass Jutta allein ein Zimmer bekommt, Lore und Marlies sich eines nehmen, und Paula und ich als Vertreterinnen der jüngeren Generation eine temporäre Wohngemeinschaft bilden. Wir holen also alle unsere Persos raus, während Marlies weiter auf die Rezeptionistin einredet und ihr alles noch einmal ausführlich erklärt, was aber – wenn man die Miene der Französin beobachtet – nicht zu deren Erhellung beiträgt.

Das Gesicht der Rezeptionistin ist nach wie vor undurchdringlich ob der Fülle an Informationen, sie schiebt uns die Registrierungszettel hin, dann gibt sie uns die Schlüssel.

26

Die Zimmer sind nüchtern eingerichtet, aber alles sieht sauber aus. Paula will unbedingt das linke Bett.

»Alter! Das ist ja total cool!«, ruft sie, schmeißt sich auf die Matratze und hüpft auf und ab. »Und es quietscht kein bisschen!«

Ich atme auf, als ich auch endlich die Füße hochlege. Paula springt auf und geht ins Bad, ich überlege, ob sie vielleicht Lars kontaktiert, aber dann werde ich abgelenkt. Mein Handy zeigt den Eingang einer Nachricht an. Sie kommt von Dr. Fritz Bender.

»Ach was«, murmele ich, mein Herz klopft, als ich sie öffne.

Er schickt ein altes Foto von uns, ein Selfie, wir in einem Tretboot vor dem Amsterdamer Rijksmuseum. Sie war ziemlich lustig, unsere Tretbootfahrt auf den Grachten. Wir hatten irgendwie Probleme mit dem Steuern und wären beinahe in ein voll besetztes Rundfahrtboot reingefahren. Es musste wegen uns anhalten, und die Touristen darin haben höhnisch applaudiert, als wir vorbeigeeiert sind.

Unwillkürlich muss ich lachen. *Das war so lustig damals*, schreibe ich spontan zurück. *Heute würde mir das nicht mehr passieren, hab mittlerweile das Tretbootkapitänspatent erworben.*

Und dann halte ich inne, weil ich mich dabei ertappt habe, wie ich meinen Grundsätzen untreu werde.

Ich bin tatsächlich dabei, Kontakt mit ihm aufzunehmen! Und das ist ja nun mal gar nicht in meinem Geschäftsmodell vorgesehen! Auf der anderen Seite bin ich weit genug von ihm weg, sodass das gar nichts ausmacht, ist ja schließlich nur eine harmlose Nachricht. Dennoch beschließe ich, sie ganz erwachsen zu löschen, doch genau in dem Moment klopft es an der Tür, und aus einem Reflex heraus drücke ich auf Senden. Mist. Das Schrecklichste an der virtuellen Post ist ihre Unwiderruflichkeit. Einmal ein nervöser Finger, schon in Teufels Küche.

Aber ich beschließe, ganz professionelle Geschäftsfrau, aalglatt über meinen Fauxpas hinwegzusehen. Kann mal passieren, wird nicht mehr vorkommen, Punkt. *Nie mehr*, Ausrufezeichen!

Es ist Jutta, die uns zum Essengehen abholt. Sie trägt ein knallrotes weites Kleid, ein Haarband und rote Ohrringe, insgesamt ist ihre Erscheinung so dezent wie eine Leuchtboje. Paula ist immer noch im Bad, wir rufen ihr durch die Tür zu, dass wir schon mal losgehen. Jutta hakt sich bei mir ein, als wären wir alte Freundinnen, und zusammen steigen wir die Treppe hinunter, wo Lore und Marlies schon warten.

Zehn Minuten später nehme ich mit einer Mischung aus Erstaunen und Erleichterung zur Kenntnis, dass Dr. Fritz Bender nicht antwortet. Na also. Mein kleiner Ausrutscher war also nicht schlimm.

»Da ist sie ja endlich …« Marlies stöhnt, als Paula auf dem Treppenabsatz erscheint. Sie hat das Veilchen überschminkt, mit ihren sehr rauchigen Smokey Eyes fällt es gar nicht mehr so auf.

»Ich kann ja schlecht mit Sonnenbrille ausgehen«, sagt sie zu mir. »Dann denken die Leute noch, ich wär nicht ganz dicht.

Oder ein Promi. Oder beides!« Und dann lacht sie. Irgendwie blüht sie mit jedem Meter, den wir uns von Lars entfernt haben, mehr auf.

Die Klimaveränderung tut auch mir jetzt schon gut. Die Luft ist feucht und riecht würzig nach Tang, Möwen flattern kreischend über die Dächer. Die Sonne neigt sich dem Horizont zu, die Terrassen der Restaurants liegen bereits im Schatten, alles ist voll besetzt an diesem Sommerabend. Lore tastet sich an Marlies' Seite vorsichtig voran, dabei schaut sie so ängstlich, als würde sie jederzeit damit rechnen, von Herberts Geist – oder noch schlimmer – seiner Geliebten und seinen Kindern heimgesucht zu werden.

Jutta dagegen wirkt kein bisschen angestrengt, sondern richtiggehend unternehmungslustig. »Hach, das gefällt mir aber hier«, ruft sie. »Ein richtig lebendiger Ort, toll. Und gar nicht so touristisch, das ist ja selten heutzutage in Orten, die am Meer liegen.« Sie plappert weiter, richtig aufgekratzt. »Da hat Berti sich wirklich ein schönes Fleckchen …«

Marlies räuspert sich drohend, und Jutta bemerkt zum Glück, in welches Fettnäpfchen sie gerade mit Anlauf springen wollte. »Oh, guckt mal da, der Tisch wird frei«, ruft sie.

Eine Familie steht auf, fünffaches Stühlerücken. Jutta bezieht schon Stellung, um den Platz einzunehmen, damit er uns nicht von einem anderen Flaneur weggeschnappt wird, bedankt sich überschwänglich bei den Leuten und winkt uns heran. Sie grüßt alle anderen Gäste im Umkreis, als ob sie eine Art Showmasterin sei.

Lore dagegen scheint völlig entkräftet, von der Fahrt, dem Ort und ihrer ganzen Situation. Ich schiebe sie zu dem Tisch und helfe ihr mit dem Stuhl, denn Marlies zieht es vor, im Stehen zu warten, bis die soßenbekleckerten Hinterlassenschaften unserer Vorgänger abgeräumt werden.

Die Speisekarte gibt es auf Französisch, Englisch und Deutsch. Paula blättert immer wieder vor und zurück und fragt, was wir so nehmen. Ich entscheide mich für einen Crêpe mit Käse und Salat, die anderen überlegen noch, auch Marlies, die mit gerümpfter Nase das Menü überflogen hat. Paula kaut an ihren Fingernägeln, während sie weiter das Angebot studiert. Jutta bestellt zu unserem Erstaunen das *Menu garni* – Meeresfrüchtesalat, Seezunge und Profiteroles als Nachspeise, französische Windbeutel mit einer Vanillecremefüllung und Schokoladensoße. Dazu eine Flasche Rosé.

»Und das war alles?«, fragt Marlies sarkastisch.

»Wenn man in Frankreich ist, muss man schlemmen«, gibt Jutta fröhlich zurück. »Und Land und Leute kennenlernen.«

Dabei schaut sie an uns vorbei zu einem Tisch, an dem zwei Männer vor ihren leeren Biergläsern sitzen und gerade versuchen, die Aufmerksamkeit der Kellnerin auf sich zu ziehen. Jutta stellt den Kontakt zwischen der Bedienung, die immer noch auf Paulas Bestellung wartet, und den beiden Herren her, was ihr anerkennende Blicke einbringt und eine tischübergreifende nonverbale Unterhaltung nach sich zieht. Meine Reisegefährtin ist im Flirtmodus. Erstaunlich.

»Ich nehme die Spaghetti Bolognese. Und einen Vorspeisensalat«, sagt Paula schließlich.

»Wirklich?«, fragt Marlies. »*Spaghetti* in einem gutbürgerlichen französischen Restaurant? Das halte ich für gewagt.«

»Ehrlich? Scheiße.«

»Nimm doch auch das Menü«, schlägt Jutta vor.

»In Ordnung«, sagt Paula, die über den Rat ebenso erleichtert ist wie die Kellnerin über die Komplettierung der Bestellung.

Die beiden Meeresfrüchtesalate kommen als Erstes.

»Krass, das ist ja wirklich super*lecker!*«, schwärmt Paula, starrt noch eine Weile auf ihren Teller und sagt dann: »Nur mag ich das nicht. Vor allem diese Dinger mit den Saugnäpfen nicht.«

»Tintenfisch«, erklärt Jutta mampfend.

»Uargh«, entfährt es Paula. »Wer weiß, wo die schon alles dran gesogen haben. Und dann das da …«, sie zeigt mit der Gabel auf eine Garnele mit Kopf und Panzer und allem Drum und Dran. »Was soll das sein? Das Vieh ist ja fast so groß wie ein Hummer.«

»Willst du nicht?«, fragt Jutta kichernd, und als Paula angeekelt den Kopf schüttelt, klaubt Jutta sich die Garnele von ihrem Teller, bricht den Panzer auf und saugt am Schluss noch den Kopf aus. Paulas Gesicht ist gefangen in einer Mischung aus Abscheu und Faszination. »Boah, Alter! Du musst beim *Dschungelcamp* mitmachen, da wärst du echt Bombe!«

Unserer Gastroexpertin Marlies hat es offenbar die Sprache verschlagen. Ihre einzige Reaktion ist ein Absenken der Augenlider auf halbmast, als hätte sie wegen Paulas grenzenloser kulinarischer Ahnungslosigkeit Staatstrauer ausgerufen. Jutta gackert vor sich hin, während sie sich und mir immer wieder Wein nachschenkt, bald müssen wir die leere Flasche durch eine neue ersetzen.

Als die Seezunge kommt, ruft Paula erleichtert: »Fischfilet!«

»Was hattest du denn erwartet?«, frage ich.

Sie zuckt mit den Schultern. »Ey, wenn Meeresfrüchtesalat schon so ein wabbeliges Zeug ist, da befürchtet man bei einer See*zunge* ja wohl das Schlimmste, oder nicht? Ich bin jedenfalls froh, dass es nicht echt eine Zunge ist, das hätte ich jetzt schon ziemlich kacke gefunden.«

»Da sind wir aber alle wirklich sehr erleichtert«, sagt Jutta und wirft mir einen Blick zu, und das Lachen steigt in mir auf wie eine Luftblase im Wasser.

Paula bemerkt es zum Glück gar nicht, da sie gerade registriert, dass auch Fischfilets nicht unbedingt grätenfrei sind. »Das nächste Mal nehme ich Spaghetti«, mault sie. »Die haben wenigstens keine Knochen.«

»Ja«, kommentiert Marlies. »Ich glaube, das wäre für alle das Beste.« Immerhin kann das Dessert Paula begeistern, die Profiteroles findet sie »mega« und verputzt sie in Nullkommanix. Dann kommt sie zu dem Schluss, dass das Menü »echt cool« war. Während Marlies bis auf ihre abschätzige Miene nichts zur Unterhaltung beiträgt, Lore eingeschüchtert auf ihren Teller starrt und ich ehrlich gesagt froh bin, dass ich mich nach dieser langen Fahrt ausruhen kann, ist Jutta mit dem Aktivitätsniveau unseres Tisches offenbar unzufrieden. Sie nutzt die Gelegenheit, mit ihrem Nachtisch zu den beiden Herren rüberzugehen, die pantomimisch darum gebettelt haben. »Seit wann kann sie Französisch?«, fragt Marlies.

»Ich glaub, sie reden Englisch«, sage ich.

»Mein Gott …« Marlies schnaubt und betrachtet voller Abscheu Juttas überkandideltes Gebaren. »Kein Wunder, dass man sie die Königin der Peinlichkeiten nennt.«

»Wer nennt sie so?«, fragt Lore überrascht. »Mein Herbert hat immer gesagt, sie sei eine Ulknudel.« Sie legt das Besteck ordnungsgemäß auf ihrem leeren Teller ab und seufzt. »Ach, Herbert … Er fehlt mir so.«

»Ja …« Marlies nickt. »Ich weiß. Mit Wilfried geht es mir genauso. Es ist schlimm, plötzlich allein zu sein. Man fühlt sich so verloren.«

Auch Paula bekommt auf einmal ganz wässrige Augen. »Ja«, sagt sie mit erstickter Stimme. »Ich finde es auch total blöd ohne Lars.«

»Ich meine, ich war vorher auch schon viel allein«, sagt

Lore, »wo er doch so oft auf Geschäftsreise war und so. Aber jetzt ist es einfach was anderes. Es ist, als ob seine Abwesenheit eine andere Form angenommen hätte.«

»Wie meinen Sie das?«, fragt Paula schniefend.

Und Lore erklärt, dass seine Abwesenheit, als er auf Geschäftsreisen war, eher flüchtig gewesen sei wie der schwache Duft seines Rasierwassers. Jetzt sei sie irgendwie fester geworden wie ein großer Einrichtungsgegenstand.

»Wie eine dunkle Schrankwand, die alles verschluckt?«, frage ich.

Lore nickt. »Ja, so ungefähr.«

»Kapier ich nicht«, sagt Paula achselzuckend.

»Seine Abwesenheit erdrückt mich richtig.« Lore stöhnt.

Marlies tätschelt ihr den Arm. »Ja, das geht uns doch allen so«, sagt sie. »Mein Wilfried …«, will sie das Gespräch an sich reißen.

Aber Lore redet unbeirrt weiter. »Ich bin allein mit seiner Abwesenheit und mit all diesen Fragen. Die ganzen Fragen machen mich verrückt!«

»Was für Fragen denn?«, will ich wissen. Fragen, auf die es keine Antwort gibt, sind schließlich mein Fachgebiet.

»Zum Beispiel, was aus meinem Porzellan geworden ist. Aus meinen Hutschenreuther-Windhunden und der herzförmigen Dose mit den Turteltäubchen drauf, die meine Tante mir zu meinem achtzehnten Geburtstag geschenkt hat. Sie sind verschwunden! Ich habe den Verdacht, dass er sie aus Versehen kaputt gemacht hat. Er fand sie sowieso immer so scheußlich. Und jetzt …«, sie fängt leise an zu schluchzen, »… jetzt kann ich ihn gar nichts mehr fragen. Er hat mir so viele Fragen hinterlassen, so viele Fragen und keine Antwort. Keine einzige verdammte Antwort.« Sie verbirgt das Gesicht hinter den Händen.

Ich atme tief ein. Verdammte Fragen, auf die es keine Antwort gibt. Aber bei Lore ist das Schlimme, dass Herbert die Antworten gehabt hätte, und sie einfach versäumt hat, sie einzufordern.

27

»Demnächst nehme ich wieder das Menü«, sagt Paula, als wir in unser Zimmer zurückkommen. »Nur dann dreimal Nachtisch! Wäre das nicht supercool, wenn man sich das Menü ohne dieses fiese Meeresviehzeug bestellen könnte?«

»Ich bin sicher, dass man sich bestellen kann, was man möchte«, sage ich.

»Meinst du *echt?* Wie krass ist das denn?« Sie starrt mich wirklich erstaunt an und ich frage mich, warum mir vorher nie so deutlich aufgefallen ist, dass Konversation mit Paula, die nichts mit ihrer Arbeit zu tun hat, gerne in eine Sackgasse führt. Als ich mich demonstrativ mit meinem Buch aufs Bett lege, plappert Paula einfach weiter: »Ich bin echt froh, dass ich hier bin. Auch wenn ich natürlich ein schlechtes Gewissen habe.«

»Weswegen?«

»Na, wegen Lars! Einfach abhauen ist ja wohl voll fies.«

»Aber du hattest doch einen guten Grund!«, sage ich.

»Ja, sicher.« Sie macht eine Pause und setzt hinzu: »Trotzdem. Bin ich vielleicht total feige, weil ich mich aus dem Staub gemacht habe?«

»Blödsinn«, sage ich. »Das war genau das Richtige. Da kann er mal nachdenken, was er verbockt hat.«

Paula beißt sich auf die Lippen und holt ihr Handy aus der Tasche. »Siehst du, jetzt ist er eingeschnappt. Keine neue Nachricht.« Sie lässt sich aufs Bett sinken. »Was hab ich nur getan?« Sie stöhnt. »Was hab ich ihm nur angetan!«

»Paula«, kommandiere ich. »Hör auf damit, dich fertigzumachen. Du hast alles richtig gemacht.«

»Meinst du wirklich?«

Ich nicke bestimmt. »Und es wird alles wieder gut.«

Wobei ich mir ehrlich gesagt gar nicht so sicher bin, dass das stimmt.

Am nächsten Morgen brauche ich einen Moment, um mich zu orientieren. Fremde Umgebung steht bei mir ganz gerne mit einem nicht mehr ganz so fremden Mann in Verbindung, aber dann fällt es mir ein: Frankreich, meine Nachbarin und ihre Freundinnen. Und Paula, die Künstlerin mit beschränkter gastronomischer Erfahrung. Die Künstlerin liegt noch im Bett, hat die Decke ganz über den Kopf gezogen, nur ein Fuß in einer grünen Wollsocke guckt unten raus. Ihre Klamotten liegen rund um das Bett verstreut auf dem Boden. Auf dem Schreibtisch ihr Skizzenblock, ein Drache mit einem kleinen Mädchen auf dem Rücken fliegt über ein Land voller Zwerge, Einhörner und verwunschener Seen mit Wassernixen und hüpfenden Fröschen. Sieht total klasse aus! Offenbar war sie noch in der Nacht aktiv.

Ich schlüpfe ins Bad, finde noch ein sauberes Handtuch, wobei ich mich frage, was Paula mit dem Rest angestellt hat, der zerknüllt unter dem Waschbecken liegt. Beim Duschen kann ich aus dem kleinen Badezimmerfenster auf einen Hügel mit saftig grünem Gras schauen, und da es offen steht, höre ich auch schon die Möwen, die mit fordernden Rufen durch die Lüfte sausen, eilig und dreist stürzen sie sich in den Wind.

Aus irgendeinem Grund erinnern sie mich an ungeduldige BMW-Fahrer, fehlt nur die Lichthupe.

Erfrischt gehe ich raus auf den Balkon. Der Himmel ist blau, mit ein paar grauen Wolken, die über die See Richtung Land stürmen. Die Morgensonne scheint auf den Balkon, es könnte warm sein, wenn der kühle Wind nicht wäre, Strickjackenwetter im Juli. Ich schließe für einen Moment die Augen, lasse mir die Sonne ins Gesicht scheinen und atme die Seeluft, die sich nicht nur köstlich in meinen Lungen ausbreitet, sondern auch meinen Kopf durchpustet.

Habe ich von Dr. Fritz Bender geträumt, oder bilde ich mir das nur ein?

Von oben höre ich bekannte Stimmen – es sind Lore und Marlies, die über die Dächer des Ortes auf den Hügel, der sich auf der anderen Seite des Kanals gen Himmel reckt, starren. Ich gehe zu ihnen hoch.

Marlies zeigt auf eines der grauen Häuser, die in den Hügel hineingebaut worden sind, der Tribünenplatz von Port-en-Bessin-Huppain. »Da drüben müsste es sein.« Sie guckt noch mal auf den Stadtplan von der Hotelrezeption, den sie in ihren Händen hält. »Die obere ist die Rue du Castel.«

Wir starren auf die Häuser, die nach vorne hin schöne Terrassen haben.

»Wann wollen Sie hingehen?«, frage ich.

»Ich weiß nicht«, sagt Lore.

»Lore muss sich noch ein bisschen an den Gedanken gewöhnen, Herberts Kindern zu begegnen, nicht wahr, Lore?«, sagt Marlies bemutternd. Lore nickt ergeben. »Da kommt mir gerade eine geniale Idee«, ruft Marlies. »Wir kaufen erst mal einen Feldstecher. Damit können wir sie in aller Ruhe beobachten, ohne dass sie dich sehen!«

»Darf man das denn?«, fragt Lore verwundert.

»Man darf auch nicht fremdgehen, aber Herbert hat es trotzdem getan.«

»Aaaah«, ruft in dem Moment Jutta, die in einer orangefarbenen Tunika aus ihrem Zimmer tritt und sich ungeniert reckt und streckt. »Ich habe wunderbar geschlafen! Na, Mädels, was liegt an? Zuerst frühstücken, oder wollen wir jetzt schon den Showdown starten, Lore?«

Sie verzieht den üppig geschminkten Mund und lacht gluckernd. Diesmal kann ich den pikierten Blick von Marlies verstehen. Irgendwas stimmt mit dieser Frau nicht, besonders seit wir hier angekommen sind. Ihre Aufgekratztheit ist geradezu unheimlich.

Lore erwidert kraftlos: »Ich weiß nicht.«

»Dann stärken wir uns erst mal!«, ruft Jutta.

»Hoffentlich ist der Aufschnitt sauber verschweißt. Und der Kaffee nicht allzu abgestanden«, sagt Marlies.

Wir gehen hinunter in den Frühstücksraum. Während Jutta von den Engländern erzählt, mit denen sie sich gestern unterhalten hat, brummt mein Handy, das in meiner Jackentasche steckt. Ich gebe Zucker in meine Tasse. Lache über einen von Juttas Kommentaren zu Marlies' düsterer Miene. Ich rühre meinen Kaffee um, nehme zwei Döschen Marmelade, Erdbeere und Himbeere, halte sie nebeneinander, als ob ich wirklich überlegen müsste, welche ich nehme. Und dann denke ich, scheiß drauf, und checke mein Handy.

Die Nachricht kommt von ihm. Von Dr. Fritz Bender. Ein Foto des Aufenthaltsraums der Ärzte im Krankenhaus. Darunter steht: *Ärzte ohne Grenzen der Geschmacklosigkeiten. Könntest du hier bitte mal was dekorieren? Es ist so trostlos! Ohne dich.*

Ich unterdrücke ein Grinsen. Fritz hat sich damals immer amüsiert, wenn ich mit meinen Teelichtern in Vogel- oder Seesternform ankam. Ich habe auch eine veritable Schwäche für

Designerservietten und ornamentale Lichterketten. Früher hat Fritz sich darüber amüsiert und mich geneckt, aber auf so süße Weise, dass wir uns kaputtlachen mussten, bevor wir die Laken zerwühlt haben. Diesmal bin ich nüchtern genug, das Handy wegzustecken, ohne Dummheiten zu begehen. Wie antworten.

»Der Bruder von Joe liegt hier begraben«, plappert Jutta. »Oben auf dem Hügel ist ein Bunker, dort ist er gefallen, als die Engländer den Ort eingenommen haben. Das ist wirklich eine geschichtsträchtige Gegend. Die Alliierten haben hier das Benzin für ihre Truppen angelandet. Wollen wir heute zum Omaha Beach, wo die Alliierten ihre Invasion begonnen haben? Oder doch lieber nach Arromanches? Das ist ein Stück die Küste hoch, da hat Churchill diesen künstlichen Hafen errichten lassen für den D-Day. Du hattest recht, Marlies, zum Zweiten Weltkrieg gibt es hier massig Sehenswürdigkeiten, wirklich interessant ist das. Wirklich interessant.«

Ich nippe an meinem Kaffee und versuche, die Informationsflut an mir vorbeifließen zu lassen. Auch Lore kaut schweigend auf ihrem Baguette herum, nur Marlies hat zwischen zwei Schluck Kaffee Zeit für eine Rüge.

»Wir sind nicht zum Vergnügen hier, Jutta.«

»Nicht?«, fragt sie erstaunt. »Kleiner Scherz, Lore. Natürlich weiß ich, was uns hergeführt hat, aber das ist noch lange kein Grund, sich nicht zu amüsieren. Außerdem hast du, werte Marlies, schon auf dem Weg hierher das Kulturprogramm angekündigt und den D-Day hervorgehoben. Wollen wir gleich einen Spaziergang zum Fischmarkt machen?«

»Bin dabei«, sage ich.

»Fischmarkt«, wiederholt Marlies nachdenklich, als arbeitete sie an einer Zusammenstellung der dramatischsten hygienischen Zustände in der Geschichte des Fischverkaufs.

Doch immerhin kommt sie mit, während sich Lore trotz unserer Überredungskünste in ihr Zimmer zurückzieht. »Ich bin so erschöpft«, sagt sie matt.

Paula haben wir heute noch gar nicht zu Gesicht bekommen, sie schläft vermutlich noch nach ihrem nächtlichen Kreativanfall. Also machen wir uns zu dritt auf den Weg. Unser Spaziergang führt uns zunächst über die Schwenkbrücke auf die rechte Seite des Hafens. Erst kommt ein großer Parkplatz, auf dem zwei englische Reisebusse und eine Menge Autos stehen, dahinter gräbt sich die Hafenmauer im Rundbogen ins Meer hinein. Es ist Ebbe, und das Hafenbecken ist komplett ausgetrocknet bis auf ein Rinnsal, das von den geschlossenen Schleusentoren in Richtung Meer fließt. Die zerklüfteten Steinplatten unter den steil ansteigenden Dünen an der Küste sind teilweise mit einem dicken Algenteppich bedeckt. Direkt unter der Hafenmauer liegen zur Seeseite hin tonnenweise leere Jakobsmuschelschalen.

»Die Normandie ist bekannt für ihre Jakobsmuscheln«, doziert Marlies. »Fangsaison ist von November bis März.«

Eine Möwe hockt zwischen den Muschelschalen vor einem Fischkadaver und hackt auf ihn ein, bis eine größere Möwe kommt und sie mit einem aggressiven Schrei vertreibt, 5er-BMW schlägt 3er-BMW. In einigen Kilometern Entfernung sieht man seltsam angeordnete große Felsen im Wasser, es könnten auch Schiffsrümpfe sein.

»Das müssen die Überreste von dem künstlichen Hafen in Arromanches sein«, erklärt Jutta. »Joe und Allan waren da schon, das muss sehr beeindruckend sein!«

Marlies murmelt pikiert: »Joe und Allan, pfffhh.«

Obwohl es so leise geschnaubt war, geht Jutta darauf ein und gibt spitz zurück: »Dir würde es auch mal guttun, neue Leute kennenzulernen, da würdest du nicht immer im eigenen Saft schmoren.«

»Ist das der Fischmarkt?«, unterbreche ich schnell und deute auf einen Pavillon auf einer Art Halbinsel in der Mitte des Hafenbeckens. »Das muss er sein.« Jutta nickt. »Komm, wir gucken mal, was die heute Nacht gefangen haben.«

Marlies zieht die Nase kraus. »Ihr wisst hoffentlich, dass eine Fischvergiftung tödlich verlaufen kann.«

»Ach, ich hab mich schon gefragt, wie lange es heute dauert, bis du wieder den Teufel an die Wand malst«, sagt Jutta fröhlich.

»Das hat doch nichts mit Teufel an die Wand malen zu tun«, stößt Marlies hervor. »Mit einer Fischvergiftung ist nicht zu spaßen. Und auf Fischmärkten wimmelt es geradezu von Bakterien und Viren. Ich sag nur: unsachgemäße Lagerung!«

»Wir sind in einem *Fischerdorf*«, entgegnet Jutta. »Ich glaube, die Leute hier wissen, wie man mit *Fisch* umgeht.«

»Ha!«, schreit Marlies, als wäre sie Oberkommissarin bei der Naivitätspolizei. »Ha!« Sie zeigt anklagend auf Jutta.

»Soll das Kung-Fu sein oder sind das spastische Zuckungen und wir sollten besser einen Arzt rufen?«, fragt Jutta und geht ungerührt weiter.

»Es ist nicht zu fassen, wie gutgläubig die Leute sind«, ruft Marlies. »Geradezu *einfältig*. Besonders in Orten, die auf eine einzige Branche spezialisiert sind. Da hat man die Bauernfängerei doch geradezu *professionalisiert!* Diese Fischhändler sind mit allen Wassern gewaschen und …«

»Entspann dich, Marlies. Und vertraue einfach mal darauf, dass es noch ehrliche Leute auf der Welt gibt.«

»Ehrlichkeit«, schnaubt Marlies. »Und das in dem Ort, wo Herbert seine Frau betrogen … Ahhh!« Marlies bleibt abrupt stehen und starrt entsetzt auf ihren Fuß. »N… nein«, stammelt sie und wird richtig käsig. Sie ist mit dem rechten Fuß in einen Haufen getreten, eine Hundehinterlassenschaft, die schon mit den Schuhsohlen von ein paar bedauernswerten Passanten auf dem Asphalt verteilt worden ist. Echt igitt.

»Diese Franzosen sind wirklich ein unzivilisiertes Volk«, schimpft Marlies. »Bilden sich was ein auf ihren Käse und ihren Wein, und dann lassen sie ihre Hunde überall hinmachen.«

»Wie heißt das schöne Sprichwort noch: Wenn zwei sich streiten, tritt einer in Kacke.« Jutta grinst süffisant. Aber Marlies geht nicht darauf ein. Dieser Vorfall regt sie so auf, dass sie sich auf ein anderes Objekt ihrer Abscheu konzentriert und die Androhung formuliert, dem Bürgermeister die Kosten für die Reinigung in Rechnung zu stellen. Dann stapft sie grimmig zurück, um den Schuh ordnungsgemäß zu säubern, wobei sie humpelt, als ob der verdreckte Schuh eine Gehbehinderung wäre. »Diese Frau wird immer verrückter«, sagt Jutta gut gelaunt.

Apropos *verrückt*, denke ich und nutze die Gelegenheit mit Jutta allein. »Und wie geht es dir?«, frage ich.

»Bestens«, trillert Jutta.

»Aber was ist denn mit deiner Wasserphobie? Das wolltest du mir …«

Doch Jutta legt noch einen Schritt zu und eilt davon. Ich haste ihr hinterher. Wir betreten die kleine Halle, ein einziger Gang, zu dessen beiden Seiten die Fischstände stehen.

»Oh, guck mal da! Der zappelt ja noch!«, ruft Jutta. Ein kleiner Katzenhai windet sich auf seinem Todesbett aus Eiswürfeln hin und her, neben Schollen, Makrelen, Seezungen, Garnelen, Krebsen, Schnecken und abgeschnittenen Rochenflügeln. Rotgesichtige Verkäufer mit Plastikschürzen und groben Händen schneiden Fischbäuche auf und Köpfe ab, sie schuppen und filetieren in Windeseile. Aber auch ganze Fische werden in Papier eingeschlagen und in Plastiktüten versenkt an die Kundschaft ausgegeben. Die ersten Stände sind bereits leer gekauft, die Reste der schon halb geschmolzenen Eisstücke werden auf den Boden gefegt und in den Abfluss geschippt. Der Fischmarkt ist nicht groß, kleiner als ein Tennisplatz, und nachdem wir ausgiebig die skurrilsten Wesen bewundert haben, Krebse mit extrem langen Beinen, die man Seespinnen nennt, sind wir schon auf der anderen Seite wieder raus.

Am Ende der künstlichen Halbinsel steht eine Skulptur, ein Mann in Ölzeug, gefangen in einem metallenen Strudel, der ihn in die Tiefen hinunterzieht, gleichzeitig reckt er die Hände gen Himmel, als ob er dorthin aufsteigen würde.

»Das ist bestimmt ein Denkmal für all die von der See verschluckten Fischer des Ortes«, sage ich, bewegt von dieser dunklen Seite des Lebens am und mit dem Meer.

Dann bemerke ich, dass ich nur mit der Luft spreche, denn Jutta ist schon weitergegangen, steht am Rand der Mauer, die bestimmt fünfzehn Meter über dem leeren Hafenbecken aufragt. Unten laufen zwei Männer in brusthohen Gummihosen mit großen Keschern über der Schulter zum Wasser, das sich bis zur Hafeneinfahrt zurückgezogen hat. Sie waten in das von aufgewühltem Sand bräunlich durchzogene Meer und schieben ihre Kescher durch die heranschwappenden Wellen. Garnelenjagd auf Normannisch. »Also, das wäre ja nichts für mich«, bemerke ich, als ich Jutta fast erreicht habe, aber da läuft sie schon wieder weiter. Ihre orangefarbene Tunika flattert hinter ihr im Wind.

»Los«, ruft sie mir zu. »Wir gehen da hoch!« Sie deutet auf den grünen Hügel über dem Hafenbecken, und dann legt sie ein ungeheures Tempo vor auf dem steil ansteigenden Kopfsteinpflaster. Ich staune, wie fit sie ist für eine korpulente Frau von Mitte sechzig. Die Straße windet sich an einigen Häusern vorbei bis zu einer weiten Ebene über dem Meer. Hier oben erstrecken sich grüne Wiesen hinter Hecken, ein sehr gepflegter Rasen, der sich als Golfplatz entpuppt. Hinter dem letzten Haus führt ein Trampelpfad in Richtung Steilküste, Jutta biegt sofort dort ein, und wir kommen an einen Aussichtspunkt, von dem man das ganze Hafenbecken und die Küste überblicken kann. Kein Wunder, dass die Deutschen hier einen Bunker gebaut haben. Eine Infotafel aus Bronze, ein Kranz aus künstlichem Lorbeer mit roter Schleife zum Gedenken an die britische Einheit, die hier im Juni 1944 unter erheblichen Verlusten den Hafen eingenommen hat. Die Treppe, die zum Bunkereingang führt, sieht so einladend aus wie eine Bahnunterführung nach Sonnenuntergang. Während ich noch überlege, ob sich ein Besuch lohnt, ist Jutta schon die Stufen hinuntergestiefelt. »Wow«, ruft sie, dann ist sie im Eingang verschwunden.

Ich gebe mir einen Ruck und steige ihr nach. Die Decke ist niedrig, die Luft trotz der Jahreszeit klamm. Der Boden besteht aus festgestampfter Erde, in der sich hier und da kleine Pfützen gebildet haben durch das Wasser, das von der Decke tropft. Zwei kleine dunkle Kammern rechts und links, in der Mitte der kurze Gang bis zur Schießscharte mit Aussicht über das ganze Hafenbecken. Hier hat vor über siebzig Jahren die Wehrmacht gestanden und versucht, die ankommenden englischen Soldaten abzuwehren.

»An diesem Ort kann man wirklich anfangen, an Gespenster zu glauben«, sage ich und es läuft mir kalt den Rücken runter.

Jutta grinst nach wie vor wie ein Honigkuchenpferd auf Speed. »Ist das nicht eine herrliche Aussicht? Eine Möwe müsste man sein, dann könnte man sich hier vom Steilhang werfen und immer weiter fliegen, immer weiter.« Sie macht eine schwärmerische Handbewegung durch die Schießscharte in Richtung Horizont, dann kichert sie und stiebt wieder hinaus.

Was ist nur mit dieser Frau los?

28

Als ich zurückkomme, haben Marlies und Lore zwei Stühle auf den Balkon geschleppt. Sie sitzen da wie auf einem Beobachtungsposten, mit einem Fernglas bewaffnet. »Und? Habt ihr sie schon gesehen?«, frage ich.

»Nein«, antwortet Marlies. »Alles ist ruhig.«

»Wo ist Jutta?«, fragt Lore.

»Die hat eben die beiden Engländer getroffen.« Auf dem Rückweg vom Golfplatz hat sie in einem der Straßencafés ihre neuen Bekannten entdeckt, die, der Gesichtsrötung nach zu urteilen, nicht das erste Bier intus hatten. Als sie ihr zuwinkten, meinte Jutta: »Wartet nicht auf mich«, und schon war sie weg.

»Aber … was ist mit Reinhardt?«, entfährt es Lore verdutzt.

»Ach, das ist wieder typisch Jutta«, zischt Marlies. »Wo andere ein Herz haben, hat sie einen Stein. Hab ich doch schon mal gesagt. Da«, schreit sie auf einmal. »Da sind sie!« Sie springt auf, nimmt das Fernglas und starrt hindurch. Lore wird bleich. »Hier!« Marlies reicht Lore das Fernglas, doch die schaut es nur an, als wäre es glühendes Eisen. »Die Kinder sind wirklich semmelblond«, kommentiert Marlies. »Los, hol das Album!«

Lore hat, wie sich herausstellt, ein Fotoalbum mit Kinderfotos von Herbert dabei. Marlies schaut abwechselnd auf die Schwarz-Weiß-Aufnahmen und durchs Fernglas. »Ja«, urteilt sie schließlich. »Sie sehen haargenau so aus wie er.«

Lore sinkt auf den Stuhl und schlägt die Hände vor die Augen. Da sie das Fernglas nicht haben möchte, nehme ich es und suche die Terrasse. Zwei Mädchen, zu erkennen an der geschlechtsspezifischen Kleidungsfarbe. Die Terrassentür steht offen, eine Frau guckt kurz raus, es sieht so aus, als ob sie sich unterhielten, dann verschwindet die Frau wieder nach drinnen, zu schnell, um sie genau unter die Lupe zu nehmen.

»Es ist wirklich wahr«, jammert Lore.

»Das wussten wir doch schon vorher«, sagt Marlies.

»Aber warum sind Sie so sicher, dass es die Kinder Ihres Mannes sind?«, frage ich. »Gut, er hatte ein Foto von ihnen in der Brieftasche. Und vielleicht gibt es auch eine Ähnlichkeit zwischen den Kinderaufnahmen von Herbert und den Kindern. Ein altes Schwarz-Weiß-Foto ist aber trotzdem kein hieb- und stich...«

»Ich weiß es eben«, behauptet Lore patzig.

»Also ... nichts gegen weibliche Intuition, aber irgendeinen handfesten *Nachweis* sollte man schon haben.«

»Den habe ich«, beharrt sie.

Ich überlege, welcher das sein soll – abgesehen von dem Foto. Ich meine, für eine Schlussfolgerung, die wissenschaftlichen Bestand haben soll, muss man schon Fakten liefern. Oder wenigstens die Grundsätze der Dialektik anwenden – These, Antithese, Synthese, um mal was Protziges aus der Bildungsschatulle rauszukramen.

Aber Lore sieht aus, als ob jedweder Hinweis auf die Methodik des wissenschaftlichen Arbeitens ihr Nervenkostüm bersten ließe, deswegen beschränke ich mich auf die Bemerkung: »Und jetzt?«

»Jetzt hat sie sie gesehen, also können wir nach Hause fahren«, bestimmt Marlies.

Lore schüttelt den Kopf und schluckt. »Nein, ich muss das hinter mich bringen«, sagt sie tapfer. »Ich muss ihnen einmal gegenüber…«

»Also gut«, unterbricht Marlies und steht auf. »Dann lass uns rübergehen.«

»Doch nicht *jetzt*«, ruft Lore erschrocken, »ich muss mich auf eine Begegnung erst *einstellen.*«

29

Unser Zimmer ist wieder aufgeräumt, ein Hoch auf den Zimmerservice. Frische Handtücher sind da, von Paula nichts zu sehen. Das Bild, das sie in der Nacht gemalt hat, ist auch verschwunden. Ich lege mich aufs Bett. Keine neue Nachricht von Dr. Fritz Bender. Wie gut! Dann ist meine Botschaft, nämlich keine Botschaft zu schicken, ganz offensichtlich angekommen. Ich entschwebe eine Weile in der angenehmen Zwischenwelt des Dämmerschlafs und schrecke auf, als die Tür geöffnet wird und Paula hereinkommt.

»Wo warst du?«, frage ich gähnend.

»Neue Stifte kaufen«, stößt sie keuchend hervor und hält eine Papiertüte hoch.

»Wo ist das schöne Bild, das du gestern Nacht gemalt hast?«, frage ich.

»Das? Das hab ich weggeschmissen.«

»Was?« Ich fasse es nicht. »Wie kannst du das denn wegschmeißen? Das war genial.«

»War es nicht. Ich weiß schon, was meine Lektorin dazu gesagt hätte: zu verspielt. Kacke!« Sie setzt sich aufs Bett. »Und ich hab diesen miesen Abgabetermin und weiß echt nicht, wie ich das fertig kriegen soll.«

Vielleicht indem du deine Bilder nicht wegschmeißt, antworte ich in Gedanken. »Kommst du gleich mit essen?«, frage ich sie, als sie auf dem Weg ins Bad ist.

»Logo«, antwortet sie. »Hab totalen Kohldampf.«

Und schwups, neigt sich unser erster Tag in Port-en-Bessin-Huppain dem Ende zu. Das Lokal, in dem wir gestern waren, ist voll besetzt.

»Dann probieren wir ein anderes aus«, sagt Lore.

»Ohne Empfehlung in ein fremdes Restaurant zu gehen, ist kulinarisches russisches Roulette«, befindet Marlies.

»Okay«, sage ich und zücke mein Smartphone. »Wozu gibt es Restaurantempfehlungen im Internet?«

»Ich habe schon einmal gesagt, von Computern lasse ich mich nicht aufs Kreuz legen.«

»Das da sieht doch nett aus«, sagt Lore und deutet auf eine Terrasse ein paar Meter die Straße runter. Olivenbäume in Kübeln, hellblaue Teelichter auf den gedeckten Tischen. »Dort sind sogar noch Plätze frei.«

»Meinetwegen«, sage ich und will schon losgehen.

»Und was meint ihr, warum dort noch Platz ist?«, trumpft sie auf. »Weil da nur die Leute hingehen, deren einziger Anspruch es ist, zu sitzen. Ob das Essen *gut* ist, interessiert solche Banausen nicht.«

Das ist der Moment, in dem mir auffällt, dass organisierte Gruppenreisen doch Vorzüge haben. Man muss nicht darüber diskutieren, wo man essen geht, weil alles vorher eingetütet wurde, und kann kollektiv die Schuld auf den Reiseveranstalter schieben, wenn es nicht schmeckt.

Als ob die Sache nicht schon kompliziert genug wäre, stößt in dem Moment Jutta zu uns. »Na, was läuft?« Sie kichert beschwipst.

»Wir suchen ein Restaurant aus«, sage ich.

»Oha! Ich ahne es.« Jutta rollt mit den Augen in Richtung Marlies, die mit sauertöpfischer Miene die Szenerie betrachtet.

»Wir sollten einfach da hingehen, wo die Einheimischen hingehen«, sage ich schnell. »Die kennen ihre Restaurants schließlich am besten.«

»Das stimmt«, sagt Marlies. »Wenn man den Franzosen in puncto Geschmack trauen könnte, wäre das tatsächlich eine gute Taktik. Aber das kann man ja leider nicht. Ich sag nur *Kutteln.*«

»Gibt es eigentlich irgendwas, an dem du nichts auszusetzen hast?«, fragt Jutta leicht schwankend.

»Natürlich«, sagt Marlies. »An mir zum Beispiel.« Sie guckt dabei so ernst, dass ich nicht sagen kann, ob das ein Scherz sein sollte oder nicht.

Jutta bricht jedenfalls in Gegacker aus. »Du bist einmalig, Marlies. Echt der Knaller.«

»Es gibt keine Verpflichtung, dass wir alle in dasselbe Lokal gehen«, sagt Marlies. »Nicht wahr, Lore?«

Lore schüttelt ergeben den Kopf. Paula liest die Speisekarte eines der Lokale am Straßenrand. »Das klingt gut«, befindet sie. »Jedenfalls finde ich das. Ich weiß natürlich nicht, was ihr dazu …«

»Was *genau* klingt daran gut?«, will Marlies wissen.

»Na ja.« Paula zuckt mit den Schultern. »Die haben Pommes *und* Spaghetti.«

»Dann muss es ja zwangsläufig gut sein«, höhnt Marlies. Und jetzt reicht es mir, ich gehe zu Paula, und wir beide setzen uns an einen Vierertisch, Jutta kommt auch dazu, und nach kurzem Zögern schließt sich Lore an. Marlies grimassiert vor sich hin, läuft noch ein paar Schritte weiter zum Restaurant daneben, studiert die Speisekarte, mustert die Kellner und erdreistet sich sogar, ein Glas von einem fertig eingedeckten Tisch zu nehmen und im Gegenlicht zu überprüfen. Dann schüttelt sie demonstrativ den Kopf und schlendert zu uns herüber. »Die Speisekarte nebenan ist ein Witz. Und was ein sauberes Glas ist, wissen die auch nicht.«

Da es ein Vierertisch ist, steht sie jetzt da wie bestellt und nicht abgeholt, bis ein freundlicher Kellner einen Stuhl und ein fünftes Gedeck bringt.

»Und was habt ihr heute so alles getrieben?«, will Jutta wissen, nachdem der Kellner die Bestellung aufgenommen hat, was wegen Paulas Unschlüssigkeit wieder etwas länger gedauert hat.

»Wir haben sie gesehen«, sagt Lore. »Die Kinder.« Und mit Grabesstimme: »Herberts Kinder.«

»Und seine Zweitfrau«, fügt Marlies hinzu.

»Echt jetzt? Und wie sieht sie aus?«

»So nah waren wir nicht dran«, sagt Marlies. »*Noch* nicht. Aber morgen, nicht wahr, Lore? Morgen gehen wir zwei dorthin und bringen es hinter uns.«

»Und danach fahren wir endlich zum Omaha Beach«, plant Jutta.

Lore starrt auf ihre Serviette. Plötzlich haucht sie: »Ich kann ihn ja verstehen.«

»Wen? Herbert?«, posaunt Marlies. »Das ist nicht dein Ernst! Er hat dich hintergangen. Punkt. Da gibt es nichts zu verstehen.«

»Hätte er doch was gesagt«, jammert Lore, »ich hätte ihn gehen lassen. Ich wollte nicht, dass er nur aus Mitleid bei mir bleibt.«

»Wieso Mitleid? Du bist doch eine tolle Frau«, sagt Jutta. »Und er hat dich so geliebt! Wirklich, ich hab Berti niemals so glücklich gesehen wie mit dir!«

»Unsere Ehe war doch nur noch Fassade!«, bricht es aus Lore heraus. »Seit dem schlimmen Jahr.«

»Das Jahr, in dem Herbert das Haus gekauft hat?«, frage ich.

Sie nickt.

»Also, ich hab nichts davon bemerkt«, behauptet Marlies. »Ihr wart immer so harmonisch miteinander.«

»Aber dass ich damals eine Kur gemacht habe, das weißt du noch, oder?«

»Weswegen?«, fragt Paula und guckt kurz von ihrem Handy auf.

»Depressionen«, haut Jutta raus. Lore verzieht den Mund, als ob das Wort Gräten hätte. »Hat Berti zumindest damals gesagt«, fügt Jutta hinzu. Lores Gesichtsausdruck wird gleich noch finsterer.

»Depressionen!«, ereifert sich Marlies. »Das ist doch auch nur so ein Modewort. Wie dieses Burn-out. Die Leute werden für krank erklärt, damit die Ärzte mehr Geld verdienen. Zusammenreißen muss man sich halt.«

»In dem Punkt muss ich widersprechen«, sage ich. »Meine Freundin ist Psychotherapeutin, die hat mir das erklärt. Mit Zusammenreißen hat das gar nichts zu tun. Eine Depression ist eine ernste Erkrankung.«

»Phh«, macht Marlies.

»Depression? Ist das das, wo man nur auf dem Sofa abhängt und zu gar nix Bock hat?«, fragt Paula.

»So ungefähr«, sage ich der Einfachheit halber.

»Cool«, sagt Paula und wendet sich wieder ihrem Handy zu. »Ich glaube, ich hab auch Depression. Besonders sonntags.«

Lore rührt in ihrer Tomatensuppe, dann gibt sie sich einen Ruck. »Die Ärzte meinten, es sei nichts Außergewöhnliches … in meiner Situation.« Jutta schenkt ihr etwas von ihrem Rosé ein und reicht ihr das Glas. Lore nimmt einen Schluck und erzählt nach und nach, wie das war vor vielen, vielen Jahren, als sich jede Hoffnung auf Nachwuchs zerschlug, nachdem sich herausgestellt hatte, dass ihre Kinderlosigkeit tatsächlich organische Ursachen hatte. Herbert traf das hart, er hatte immer Kinder gewollt und arbeitete wie ein Verrückter, um sich abzulenken. Und Lore versank in Schuldgefühlen, weil es an ihr lag, dass sie ihm keine Kinder schenken konnte. Herbert wusste natürlich, wie sehr Lore litt, und konnte sie deswegen auch nicht verlassen. Aber einfach so weitermachen offenbar auch nicht. »Da hat er sich einfach eine andere Familie gesucht …« Lore schluchzt. »Weit weg von zu Hause.«

»Herbert ist ja vorher auch schon mal verheiratet gewesen«, sagt Marlies. »Vielleicht war das einfach seine Art … ein Vagabund zu sein. Du hast selbst gesagt, dass er ein Charmeur war!« Sie zeigt auf Jutta.

»Ein Charmeur, ja. Aber doch kein Vagabund!«, protestiert Jutta, deren Zunge vom Alkohol anscheinend langsam Übergewicht bekommen hat.

Lore betrachtet sie kurz mit einer gewissen Abscheu, dann wird sie wieder traurig. »Ich hätte es wissen müssen«, wispert sie. »So ist das, wenn man was Abgelegtes übernimmt.«

»Ach, Quatsch«, braust Jutta auf. »Berti und du, ihr wart füreinander bestimmt. Berti und ich eben nicht. Das haben wir schnell gemerkt. Und nur, weil man mal einen Fehler macht, heißt das nicht, dass man es danach nicht geradebiegen kann.«

Unwillkürlich muss ich an Fritz und Yuna Mika Park denken. Und wie Fritz vor meiner Haustür stand mit diesem fiebrigen Blick und … Hör auf damit!, schimpfe ich mit mir selbst.

»Ich habe immer gedacht, wir hätten noch Zeit, uns auszusprechen …«, Lore stöhnt, »… aber irgendwie habe ich alles auf die Zeit nach der Pensionierung geschoben, und jetzt …

habe ich gar nichts mehr. Sogar meine Erinnerungen an Herbert sind vergiftet. Wegen dieser … dieser Frau!« Sie seufzt abgrundtief, Tränen rollen ihr die Wange hinunter. »Mein Leben hat keinen Sinn mehr.«

»Ach, Lore. Alles halb so wild. Man braucht keinen Sinn im Leben, um Spaß zu haben«, verkündet Jutta. »Man braucht ja auch keinen Hunger, um Schokolade zu essen.«

Ich muss schon sagen, dass sich meine kleine Reisegruppe als reichlich gestört entpuppt. Ich komme mir fast vor wie auf einer dieser Singlereisen. In dem Moment zeigt mein Handy den Eingang einer Nachricht – wieder von Dr. Fritz Bender. *War gerade bei dir zu Hause. Wo bist du? Ich muss dich sehen.*

Das gibt es doch nicht! Er lässt nicht locker.

Ich kann wirklich froh sein, dass ich schon Expertin für Enttäuschungen bin, dann tut das Leben nicht mehr so weh. Um enttäuscht zu werden, muss man ja Erwartungen haben. Oder wenigstens Hoffnung. Wenn man aber schon vorher weiß, dass die Erwartungen nicht eintreffen werden, dann braucht man gar keine mehr zu haben, und folglich kann man nicht mehr enttäuscht sein. Praktische Sache, das.

30

Der Nächste nach Dr. Fritz Bender war Carlos. Ungefähr ein halbes Jahr später tauchte er auf – bei einem Bogenschießwochenendkurs. Trotz seines feurigen Namens war er ein aschblonder Typ mit Adlernase. Er war auch Lehrer, an einer Hauptschule, und arbeitete sehr erfolgreich mit Schülern, die von Haus aus in Sachen Bildung eher benachteiligt waren. Ich freute mich über die Leidenschaft, mit der er sich für die Jugendlichen einsetzte, was ja auch bei Lehrern nicht selbstverständlich ist. Seine leichte Hyperaktivität tat mir auch gut, wir waren dauernd wandern und bowlen und Badminton spielen, wofür er mich belohnte, indem er abends im Handumdrehen tolles Essen zauberte. Und er war souverän genug, um mit mir niveaulose Fernsehsendungen zu gucken – *Dschungelcamp* und einsame Bauern und deutsche Möchtegernmodels, wenn schon Trash, dann aber richtig.

Meine Sorge, dass ich wegen Dr. Fritz Bender (und den anderen Studienobjekten) ein Vertrauensproblem haben würde, bewahrheitete sich nicht. Im Gegenteil, es lief so gut mit uns, dass ich Carlos nach fünf Wochen einen Wohnungsschlüssel gab. Nach acht Wochen stellte ich dann fest, dass ich mich nicht mehr hundertprozentig mit diesem Arrangement wohlfühlte.

»Es ist zu einfach«, sagte Kim. »Du bist so gewohnt, dass die Typen dir Probleme machen, dass es dich total überfordert, wenn du mal einen Netten hast.«

»Das stimmt nicht«, protestierte ich. »Er räumt nur dauernd Sachen von mir weg, die ich dann nicht finde.«

»Du musst ihm Platz in der Wohnung machen, wenn du es ernst meinst«, sagte Kim.

»Vielleicht hast du recht«, sagte ich, aber dieses dumpfe Gefühl des Zweifels hatte sich schon eingeschlichen. Die Fragen »Wie geht es weiter?« und »Wo führt das alles hin?« und »Was, wenn ich es wieder verbocke?« machten mir Sorgen. Wenn ich jetzt schon Beklemmungen bekam, wenn ich beim Nachhausekommen seine Schuhe vor der Tür sah, wie sollte ich es dann ein Leben lang mit ihm aushalten?

»Meinst du es denn ernst?«, fragte Kim.

»Ja, natürlich«, antwortete ich wie aus der Pistole geschossen, »nur brauche ich auch meinen Freiraum.«

»Wenn du ihm das so sagst, ist er weg«, prophezeite Kim.

Ich wollte nicht, dass er weg war. Aber ich wollte auch nicht, dass er die ganze Zeit da war. Ich hatte Angst vor zu viel Nähe, und ich hatte Angst vor dem Alleinsein. Das klassische Dilemma. Ich bekämpfte es, indem ich ihm eine Schublade in meinem Schrank und ein Fach im Bad freiräumte. Er bedankte sich mit Fisch-Curry und handgedrehten vietnamesischen Frühlingsrollen.

Dann ging ich zum Routinecheck, und der Arzt stellte fest, dass mein Blutdruck erhöht war. »Stehen Sie in letzter Zeit unter besonderem Stress?«, fragte mich der Arzt.

»Nein«, sagte ich, aber als ich nach Hause kam und Carlos' Schuhe vor der Tür sah, merkte ich, dass das nicht stimmte.

Die Selbstverständlichkeit, mit der er in meiner Wohnung ein- und ausging, nervte mich mehr und mehr. Wenn ich auf meinem Balkon in den Garten guckte, lauschte ich mit einem Ohr, ob ich nicht einen Schlüssel im Schloss hörte. Wenn ich es mir mit einer Klatschzeitschrift in der Badewanne gemütlich gemacht hatte, machte mich der Gedanke, dass er plötzlich einfach durch die Tür kommen könnte, nervös. Wenn er bereits da war, wenn ich nach Hause kam, fand ich das auch anstrengend, denn ich konnte nicht meine Schuhe von mir schleudern und mich aufs Sofa hauen, ohne mit ihm ein Gespräch über Stressabbau führen zu müssen, der wissenschaftlichen Untersuchungen zufolge am besten mit Bewegung zu erzielen war. Ich verkniff mir die Erwiderung, dass es für mich schon reichen würde, wenn er mir nicht dauernd reinquatschen würde. Überhaupt begann ich bei ihm einen leichten Hang zur Besserwisserei zu diagnostizieren, was vermutlich auf seine Abstammung aus einem Professorenhaushalt zurückzuführen war. Bei Treffen mit Freunden oder meinen Eltern führte er sich auf wie der Heilsbringer der bildungsfernen Schichten und dozierte über das unzureichende Bildungssystem und über das mangelnde Engagement vieler seiner Kollegen. »Es ist doch ganz einfach«, sagte er, »man muss nur die Kinder da abholen, wo sie stehen, um sie erfolgreich zum Ziel zu bringen.«

Obwohl ich ihm fachlich recht gab, ging mir seine Weltverbessererarroganz immer häufiger auf die Nerven. Ich hielt noch ein paar Wochen durch, indem ich mich auf die guten Seiten konzentrierte und darauf, dass ich jetzt jemanden hatte, mit dem ich sonntags nach einem ausgedehnten Frühstück im Kottenforst spazieren gehen oder eine Matinee besuchen konnte. Dann ertappte ich mich dabei, wie ich einen Streit vom Zaun brach über eine Nichtigkeit, nämlich seine Socken, die er aus einem mir nicht ersichtlichen Grund gerne auf dem Tisch parkte. Carlos konterte, indem er eine hanebüchene Ausrede erfand und sich kein bisschen entschuldigte. Ich fuhr ihn an, dass mir seine imperialistischen Klamotten auf die Nerven gingen, die wie Markierungen einer Landeroberung überall herumlägen, und er lächelte mich an, richtiggehend stolz. »Das war unser erster Streit«, befand er. »Jetzt haben wir eine richtige Beziehung.«

Kim meinte, ich sei einfach nicht zu Kompromissen fähig. »Was absolut kein Charakterfehler ist«, setzte sie hinzu. »Aber dann wird es nun mal schwierig mit einer Beziehung.«

»Ich bin nicht *nicht kompromissbereit*«, antwortete ich, »er macht nur nicht, was ich will.«

Kim verdrehte die Augen und bestellte noch einen Cosmopolitan, das war in unserer *Sex-and-the-City*-Revival-Zeit.

Obwohl Carlos mir am Tag nach unserem Klamottenstreit Blumen mitbrachte, sagte ich ihm, dass ich mich eingeengt fühle und mehr Freiraum brauche, und Kims Prophezeiung bewahrheitete sich. Er reagierte ziemlich eingeschnappt und war so schnell weg mit all seinen Klamotten, dass er ein Vakuum hinterließ, in dem die Erleichterung darüber, die Wohnung wieder für mich zu haben, sehr schnell in sich zusammenfiel und einen harten Knoten in meinem Magen bildete. Zurück blieben die Ernüchterung, es wieder nicht geschafft zu haben, und der Zweifel an der Richtigkeit meiner Entscheidung. Ich vermisste sein Lachen bei Sendungen wie *The Big Bang Theory* und sein Fisch-Curry.

Wenn einer weg ist und seine blöden Angewohnheiten einem nicht mehr aufs Gemüt drücken, dann spiegelt die Erinnerung nur noch die hellen Seiten. Ich dagegen war auf einmal wieder auf der Schattenseite des Lebens gelandet: Gehen Sie zurück auf Los, ziehen Sie nicht 200 Mark ein. Ich versuchte, so weiterzumachen wie bisher, aber es fiel mir schwerer. Ich war einfach nicht mehr so motiviert.

Und plötzlich war auch der Markt abgegrast – keine guten

Männer im Angebot, noch nicht mal welche, mit denen man einfach nur ins Bett gehen wollte, was einen hin und wieder ja auch über mangelnde Liebe hinwegtrösten kann. Und das sind wirklich die schlimmsten Zeiten für einen Single, in denen sich gar nichts tut, nicht ein einziger Kandidat in Sicht ist. Niemand, dessen WhatsApp-Nachrichten einem ein Lächeln aufs Gesicht zaubern. Niemand, der es schafft, auch nur einen Schmetterling im Bauch freizulassen. Niemand, für den es sich lohnt, das Ausmalbuch *Mein zukünftiges Leben mit …* aufzuschlagen und schrillbunt zu kolorieren. Und in meinem Ausmalbuch sind schon eine Menge Seiten fantastisch ausgemalt, das kann ich wirklich sagen. Normalerweise habe ich es immer zur Hand, um mir meine Zukunft festlich auszuschmücken, aber in den Phasen, in denen nicht ein Anwärter zu sehen ist – gähnende Leere in meiner Fantasie, emotionale Nulllinie –, da verstaubt das Buch, und die Trübsal zieht mit Pauken und Trompeten ein. In solchen Zeiten fällt es schwer, ruhig und gelassen zu bleiben.

Was, wenn ich den Mann des Lebens habe gehen lassen? Was, wenn es doch an meinen überhöhten Ansprüchen liegt? Was, wenn *ich* diejenige mit dem Makel Bindungsunfähigkeit bin? Fragen über Fragen, die wieder niemals beantwortet werden können und die eine Verschiebung des Kosmos bewirken: Plötzlich sieht man nur noch Paare und Familien überall, die sich ihr gemütliches Nest bauen, während man selbst lebt wie ein Schiffbrüchiger auf einer einsamen Insel, der vor lauter Verzweiflung jedem Baumstamm entgegenschwimmt, in der Hoffnung, es wäre ein Rettungsboot.

Ein paar von den Jungs nach Carlos möchte ich lieber gar nicht erwähnen, auch wenn sie damals ihren Zweck erfüllten, indem sie mir für kurze Zeit das Gefühl von Attraktivität zurückgaben.

Dann kam Michel mit seinem Bobtail Pompidou. Er war gebildet und gut aussehend und entspannt. Er ließ mir viel Freiraum, weil er mit seinem Weinlokal sowieso viel zu tun hatte. Aber das passte mir eben auch nicht, schließlich hatte sich mir in der Vergangenheit das Konzept »Männer und Treue« nicht in seiner überzeugendsten Form präsentiert.

Kim rollte mit den Augen, als ich ihr von meinem Problem erzählte. »Der eine klammert zu viel, der andere zu wenig. Was willst du eigentlich?«

»Dass es einfach ist«, sagte ich patzig.

Sie schnaubte. »Einfach ist es nie. Schon gar nicht in Beziehungen.«

»Okay«, sagte ich. »Das mag sein.« Ich überlegte einen Moment, dann formulierte ich es anders: »Ich möchte keine Fragen mehr, ich möchte Antworten.«

Kim kniff die Augen zusammen und musterte mich streng. Sie war seit vierzehn Jahren mit Hofmann zusammen, einem Fotografen, der in Koblenz wohnte und viele Monate im Jahr beruflich in der Weltgeschichte unterwegs war. Wenn er hier war, führten die beiden eine Wochenendbeziehung. Was viele kaum für möglich hielten, funktionierte für sie. Kim meinte, sie würde unter der Woche so vollgequatscht mit Problemen, da könne sie abends keine Rücksicht nehmen auf anderer Leute Bedürfnisse. »Ich betreibe da nur eines«, pflegte sie zu sagen. »Psychohygiene.« Die bestand darin, dass sie machte, was sie wollte. Es konnte passieren, dass sie eine Verabredung mit mir absagte, weil sie einfach bis Oberkante Unterlippe voll war mit Seelenmüll und den in einer Sauna ausschwitzen wollte. Wenn sie auf einmal auf die Idee kam, einen Salsa-Kurs zu besuchen, tat sie das. Wenn sie nichts tun wollte, saß sie einfach da und machte nichts. Eine Zeit lang hatte sie Mandalas gemalt. Und gestrickt. *Ich probiere alles aus*, ist ihr Motto, *außer Veganismus*. Ihre Unabhängigkeit finde ich bewunderungswürdig.

»Dein Problem ist, dass du nicht den Augenblick genießen kannst«, sagte sie damals zu mir. »Hör einfach auf, dir Fragen zu stellen, dann wartest du auch nicht auf Antworten.«

»Das würde ich ja, wenn die Männer sich nicht so seltsam verhalten würden«, gab ich pampig zurück.

Wo führt diese Beziehung hin? Was, wenn ich es auch mit ihm nicht aushalte? Was, wenn er derjenige welcher ist, aber ich es nicht hinkriege? Was, wenn er nicht bereit ist, Kompromisse zu machen? Oder ich? Was, wenn er mich betrügt? So ging es in einer Endlosschleife. Doch wenn man versucht, dem Schicksal in die Karten zu gucken, konzentriert man sich nicht mehr auf das Blatt, das man gerade selbst auf der Hand hat – und verliert das Spiel.

31

Ich lese die Nachricht von Dr. Fritz Bender trotzdem noch mal. *War gerade bei dir zu Hause. Wo bist du? Ich muss dich sehen.* Und formuliere im Kopf eine Antwort: *Ich bin sechs Jahre und eine komplizierte Herzfraktur weit weg. Mit anderen Worten: Auf einem anderen Stern. Unerreichbar.* Aber ich schicke sie nicht ab und schiebe die Gedanken an ihn ganz schnell aus meinem Kopf. Heute steht anderes auf der Agenda. Das große Zusammentreffen von Lore und Herberts Zweitfrau. Dafür stärken wir uns beim Frühstück, als der Anruf kommt.

»Nanu?«, sagt Marlies, als ihr Handy klingelt. »Ah. Claus Rüdiger!« Sie meldet sich mit wichtiger Miene, plaudert und lacht überkandidelt, als ob der Anruf eines Anwalts sie zum Mitglied der höheren Gesellschaft machte, dann reicht sie das Handy an Lore weiter, die schon wieder überfordert aussieht.

»Ja … ja …« Sie wird noch bleicher, schluckt, dann haucht sie: »Das war seine … seine …« Total niedergeschlagen: »Ja … ja … drei Kinder … natürlich … Oh, ja, daran habe ich noch gar nicht … ja, natürlich … ja, das stimmt … Wenn Sie meinen, dass es das Beste wäre … Ja, gut … einverstanden. Danke. Auf Wiederhören.« Sie gibt Marlies das Handy zurück, und wir starren sie gespannt an. Sie beißt in ihr Croissant, bis sie merkt, dass wir alle warten.

»Und? Was wollte er?«, fragt Jutta.

»Er hat herausgefunden, dass … Fünfhundert Euro hat Herbert ihr jeden Monat geschickt«, presst sie hervor. »Fünfhundert Euro *jeden Monat*. Francine Marchand. Sie heißt Francine Marchand.«

»Dieses Flittchen«, schnaubt Marlies.

»Und er hat gesagt, dass Herberts Kinder natürlich auch erbberechtigt sind. Und dass es wohl am besten wäre, das Haus zu verkaufen und das Geld aufzuteilen, das gäbe am wenigsten Ärger. Er hat sogar schon einen Interessenten.« Lores Hand zittert, als sie nach ihrer Tasse greift.

»Dann gehen wir jetzt also rüber und sprechen mit dieser Francine«, sagt Jutta.

»Ich muss mich erst von diesem Anruf erholen«, sagt Lore schwach.

»Gut, dann fahren wir zum Omaha Beach, das muss man gesehen haben, meinen Joe und Allan«, bekräftigt Jutta.

»Wir besuchen doch in so einer Situation nicht einen Ort, an dem während eines Tages Tausende Soldaten gestorben sind«, bestimmt Marlies.

»Aber du warst doch so scharf auf diese ganzen D-Day…«, sagt Jutta vorwurfsvoll, wird dann allerdings von Lore unterbrochen.

»Warum hat er sich nur hier ein Haus ausgesucht, wo die Erde mit Blut getränkt ist?«, jammert sie theatralisch. »Ich sage euch, warum! Weil unsere ganze Ehe mit Verrat verseucht war, deswegen.«

Marlies zieht eine zufriedene Grimasse nach dem Motto: Na, da seht ihr es!

»In Bayeux ist heute Markt«, merkt Paula an. »Ich meine,

nur falls ihr Lust dazu hättet. Wir können auch was anderes machen …«

»Nein. Bayeux ist gut«, sage ich schnell. Ein heiterer Bauernmarkt ist auf jeden Fall besser als düstere Kriegskulisse.

»Der Teppich von Königin Mathilda!«, ruft Marlies wichtigtuerisch. »Und die Kathedrale Notre-Dame de Bayeux.«

»Aber wehe, wenn ich das vorgeschlagen hätte«, brummt Jutta, um dann euphorisch hinzuzufügen: »Und ich möchte in eine Patisserie, wo es diese ganzen kleinen Schweinereien gibt, die so lecker schmecken und direkt auf die Hüften gehen! Los, Mädels, das wird lustig.«

Lore müssen wir regelrecht mitziehen, so sehr lähmt sie das Selbstmitleid. Und obwohl es ihr eigener Vorschlag war, will Paula auf einmal doch nicht mit. Sie meint, sie müsse malen wegen ihres Abgabetermins und zieht sich also in ihr Drachenreiterreich zurück. Wir anderen steigen in den Mercedes und fahren los. Jutta plappert auf dem Weg nach Bayeux in einer Tour – von den Wochenendtouren, die sie mit Reinhardt gemacht hat, und wie schön der Himmel ist, und da die Kühe, als wäre Rindvieh eine besondere Sehenswürdigkeit. Lore sitzt wie ein Häuflein Elend auf der Rückbank und starrt aus dem Fenster. Marlies' Gesicht ist so eingefroren wie ihre Frisur, aber immerhin hält sie sich zurück mit Meckereien. Nur an ihrer Miene lässt sich ablesen, was sie über Juttas manische Plapperei denkt.

Endlich sind wir in Bayeux angekommen und finden in einer Seitenstraße einen Parkplatz, dessen Ausmaße mit dem Benzformat und meinen Einparkkünsten in Einklang zu bringen sind.

»Der Markt ist aber riesig«, staunt Jutta, als wir auf dem großen Platz stehen. Und es ist echt einiges los. Um einen Brunnen herum ziehen sich die Reihen mit Ständen, an denen es Wurst und Käse und Gemüse und Kleider und Schinken und Honig und selbst gemachte Marmelade gibt. »Also, erst Markt«, zählt Jutta auf, »dann Schaufensterbummel mit Törtchen, dann Teppichmuseum, dann Kathedrale und auf dem Rückweg noch das Kriegsmuseum. Was meint ihr, klingt das nach einem Plan, oder klingt das nach einem Plan?«

Schwaches Nicken bei Lore, Schulterzucken von Marlies, ein aufmunterndes »Na, dann los!« von mir.

Als Erstes erreichen wir einen Stand, der grobe Bratwurst vom Holzkohlengrill offeriert. Die sieht ziemlich rustikal aus, doch die lange Schlange Einheimischer spricht für gute Qualität.

»Wenn das die EU wüsste«, murmelt Marlies. »Das widerspricht bestimmt achtzehn Hygieneverordnungen.«

»Gut, dass die EU nicht hier ist«, jubelt Jutta. »Das riecht verdammt lecker! Los, kommt, wir essen eine normannische Bratwurst!«

Kaum hat sie sich in der Schlange angestellt, fällt ihr Blick auf den Stand nebenan, auf dem dunkelbraune Flaschen mit gelbem Etikett aufgereiht sind. *Monsieur Maurice' Calvados* steht darauf.

»Calvados!«, entfährt es mir begeistert und der Verkäufer, dessen schwammiger Blick darauf hindeutet, dass er selbst sein bester Kunde ist, winkt mich mit einem kleinen Probierbecher zu sich.

Sofort schwenkt Jutta von Wurst auf Schnaps und schließt sich mir an, was Monsieur Maurice freudestrahlend mit einem weiteren Probiergläschen belohnt. Während wir an dem apfeligen Schnaps nippen, faselt Monsieur irgendwas über die Qualität seiner Produkte. Marlies zieht demonstrativ weiter, Lore im Schlepptau, zum nächsten Stand, wo es Keramik gib. Zentrales Verkaufsargument sind Butterdosen mit handgemalten Stadtansichten von Bayeux, die Marlies lautstark für zu folkloristisch erklärt, wohingegen Lore seufzt, dass sie ja nun sowieso keine Verwendung mehr hätte für solche Dinge, schließlich lohne es sich nicht für sie allein, so einen Aufwand zu betreiben.

Wir an unserem Stand dagegen haben Spaß, weil Monsieur Maurice so großzügig mit den Probierportionen ist, auch sich selbst gegenüber. Er grinst über beide rot geäderte Backen und palavert mit Jutta, die mit Händen und Füßen antwortet. Die beiden lachen wie alte Freunde.

Schließlich kauft Jutta zwei Flaschen, kichert angeschickert und drückt Monsieur Maurice einen Kuss auf die Wange. Er packt sie an den Hüften, und sie kreischt affektiert auf.

Marlies stemmt angesichts des Damenkegelklubgebarens die Hände in die Taille. »Jutta«, zischt sie. »Jetzt reiß dich gefälligst mal zusammen. Die Leute gucken schon.«

»Das ist mir total egal«, tiriliert Jutta. »Und jetzt gehen wir endlich in eine Patisserie. Oh, guck mal, lebendige Hühner!«

Sie stiebt davon, auf einen Mann in derber Bauernkluft zu, der in Körben Federvieh feilbietet und überrascht guckt angesichts des Wirbelwinds mit der Schnapsfahne, der auf ihn zugeschossen kommt.

»Ich weiß nicht, wie es euch geht«, sage ich. »Aber langsam fange ich an, mir Sorgen um sie zu machen.«

»Ach, die überkandidelte Person, die sollten wir einfach nicht beachten, das will sie doch nur«, sagt Marlies.

»Ich finde sie auch seltsam«, sagt Lore.

»Du fandest sie schon immer seltsam«, gibt Marlies zu bedenken.

»Ja, aber jetzt ist sie noch seltsamer als sonst. Richtig *überdreht*«, sagt Lore und verfolgt Jutta mit den Augen, die den Hühnerverkäufer verdattert stehen lässt und plötzlich über die Straße stürmt, auf eine Patisserie zu.

Kurz darauf kommt sie mit einer Schachtel wieder raus. »Hüftgold für alle«, schreit sie und steuert die nächste Bank am Rand des Marktplatzes an. Okay, denke ich, wenn sie erst mal sitzt und Süßigkeiten verputzt, wird sie vielleicht ruhiger. Wir laufen zu ihr. In der Schachtel sind Petit Fours in allen speichelschäumenden Varianten, Schokoladenmakronen, Eclairs, schaumige Windbeutel, cremige Apfelküchlein, Karamellkringel, Vanillemoussehäppchen und sahnige, fruchtige Johannisbeertörtchen, alles so klein, dass man sie fast mit einem Happs verschlingen kann. »Da könnte ich eine ganze Wagenladung von essen«, schwärmt Jutta schmatzend. »So, und was jetzt?« Sie zieht eine Flasche Calvados aus ihrer Tasche. »Wir könnten einen heben. Na wie wär's, Mädels? Wir genehmigen uns einen und gehen dann ins Museum und dann …«

»Wir fahren jetzt nach Hause«, sage ich, weil ich eine seltsame Vorahnung von einem Nervenzusammenbruch spüre.

»Seit wann bist du denn in den Spaßbremsenverein eingetreten?«, mault Jutta. »Du wirst dich doch von der da nicht runterziehen lassen.« Sie zeigt anklagend auf Marlies.

Die ist zum Glück vernünftig genug, kein Öl ins Feuer zu gießen.

»Nein«, sage ich. »Aber ich denke, wir können alle eine kleine Pause gebrauchen.« Auch Lore sieht schon wieder reichlich erschöpft aus.

»Ich nicht«, behauptet Jutta. »Ich will in die Kathedrale und in das Museum und …«

»Jutta, hör zu.« Ich lege ihr die Hand auf den Arm. »Lassen wir es gut sein für heute.«

»Was wollt ihr denn den Rest des Tages machen? Im Hotel sitzen und auf den Sensenmann warten?« Sie lacht hysterisch. »Ohne mich! Los, Emmi, wir machen jetzt die Stadt unsicher …«

Sie springt auf und schaut mich aufmunternd an.

»Du machst uns Angst«, sagt Lore.

»Wieso das denn? Seit wann macht Amüsement Angst?«

Wir sehen sie alle drei aufmerksam an. Sie klappt den Mund auf, mustert uns eine nach der anderen, und ich ahne Protest, aber dann sagt sie zu meiner Erleichterung nur: »Ja, okay. Wenn die Damen die Langeweile vorziehen, dann bitte.« Pikiert dreht sie ab und stiefelt zurück zum Auto.

32

Schweigen im Auto. Ein unheimliches Schweigen. Wie eine knisternde, knackende dünne Eisschicht. Was darunter ist, weiß ich noch nicht. Aber es ist nichts Gutes. Jutta hat auf jeden Fall irgendeine Leiche im Keller, und was Marlies betrifft, würde ich auch nicht beschwören, dass sie so ohne Weiteres eine Bescheinigung für tadellose geistige Gesundheit ausgestellt bekäme. Bei Lore kann ich zumindest nachvollziehen, warum sie so trübselig ist. Die ganze Rückfahrt über habe ich Sorge, dass die Eisschicht reißt und der nächste Streit losbricht, und da merke ich, dass ich langsam genug habe von der Reise.

Als wir auf den Parkplatz des Hotels fahren, sage ich: »Ich denke, wir sollten uns bald auf den Weg zurück nach Bonn machen.«

Keiner widerspricht. Natürlich muss ich mir dann einen anderen Plan überlegen, wie ich Dr. Fritz Benders Avancen entgehen kann. Aber erstens habe ich dazu die ganze Rückfahrt Zeit zum Nachdenken, und zweitens kann es auch gut sein, dass er, bis ich zurück bin, sowieso schon wieder auf Familienlinie eingeschworen ist und sich an sein Eheversprechen mit der nobelpreisverdächtigen Yuna Mika Park hält. Eine Disziplin beherrschen ja wohl alle Männer aus dem Stand: den emotionalen Dreisprung.

In Port-en-Bessin-Huppain ist Ebbe. Das Meer hat sich zurückgezogen, kräuselt sich zwischen den beiden Hafenmolen und hat das Hafenbecken zeitweise für Besucher freigegeben.

»Ich gehe an den Strand«, verkündet Jutta und setzt süffisant hinzu: »Möchte jemand mit, oder ist euch das zu *gefährlich?*«

»Wenn ich an den Strand gehen möchte, dann mache ich das, liebe Jutta, dafür brauche ich dich nun wirklich nicht«, gibt Marlies spitz zurück.

»Ich bin dabei«, sage ich. »Ein bisschen barfuß im Sand herumlaufen wird guttun. Das ist wie Fußsohlenmassage.«

Lore schüttelt den Kopf, sie zieht sich in ihr Zimmer zurück. Kurz darauf marschieren wir los: Marlies in blitzenden blauen Gummistiefeln, Jutta mit Wanderschuhen und ich in Flip-Flops zu Caprihosen. Die Straße runter ins Hafenbecken ist abschüssig. Zum Glück ist die grüne Algenschicht auf dem Asphalt getrocknet, sonst wäre bestimmt Schmierseifenalarm. Die Möwen zeigen mit Geschrei ihre Herrschaft über den Luftraum an, ein besonders fettes Exemplar lässt einen augenlosen Fischkopf vor uns auf den Weg fallen, pickt einmal kräftig in die Schädeldecke, dann packt es ihn wieder und bringt ihn vor uns in Sicherheit. Aus der Hafenbegrenzungsmauer sprudelt ein Bächlein, das sich weiter hinten mit dem Meer vereint. Die Sonne wärmt angenehm, der Wind ist nicht zu stark, genau die richtige Temperatur für einen kleinen Spaziergang. Die Latschen behalte ich vorerst doch an, weil Kiesel, Muschelschalen und andere piksige Dinger das Barfußgehen unangenehm machen. Algen, Fischskelette, Plastikflaschen, zerfledderte Seile, Schwemmholz und Golfbälle, die als Querschläger von dem oben auf der

Klippe liegenden Golfplatz hier unten gelandet sind, sprenkeln den Sand.

Jutta stiefelt schnurstracks die hundert Meter bis zum Wasser, als hätte sie eine Mission. Marlies schlendert Richtung Hafenmauer auf der Linken, den Blick auf den Boden geheftet, ganz die Muschelsucherin. Ich werfe ein paar Steine in das Bächlein, das in Richtung Meer plätschert. Plötzlich ruft Jutta und winkt aufgeregt. Dabei steht sie seltsam schief. Marlies läuft zu ihr. Irgendwas ist da los, es wirkt fast, als würde Jutta um Hilfe rufen. Als Marlies bei Jutta angekommen ist, bleibt auch sie plötzlich stehen und schreit los, Alarmstimmung bei beiden. Also setze ich mich auch in Bewegung, und dann erkenne ich, dass beide mit den Füßen im Schlick feststecken und nicht mehr rauskommen. Erst will ich lachen über diesen seltsamen Anblick, aber dann bemerke ich Juttas angsterfüllte Miene, ihre Augen blinken SOS, sie ist eindeutig nur einen Atemzug vom Durchdrehen entfernt. Marlies' Gummistiefel sind auch schon bis zum Schaft eingesunken, Jutta versucht, sich panisch freizurütteln, wobei sie sich an Marlies festhält und noch tiefer einsinkt.

»Hör auf so rumzuhampeln, Jutta, du machst es nur noch schlimmer!«, schreit Marlies, aber Jutta ist sichtlich in Panik und rudert herum, sie atmet stoßweise, und schon ist sie bis über die Knie im Schlick verschwunden. In einer weiteren Aufbäumaktion reißt sie an Marlies, Marlies stößt sie im Reflex zurück, sodass Jutta das Gleichgewicht verliert und mit dem Popo im Matsch landet.

»Hey«, kreischt Jutta. »Emmi, zieh mich hier raus, ich will hier weg. Ich will hier WEG! Die Flut kommt, das Meer wird mich holen.«

»Wartet«, rufe ich, was eine ziemlich idiotische Ansage ist. Wo sollten sie denn sonst hin?

Ich renne über den Strand, achte darauf, im Sand zu bleiben und die grauen Schlickinseln zu umgehen, die, wie ich jetzt sehe, überall im Hafenbecken verstreut sind. Eben bin ich doch an einem Brett vorbeigekommen, das zwischen Algen und Steinen lag. Ich klaube es vom Boden, fasse dabei in ein glibberiges Ding, das auf der Unterseite klebt, es könnte eine Seeanemone sein, die ihre Tentakel bei Ebbe eingefahren hat. Mit dem Brett laufe ich zurück und lege es über den schlickigen Untergrund vor die beiden Eingesunkenen.

Marlies stützt sich mit der Hand auf, stemmt sich hoch und zieht erst den einen, dann den anderen Fuß raus. Die Gummistiefel bleiben zurück, sie haben ihr vorzeitiges Grab im Hafenbecken gefunden. Marlies stellt sich auf das Brett und reicht Jutta eine Hand.

»Ganz ruhig, Jutta«, sagt sie. »Das schaffen wir.« Sie will die Freundin hochziehen, aber es geht es nicht.

»Ich … ich stecke zu fest«, stammelt Jutta mit erstickter Stimme, »ich stecke zu fest. HILFE!«

»Wir sind bei dir, Jutta, wir holen dich da raus«, beschwöre ich von der Seite und bin ganz erstaunt, dass Marlies in dieser Situation die Nerven bewahrt.

»Du musst die Schuhe drinlassen«, kommandiert sie. »Zieh einfach die Füße raus, Jutta.«

»Aber … meine Schuhe sind ganz eng geschnürt, ich … ich schaffe es nicht …«, japst Jutta.

»Einen nach dem anderen«, sagt Marlies. »Halt dich an mir fest. Los jetzt.«

Endlich gelingt es Jutta, einen Fuß aus dem nachgiebigen Untergrund zu ziehen. Sie kniet sich auf das Brett und holt den zweiten Fuß samt Schuh raus. Kaum hat sie festen Boden unter den Füßen, wankt sie vom Wasser weg, den Blick fest auf die Häuser gerichtet, die Arme seitlich von sich gestreckt wie eine

Marionette, die schief in den Seilen hängt. Marlies und ich eilen ihr hinterher, flankieren sie auf dem Weg ans feste Ufer. Jutta ist leichenblass.

»Jutta«, rede ich ihr gut zu. »Es ist nichts passiert. Du hast nur einen Schuh verloren.«

An der Uferbefestigung lässt sie sich erschöpft auf einen dicken Stein sinken. »Ich dachte, er kommt mich holen«, sagt sie atemlos. »Ich hab gespürt, wie er an mir zerrt.«

Ich werfe Marlies einen fragenden Blick zu, sie macht einen wissenden Gesichtsausdruck, sagt aber nichts.

»Wer?«, frage ich.

»Rolf«, haucht Jutta. »Genauer, sein Geist.«

»Rolfs Geist?«, frage ich verwirrt. »Wer ist Rolf?«

»Die See hat ihn verschluckt«, flüstert Jutta.

Dann steht sie auf und tapst los in Richtung Hotel. Marlies und ich hechten hinterher.

Lore, die mit dem Fernglas auf dem Balkon steht, stutzt, als sie ihre vom Schlamm verdreckten Freundinnen sieht. »Was ist denn nun passiert?«, fragt sie atemlos.

»Sie sind im Hafenbecken eingesunken«, erkläre ich.

»Wie *eingesunken?*«, fragt Lore.

»Nahe am Wasser ist alles voller Schlick«, beschwert sich Marlies. »Lebensgefährlich ist das da. Und die Franzosen stellen noch nicht mal ein Schild auf! Also wirklich. Von Belgiern hätte man das ja vielleicht vermutet, aber von den Franzosen doch nicht.«

Lore beobachtet Jutta besorgt, die unter Schock zu stehen scheint. »Jutta«, sagt sie sanft. »Alles in Ordnung?«

»Ja«, sagt Jutta da, und ihre Stimme klingt schon etwas fester. »Ist wieder gut. War nur eine kleine Panikattacke. Das kann ja mal passieren, wenn man im Treibsand steckt, hahahaha. So, ich gehe mich mal sauber machen.« Sie streift den schlammigen Schuh ab und lässt ihn auf dem Flur zurück, als sie in ihr Zimmer geht.

»Was hat sie denn?«, fragt Lore.

»Rolf«, stößt Marlies hervor. »Sie dachte, sein Geist käme sie holen.«

»Ach du meine Güte …« Lore stöhnt. »Kein Wunder, dass sie so durcheinander ist.«

Marlies verdreht die Augen. »Es war ja klar, dass so was passieren musste«, bemerkt sie, schon wieder mit ihrer typischen Überlegenheit. Und dann plustert sie sich richtig auf, weil sie natürlich über alle Informationen verfügt über den Mann, mit dem Jutta dreiundzwanzig Jahre lang verheiratet war und der vor zwei Jahren bei einem Fahrradunfall ums Leben gekommen ist. Ein Lastwagenfahrer hat ihn beim Abbiegen an einer Kreuzung übersehen und jäh aus dem Leben gerissen. Da er immer gesagt hatte, dass er eine Seebestattung möchte, fuhr Jutta mit ihren beiden Stieftöchtern aus Rolfs erster Ehe nach Spiekeroog und erfüllte seinen Wunsch. Als sie wieder nach Hause kam, ordnete sie in Windeseile ihr Leben neu, renovierte die Wohnung und lachte sich Reinhardt an. Über Rolf sprach sie nie wieder. »Neues Spiel, neues Glück, ist ihr Motto«, erklärt Marlies. »Also wirklich.«

»Daher die Wasserphobie«, sage ich.

»Ja, Jutta hatte sich eigentlich geschworen, nie wieder ans Meer zu fahren. Mir war die ganze Zeit klar, dass es eine Schnapsidee von ihr gewesen ist mitzukommen«, doziert Marlies weiter. »Ich *wusste*, dass sie irgendwann zusammenbricht. Aber es wollte ja niemand auf mich hören!«

Lore schüttelt mitleidig den Kopf. »Die arme Jutta.« Dann wandert ihr Blick hinüber zu den Häusern auf der anderen Seite des Kanals, wo die Kinder auf der Terrasse herumtoben. Plötzlich wird auch Lore blass. »Herberts Kinder spielen, als wäre nichts passiert«, stößt sie hervor. »Dabei ist doch ihr Vater ... O mein Gott.« Sie schlägt entsetzt die Hand vor den Mund. »Sie wissen es noch gar nicht!«, haucht sie. »Sie wissen nicht, dass ihr Vater tot ist!«

Eine Weile schauen wir hinüber auf die Terrasse, auf der die Welt noch in Ordnung ist. Das kleine zerbrechliche Glück der Unwissenden.

»Wir m... wir müssen es ihnen sagen«, stammelt Lore.

»Na, dann los!«, sagt Marlies. »Bringen wir es hinter uns.«

Lore bekommt zwar hektische Flecken, aber sie widerspricht nicht. »Also gut«, sagt sie schicksalsergeben.

»Und wenn wir es Herberts Kindern gesagt haben, fahren wir nach Hause«, bestimmt Marlies. »Ich habe keine Gummistiefel mehr.«

33

Eine Stunde später ist unsere kleine Reisegruppe fertig für den Aufbruch. Marlies musste sich umziehen, Jutta wollte natürlich auch mit, nachdem sie sich frisch gemacht hatte, dann mussten wir Lore davon abhalten, wieder kalte Füße zu bekommen, und Paula vom Schreibtisch loseisen. Wobei Letzteres, ehrlich gesagt, ziemlich einfach war.

Als ich ihr sagte, dass wir jetzt zu dem Haus von Lores Mann gehen, sprang Paula auf, warf den Stift auf den Tisch und rief: »Krass! Das muss ich sehen!«

So stiefeln wir los, Marlies ein paar Schritte vorneweg. Sie hat eindeutig die Führung übernommen. »Wie gut, dass ich Französisch kann, dank meiner Ausbildung zur Fremdsprachensekretärin«, sagt Marlies.

»Wann war das noch mal?«, neckt Jutta. »Kurz nach dem Krieg?«

»Haha, Frau Schilling«, sagt Marlies. »Sehr witzig.« Mehr sagt sie nicht.

Vielleicht weil sie weiß, dass Jutta sich nicht gerade in bester Verfassung befindet. Sie gibt zwar vor, wieder gut drauf zu sein, das ist allerdings kaum beruhigend. Die Bekanntschaft mit dem Schlick nennt sie »ihr kleines Abenteuer«, über das man im Nachhinein ja nur »lachen kann«. Sie tut so, als wäre alles bestens, und fragt während des kleinen Spaziergangs auf die andere Seite des Kanals Paula über ihren Job aus, will wissen, wie man als Illustratorin an Aufträge kommt und ob Paula auch andere künstlerische Ambitionen hat und so weiter und so weiter. Paula blüht richtig auf in dem Gespräch.

Lore stapft mit verkniffenem Mund und abgesackten Schultern neben mir her, zwischendurch stöhnt sie immer wieder leise. Ich wage nicht, daran zu denken, wie es mir an ihrer Stelle ginge. Den Kindern des Mannes, mit dem man jahrzehntelang verheiratet war, gegenüberzutreten. Dem Schicksal, das einem den Wunsch nach Nachkommen verwehrt hat, von Angesicht zu Angesicht zu begegnen. Denn die Abteilung Kinderkriegen klammere ich lieber aus. Die Frage, ob ich jemals eine Mutter sein werde, gehört nämlich für mich zu der allermiesesten Kategorie Fragen. Wenn man schon denkt, Fragen, auf die es niemals eine Antwort geben kann, sind schlimm, muss man sich nur die Fragen stellen, die im Laufe des Lebens zwangsläufig beantwortet werden. Im Falle einer negativen Antwort sind sie imstande, einen in den Abgrund zu katapultieren. Ein simples Nein kann zum unerträglichsten aller Wörter werden.

Ich erinnere mich mit Schaudern an die Babyparty einer Kollegin, auf die ich mit dem Entschluss gegangen bin, mich einfach für sie zu freuen. Ich wollte kein bisschen über meine erzeugerlose Situation nachdenken und den ganzen Schwangeren triumphierend den Sekt wegsaufen. Und dann wurde dort ein Gedicht von Khalil Gibran vorgetragen, das anfängt mit dem Satz: *Eure Kinder sind nicht eure Kinder, sondern die Söhne und Töchter der Sehnsucht des Lebens nach sich selbst*. Da gab es in mir eine Kernschmelze, der Kloß in meinem Hals zerfloss mit atomarer Geschwindigkeit, erfasste meinen Magen und mein Hirn und jede Faser meines Körpers, und ich musste derart weinen, dass ich ohne ein Wort des Abschieds von der Party geflüchtet bin. Keinen Mann zu haben ist eine Sache. Eine erschreckende Aussicht, doch irgendwie … *überlebbar*. Aber niemals Kinder … nein, das ist unaussprechlich. *Undenkbar*.

Deswegen schiebe ich diese Frage weit von mir. Und klammere mich je nach Tagesform an die Vorzüge der Kinderlosigkeit, die einem Partys und Reisen und schicke Mode und Friseurbesuche bescheren. Oder an all die Nachrichten von Frauen, die heute mit fünfzig noch Kinder bekommen, weswegen es keinen Grund gibt, mit achtunddreißig schon den Kopf hängen zu lassen.

Und während wir auf das Haus von Herberts Zweitfamilie zusteuern, wünsche ich mir fast, dass Marlies einen Streit vom Zaun bricht, damit ich endlich aufhöre, auch nur *ansatzweise* über das Thema Kinderkriegen nachzudenken. Da bleibt Lore auf einmal abrupt stehen und fängt an zu hyperventilieren. Gott sei Dank für diese kleine Krise.

»Ganz ruhig, Lore«, ruft Jutta und streichelt ihren Arm.

»Lore«, sagt Marlies streng. »Überleg es dir noch mal. Nirgendwo steht geschrieben, dass man sich so einer Situation aussetzen *muss*. Wir können jederzeit zurückgehen. Jetzt in dieser Sekunde können wir umdrehen …«

»Nein, schon gut«, sagt Lore, die sich wieder gefangen hat.

»Richtig so«, lobt Jutta. »Hinterher bekommst du auch einen schönen Calvados.«

Lore zieht ihre Strickjacke zurecht, und dann laufen wir die letzten Meter zu dem Haus. Die drei semmelblonden Kinder, die wir auf dem Foto gesehen haben, spielen auf der Terrasse. Den Ältesten schätze ich auf vierzehn. Er hängt, mit geschlossenen Augen und mit einem iPod verkabelt, auf einem Stuhl. Neben ihm zwei Mädchen, vielleicht elf und acht. Das jüngere spielt mit einem Porzellanhund, den es über den Tisch laufen lässt. Die beiden Mädchen schauen auf, als wir kommen. Der Junge ist so versunken, dass er uns noch gar nicht bemerkt hat.

»Bonjour«, sagt Marlies von unten. Die Mädchen grüßen artig zurück. »So, dann wollen wir mal«, sagt Marlies zu uns, dann geht sie entschlossen die drei Stufen zur Terrasse hoch, hockt sich zu den Mädchen und fängt an, ihnen was auf Französisch zu erzählen. Marlies' Tonfall ist mitleidig, die Kinder schauen sie aber ziemlich unbewegt an. Dann steht Marlies sichtlich irritiert wieder auf und wirft Lore einen fragenden Blick zu. »Also, die scheinen mir ja nun wirklich etwas begriffsstutzig zu sein«, bemerkt sie.

»Was hast du ihnen denn gesagt?«, will Jutta wissen.

»Na, die Wahrheit«, sagt Marlies.

»Das hast du nicht wirklich gemacht!«, entfährt es Jutta entsetzt. »Die Kinder müssen doch den Schreck ihres Lebens bekommen haben, wenn ihnen eine wildfremde Frau solch eine Nachricht überbracht hat!«

»Sieht mir nicht so aus.« Marlies rümpft die Nase.

Derweil starrt Lore nur auf den Porzellanhund. »Das ist mein Hutschenreuther-Hund, den ich seit einer Ewigkeit vermisse!«, haucht sie entsetzt.

»Das ist deiner?«, fragt Marlies. Lore nickt, und kurzerhand grabscht Marlies nach dem Porzellanhund. Doch das kleine Mädchen ist einen Sekundenbruchteil schneller, entzieht ihr das Spielzeug in letzter Sekunde und rennt schreiend ins Haus, gefolgt von der älteren Schwester. »Was für missratene Gören«, sagt Marlies. »Nichts für ungut, Lore.«

Lore steht schief wie ein Baum, der sich dem stetigen Druck des Windes gebeugt hat. Da kommt die Frau raus, Herberts Zweitfrau. Francine. Sie ist ganz hübsch mit ihren blonden kurzen Haaren und den blauen Augen. Und deutlich jünger als Lore, höchstens Mitte vierzig. Sie trägt Jeans und ein weites

Hemd und hat schmutzige Finger, als hätte sie im Garten gewühlt.

Ihre jüngste Tochter hängt an ihr und zeigt anklagend auf Marlies, doch Francine schaut von Marlies auf Lore und stutzt. Die Wutfalten auf ihrer Stirn glätten sich. Dann sagt sie: »Madame Meurer?«

Lore strafft sich, reckt das Kinn. »Ja«, erwidert sie tapfer. »Das bin ich.«

Woher kennt sie Lore?, frage ich mich.

»Der Hund gehört ihr«, tut Marlies kund und deutet von der Porzellanfigur auf Lore.

Francine sagt streng was zu ihrer Tochter und nimmt ihr den Hund ab. Während sie ihn Lore überreicht, deutet sie auf Marlies und sagt in gebrochenem Deutsch: »Sie sagen meine Tochter von trockenes … Wie sagt man? Blätter von Baum.«

»Laub … Nein«, sagt Marlies und wird rot. »Ich habe nicht von trockenem Laub erzählt. Von ihrem Vater habe ich gesprochen.«

»Vater?«, wiederholt Francine.

»Herbert.«

»Ärrbärt?« Francine wischt sich den Schmutz von den Händen. »Wo Ärrbärt?«

Lore fängt an zu weinen. Francine ahnt wohl, dass irgendwas Schlimmes passiert ist, und schlägt entsetzt die Hand vor den Mund.

»Herbert ist tot«, sagt Marlies, erst auf Deutsch, dann auf Französisch.

Francine wiederholt das französische Wort für »tot«, *mort*, ein paarmal fragend, um sicherzugehen, und Marlies nickt.

»Mon dieu!« Francine sinkt auf einem Stuhl zusammen.

Ein paar Minuten stehen wir alle da, das kleine Mädchen schielt immer noch auf den Hund in Lores Hand.

Komischerweise bleiben herzzerreißende Szenen aus, wie dass Francine ihren Kindern offenbart, dass ihr Vater nicht mehr lebt und die Kinder fürchterlich anfangen zu schluchzen. Nein. Francine ist zwar mitgenommen, aber am Boden zerstört sieht sie nicht gerade aus. Sie schickt die mittlere Tochter rein, die kurz darauf mit einer Packung Taschentücher wiederkommt, die Francine der schluchzenden Lore anbietet. Lore nimmt eines, wobei sie Francine erstaunt mustert, weil die so gar nicht weint.

Jutta murmelt: »Will sie denn gar nicht heulen? Oder es den Kindern sagen?«

»Vielleicht steht sie unter Schock«, meldet sich Paula zu Wort. »Da setzt das Hirn ja manchmal aus.«

In dem Moment kommt ein Mann in derben Arbeitsschuhen die Treppe heraufgetrampelt. Francine springt auf und redet auf ihn ein, der Mann schaut auch ganz erschrocken, dann streckt er Lore bedauernd die Hand hin und sagt was auf Französisch, das Marlies mit »Herzliches Beileid« übersetzt.

»Mein Mann«, stellt Francine ihn vor.

Marlies und Lore gucken ganz verdattert.

»Na, das sind ja Zustände wie im alten Rom«, murmelt Marlies.

Auch ich habe Probleme, das Beziehungsgeflecht von Herbert und Lore und Francine und diesem Mann mit den derben Schuhen einzuordnen, bis Jutta sich zu Wort meldet. Sie steht an der Terrassentür und schaut ins Haus hinein.

»Lore, komm mal«, sagt sie tonlos, dreht sich dann zu uns um und verkündet verblüfft: »Es ist doch alles ganz anders.«

Und dann drängen wir uns hinter Lore an der Terrassentür und schauen staunend in das Haus, das Herbert vor achtzehn Jahren gekauft hat.

34

Wir sind immer noch völlig verdattert, als wir ins Hotel zurückkommen. Lore ist blass, aber da ist eine Ruhe über sie gekommen, die sie von innen stärkt. Jedenfalls geht sie gerader und sicherer als noch auf dem Hinweg.

»Wer hätte das gedacht?«, sagt Marlies mit spitzem Mund und sieht Lore nachdenklich hinterher, wie sie die Treppe hinaufsteigt.

»Der gute Berti«, kommentiert Jutta zufrieden. »Ich wusste doch, dass man sich auf ihn verlassen kann.«

Marlies verzieht das Gesicht, als ob sie lieber recht gehabt hätte, und will gerade was erwidern, da winkt uns die Frau an der Rezeption zu sich. Und dann eröffnet sie uns, dass ein Mann da gewesen sei und nach uns gefragt habe. Paula, die gerade ihr Handy inspiziert und es wegen fehlender Nachrichten enttäuscht hat sinken lassen, schaut erschrocken hoch. Unsere Blicke treffen sich.

Lars. Er hat Paula aufgespürt!

Ich räuspere mich und krächze trotzdem, als ich die Rezeptionistin frage: »Nach wem von uns hat er sich denn erkundigt?« Sie deutet auf Paula. Und die wird blass. »Haben Sie ihm denn gesagt, dass wir hier sind?«, frage ich, aber die Rezeptionistin schüttelt den Kopf. »Nein. Wir geben selbstverständlich keine Auskunft über Gäste.«

»Das ist gut«, sagt Jutta erleichtert.

Paula zieht mich zur Seite und wispert aufgeregt: »Er weiß, dass wir hier sind! Er kennt doch das Auto!«

O Gott, stimmt! Der Mercedes steht auf dem hoteleigenen Parkplatz um die Ecke. Wenn Lars nicht ganz doof ist, hat er ihn entdeckt und zwei plus zwei zusammengezählt.

»Um wen geht es denn?«, fragt Marlies spitz, die sich gerade an einem Prospektständer Flyer von touristischen Sehenswürdigkeiten angesehen hat.

Und weil das jetzt wirklich ein Notfall ist, müssen wir die anderen in das Dilemma einweihen. Denn eines ist klar: Wir müssen hier weg! Bevor Lars seine flüchtige Freundin in die Finger bekommt und … wer weiß was mit ihr anstellt.

»Um ihren Freund«, sage ich. »Und deswegen: Krisensitzung auf dem Zimmer, jetzt!«

»Wieso Krisensitzung? Was ist denn nun schon wieder los?« Marlies stöhnt. Aber da ihr niemand antwortet, murmelt sie beim Treppehochsteigen nur: »Um wie viele Probleme von anderen muss ich mich wohl noch kümmern?«

Ich klopfe an Lores Zimmertür. Mit leisem Stimmchen bittet sie uns herein. Sie sitzt auf der Kante ihres Bettes, ein Foto von Herbert in der Hand, die Wangen tränennass, doch unter den Tränen ziert ein zaghaftes Lächeln ihr Gesicht.

»Wir haben offenbar einen kleinen Notfall«, sagt Jutta.

»Lars ist hier«, stoße ich hervor. »Paulas Freund.«

»Und er hat bestimmt schlechte Laune!«, jammert Paula. »Und wenn er mich findet, dann muss ich mit ihm … *reden!*«

»Na und?«, murrt Marlies. »Was ist daran so schlimm?«

Paula zuckt deprimiert mit den Schultern und überlässt mir das Antworten.

»Weil Auseinandersetzungen bei den beiden darin münden, dass er sie schlägt«, erkläre ich.

»Was?«, fragt Lore erschrocken.

»Ja. Daher das Veilchen.« Ich deute auf die Überreste des Blutergusses in Paulas Gesicht. Lore kneift die Augen zusammen und starrt Paula an.

Auch Marlies forscht in Paulas Gesicht. »Seh ich nicht.«

»Hab's überschminkt«, sagt Paula.

»Es ist, wie ich sage: Er schlägt sie, und weil Paula Angst vor ihm hat, ist sie mit uns gekommen.«

»Sie sind also vor Ihrem gewalttätigen Freund *geflohen?*«, fragt Lore erstaunt.

Paula nickt. »Ich wusste nicht, was ich sonst tun sollte. Und dann hat Emmi den Vorschlag gemacht, mit euch mitzufahren, bis sich alles beruhigt hat.«

Jetzt schauen die drei *mich* verdutzt an. »Wir konnten sie unmöglich allein lassen«, rechtfertige ich mich. »Wer weiß, was …«

»Ach du liebes bisschen!«, unterbricht Marlies. »Und dieser Kerl *verfolgt* sie? Bis nach *Frankreich?*«

Paula fängt an zu zittern. »Ganz offensichtlich«, sage ich.

»Aber wie ist er denn auf die Idee gekommen, dass wir *hier* sind?«, fragt Marlies.

In dem Moment geht Jutta ein Licht auf. »Die Karte! Die du weggeworfen hast.«

Marlies schlägt erschrocken die Hand vor den Mund, dann verengen sich ihre Augen. »Die Karte, die *du* zerfetzt hast, meinst du wohl!«

»Auf der *du* die Reiseroute eingezeichnet hast«, gibt Jutta zurück.

»Ach, und jetzt ist es also meine Schuld, dass ein Psychopath hinter uns her ist?«, keift Marlies schrill.

»Lars ist kein Psycho…«, wirft Paula zaghaft ein, wird aber sofort von Marlies niedergebrüllt.

»Ha! Männer, die Frauen schlagen und verfolgen, sind *natürlich* Psychopathen!« Marlies schüttelt empört den Kopf, als wäre das simpelste Allgemeinbildung. Paula fängt an zu schluchzen. »Und wenn er bereit ist, sie bis Frankreich zu verfolgen, dann ist er erst recht ein Psychopath!« Marlies' Stimme ist schrill geworden.

»Mädels, ganz ruhig. Es gibt keinen Grund zur Panik«, ruft Jutta.

»Genau«, pflichte ich ihr bei, »wir überlegen erst einmal in Ruhe …«

»Natürlich ist das ein Grund zur Panik«, kreischt Marlies. »Ich weiß Bescheid! Ich lese doch *andauernd* von Männern, die ihre Frauen schlagen, du meine Güte! Die allermeisten sind sogar imstande, ihre Frauen … *umzubringen!*« Sie haucht das letzte Wort und reißt die Augen angsterfüllt auf. »Im Affekt natürlich. Das gilt dann als Totschlag. Mit Vorsatz wäre es Mord«, fügt sie sachlich hinzu, als wären wir beim internationalen Hobby-Juristen-Kongress. Paula hat angesichts von Marlies' Ausführungen eine Heulpause eingelegt und starrt sie mit offenem Mund an. »Vielleicht plant er längst ihre Ermordung und kommt mit einem Kofferraum voller Tatwaffen, und dann beseitigt er jeden, der sich ihm in den Weg stellt, und dann …«

»Marlies«, sagt Jutta streng. »Hör auf mit dem Unsinn. Diese unsäglichen Schicksalszeitschriften haben dir ja schon dein Hirn verkleistert!«

»Wenn du es als Hirnverkleistern ansiehst, sich über das, was in der Welt vor sich geht, zu informieren, dann tust du mir wirklich leid, Jutta«, gibt Marlies spitz zurück.

»So, Mädels«, sage ich. »Jetzt beruhigen wir uns alle und denken darüber nach, was wir machen können.«

»Sie haben gesagt, dass sie mitfahren soll«, motzt Marlies mich an. »Und zwar unter Vorspiegelung falscher Tatsachen. Also ist das jetzt Ihr Problem.«

Paula schluchzt herzerweichend und fängt an zu jammern: »Emmi wollte mir nur helfen, aber ich bin schuld! Es ist alles ganz allein meine Schuld.«

Marlies zieht eine zustimmende Grimasse, doch ich sage entschieden: »Hör bloß auf, Paula, keine Frau ist schuld, dass ihr Mann sie schlägt.«

»Trotzdem«, widerspricht sie. »Ich bin schuld, dass er sauer geworden ist. Und dass ihr euch streitet und …«

»Schluss damit«, mischt sich in dem Moment Lore ein. Ihre Stimme ist zwar immer noch leise, aber nicht mehr so brüchig. Sie hebt entschlossen die Arme, lässt sie dann wieder sinken, als verließe sie gerade der Mut.

»Also dann«, bestimmt Marlies. »Wir haben erledigt, was wir erledigen mussten, jetzt können wir nach Hause fahren.« Sie macht Anstalten, ihren Koffer aus dem Schrank zu heben, obwohl niemand auf ihre Aufforderung reagiert.

Wir alle starren Lore an, die immer noch auf ihrer Bettkante hockt. »Nein«, sagt sie schließlich. »Ich fahre auf keinen Fall nach Hause. Noch nicht.« Dann hebt sie den Blick, schaut uns der Reihe nach an und sagt: »Aber wir ziehen um.«

35

»Das ist mega, dass wir hier auschecken«, plappert Paula erleichtert, als wir unsere Sachen packen. »*Da* sucht Lars mich garantiert nicht! Ich weiß nämlich echt nicht, was ich ihm sagen soll, wenn ich ihm gegenüberstehe.«

»Na ja. Wenn ihr *reden* würdet, wäre das auf jeden Fall schon mal ein Fortschritt zu dem, was ihr bisher gemacht habt«, kommentiere ich, während ich seufzend den zerknautschten Sonnenhut in den Trolley lege.

Paula ist noch dabei, ihre überall im Zimmer verstreuten Klamotten einzusammeln und in ihre Reisetasche zu stopfen. Eine halbe Stunde später sind wir unten in der Lobby. Jutta linst forschend aus dem Eingang. Paula hat ihr ein Foto von Lars gezeigt, sodass sie weiß, nach wem sie Ausschau halten muss.

»Die Luft ist rein«, verkündet sie von ihrem Spähposten, als wir alle abmarschbereit sind.

»Hast du auch um die Ecke geguckt?«, fragt Marlies streng. »Vielleicht lauert er hinter dem nächsten Haus!« Jutta wirft Marlies einen genervten Blick zu, geht aber raus und überprüft die angrenzenden Gassen nach einem Hinterhalt. Von Lars keine Spur. Jutta winkt uns raus, und wir trippeln los. Paula will den Mercedes ansteuern, aber Marlies zischt: »Wir fahren doch nicht mit dem Auto dorthin! Dann könnten wir ja gleich Leuchtraketen abfeuern, die ihn auf deine Spur bringen. Also wirklich.«

»Gehen wir echt zu Fuß?«, staunt Paula. »*Mit* dem Gepäck?«

Keiner antwortet ihr, weil wir uns schon auf den Weg gemacht haben. Der im Übrigen nur ein paar Hundert Meter lang ist. Aber auch ein paar Hundert Meter können einem, wenn man einen störrischen Trolley hinter sich herzieht, endlos erscheinen. Wenn man ihn nicht über den glatten Marmorboden eines Flughafens schnurren lassen kann, sondern über Bordsteinkanten, Pfützen und Kopfsteinpflaster holpern lassen muss, verliert ein Trolley deutlich an Charme. Ich habe zu meiner Erleichterung nicht so viel eingepackt, sodass ich damit zurechtkomme und Lore mit ihrem Koffer helfen kann.

»Was für ein Glück, dass Marlies' Französisch so eingerostet ist«, sagt Jutta schmunzelnd, als wir über die Schwenkbrücke gehen. »So konnte sie wenigstens nicht die Kinder mit der Todesnachricht verstören.«

»Erstens ist mein Französisch nicht eingerostet«, widerspricht Marlies sofort, »und zweitens musste ich mich ja nach meiner Ausbildung um meine Familie kümmern. Da war nichts mit Karriere. Die ich sonst sicher gemacht hätte. Ich habe halt Rücksicht genommen auf meine Familie. So was kennst du natürlich nicht, Jutta.«

Bevor die beiden wieder anfangen, sich zu zanken, gehe ich dazwischen. »Haben Sie gar nicht als Fremdsprachensekretärin gearbeitet?«, frage ich Marlies.

»Nein, natürlich nicht!« Sie schnalzt empört mit der Zunge. »Wilfried hat immer gesagt, eine Frau muss zu Hause bleiben bei den Kindern, der Mann verdient das Geld.«

»Sei doch froh«, frohlockt Jutta, »so hast du wenigstens keinen Schaden angerichtet.«

»An meinem Französisch lag das bestimmt nicht, dass sie mich nicht verstanden haben«, gibt Marlies zurück. »Ich glaube einfach, diese Kinder sind schwerhörig.«

»Bestimmt, Marlies, bestimmt«, sagt Jutta.

Und dann sind wir alle still, denn es geht einen Hügel hoch, und da brauchen wir den Atem, um die Koffer zu schleppen. Dann sind es nur noch wenige Meter bis zu Herberts Haus. Als wir uns dieses Mal nähern, ist Lore deutlich besserer Stimmung. Was nicht verwunderlich ist. Schließlich weiß sie jetzt, dass Francine keineswegs Herberts Zweitfrau ist, dass nicht er der Vater der drei semmelblonden Kinder ist, sondern der Mann mit den derben Arbeitsschuhen. Und dass das Geld, das Herbert jeden Monat an Francine überwiesen hat, gar kein Liebesbeweis, sondern für die Restaurierung des Hauses bestimmt war, für Arbeitslohn und Baumaterialien und Einrichtung – alles genau dokumentiert in einem dicken Notizbuch, das Francine Lore gezeigt hat. Darin sind alle Ausgaben notiert und die Arbeitsstunden, die Francine und ihr Mann seit vielen Jahren investiert haben, dazu Bilder vom Fortschritt der Umgestaltung des alten Fischerhauses, das Herbert damals in erbärmlichem Zustand gekauft hat.

Auf dem Deckel der Kladde steht »Leben wie Gott in Frankreich«. Herbert hatte nämlich einen Plan gehabt. Er hatte das Haus seiner Lore zur Pensionierung schenken und ihnen endlich den Traum vom Leben am Meer erfüllen wollen, den sie gesponnen hatten, damals, nachdem ihnen klar geworden war, dass sie kinderlos bleiben würden. Lore hätte nie vermutet, dass Herbert diesen Traum tatsächlich verfolgte, dass er mehr war als nur ein Hirngespinst.

Als wir jetzt das Haus betreten mit unseren Koffern, können

wir es immer noch nicht richtig fassen. An der Wohnzimmerwand hängen zwei große Schwarz-Weiß-Fotos von Herbert und Lore: eines aus dem Jahr, in dem sie sich kennengelernt haben, und eines, das auf einem Geburtstag vor einem Jahr gemacht wurde, auf dem Herbert Lore ansieht, als würde er über die Frau an seiner Seite immer noch staunen.

»Das Foto kenne ich gar nicht«, sagt Lore ungläubig und betrachtet den Schnappschuss.

»Ihr seht glücklich darauf aus«, stellt Jutta fest, legt den Arm um Lores Schulter und drückt sie an sich.

Auch all die kleinen Accessoires, die Herbert zu Lores Ärger vermeintlich weggeschmissen hat, finden sich in dem Wohnzimmer wieder. Lore schwebt durch den Raum und hat sichtlich Mühe, alle Eindrücke zu erfassen. Wir anderen setzen uns um den langen, alten Eichentisch, der das Wohnzimmer beherrscht und Vorstellungen von reich gedeckter Tafel und langen Abenden unter Freunden weckt, und lassen sie in Ruhe das Haus besichtigen.

»Lore, warte!«

Marlies will Lore hinterher, aber Jutta hält sie auf und mahnt sie sanft, Lore ein bisschen Privatsphäre zu gönnen. Francine hat uns ein paar Flaschen selbst gepressten Apfelsaft gebracht, den wir uns jetzt genehmigen. Aus dem eigenen Garten stammen die Äpfel, hat sie uns gesagt.

»Das schmeckt wirklich nach Sommer«, sagt Jutta, die ihr Glas in großen Zügen ausgetrunken hat, während Marlies nur daran nippt und auf die etikettlose Flasche starrt, als wäre sie eine Abgesandte der Bakterienhölle, gekommen, alle zu verderben. Jutta seufzt und stellt ihr Glas ab. »Weißt du noch, Marlies, wie wir als Kinder die Kirschen direkt vom Baum gegessen haben?« Ich schaue überrascht hoch und habe sofort ein Bild vor Augen, von den beiden als Mädchen in Sommerkleidern und

Kniestrümpfen, die mit saftverklebten Fingern in einem Kirschbaum sitzen. Wobei ich mir Marlies beim Klettern gar nicht vorstellen kann. Sie steht in meiner Vorstellung am Boden und meckert von unten Jutta an, der kleine Mund missmutig verzogen, die Hand als Sonnenschutz hochgereckt. Gespannt verfolge ich, was Marlies zu dem Hervorkramen von Kindheitserinnerungen zu sagen hat. Sie stutzt im ersten Moment, nickt aber finster. »Und weißt du noch, wie ich mich erst geziert habe, weil ich Angst hatte vor Würmern?«, fährt Jutta fort.

»Allerdings weiß ich das noch. Du wolltest erst auch nicht auf den Baum klettern. Ich musste die Räuberleiter machen.«

»Das stimmt.« Jutta nickt. »Und als wir im Baum saßen, was hast du da zu mir gesagt?« Marlies antwortet nicht sofort, sondern guckt seltsam pikiert in ihr Glas mit dem naturtrüben Apfelsaft. »Komm, sag schon«, fordert Jutta.

»Ich hab immer gesagt, was meine Mutter gesagt hat. In Kirschen guckt man nicht rein«, brummt Marlies.

»Genau!«, ruft Jutta triumphierend. »In Kirschen guckt man nicht rein, die isst man einfach!«

»Ja, *damals* hat man das vielleicht so gemacht«, empört sich Marlies. »Weil man das *damals* einfach geglaubt hat.«

»Sind wir jemals krank geworden? Ist uns jemals schlecht geworden?«, fragt Jutta. »Nicht die Bohne. Und haben die Kirschen nicht einfach super geschmeckt?« Marlies zieht eine Grimasse. Jutta hebt das Glas. »Also, Marlies, prost!«

Sie stößt mit Marlies an, die sich endlich erbarmt, den Saft zu trinken.

Paula hat sich währenddessen ins Internet eingeloggt, Herbert hat WLAN installieren lassen, wie uns Francine berichtet hat. Um ihre Nachrichten zu checken, hat sie sich in einen Korbsessel gesetzt, der in einem Erker steht, durch dessen Fenster man wunderbar aufs Meer schauen kann. Vorne wogt es bräunlich schaumig, weiter hinten, von der Sonne angestrahlt, schimmert es in dunklem Blau. Paula lässt ihr Handy sinken und starrt einfach vor sich hin, als hätte sie schlechte Nachrichten bekommen.

»Und, hat er sich gemeldet?«, frage ich.

»Nein«, sagt sie traurig. »Nicht ein Lebenszeichen! Keine einzige WhatsApp. Kein Snapchat. Keine Facebook-Nachricht. Nix! Das hat er noch nie gemacht. Er hat sich sonst immer gemeldet. Immer! Jeden Tag, auch wenn wir uns mal gestritten haben. *Besonders*, nachdem wir uns gestritten haben.« Sie schaut mich aus ihren großen hellblauen Augen ängstlich an. »Ich glaube, das ist echt ein schlechtes Zeichen. Voll das Omen!« Sie fängt an, auf ihrer Lippe zu kauen. »Boah, ey … Was soll ich nur machen?«

»Vielleicht solltest du ihn anrufen«, überlege ich. »Ich meine, da er uns sowieso auf die Spur gekommen ist, ist das vielleicht am besten. Mal rausfinden, was er will.«

»Meinst du echt?«, fragt sie skeptisch. »Aber was, wenn er mich anbrüllt?«

»Dann legst du auf.«

»Und was, wenn er gar nicht mit mir sprechen will?«

»Dann geht er nicht dran.«

»Und was, wenn ich nicht weiß, was ich sagen soll?«

»Dann lässt du ihn reden.«

»Und was, wenn …« Paula hält inne und zieht die Stirn kraus.

Ich seufze tief. »Überleg es dir halt«, sage ich kurzerhand, denn da kehrt Lore von ihrer Hausbesichtigung zurück. Langsam steigt sie die Treppe herunter und lässt die Hand dabei über den glatt polierten hölzernen Handlauf gleiten. Es sieht fast *genüsslich* aus.

Wir schauen sie alle erwartungsvoll an.

»Man kann von jedem Fenster das Meer sehen«, sagt sie, setzt sich an den Tisch und streicht mit der Hand über die Tischplatte, als müsste sie erspüren, dass das alles wahr ist. Dann stößt sie auf einmal erstickt hervor: »Also war unsere Ehe doch nicht nur Fassade!« und bricht in Tränen aus. Marlies zieht schnell eine Packung Taschentücher aus ihrer Handtasche und reicht ihr eines. Lore trompetet derart laut hinein, dass sie fast lachen muss angesichts des elefantenartigen Geräuschs. »Wie konnte ich nur an ihm zweifeln?«, fragt sie, und wieder rinnen Tränen aus ihren Augen.

»Er war nun mal ein Charmeur«, sagt Marlies bestimmt. »Deswegen.«

»Blödsinn«, fährt Jutta sie an. »Sie haben einfach nicht miteinander geredet.«

»Warum haben wir nur nicht miteinander geredet?«, jammert Lore. »Warum?« Sie nestelt betrübt an ihrem Taschentuch herum.

»Er war ja nie da. Er hat sich in der Weltgeschichte rumgetrieben.« Marlies fängt den empörten Blick von Jutta auf und rümpft die Nase.

»Guck mal, liebe Lore«, sagt Jutta sanft zu ihrer schluchzenden Freundin. »Jetzt ist doch zwischen euch wieder alles klar.«

»Ja«, weint Lore. »Der gute Herbert. Mein Herbert. Das ist das schönste Geschenk, was er mir hätte machen können. Wenn er doch nur hier wäre, damit wir es gemeinsam erleben könnten!«

Am Abend sitze ich auf der Terrasse. Der Wind von der See ist frisch, und ich ziehe die Jacke enger um mich. Das Meer verschwindet hinter den Häusern und dem Hafen langsam in der Dämmerung. Der Horizont ist schon nicht mehr genau zu erkennen. Was für eine Wendung! Ein Mann, der nicht so ist, wie er zu sein scheint. Der trotz aller Widrigkeiten wie Kinderlosigkeit und Alltag seine Frau geliebt hat bis zum Ende. Was das für meine Studie bedeutet?

Ich versuche, darüber nachzudenken, aber dann ertappe ich mich dabei, dass ich einfach aufs Meer schaue, das jetzt wieder das Hafenbecken füllt. Im Laufe der Nacht wird es sich wieder zurückziehen, bevor es erneut ansteigt. Und so geht es jeden Tag stetig auf und ab, immer gleichbleibend langsam, gleichbleibend beständig, seit Anbeginn aller Zeiten, der Atem der Erde.

36

Später liege ich neben Paula auf dem Ausziehsofa im Gästezimmer, das sich im Erdgeschoss hinter der Küche befindet. Jutta und Lore schlafen in einem Schlafzimmer im ersten Stock, Marlies in der Dachkammer, wo ein Einzelbett steht. Über uns ist ein Balken unter der weiß verputzten Decke freigelegt, altes, knorriges Eichenholz, mächtig genug für einen Schiffsrumpf. Die Decken knarzen, manchmal knackt es in den Wänden, als ob das alte Haus seufzen würde.

»Meinst du, hier spukt's?«, fragt Paula, die sich die Decke bis zum Kinn gezogen hat.

»Ich glaube allgemein nicht an Geister«, sage ich. »Warum sollte ich hier dran glauben?«

»Na ja. Es ist Herberts Haus, und er ist tot, und jetzt könnte es doch sein, dass er hier herumschleicht …«

»Blödsinn«, sage ich und starre in den finstersten Zimmerwinkel, in dem eine Stehlampe seltsame Schatten wirft. Zur Ablenkung füge ich hinzu: »Du hast heute gar nicht gemalt.«

»Nee. Mein Rot ist schon wieder aufgebraucht.«

Wasser rauscht gurgelnd durch ein Rohr hinunter, dann knarrende Schritte über uns, eine Tür wird geschlossen. »Über was habt ihr euch eigentlich gestritten, Lars und du?«

»Ach«, sagt sie. »Das Übliche.«

»Offene Zahnpastatuben und herumliegende Socken?«

»So ungefähr.« Sie dreht sich zur Seite, sodass sie mir den Rücken zukehrt. »Seine Mutter mag mich nicht«, sagt sie plötzlich.

»Und deswegen schlägt er dich?«

»Nee. Deswegen nicht.«

»Weswegen dann?«

»Ich bin müde«, erwidert sie gähnend. »Ich muss jetzt schlafen.«

Doch an Paulas Atem merke ich, dass sie noch nicht schläft. Und weil ich viel weniger müde als nachdenklich bin, sage ich in die Dunkelheit: »Es ist doch seltsam. Als Kind betrachtet man das Leben wie einen Werbeprospekt. Man ist fest davon überzeugt, dass man sich als Erwachsener all die schönen Dinge leisten kann und dass man sie auch bekommt, weil man nicht nur das Geld, sondern auch ein Anrecht darauf hat. Bis man irgendwann älter wird und feststellt, dass alles anders ist. Dass das Leben doch kein Werbeprospekt ist, aus dem man sich die schönsten Dinge aussuchen kann.«

»Ich hab das Leben noch nie als Werbeprospekt betrachtet«, murmelt Paula. »Schon gar nicht als Kind.« Kurz darauf ist sie eingeschlafen.

Ich dagegen bin noch hellwach. Allerhand Gedanken purzeln durch meinen Kopf. Über das Schicksal und seinen seltsamen Sinn für Humor. Am Ende hat es Lore doch die Gewissheit gebracht, dass Herbert sie geliebt hat.

So unsicher sie darüber war, als Herbert noch lebte, so sicher kann sie jetzt darüber sein. Wie verquer ist das? Aber trotzdem … In ihrer Verzweiflung über den Verlust ihres Mannes muss das doch ein unglaublicher Trost sein.

Und da auf einmal springt mich aus der Dunkelheit ein

Hirngespinst an. Vielleicht ist eine Wendung des Schicksals doch möglich. Vielleicht verschafft mir Dr. Fritz Bender eines Tages auch die Gewissheit, dass er mich immer geliebt hat und dass er alles wiedergutmachen will und wir …

Halt. Stopp. Schluss. Du fängst ja bald doch an, an Gespenster zu glauben, Emmi. Jetzt reiß dich mal zusammen, und denk an die handfesten, unumstößlichen Ergebnisse deiner Studie. Herbert war die rühmliche Ausnahme. Und warum? Weil er zu einer anderen Generation zählt. In Herberts Generation war die Herzlosigkeit einfach noch nicht so verbreitet wie in meiner. Genau. Damals gab es noch Männer, die zu ihrem Wort und Eheversprechen standen. Heute ist das anders. Und deswegen werde ich die Studie doch nicht erweitern, sondern einfach so belassen, wie sie ist. Weil sie perfekt ist und unglaublich ausgeklügelt. Obwohl ich mich damit ziemlich beruhigen kann, wälze ich mich noch eine ganze Weile herum, was schwierig ist, weil Paula sich ziemlich breitmacht.

Beim Aufwachen springt bei mir nach einem kurzen Moment des unbeschwerten Vor-mich-hin-Dämmerns immer die Gedankensortiermaschine an, die versucht, meine aktuelle Gemütsverfassung zu bemessen. Seit ich alleinige Geschäftsführerin meines Lebens bin, ist meine Laune eigentlich jeden Morgen ziemlich gut. Doch an diesem Morgen stelle ich eine etwas getrübte Befindlichkeit unbekannter Natur bei mir fest. Keine Ahnung, was mich stört. Es ist, als ob irgendwas auf meiner optimistischen Platte haken würde.

Was könnte das sein?

Ich meine, gut, um mich herum passiert jede Menge Seltsames. Da ist Lars, der uns aufgespürt hat. Da ist Lore, die in ihrer Trauer aufgefangen worden ist von Herberts posthumer Liebeserklärung. Da sind Jutta und ihr verdrängter toter Ehemann, die verschrobene Marlies und die durchgeknallte Paula. Angesichts so vieler Ereignisse ist es kein Wunder, dass ich mich etwas … hm …

Das Wort, das mir als Erstes dazu einfällt, ist *aufgewühlt.* Aber ich fühle mich doch nicht wirklich *aufgewühlt*, nur weil bei anderen alles durcheinandergeht! Was für ein Blödsinn! Ich muss ganz schnell die Gedankensortiermaschine abstellen, die an diesem Morgen offenbar spinnt.

Also stehe ich auf und werfe mir was über und beschließe, einen Kaffee zu machen. Jutta ist auch schon wach und gerade im Begriff, zum Bäcker zu gehen.

»Weil Lars mich ja nicht kennt«, fügt sie hinzu. »So kann ich ihn nicht auf Paulas Fährte locken.«

Ich nicke und schütte Wasser in die Kaffeemaschine. Zum Einfüllen des Pulvers in den Filter komme ich nicht mehr, denn Marlies taucht auf und äußert Bedenken über meine Kompetenz in dieser Hinsicht, und ich gehe einer Auseinandersetzung aus dem Weg, indem ich ihr den Job überlasse. Wenn es der Stimmung hilft! Wobei die anscheinend nicht nur bei mir in Schieflage geraten ist. Marlies rümpft ununterbrochen stumm die Nase, während wir den Tisch decken, als ob jeder meiner Handgriffe tadelnswürdig wäre. Auch Lore ist still an diesem Morgen. Sie setzt sich an den Tisch und betrachtet wie entrückt die Einrichtung und die Dekoration, nimmt den Salzstreuer bedächtig in die Hand und streichelt die Zuckerdose. Marlies quittiert das mit einer hochgezogenen Augenbraue.

Endlich kommt Jutta wieder, die die beklemmende Stille im Raum durchbricht. »Ich hab den Laden aufgekauft«, keucht sie strahlend und legt einen Armvoll Brote in allen Formen auf den Tisch. »Croissants waren leider schon weg, bis auf eines«, sagt sie. Sie legt es vor Lore auf den Teller. »Lore, für dich! Leben wie Gott in Frankreich.«

Lores Augen füllen sich schon wieder mit Tränen, aber sie schluckt sie tapfer herunter. »Hier«, sage ich und reiche ihr Aprikosenmarmelade. »Die schmeckt super dazu.«

»Oh, vielen Dank«, sagt sie.

Wir setzen uns alle, auch Paula ist mittlerweile wach. Wir reißen uns Stücke vom Baguette ab, bestreichen sie mit Salzbutter oder Frischkäse, Jutta säbelt an einer Salami herum, ich knabbere ein Radieschen und schenke mir Grapefruitsaft ein.

Marlies rührt in ihrer Tasse und verkündet in die friedliche Ruhe: »Ich hätte ja auch gerne ein Croissant gehabt.«

»Oh«, macht Lore erschrocken. »Hier!« Sie bricht das Croissant in zwei Hälften und hält die eine Marlies hin.

»Nein, danke. Nimm du ruhig. Ich sag's ja nur.« Marlies nippt mit spitzem Mund an ihrem Kaffee.

»Aber es schmeckt mir nicht, wenn ich denke, ich esse dir was weg«, sagt Lore.

»Lore, lass dich nicht verrückt machen«, sagt Jutta. »Du hast ja nun wirklich genug durchgemacht in den letzten Tagen, da musst du dir wegen der Flausen von Marlies Helmschrodt nicht auch noch Gedanken machen.« Sie wirft Marlies einen strafenden Blick zu.

»Das sind keine Flausen«, kontert Marlies. »Ich habe nur gesagt, dass ich auch gerne ein Croissant gehabt hätte. Das ist doch wohl noch erlaubt.«

Jutta zieht eine Grimasse, sagt aber nichts weiter. Auch Marlies widmet sich ihrem Baguette und ist still.

Schließlich traut sich Lore, ihr Croissant aufzuessen. »Ich bin euch so dankbar, dass ihr mitgefahren seid«, sagt sie. »Und dass ihr mich so unterstützt. Ohne euch hätte ich das nicht geschafft.« Sie sieht mich an. »Ihnen auch noch mal vielen Dank, Frau Pfeiffer. Und … äh … Ihnen«, fügt sie an Paula gewandt hinzu, die wenigstens kurz von ihrem Handy hochguckt. Und dann fängt sie an zu erzählen, wie Herbert und sie damals nach ihrem Klinikaufenthalt nach Frankreich gefahren sind, in die Bretagne, und wie gut ihr das gefallen hat. »Ich saß immer am Meer, wo eine große Ruhe über mich gekommen ist. Herbert dagegen ist rastlos gewesen und immer durch die Gegend gefahren. Und wenn er mit von der Meeresluft gerötetem Gesicht nach Hause gekommen ist, hat er rumgesponnen, ob wir uns nicht hier ein Haus kaufen sollten. Aber das hat er immer gesagt an den Orten, wo es ihm gut gefallen hat. Ob in Rothenburg ob der Tauber, im Westerwald oder im Harz. Deswegen dachte ich eben, das wäre nur Gerede.«

Marlies stellt ihre Tasse mit einem Ruck ab und unkt: »Vielleicht war das Haus nur eine Wiedergutmachung.«

»Wie kommst du denn auf die Idee?«, fragt Jutta. »Und wofür eine Wiedergutmachung?«

»Na, für all die ganzen Fehler, die er gemacht hat.«

Lore wird wieder käsebleich.

»Jetzt hör endlich mal auf, Marlies!«, ruft Jutta. »Man könnte fast meinen, du wärst *sauer*, weil Herbert sich anständig verhalten und Lore nicht hintergangen hat.«

»Ich stelle hier nur Überlegungen an«, verteidigt sie sich.

»Aber die sind echt mies, deine Überlegungen!«, ruft Jutta, und auch Lore starrt, als hätte sie einen Hieb in den Magen bekommen.

»Nun«, sagt Marlies, »das ist doch nicht aus der Luft gegriffen. Ich meine, nur weil er keine Affäre mit dieser Francine hatte, wissen wir doch nicht mit Sicherheit, ob er Lore nicht doch betrogen hat.«

Der Satz platzt in unsere Runde wie ein ungebetener Gast mit Körpergeruch. Lore verschluckt sich und hustet, bis ihr die Tränen aus den Augenwinkeln rinnen. Marlies führt ihre Tasse mit abgespreiztem Finger zum Mund und guckt feindselig in die Runde.

»Das ist doch die Höhe«, sagt Jutta erschüttert. »Was redest du nur für einen Unsinn, Marlies. Oder, Emmi? Du bist doch eine vernünftige Frau. Was sagst du dazu?«

Tja. Erwischt. Wie könnte ich einer solchen Aussage widersprechen? Ich meine, ich bin Emmi Pfeiffer, Expertin für Enttäuschungen und Verfasserin der Studie über die Herzlosigkeit der Männer. Und auch wenn Herbert mit dem Haus etwas Großartiges gemacht hat, kann ich doch keine fundierte Meinung über ihn äußern. Für mich war er ein freundlicher Herr mit Schalk im Nacken und Vorliebe für butterhaltiges Gebäck. Was weiß ich denn, wie genau er es mit der ehelichen Treue genommen hat?

Aber ist das in diesem Fall überhaupt noch wichtig? Ich würde sagen, nein. Solche Überlegungen führen, erst recht posthum, zu nichts außer Ärger. Fällt ganz klar unter die Kategorie »Fragen, auf die es niemals eine Antwort gibt«. Und die sollte man am besten einfach den Gully runterspülen.

Ich klappe gerade den Mund auf, um eine schwammige Erklärung abzuliefern, die einerseits Lore beruhigen soll, andererseits meine Studienergebnisse bestätigt, da schaut Paula von ihrem Handy hoch und sagt: »Ey, Leute. Mir wird das hier langsam ein bisschen blöd. Immer das gleiche Gezanke! Ich hau ab!«

»Wie, du haust ab?«, frage ich verständnislos.

»Ich geh mal 'ne Runde spazieren«, sagt Paula. »Muss mir auch neue Stifte kaufen.«

»Nein!«, schreit Jutta entsetzt.

»Doch. Mein Rot ist aufgebraucht.«

»Paula, das kannst du nicht machen«, sage ich streng.

»Warum nicht?«, nölt Paula. »Hier rumzuhängen ist voll öde und … *unfair!*«

»Das ist nicht unfair! Rausgehen ist viel zu gefährlich!«, sage ich. »Wenn Lars dich findet …«

»Ach«, macht sie wegwerfend. »Erstens findet er mich nicht, und zweitens hau ich dann halt schnell ab. Ich kann gut rennen. Manchmal.«

»Aber wenn er dich erwischt? Du weißt doch, wie er ist.«

»Ich bin nicht eure Gefangene!«, schreit Paula aufgebracht. »Ich kann machen, was ich will!« Sie springt auf und geht Richtung Ausgang.

»Natürlich können Sie das«, sagt Marlies schneidend. »Bitte! Nur eines sage ich Ihnen: Wenn Sie diesen Psychopathen hierherlocken, dann setzen wir Sie vor die Tür.« Sie schaut Lore auffordernd an. »Oder, Lore? Sag es ihr. Wenn sie uns alle mutwillig in Gefahr bringt, dann muss sie uns verlassen.«

»Ich weiß nicht …« Lore starrt Marlies, die mit ihrem ominösen Geschwafel von Herberts Fehlern mal wieder für Verstörung gesorgt hat, immer noch entsetzt an.

Da sacken Paulas Schultern runter, und sie wirft sich aufs Sofa. »Ich weiß einfach nicht, was ich machen soll«, heult sie verzweifelt.

»Ich hab ein Idee«, sage ich. »Ich kaufe dir deine Stifte, und du setzt dich auf die Terrasse und schaust aufs Meer. Da kommst du auf andere Gedanken. Und heute Nachmittag machen wir zusammen einen Plan.«

Sie blickt mich aus wässrigen Augen hoffnungsvoll an. »Echt jetzt?«

Ich nicke. »Echt jetzt.«

»Au ja, Shoppingtour durch Port-en-Bessin-Huppain!«, ruft Jutta. »Dann kaufen wir ganz viele leckere Sachen und weihen heute Abend die Küche ein. Was meinst du, Lore?« Lore antwortet nicht. »Lore«, sagt Jutta eindringlich. »Hör bloß nicht auf den Quatsch, den Marlies verzapft.«

»Aber …«, setzt Marlies an.

»*Aber* gar nichts«, fährt Jutta sie streng an. »Du bist jetzt schön still. Du hast schon genug angerichtet.«

Marlies knallt ihre Serviette auf den Tisch, Jutta tut es ihr nach, die beiden funkeln sich stumm an. In einem Western würden sie sich jetzt draußen auf der staubigen Hauptstraße ein Duell liefern.

»Los, wir gehen einkaufen«, sage ich zu Jutta und wende mich an Marlies: »Kommen Sie mit?«

»Natürlich komme ich mit«, verkündet Marlies. »Als ob ich euch beide allein gehen lassen würde! Wir wollen doch das Abendessen überleben.«

Meine Meinung, dass eine Lebensmittelvergiftung im Moment fast eine wohltuende Abwechslung zu dem ewigen Gezanke wäre, behalte ich für mich, denn ich habe einen Plan für die beiden Streithennen.

Wir machen uns fertig für unseren kleinen Rundgang. Dazu ziehe ich meinen Sonnenhut und die Divasonnenbrille an, damit Lars, falls er uns über den Weg läuft, mich nicht gleich erkennt. Blöd ist nur, dass es eigentlich zu windig ist für einen Sonnenhut, sodass ich ihn die ganze Zeit festhalten muss und mir die Krempe trotzdem dauernd vor die Augen weht. Aber im Supermarkt wird es ja wohl windstill sein.

Jutta und ich gehen vor, die kleine Straße hinunter, Marlies trottet hinterher, die Missmutigkeit in Person. Wir laufen die hundert Meter, bis es links den Hügel hinunter zur Schwenkbrücke und zum Fischmarkt geht und rechts ein Trampelpfad zur Steilküste hinaufführt. Ein paar Schritte weiter an der Düne steht ein alter Wachturm, von dem aus man über den Hafen und das Meer blicken kann. Dort lotse ich die beiden hin.

»Was wollen wir denn da oben?«, mault Marlies. »Ich dachte, wir gehen einkaufen.«

»Das tun wir gleich«, sage ich bestimmt. »Erst müssen wir was erledigen.«

»Was denn?«, fragt Jutta erstaunt.

»Das Duell«, murmele ich, als ich die drei Stufen zur Plattform rund um den Wachturm erklimme.

»Wie bitte?«

Ich drehe mich zu den beiden Frauen um, wobei ich meinen Hut richtig festklammern muss, denn hier an der Brüstung weht der Wind gleich noch mal stärker. »So, Mädels«, rufe ich gegen die Brise an, als wir alle oben sind, »jetzt redet ihr miteinander, und danach lasst ihr die anderen mit euren Differenzen in Ruhe. Eure Zankerei ist nämlich nicht mehr auszuhalten.«

»Ich habe keine Differenzen mit Jutta«, informiert mich Marlies gespreizt. »Wenn hier jemand Probleme hat, dann ja wohl sie.« Sie zeigt auf Jutta.

»Ha! Das ist wirklich die Höhe!« Jutta schnaubt. »Du bist doch hier die Neurose in Person! Einen auf Witwe zu machen! Dabei ist dein Exmann kein bisschen tot!«

Marlies schnappt nach Luft. »Tsss! Du hast gut reden. Wo du über deine Vergangenheit mit der Planierraupe hinweggewalzt bist und Rolf einfach ausgetauscht hast mit diesem … Möchtegernkünstler, dieser billigen Kopie, diesem naturidentischen Aromastoff!«

»Lass Rolf aus dem Spiel. Er ist weg und fertig!« Sie macht eine Handbewegung in die Luft und stemmt danach ihre Hände in die Hüften. »Aber ich, ich lebe noch, und ich kann machen, was ich will, ob es dir passt oder nicht!«

»Natürlich kannst du machen, was du willst, ich sage dir trotzdem, dass das ein Fehler ist, den du dir schönredest«, ruft Marlies. »Du weißt selbst, dass kein Mann an Rolf herankommt.«

»Na und? Ist das ein Grund, sich in ein Mauseloch zu verkriechen und nur noch zu heulen?«

»Nein, aber du tust so, als hätte der Mann gar nicht existiert, mit dem du dreiundzwanzig Jahre lang glücklich warst!«, schreit Marlies.

»Und du hast deinen Mann für tot erklärt, nur weil er mit einer anderen abgehauen ist!«, kreischt Jutta. Marlies wird bleich. »Du lebst mit einer Lüge«, setzt Jutta nach. »Kein Wunder, dass du so starrsinnig geworden bist. Wenn man mit einem Toten lebt, selbst wenn er nur eingebildet ist, bleibt die Zeit stehen, und man ist gefangen in einer Endlosschleife, die nur um den Tod kreist. Puh! Da würde ich auch vor die Hunde gehen.«

Marlies atmet tief ein, und dann sagt sie mit erstaunlich ruhiger, wenn auch eiskalt klirrender Stimme: »Ja, Jutta Schilling hat für alles eine Lösung parat. Aber weißt du, warum du mit deinen Stieftöchtern nichts mehr zu tun hast? Weil sie schon gar keine Lust mehr haben, bei dir anzurufen. Weil du dich so abweisend verhältst. Und weil unter der Telefonnummer, unter der sie ihr Leben lang Rolf erreicht haben, jetzt nur dieser … *Mensch* zu erreichen ist!« Jutta guckt für einen Moment irritiert. »Ja, ich habe mit Bianca gesprochen«, triumphiert Marlies. »Du hast *einige* Leute vor den Kopf gestoßen mit deinem seltsamen Verhalten.«

»Erstens sind Bianca und Simone selbst abweisend. Und zweitens, was meinst du, warum Frank dich nicht mehr besuchen kommt? Was?«, gibt Jutta höhnisch zurück.

»Er hat keine Zeit«, kanzelt Marlies sie ab und reckt das Kinn. »Das ist der einzige Grund.«

Jutta schüttelt den Kopf. »Du tust mir echt leid, Marlies. Du bist wie ein Kinobesucher, der lange nach Ende des Films immer noch dasitzt und auf die schwarze Leinwand schaut, als ob das Happy End doch noch käme. Aber das kommt nicht mehr!

Nicht für jemanden, der in der Vergangenheit feststeckt. Ich dagegen lebe im Hier und Jetzt und genieße mein Leben!« Und damit wendet sie sich ab und spaziert davon, streckt theatralisch die Arme in die Luft und fängt an zu singen.

»Sie ist verrückt. Kein Zweifel«, sagt Marlies, aber sie klingt nicht mehr ganz so überzeugt wie vorher. Und ich weiß gar nicht, wer das Duell jetzt gewonnen hat.

37

Als wir vom Einkaufen zurückkommen, das wir mit erstaunlicher Sachlichkeit hinter uns gebracht haben, sitzt Lore auf dem Sofa und blättert das Büchlein mit dem Titel »Leben wie Gott in Frankreich« durch, das Tagebuch der Renovierungen.

»Das Haus war eine solche Bruchbude«, sagt sie. »Dass er es geschafft hat, das so schön hinzukriegen!«

Sie zeigt uns ein eingeklebtes Foto von dem Haus in seinem ursprünglichen Zustand. Darunter hat Herbert geschrieben: *Meine Lore hätte nie und nimmer Ja gesagt zu dem Kauf. Deswegen bleibt es mein Geheimnis, bis es so schön ist, wie sie es verdient hat.* Wir gucken uns zusammen das Buch an, nur Marlies und Paula sind nicht interessiert. Es ist wirklich erstaunlich, wie runtergekommen das Haus war, vom Boden bis zum Dach. Jetzt erst sieht man, was das für eine Arbeit war, es wieder herzurichten.

Später kochen wir alle zusammen. Das heißt, Jutta und Marlies kochen, ich versorge alle mit Wein. Zur Vorspeise stehen Jakobsmuscheln auf der Karte – außer für Marlies, die ja bekanntermaßen ein allgemeines Vertrauensproblem und ein spezielles Meeresfrüchtemisstrauen hegt. Als Hauptgang ist eine deftige französische Bratwurst mit Kartoffeln und Bohnen geplant. Auch hier hatte Marlies erst wieder wegen der Wurst Bedenken, aber als Jutta auf das gehäutete Kaninchen und das Geflügel mit Kopf in der Auslage des Metzgers deutete, ließ Marlies sich erweichen. Jetzt schälen die beiden Kartoffeln und wirken erstaunlicherweise wie ein eingespieltes Küchenteam.

Ich kann noch nicht sagen, ob die Aussprache vorhin geholfen hat oder nicht. Immerhin zicken sie sich nicht mehr so offen an. Jutta hat wieder diese aufgekratzte Fröhlichkeit, Marlies ist entweder eingeschnappt oder nachdenklich. Ihr Mienenspiel ist da nicht so ganz eindeutig, eher eingefroren wie ihre Föhnwelle. Als ich heute Morgen nach ihr ins Badezimmer kam, hätte ich eine Atemmaske gebrauchen können. Ich hatte das Gefühl, die Luft wäre verklebt von Haarspray.

»Hier, Frau Meurer«, sage ich und reiche Lore ein Glas Rosé, dann schenke ich Jutta und mir ein.

Marlies möchte nicht. Paula lehnt auch ab. Sie sitzt vorne an dem kleinen Erkertischchen und zeichnet wieder. Auch wenn sie in der echten Welt manchmal überfordert scheint, in der Fantasie ist sie ganz offensichtlich zu Hause. Ihre Bewegungen sind sicher, ihr Gesichtsausdruck ist konzentriert und friedlich, heiter fast angesichts der fröhlichen bunten Landschaften und Märchenfiguren, die unter ihrem Stift zum Leben erwachen.

»Soll ich nicht doch beim Kochen helfen?«, bietet Lore an.

»Nein«, sagt Jutta. »Bleib du mal sitzen.«

»Dann decke ich.« Lore macht Anstalten aufzustehen, aber ich verhindere das.

»Ich decke. Ruhen Sie sich aus.«

»Jaja, Lore braucht nicht zu helfen«, murmelt Marlies neben mir, als ich das Besteck aus der Schublade hole.

»Hier«, sagt Jutta und gibt Marlies ihr kaum berührtes Weinglas. »Trink mal einen, dann entspannst du dich.« Der Tisch biegt sich fast vor lauter köstlichen Sachen. Ich staune, was Jutta und Marlies zustande gebracht haben. Wir tauschen Floskeln über die Gerichte aus, nur Paula ist geistesabwesend, zumindest was unser Gespräch angeht. Wenn sie sich nicht gerade was in den Mund steckt, dann hängt sie an ihrem Handy. Nach dem Dessert, das Jutta noch schnell aus Pfirsichen, Himbeeren, Sahne und Löffelbiskuits gezaubert hat, kochen wir einen Kaffee – und dazu rückt Jutta ihre Calvados-Flasche raus. »So, Mädels«, sagt sie. »Jetzt trinken wir!«

»Ich dachte, wir trinken schon die ganze Zeit«, sagt Marlies spöttisch und deutet auf die zwei leeren Flaschen Rosé.

Jutta ignoriert sie und gibt jedem ein Glas, nur Paula lehnt wieder ab. »Auf Berti«, ruft Jutta. »Darauf, dass er seiner Lore dieses wunderbare Haus geschenkt hat!«

»Danke«, sagt Lore gerührt. Wir stoßen alle an und trinken. Lore hustet, auch Marlies verzieht erst das Gesicht, aber wiegt dann anerkennend den Kopf. »Und auf die Freundschaft!« Lore hebt erneut ihr Glas.

»Auf die Freundschaft«, wiederholen wir, nur Marlies sagt nichts, und *schwups* sind unsere Gläser leer. Ein Zustand, der Jutta nicht gefällt. Schon hat sie die Flasche wieder in der Hand.

»Für mich keinen mehr«, sagt Lore und schiebt hinterher: »Oder nur einen kleinen.« Dabei kichert sie. Jutta schenkt die Gläser erneut randvoll.

»Musik!«, rufe ich. »Jetzt brauchen wir Musik!«

»Au ja«, ruft Jutta.

Ich suche auf dem Handy nach Edith Piaf, weil ich ja noch von der Beerdigung weiß, dass Herbert sie so gerne mochte. Erst als die ersten Töne erklingen, fällt mir ein, dass Lore das vielleicht wieder traurig macht.

»Wenn Sie das nicht hören möchten, sagen Sie sofort Bescheid, okay?«, bitte ich sie.

Lore nickt dankbar, da schnalzt Marlies auf einmal mit der Zunge und stöhnt empört: »Und was, wenn *sie* es nicht hören will, aber *ich* es hören möchte? Was dann?«

»Was soll das eigentlich, Marlies?«, fährt Lore sie auf einmal an, mit erstaunlich lauter Stimme. »Seit wir in das Haus gezogen sind, bist du so … biestig.«

»Dass du nichts zu meckern hast, ist mir schon klar«, gibt Marlies pikiert zurück.

»Was soll das denn heißen?«, fragt Lore.

»Mädels«, versucht Jutta zu beruhigen, aber die Unterhaltung ist schon davongaloppiert in Richtung Schnapszoff.

Vielleicht war es das, was mich heute Morgen schon beunruhigt hat. Vielleicht war mir beim Aufwachen schon klar, dass ein richtiger Streit doch unausweichlich ist.

Marlies fuchtelt jetzt aufgebracht mit den Händen. »Na, weil alle um dich herumscharwenzeln wie um das Goldene Kalb!« Sie verstellt affektiert die Stimme: »Oh, Lore braucht nicht beim Kochen zu helfen, oh, Lore braucht ihren Koffer nicht allein zu tragen, oh, Lore bekommt das einzige Croissant. Du meine Güte!«

»Mensch, Marlies. Lore hat gerade ihren Mann verloren, da müssen wir doch auf sie Rücksicht nehmen«, erinnert sie Jutta.

»Na und?«, schreit Marlies. »Wilfried ist für mich auch tot und begraben. Aber darf *ich* mich im Selbstmitleid suhlen wie Lore? Nein! Natürlich nicht. Der verwitweten Frau reicht man ein Taschentuch und betüdelt sie von vorne bis hinten. Von einer verlassenen Frau erwartet man, dass sie einfach die Scherben wegkehrt und weitermacht!«

Marlies' schrille Stimme schallt durch den Raum. Wir schauen sie alle erschrocken an. Da liegt also der Hase im Pfeffer, denke ich. Sie ist *eifersüchtig* auf Lore.

»Erstens ist Wilfried schon vor acht Jahren ausgezogen.

Und zweitens haben wir dir damals auch Hilfe angeboten«, sagt Jutta, »aber die wolltest du ja nicht.«

»*Hilfe!* Wie bürokratisch das klingt! *Beistand* hätte ich gebraucht. Und *Trost!* So wie Lore! Sie bekommt alles, und das Einzige, was ich bekommen habe, ist die Schuld für die Trennung!« Marlies funkelt uns aufgebracht an. Eine Strähne hat sich aus ihrem Haar gelöst und baumelt ihr frech in der Stirn.

»Niemand gibt dir die Schuld, außer du selbst«, stellt Jutta fest.

Doch Marlies redet sich langsam in Rage. »Ja, eine Witwe ist fast eine Heilige! Aber eine verlassene Frau ...« Sie reißt aufgebracht die Hände in die Höhe. »Wisst ihr, wie verlassene Frauen angesehen werden? Wisst ihr das?« Sie schaut triumphierend in die Runde.

»Natürlich«, mische ich mich ein, »die verlassene Frau ist mein Fachgebiet! Ich bin da absolute Expertin. Ich habe gerade eine Studie ...«

»Nein, das ist nicht Ihr Fachgebiet«, unterbricht mich Marlies so von oben herab, dass es mir für einen Moment die Sprache verschlägt. »Sie können da überhaupt nicht *mitreden*, weil Sie nie *verheiratet* waren! Ich meine, eine *richtige* Scheidung. Das *attestierte* Versagen. Das *gerichtlich festgestellte* Unvermögen, einen Mann zu halten! Das ist es, von dem ich rede. Und das ist *FURCHTBAR*!« Ihr Gesicht ähnelt langsam einer Fratze. Zu der einen ausgebüxten Strähne gesellen sich andere. Sogar die Haare verlieren die Fassung, als sie weiterschreit: »Aber NIMMT NUR EINER RÜCKSICHT AUF MEINE GEFÜHLE? NEIN! Weil alle damit beschäftigt sind, den ARMEN WITWEN Aufmerksamkeit zu schenken. Und wer schenkt mir Aufmerksamkeit? NIEMAND!«

»Na, du sorgst schon dafür, dass man dir Aufmerksamkeit schenkt«, wirft Jutta süffisant ein.

Und mir platzt jetzt langsam auch der Kragen vor lauter Helmschrodt'schem Selbstmitleid und der ungerechten Anklage und Vorwürfe. »Aber du hast wenigstens eine Familie gegründet«, schreie ich jetzt los, in meiner Wut unfähig, mich noch an das Sie zu klammern. »Habt ihr eigentlich mal überlegt, wie es mir geht? Ich bin achtunddreißig und immer noch nicht verheiratet und werde es vermutlich niemals sein!«

»Seien Sie doch froh«, sagt Marlies ruppig. »Dann müssen Sie auch nicht so leiden wie wir.« Dabei deutet sie mit den Händen auf sich.

Bei mir setzt Schnappatmung ein, Stufe 3. Mein Hirn setzt aus, und erstaunt höre ich mir selbst zu. »Nicht *leiden?* NICHT *LEIDEN?*«, japse ich. »Natürlich leide ich!« Mit Blick auf Lore füge ich hinzu: »An mir nagen die Fragen, auf die es keine Antwort gibt, jeden verdammten Tag: Warum klappt es nicht? Wieso finde ausgerechnet ich keinen Mann? Was mache ich falsch? Die Zweifel machen mich porös, jede Woche, jedes Jahr machen sie mich unglücklicher und hoffnungsloser. Bringt man *mir* dafür Aufmerksamkeit und Verständnis entgegen? Nein, natürlich nicht.« Ich stelle fest, ich klinge schrill wie Marlies, aber ich kann nichts dagegen tun. »Jemand, der seinen Mann verloren hat, der darf jammern und wehklagen. Jemand, der *nie einen Mann gefunden* hat, der soll sich eine SINGLEREISE BUCHEN UND DIE HOFFNUNG NICHT AUFGEBEN!« Da sind alle still und starren mich verdutzt an. »Tatsächlich hab ich die Hoffnung nicht aufgegeben, aber die Hoffnung hat mich aufgegeben!«, rufe ich mit sich fast überschlagender Stimme. »Versteht ihr? Ich bekomme keine Beileidskarten dafür, dass ich niemals eine Familie gründen werde.« Erschöpft lasse ich mich gegen die Lehne meines Stuhls sinken und trinke einen Schluck Wasser. Auch die anderen sind für einen Moment still. Ich betrachte mein leeres Glas und fühle mich selbst ebenso leer und konfus.

Ich will Jutta um die Wasserflasche bitten, die neben ihr steht, da bemerke ich, dass sie total bleich geworden ist und plötzlich zittert, als hätte sie ein Gespenst gesehen. »Was ist?«, frage ich alarmiert.

»O mein Gott«, wispert sie. »Rolf ist tot.« Sie hat den gleichen Gesichtsausdruck wie in dem Moment, als sie im Schlick stecken geblieben ist, und wiederholt stammelnd: »Rolf ist … ist tot.«

»Das wissen wir, Jutta, und zwar seit zwei Jahren«, sagt Marlies verwirrt.

Jutta guckt derart entsetzt, als wäre ihr das gerade erst klar geworden.

»Aber Jutta …«, fängt Lore an und will nach Juttas Arm greifen.

Doch die springt auf einmal so heftig auf, dass der Stuhl hinter ihr auf den Boden knallt. Sie wankt zur Tür, klammert sich am Türrahmen fest und geht hinaus in die Nacht. Wir schauen ihr hinterher, der Calvados hat jedoch unser aller Reaktionsvermögen ziemlich gedämpft. Und Paula ist ja sowieso nicht von der ganz fixen Sorte.

»Typisch Jutta«, unkt Marlies. »Da steht sie einmal nicht im Mittelpunkt und macht dann so ein Theater. Aber die regt sich gleich wieder ab.«

Doch Jutta kommt nicht wieder. Ich schaue nach, ob sie auf der Terrasse ist, da ist allerdings niemand. Ich beuge mich übers Geländer und spähe in die Dunkelheit, und da sehe ich am Ende der Straße eine Gestalt mit rotem Schal rennen, bergab, in Richtung Meer, das in der Finsternis grollt wie ein Raubtier in seinem Käfig.

»Jutta«, schreie ich ihr hinterher, aber sie bleibt nicht stehen.

Auch das noch.

38

»Hallo Polizei, wir melden eine flüchtige Person«, sagt Marlies kichernd, als ich verkünde, dass Jutta weggelaufen ist.

Mir ist gar nicht nach Scherzen zumute. Juttas Panikattacke im Hafenbecken vor ein paar Tagen ist mir auch durch den Calvados-Nebel noch sehr bewusst. Und da war noch etwas, was Jutta in den letzten Tagen gesagt hat, was mir Sorgen bereitet.

»Ich habe ein ganz komisches Gefühl«, sage ich und suche nach den richtigen Worten, mein Hirn ist aber wie ein Bällebad. Die Wörter versinken unter der bunten kugeligen Oberfläche, tauchen hier und da mal prustend auf, ergeben jedoch keinen Sinn. »Wir müssen sie suchen«, bringe ich immerhin hervor.

»Ach was«, ruft Marlies jovial. »Das ist nur wieder Jutta, die Königin des Dramas.«

Ich verkneife mir die Aussage, dass Marlies mit ihrer zerzausten Frisur und ihrer wirren Ansprache vor ein paar Minuten auch nicht gerade wirkt wie eine Führungskraft. Bin deswegen froh, dass Lore sich ebenfalls Sorgen macht.

»Ich weiß nicht«, sagt sie. »Ich finde auch, wir sollten nach Jutta suchen. So wie jetzt habe ich sie noch nie gesehen. Und wir kennen uns über vierzig Jahre.«

Das zumindest scheint Marlies zu überzeugen. Jedenfalls

sträubt sie sich nicht mehr, sondern nickt bedächtig, natürlich nicht ohne die Augen himmelwärts zu drehen und zu stöhnen: »Diese Frau ist verrückt, ich wusste es schon immer.«

»Zwischen verrückt und verzweifelt ist ein Unterschied, liebe Frau Helmschrodt«, sage ich.

Erstaunt stelle ich fest, dass meine Zunge sich in den letzten Minuten tatsächlich noch ein Stück verbreitert zu haben scheint, sich wie eine Landebahn für Buchstaben in meinem Mund ausdehnt. Leider macht der Lotse gerade Pause, weswegen alles etwas langsamer und chaotischer vonstattengeht. Du liebe Zeit! Calvados ist wirklich ein gefährliches Hobby. Ich kann nur hoffen, dass die Wirkung des Alkohols draußen verfliegt. Wir ziehen uns die Jacken über, ich denke gerade noch an meine Handtasche mit Geld und allem. Auch Paula zieht sich was über.

»Sie bleiben gefälligst hier«, bestimmt Marlies, die beim Aufstehen auch ein bisschen schwankt.

»Ich bleibe auf keinen Fall in diesem Haus allein«, widerspricht Paula und späht in Richtung Decke. »Auf gar keinen Fall.«

Marlies will widersprechen, aber diesmal kanzele ich sie ab.

»Paula kommt mit«, sage ich so streng, wie es mein Zustand erlaubt. »Das ist ein Notfall. Außerdem ist es dunkel. Und wir sind zu viert.«

Marlies wirkt nicht so, als ob die Argumentationskette sie überzeugt hätte, was ich durchaus verständlich fände, weil ich sie von außen betrachtet auch nicht wirklich logisch finde. Umso erleichterter bin ich, als sie mit den Schultern zuckt.

»Was soll's. Mir ist langsam auch alles egal.«

Sie schüttelt den Kopf, sodass die Haare hin und her fliegen. Dann entspinnt sich noch ein Disput über die Wahl der richtigen Schuhe. Da wir nicht ausschließen, dass Jutta ins Hafenbecken gegangen ist (was uns allen einen Schauer über den Nacken jagt), scheint wasserdichtes Schuhwerk das Mittel der Wahl. Im Kabuff hinter der Küche stehen zwei Paar Gummistiefel, eins in Lores und das zweite in Herberts Größe. Herberts Gummistiefel passen Paula, die trotz ihres ätherisch-künstlerischen Aussehens auf erstaunlich großem Fuß lebt. Da Marlies' Gummistiefel ihr Grab im Hafenbecken gefunden haben und ich keine dabeihabe, bilden wir also eine Gummistiefel- und eine Halbschuhfraktion. Zu einer anderen Gelegenheit hätte ich Marlies erklärt, dass ich selbstverständlich niemals etwas tragen würde, das man Halbschuh nennt, natürlich handelt es sich in meinem Fall um Sneakers. Aber jetzt fällt mir etwas Wichtigeres ein, nämlich, dass eine Taschenlampe für den Strand hilfreich sein könnte.

Lore ruft: »Herbert hatte immer eine Taschenlampe neben seinem Bett liegen. Das war für ihn oberste Bürgerpflicht! Wenn es in diesem Haus eine gibt, dann dort.«

Sie läuft die Treppe hinauf. Tatsächlich findet sie im Nachttisch eine ausgewachsene Taschenlampe, mit der man zur Not einen Einbrecher erschlagen könnte. So ausgerüstet machen wir uns auf den Weg. Es ist Punkt 22:38 Uhr. Eigentlich ja noch früh für einen Sommerabend, aber hier am Rand des Ortes und so nah an der endlosen Dunkelheit des Meeres fühlt es sich viel später an. Und irgendwie unheimlicher. Es ist eigentlich nicht kalt, doch der Wind weht mal wieder frisch vom Meer herüber, sodass ich froh bin über meine Softshell-Jacke. Sobald die Brise meine Stirn kühlt und mein Haar zerzaust (was es da bei meinen Locken noch zu zerzausen gibt), versuche ich, mir über meinen Ausbruch von eben klar zu werden, der mir im Nachhinein ziemliches Unbehagen bereitet. Ich bin doch durch die Ergebnisse meiner Studie schon kuriert worden, ich habe doch allem abgeschworen und bin damit glücklich! Wie kann es da passieren, dass ich auf einmal so … *durchdrehe?* Das hat sich ja mal so gar nicht wie die erfolgreiche Geschäftsführerin meines eigenen Lebens angehört, sondern ziemlich verzweifelt. Und … O Gott, ich hasse dieses Wort, aber ich muss es jetzt mal für mich selbst benutzen: Es war regelrecht *hysterisch!* Das ist nicht gut, gar nicht gut. Ich fühle mich auf einmal wie eine von diesen russischen Schachtelpuppen, die man schief zusammengesetzt hat, sodass das Blumenmuster auf der Schürze keinen Sinn ergibt.

Na gut. Ein paar Schritte lasse ich mich bergab treiben und mich von der Seeluft ernüchtern. Dann überlege ich, was Kim sagen würde, wenn sie hier wäre. Sie würde mir natürlich raten, analytisch-rational an die Sache ranzugehen, um damit meine Emotionen in den Griff zu bekommen, bevor sie endgültig machen, was sie wollen. Okay. Also, ran an die Analyse.

Erstens ist meine Lebensumstellung noch nicht lange her. Gerade mal zwei Wochen. Zweitens kann man diesen kleinen Zwischenfall als einmaligen Ausrutscher betrachten. Einen *Rückfall* in dunkelste Singlegruppenzeiten, in denen verzweifeltes Geschwurbel an der Tagesordnung war. Dieses Trübsinnsprogramm hab ich so lange Jahre verinnerlicht, da kann es sich doch mal aus Versehen selbstständig machen! Besonders, wenn man Calvados in rauen Mengen trinkt. Genau.

»Und ausgelöst wurde das ja außerdem nur dadurch, dass Herbert meine ganze Studie durcheinandergebracht hat«, entfährt es mir auf einmal. Ich bin ziemlich erleichtert, als mir das klar wird.

»Wie bitte?«, fragt Lore.

»Herberts schönes Geschenk hat meine Studienergebnisse durcheinandergebracht«, sage ich. »Meine Studie nach dreihundertachtzehn Dates hat ergeben, dass Männer herzlos sind. Aber Herbert hat gezeigt, dass es Ausnahmen gibt. Nur weil mich das verwirrt hat, hab ich da vorhin so einen Unsinn gefaselt. Dabei ist Herberts Beispiel für meine Studie gar nicht entscheidend. Schließlich gehört er eindeutig zu einer anderen Generation Männer. Ich kann nach wie vor sagen: Ich habe total recht, die Männer sind schuld! Aber deswegen brauche ich noch lange keine Beileidskarten für mein Leben!« Ich unterstreiche die Lächerlichkeit dieser Aussage mit einem herzhaften Prusten. »Im Gegenteil: Glückwunschkarten wären eher angebracht. Denn ich bin wirklich *glücklich*. Ich bin über die Männer und die Liebe *hinweg*. Aber total! Es ist alles bestens. Mein Leben ist perfekt. Ich bin *super*happy. Wirklich! Seitdem ich mich nur noch auf die Liebe zu mir selbst konzentriere, läuft es wirklich *blendend*.«

Und dann bin ich endlich still. Die anderen sind auch still. Niemand bestätigt meine Aussage und sagt mir, dass ich tatsächlich unheimlich glücklich *wirke*. Aber es widerspricht auch keiner und erklärt mir, dass es den Anschein hat, ich sei mitleiderregend unglücklich.

Gerade, als ich überlege, ob mir das etwas sagen soll und wenn ja, dann *was*, erreichen wir das Hafenbecken. Endlich! Ich muss nämlich dringend aufhören mit dem Denken, das funktioniert heute aber überhaupt nicht so, wie es soll.

»Sieht jemand sie?«, fragt Marlies. Wir spähen angestrengt in die Dunkelheit. Das Hafenbecken ist vielleicht so groß wie zwei bis acht Fußballplätze (im Schätzen von solchen Dingen war ich noch nie besonders gut). Auf jeden Fall ist es viel zu groß, um es nachts zu überblicken. Wir laufen am Fischmarkt vorbei zu dem Denkmal des ertrinkenden Fischers und versuchen von dort, etwas zu erkennen. Das Wasser gluckert an die steinerne Kaimauer und gurgelt um eine eiserne Leiter, die zu den Booten hinunterführt. Der Wasserstand ist irgendwo in der Mitte, die Einfahrt in den Kanal schon ziemlich breit, dennoch ist ungefähr die Hälfte des Beckens trocken und begehbar. »Könnt ihr sie irgendwo sehen?«, fragt Marlies noch einmal.

Aber die Straßenlaternen reichen natürlich bei Weitem nicht bis hinunter zum Sand. Wir rätseln eine Weile, ob die Flut kommt oder geht – ein aussichtsloses Unterfangen für Landeier wie uns.

»Egal wie, wir müssen da runter«, sage ich. Entschlossenes Handeln bei Krisen anderer Leute hilft immer am besten, vom eigenen Gefühlsdurcheinander abzulenken. Wir gehen zu dem kleinen Weg, über den wir neulich schon ins Hafenbecken hinuntergelangt sind. Die Algen auf dem schlüpfrigen Asphalt schimmern im gelben Licht der Laternen. »Das ist sauglatt«, verkünde ich.

»Da bricht man sich ja den Hals«, stellt Marlies fest.

»Wollen wir es erst woanders versuchen?«, fragt Lore.

»Nee«, sage ich, »wir sollten hier anfangen. Am Ort ihres Zusammenbruchs.«

»Finde ich auch«, meldet sich Paula zu Wort, und wir staunen darüber, dass sie einmal eine Meinung vertritt.

Marlies findet am schnellsten ihre Sprache wieder: »Dann gehen Sie doch da runter. Sie sind am jüngsten, Ihre Knochen heilen besser als unsere.« Sie deutet auf Lore und sich.

Ich seufze. »Komm, Paula.« Ich schnappe mir Lores Taschenlampe, und wir machen uns auf den Weg. In Trippelschritten und uns gegenseitig stützend tasten wir uns die seifige Straße hinunter. Es glückt. »Wir sind unten«, rufe ich, als wir den Sand erreicht haben. Marlies und Lore, die zehn Meter weiter oben auf dem Weg stehen, der an mondäneren Ferienorten Promenade heißen würde, schauen zu uns runter.

»Wir sehen euch«, informiert uns Marlies trocken.

»Könnt ihr jetzt was erkennen?«, fragt Lore.

Paula und ich spähen in Richtung Meer. Die Einfahrt in den

Hafen wird natürlich beleuchtet, dazwischen kräuselt sich dunkel das Wasser, das bald wohl wieder das Hafenbecken bis zum Rand füllen wird. In der Mitte des Beckens ist es finster.

»Nein«, ruft Paula.

»Dann geht nachsehen«, kommandiert Marlies. »Ich habe keine Lust, ewig hier rumzustehen.«

Paula und ich suchen uns einen Weg über die Kieselsteine und Muschelschalen und an den mit Algen bewachsenen Steinen vorbei in Richtung Brandung. Ich verabschiede mich in Gedanken schon von meinen Sneakers, die die Sand-Wasser-Matsch-Kur sicher nicht überleben. Aber ein Grund, neue Schuhe zu kaufen, war noch nie ein Anlass der Trauer.

»Wo war der Treibsand?«, fragt Paula nervös und bleibt stehen.

»Du meinst den Schlick«, sage ich, weil sich das irgendwie weniger beängstigend anhört. »Weiter hinten.«

»Schlick, in dem man versinkt und aus dem man nicht mehr rauskommt«, stellt Paula fest.

»Äh … Yep.«

»Scheiße«, sagt Paula. Wir gehen vorsichtig weiter, drehen uns zwischendurch um. Marlies und Lore stehen unter der Straßenlaterne, sie sehen winzig klein aus von hier unten. Da stellt sich derselbe Effekt ein, wie wenn man im Meer schwimmt – vom Wasser aus erscheint das rettende Ufer auf einmal endlos weit weg. »Jutta?«, brüllt Paula auf einmal.

»Jesses«, sage ich, nachdem ich mich halbwegs von meinem Schreck erholt habe.

Die Antwort ist nur das Tosen der Brandung. Wir tapsen weiter.

Als Paula mit einem Fuß etwas einsinkt, schreit sie entsetzt auf. »Hilfe!« Sie drängt sich an mich, sodass wir beide ins Taumeln geraten.

»Hey«, versuche ich sie zu beruhigen. Zum Glück bleibt der Untergrund einigermaßen fest. *Noch.* Schritt für Schritt schleichen wir weiter. Und nach endlosen zehn Metern können wir endlich das weiße Band der Wellen sehen, die auf den Sand schlagen. Von Jutta keine Spur. »Entweder sie ist nicht hier …«, fange ich an und verkneife mir das *Oder*, das von einem hässlichen »… sie ist schon untergegangen« verfolgt worden wäre.

»Lass uns umkehren«, japst Paula.

Wir eilen so schnell wie möglich zurück, die Taschenlampe wippt vor uns auf und nieder, als wir in Richtung rettender Uferstraße rennen, als wäre Neptun zornig aus seinem nassen Grab gestiegen und hinter uns her.

»Sie ist nicht hier«, rufen wir keuchend Marlies und Lore entgegen.

»Wusste ich es doch«, sagt Marlies.

Als wir endlich auf der Uferstraße stehen, die Hände auf die Knie gestützt wie nach einem Marathonlauf und ähnlich erleichtert, dass wir heil angekommen sind, fällt mir wieder ein, was ich die ganze Zeit vergessen hatte.

»Vielleicht ist sie da oben beim Bunker«, rufe ich entsetzt und deute die Steilküste hinauf. »Als ich mit ihr dort war, hat sie gesagt, sie wolle eine Möwe sein. Vielleicht stürzt sie sich die Küste runter!«

Lore schlägt erschrocken die Hand vor den Mund.

»Ach was«, sagt Marlies. »So wie ich Jutta kenne, ist sie in irgendeiner Kneipe auf Männerjagd.«

»Wenn sie in einer Kneipe ist, ist sie in Sicherheit«, überlegt Lore erstaunlich pragmatisch. »Wenn sie da oben ist, macht sie vielleicht irgendwelche Dummheiten.«

»Das ist ein gutes Argument«, sage ich und denke außerdem an Lars, der irgendwo im Ort Paula auflauert. Wenn es eine

Chance gibt, dem zu entgehen, sollten wir sie nutzen. »Also müssen wir dort rauf.«

»Och nöö«, mault Paula, »schon wieder so eine Harakiri-Aktion.« Was mich dazu veranlasst, ihr bedeutungsvolle Blicke zuzuwerfen. »Was?«, fragt sie begriffsstutzig.

»Na, ich möchte wetten, dein Freund ist da irgendwo«, sage ich und deute in Richtung der erleuchteten Cafés und Kneipen an der kleinen Hauptstraße des Ortes.

»O nein …« Marlies stöhnt. »Diesen Psychopathen hatte ich ja schon fast vergessen.«

Paula schiebt bei dem Wort »Psychopath« schmollend die Unterlippe vor, bleibt aber still.

»Wenn wir Glück haben, finden wir Jutta da oben«, sage ich und führe die Frauen über eine kleine Treppe zwischen den alten Fischerhäusern, die in eine steile Kopfsteinpflasterstraße übergeht.

»Diese Frau bringt uns mit ihrem Wahnsinn noch alle ins Grab!« Marlies macht schnaufend eine Pause.

Auch Lore muss zwischendurch Atem schöpfen. So dauert es etwa eine Viertelstunde, bis wir hundert Meter hinter dem letzten Haus den Rand des Golfplatzes erreichen. Ein Trampelpfad führt an einer dichten Hecke vorbei zu dem Bunker, der nur einen Abschlag weit entfernt von Loch 18 liegt. Jutta ist nicht zu sehen. Wir gehen zu der Gedenktafel mit den Kränzen aus künstlichem Lorbeer, von der man den besten Ausblick über das Hafenbecken hat. Wieder schaudere ich, wenn ich daran denke, wie im Zweiten Weltkrieg die Engländer und Kanadier von den hier oben lauernden Deutschen beschossen wurden.

»Wo ist sie denn nur?«, fragt Lore.

»Vielleicht da unten«, sagt Paula und zeigt die schmale Treppe zum Bunkereingang hinunter.

»Jutta?«, ruft Lore mit ihrem zitternden Stimmchen.

Keine Antwort.

»Diesmal seid ihr dran«, sage ich zu Lore und Marlies und deute auf den Bunker.

Lore zuckt erschrocken zurück, aber Marlies nimmt die Taschenlampe und knurrt: »Wenn ich die erwische.« Dann verschwindet sie mit energischem Schritt in der betonösen Nazivergangenheit. Ihre Stimme hallt dumpf zu uns herauf: »Keiner da!« Und dann: »Huch …« Ein Poltern. Stille.

»Marlies?«

Es dauert ein paar Sekunden, bis ihre Antwort ertönt. »Ja. Bin hier.«

»Was war da?«

Sie erscheint wieder im Eingang. In der Hand eine leere Cola-Dose, die sie mit spitzen Fingern, die in Einweghandschuhen stecken, vor sich herträgt. »Wie kann man nur eine solche Gedenkstätte mit Müll verschandeln?«, tadelt sie und wirft die Dose demonstrativ in einen Mülleimer. Dann sagt sie das, was wir daraus, dass sie allein zurückgekehrt ist, schon geschlossen haben: »Jutta ist nicht hier.«

»Also die Kneipe«, schlussfolgert Lore.

»Wusste ich es doch«, weiß Marlies es mal wieder besser.

»Das ist auch dein Lieblingssatz, oder?«, murmelt Lore vor sich hin.

»Aber ist gut, dass wir hier nachgesehen haben«, befinde ich schnell, damit kein Streit ausbricht. »Eine Suche muss gründlich sein, sonst bringt sie nichts.«

Wir steigen also die steile Straße wieder runter. Das Gute an der frischen Luft und der Bewegung ist, dass die Wirkung des Alkohols langsam nachlässt. Wir kommen an unserem Hotel vorbei, an dem noch Herberts Mercedes geparkt ist. Wir sind angespannt, weil wir erwarten, dass Lars gleich um die Ecke springt. Paula geht auffällig dicht neben mir.

»Wenn er kommt, lässt du mich aber nicht allein, oder?«

»Nein«, versichere ich, muss jedoch schlucken.

»Du bleibst bei mir, bis ich mit ihm alles geklärt habe, ja?«

»Natürlich«, sage ich, obwohl mir mulmig wird. Wir kommen an einem kleinen Fischrestaurant vorbei und linsen hinein, aber dort sind die Kellner schon damit beschäftigt, die Stühle auf die Tische zu stellen. Dann erreichen wir die kleine Hauptstraße, die sich am Kanal entlangzieht. Dort waren wir essen an den ersten beiden Abenden. Allerdings machen langsam alle Restaurants und Kneipen dicht. Schließlich geht es auf Mitternacht zu. Nur in einer Bar ist richtig was los an diesem Freitagabend. »Da! Da sind Joe und Adam oder Allan oder wie die auch immer heißen«, rufe ich und deute durch ein Fenster auf das Gedränge, in dem sich Juttas Urlaubsbekanntschaften tummeln.

»Die fragen wir jetzt«, bestimmt Marlies. »Damit wir endlich nach Hause können.«

Offenbar meint sie mit »wir« mich, denn sie nickt mir auffordernd zu. Ich also rein. Der Laden ist voll mit englischen Touristen und französischen Fischern, denen allen gemeinsam die rot geäderte Gesichtshaut und das alkoholische Getränk in der Hand sind. Die Luft hier drin ist so stickig im Gegensatz zur Meeresluft, dass ich mich sofort wieder betrunken fühle. In dem Gewühl fixiere ich Juttas Bekannte und hoffe, neben ihnen an der Bar unsere Vermisste zu entdecken. Doch Joe und Allan oder Adam plaudern nur mit einem jüngeren Landsmann, der gerade den letzten Rest seines Bieres in seine Kehle stürzt, was der Barmann als Aufforderung betrachtet, sofort für Nachschub zu sorgen. Von Jutta keine Spur.

Als die drei Männer mich bemerken, huscht ein freudiges Lächeln über ihr Gesicht, aber die Nummer können sie sich abschminken. Ich bin ganz gewiss nicht in Flirtlaune. Und angesichts des Alters und allgemeinen körperlichen Zustands der drei wird auch auf keinen Fall mein Flirtreflex aktiviert.

»Habt ihr Jutta gesehen?«, frage ich ganz direkt.

Die zwei Engländer wollen mir ein Bier aufzwingen, doch ich lehne höflich ab und erkläre, dass ich nur auf der Suche nach unserer gemeinsamen Bekannten bin. Leider haben die beiden sie nicht gesehen. Sie vergewissern sich noch einmal, dass ich nicht an einem alkoholisierten Gespräch mit ihnen interessiert bin, aber ich bedanke mich nur für die Informationen.

Als ich mich umdrehe in Richtung Ausgang, höre ich durch den Stimmenwirrwarr aus Englisch und Französisch hinter mir jemanden meinen Namen rufen. Eine Männerstimme ist es, um genau zu sein. Ich erstarre. Lars, schießt es mir sofort kalt den Rücken runter. Jetzt hat er uns gefunden. Jetzt wird es ernst. Langsam drehe ich mich um in dem biergeschwängerten Gewühl dieser normannischen Kneipe, versuche aus meinem Hirn alle Deeskalationstaktiken zu kramen, die ich im Laufe meines Lebens zusammengetragen habe, und dann ist es gar nicht Lars.

39

Es ist Dr. Fritz Bender.

Dr. Fritz Bender trägt sein ausgewaschenes Ramones-T-Shirt, das ich auch schon ein paar Mal übergestreift habe am Morgen danach, und trotzdem bin ich so verdutzt, dass ich meine Hand ausstrecke und ihn an der Schulter berühre, um zu sehen, ob er echt ist oder ob mir der Calvados doch ein Schnippchen schlägt.

Er ist echt.

»A… aber …«, stammele ich. »Was machst du denn hier?«

»Wusstest du nicht, dass hier ein internationaler Radiologenkongress stattfindet?«, fragt er und versucht, schelmisch zu grinsen. Was ihm nur halb gelingt. Dann wird er wieder ernst und sagt: »Na, was wohl? Ich suche dich.«

Und er sieht mich an mit seinen nougatfarbenen Augen, und der Röntgenblick beginnt, sich in meine Seele zu bohren, und da erschrecke ich und rufe: »Aber … du darfst mich nicht suchen. Und schon gar nicht *finden!*«

Auf einmal habe ich das Gefühl zu ersticken. So schnell ich kann, dränge ich mich an Fritz vorbei, streife seine Arme, nach denen ich mich so viele Jahre gesehnt habe, schiebe mich an einer Kellnerin mit voll beladenem Tablett vorbei zur Tür nach draußen. Meine Reisebegleiterinnen sind merklich irritiert, als ich hinaustaumle und auf sie zustürze.

»Was ist denn los?«, fragt Lore entsetzt.

»Haben Sie sie gefunden?«, fragt Marlies.

»Nein«, keuche ich. »Aber … aber …« Ich kann es gar nicht aussprechen.

Paula wird blass. »Hast du Lars gesehen?«

Ihre Stimme flattert durch die Luft wie ein Tuch im Wind. Doch ich schüttele nur den Kopf, und da höre ich, wie die Tür hinter mir aufgeht, das Stimmengewirr wird für einen Moment lauter, und ich spüre, dass er es ist.

»Emmi, warte«, ruft Fritz.

Das Erstaunen meiner Mitreisenden ist erwartungsgemäß genauso groß wie ihre Verwirrung.

»Wer ist *das* denn?«, fragt Marlies angewidert angesichts Fritz' Erscheinung – zu dem schwarzen T-Shirt trägt er ausgeblichene Jeans und Bikerboots.

»Das ist doch dieser Arzt«, erkennt Lore.

»Oh. Der *Arzt.*« Marlies' Abneigung ist bei der Erwähnung des Berufsstands bereits merklich geschmolzen.

»Und Lars? Wo ist Lars?«, will Paula wissen.

Ich drehe mich zu Fritz um, der angesichts unserer kleinen Reisetruppe weniger verblüfft ist, als ich angenommen hätte.

»Woher wusstest du, dass ich hier bin?«, frage ich bebend und überlege, ob mein Handy schuld ist, dieses verdammte GPS und der ganze Spionagekram, der in jedem vermeintlich harmlosen Smartphone lauert.

Doch anstatt mir zu antworten, wendet sich Fritz an Paula: »Lars ist dein Freund?«

Sie nickt aufgeregt. »Ist er auch hier?«

»Nein«, sagt Fritz. »Aber ich soll schöne Grüße bestellen, wenn ich dich sehe.«

»Oh«, macht Paula und sinkt in sich zusammen.

»Wie bitte?«, mache ich, jetzt langsam völlig verdattert.

Und dann erklärt Fritz, dass er zu mir gefahren und vor dem Haus auf Lars getroffen ist, und der hätte gesagt, dass wir alle zusammen verreist seien.

»Und wegen einer Landkarte, die er in der Papiermülltonne gesehen hat, hat er vermutet, dass das Ziel dieser Ort hier ist. Und da bin ich auf gut Glück hergefahren.«

»Du bist auf gut Glück siebenhundert Kilometer gefahren, um *mich* zu suchen?«, stoße ich aus.

Er zuckt entschuldigend mit den Schultern. »Ich konnte nicht anders«, sagt er und sieht mich wieder so verhängnisvoll lächelnd an mit seinem Röntgenblick.

Geistesgegenwärtig gucke ich weg. Marlies, Lore und Paula starren mit großen Augen zwischen Fritz und mir hin und her, und ich meine, sogar einen Hauch von Rührung auf Lores Gesicht zu entdecken, aber so weit kommt es noch, dass ich jetzt hier auf einmal gefühlsduselig werde. Also bitte.

Ich flüchte mich also geschickt in einen geschäftsmäßigen Ton und erkläre Dr. Fitz Bender, dass wir eine Krise haben, weil wir unsere Freundin Jutta suchen, die überstürzt weggelaufen ist, und dass wir sie schon überall im Ort gesucht haben und uns echt Sorgen um sie machen, weil sie in keiner guten Verfassung war.

In dem Moment fährt ein Taxi die Straße entlang. Da kommt mir eine Idee.

»Vielleicht ist sie mit dem Taxi irgendwohin gefahren!«, sagt Fritz in dem Moment.

Ich unterdrücke die Bemerkung, dass ich den gleichen Gedanken gehabt habe, und springe wild mit den Armen wedelnd dem Taxi vor die Kühlerhaube. Zum Glück fährt der Fahrer so langsam, dass er rechtzeitig bremsen kann. Er lässt sein Fenster herunter, ich winke Marlies heran. Marlies radebrecht eine Weile mit ihm, dann richtet sie sich auf.

»Sein letzter Passagier war eine ältere Frau mit rotem Schal«, verkündet sie triumphierend.

Der Taxifahrer rollt schon wieder an, da frage ich: »Und wohin hat er sie gebracht?«

Marlies fährt herum und krallt sich erneut am Fahrerfenster fest, um das auch noch zu erfragen. »Omaha Beach!«, ruft sie schließlich.

»Omaha Beach?«, wiederholt Paula missmutig. »Was will sie denn um die Uhrzeit am Strand?«

»Sie ist nicht zum Strand«, erklärt Marlies. »Sondern zum Soldatenfriedhof.«

»Was will sie denn um die Uhrzeit auf einem *Friedhof?*«, fragt Paula noch verwirrter.

»Nichts Gutes, würde ich mal sagen«, sage ich.

»Wir müssen sofort dorthin«, sagt Lore und schaut dem Taxi hinterher, das gerade langsam um die Ecke biegt. »Warum hast du ihm nicht gesagt, dass wir mitfahren wollen?«, fragt sie Marlies, die natürlich eingeschnappt reagiert.

»Woher soll ich denn wissen, dass wir alle ihre Eskapaden mitmachen müssen!«

Lore funkelt Marlies einen Moment lang an, die patzig die Arme vor der Brust verschränkt.

»Es gibt hier doch sicher …«, … einen Taxistand, will ich weiterreden, da mischt sich Dr. Fritz Bender schon wieder ein.

»Mein Wagen steht da drüben«, bietet er an und zeigt auf einen scheußlichen schwarzen SUV auf der anderen Straßenseite. »Ich kann euch hinfahren. Ich war da schon und weiß, wo das ist.«

»Nein«, setze ich an.

Aber noch bevor ich ein »Danke« anfügen kann, sehe ich schon Lore und Marlies auf die Großkotzkarre zusteuern, Paula trottet hinterher.

Kurz überlege ich, ob ich einfach hier stehen bleiben und die drei Frauen das mal hübsch allein machen lassen soll, da winkt Fritz und ruft: »Komm, Emmi.«

Und meine Gegenwehr wird irgendwo vom Wind verweht, denn mir fällt auf die Schnelle kein Argument ein, das ich jetzt vorbringen könnte. Dass ich nicht in seiner Nähe sein will, wäre ein heikles Bekenntnis, das unweigerlich die Frage nach den Gründen aufwerfen würde. Und das ist eine Angelegenheit, mit der ich auf gar keinen Fall etwas zu tun haben möchte, vor allem nicht jetzt um diese Uhrzeit, an diesem Ort, der uns bisher alle durcheinandergebracht hat. Am Ende würde es aus mir rausplatzen, dass dieser Mann immer noch eine geheime Macht über mich hat, egal, wie rücksichtslos er sich bisher verhalten hat. Und das darf nicht geschehen.

Also, Emmi, oberste Regel für wissenschaftliches Arbeiten: Emotionen ausschalten, Rationalität ist Trumpf. Sieh es mit den Augen der Wissenschaftlerin, dann kann dir kaum etwas passieren. Es ist einfach nur Feldforschung, nichts weiter.

So gewappnet folge ich den anderen. Die aber aus irgendeinem Grund hinten in den SUV einsteigen und mir so selbstverständlich den Beifahrersitz überlassen, als wären Fritz und ich die Eltern und sie unsere Kinder, und ich muss mich im Geist ganz fest an die philosophische Grundlage der empirischen Wissenschaft klammern, die besagt, dass alles Wissen von Erfahrung abhängt. Folglich muss ich jetzt Erfahrungen sammeln. Die mir allerdings im Moment einen Tick zu experimentell erscheinen. Oder anders gesagt: Ich fühle mich wie auf einem Pulverfass.

Um mich zu beruhigen, inspiziere ich meine Umgebung. Der

Sitz ist aus Leder, anschmiegsam und weich und kühl. Alles riecht nagelneu. Das Armaturenbrett sieht aus wie ein Cockpit – es hat ungefähr eine Million Knöpfe –, das Lenkrad ist aus Angeberholz. Und da fällt mir ein, dass ich einfach hätte sagen sollen, dass ich in nichts fahre, das gleich zwei dicke Auspuffrohre hat, um der Umwelt von vornherein zu zeigen, was man von ihr hält. Aber jetzt ist es zu spät. Das Auto mahnt mit einem Gong, dass ich mich anschnallen muss, und also ergebe ich mich in mein Schicksal. Wir fahren los.

»Und Lars, was hat er gesagt?«, will Paula wissen. Sie sitzt in der Mitte und beugt sich so weit zwischen den Rückenlehnen der Vordersitze vor, dass ihr Kopf fast auf meiner Höhe ist. »War er sauer?«

»Sauer?« Fritz scheint überrascht. »Nee. Er machte mir eher einen genervten Eindruck, aber sauer … Nein, würde ich nicht sagen.«

»Was hat er denn gesagt?«

»Er hat wörtlich gesagt: Meine Freundin ist durchgedreht und mit den Nachbarinnen abgehauen.«

»Und was hat er noch gesagt? Hat er noch was gesagt?«, bohrt Paula weiter. »Irgendwas muss er doch noch gesagt haben …«

»Lass mal überlegen … Er hat noch gesagt, dass Emmi sich eingemischt und dich auf dumme Gedanken gebracht hat.«

Fritz wirft mir einen belustigten Seitenblick zu, als wäre das hier irgendwie eine Spaßveranstaltung. Oder noch schlimmer: ein Anlass zum Flirten.

»Was?«, protestiere ich deswegen sofort. »Ich hab mich zwar eingemischt, aber das war meine oberste Bürgerpflicht, wo Lars sie doch geschlagen hat. Nicht, Paula? Du bist freiwillig abgehauen, weil er seinen Frust an dir auslässt.«

Paula lässt sich in ihren Sitz zurücksinken.

»Er hat dich geschlagen?«, fragt Fritz erschrocken. »O Mann. So wirkte er gar nicht.« Fritz biegt rechts ab auf die Landstraße, die die Küste hinunterführt.

»Aber wieso ist er nicht mitgekommen?«, will Paula jetzt wissen, als verstünde sie die Welt nicht mehr. Auf Fritz' Frage geht sie nicht ein.

»Keine Ahnung.« Fritz zuckt mit den Schultern. »Er wollte zum Sport.«

»Zum Sport?«, fragt Paula, und es klingt beunruhigt. »Du meinst, zum Badminton?«

»Ja genau, Badminton. Er hatte eine Tasche mit einem Schläger dabei.«

»Na, das passt ja zu ihm«, kommentiert Marlies. Dann beugt auch sie sich vor und vergewissert sich: »Also können Sie uns versichern, dass dieser Psychopath nicht hier ist, um uns nachzustellen?«

»Nicht, dass ich wüsste jedenfalls«, sagt Fritz.

»Und Sie waren das auch ganz allein, der im Hotel nach uns gefragt hat?«, hakt sie nach.

»Soweit ich weiß, ja.«

»Na, das sind doch zur Abwechslung mal gute Neuigkeiten.« Marlies lehnt sich zufrieden in ihrem Sitz zurück.

Paula dagegen scheint nicht besonders angetan. »Badminton«, murmelt sie entgeistert. »Da geht er zum Badminton.« Dabei sollte sie doch froh sein, dass er ihr nicht hinterhergereist ist, um sie wieder zusammenzuschlagen.

Aber ich kann mir jetzt nicht auch noch Gedanken um Paulas Beziehungsprobleme machen, jetzt, da wir erstens Jutta retten müssen und ich zweitens mit dem Studienobjekt konfrontiert bin, das mir schon immer am meisten Herzzerbrechen bereitet hat. Es ist fast unheimlich, dass Dr. Fritz Bender neben mir sitzt. Ich kann das noch gar nicht glauben. Er sitzt neben mir, als ob nichts gewesen wäre! Als ob er nicht gerade geheiratet hätte! Als ob das völlig normal wäre, dass er mir nach sechs Jahren und einer Hochzeit siebenhundert Kilometer hinterherfährt. *Auf gut Glück!* Wie *gestört* ist das denn? Das bringt auf jeden Fall ein Extrakapitel in meiner Studie!

Fritz ist so aufs Fahren konzentriert, dass er nicht bemerkt, wie ich ihn verstohlen mustere. Das Profil ist im Dunkeln noch dasselbe, da bemerkt man gar nicht, wie hager er geworden ist. Und die kurzen Haare! Fast bin ich versucht, mit der Hand über die Stoppeln im Nacken zu fahren. Und dann auf einmal lächelt er. Er lächelt, weil er doch bemerkt hat, dass ich ihn angucke! Da im Dunkeln lächelt er, was für eine Frechheit!

Ich drehe mich schnell weg und starre aus dem Fenster. Diese Feldforschung ist mir nicht geheuer. Ich fühle mich wie im Hafenbecken, wo man bei jedem Schritt droht, im Schlick zu versinken. Also werde ich jetzt für einen Moment das wissenschaftliche Arbeiten einstellen. So. Genau. Ich mach jetzt gar nichts mehr. Irgendwann ist auch mal Feierabend. Da muss man einen Schlussstrich ziehen und keine weiteren Daten mehr erheben. Ich meine, wie soll man denn bitte schön wissenschaftlich arbeiten, wenn die Leute einfach machen, was sie wollen? So kann die Erforschung der Liebe jedenfalls keine exakte Wissenschaft werden.

Kurz darauf erreichen wir Colleville-sur-Mer, und da sehe ich das Hinweisschild zum amerikanischen Soldatenfriedhof. »Hier rechts«, rufe ich. Ein paar Hundert Meter weiter erreichen wir den Parkplatz, auf dem Hunderte Busse parken könnten. Jetzt ist er wie leer gefegt, nur ganz hinten steht ein einsames Auto, das Fragen nach seinem Besitzer aufwirft, die uns aber jetzt nicht interessieren. Fritz fährt quer über alle weißen Linien und parkt direkt vor dem Eingang. Natürlich. Mit so einer Angeberkarre braucht man sich nicht an die Regeln zu halten. »Hier ist Parkverbot«, weise ich ihn ziemlich unterkühlt zurecht.

»Das Knöllchen geht auf mich«, sagt Fritz und steigt aus.

Frech! Einfach frech. Aber so sind sie, diese SUV-Snobs. Tun so, als ob ihnen die Welt gehörte.

Ich husche aus dem Auto und eile auf den Eingang zum Friedhof zu. Ich muss wirklich sehen, dass ich von ihm wegkomme.

Marlies schließt sich mir schnellen Schrittes an. »Er sieht gar nicht wie ein Arzt aus«, raunt sie mir zu. »Sind Sie sicher, dass er einer ist?«

»Ja«, sage ich. »Dr. Fritz Bender.« Und dann füge ich noch hinzu: »Wobei ich finde, dass man ihm den Doktor der Medizin wieder aberkennen müsste. Vom menschlichen Herzen versteht er nämlich gar nichts.«

»Na ja. Es muss ja nicht jeder Kardiologe sein«, beschwichtigt Marlies, und ich will ihr gerade erklären, dass meine Erkenntnis weniger was mit medizinischen Fachgebieten zu tun hat, aber da erreichen wir schon das geschlossene Tor der Gedenkstätte, Öffnungszeiten 9:00 bis 17:00 Uhr. Mist. Wir schauen zweifelnd das etwa zwei Meter hohe Eisentor an. Die anderen schließen zu uns auf.

»Meint ihr, sie ist darübergeklettert?«, fragt Marlies.

»Wohl kaum«, mutmaßt Lore und späht durch die Gitterstäbe. Man sieht einen angeleuchteten ovalen Säulengang inmitten eines perfekt gepflegten Parks. Von Jutta keine Spur.

»Das Gelände ist riesig, siebzig Hektar groß«, informiert uns Fritz. »Der eigentliche Friedhof ist hinter dem Denkmal. Neuntausenddreihundertsechsundachtzig Gräber sind es insgesamt.«

Ich verdrehe genervt die Augen. Du meine Güte, *das* weiß er. Aber wie man sich benimmt, davon hat er keinen blassen

Schimmer. Außerdem frage ich mich, was er überhaupt noch hier will. »Wir brauchen deine Hilfe übrigens nicht«, weise ich ihn höflich hin, »wir kommen hier auch blendend allein …«

»Kann man noch von einer anderen Seite aus auf den Friedhof?«, fragt Marlies.

»Ja, vom Strand aus führt ein kleiner Weg hinauf«, antwortet Fritz. Dann wendet er sich grinsend an mich. »Hab mich gestern hier umgeguckt, weil ich dachte, ich treffe hier vielleicht jemanden, den ich kenne.«

Ich tue so, als hätte ich die letzte Bemerkung nicht gehört, und vermeide es auch, ihn überhaupt anzusehen. »Gut«, sage ich. »Dann wissen wir ja jetzt Bescheid und …«

»Können Sie uns da hinführen?«, bittet Lore ihn.

»Natürlich, die Damen. Hier geht's lang.«

Und schon hat er die Reiseführung übernommen. Ist das zu fassen? Ich überlege, ob ich nicht streiken soll. Allerdings sind die Alternativen nicht wirklich überzeugend. Ich meine, es ist dunkel. Es ist einsam. Und der Wind rauscht unheimlich durch die Bäume, er zerrt an meiner Jacke.

»Warum ist Lars nicht gekommen?«, fragt Paula auf einmal in weinerlichem Ton.

Da erst bemerke ich, dass sie noch neben mir steht, während die anderen schon in Richtung Strand gelaufen sind.

»Er wollte eben Badminton spielen«, sage ich abgelenkt, und dann marschiere ich unserem Dr. Fremdenführer doch hinterher, bevor die kleine Reisegruppe ganz außer Sichtweite geraten ist.

Paula stolpert neben mir her. Es geht über einen schmalen asphaltierten Weg hinunter zum Meer. Man muss ein bisschen aufpassen, wo man hintritt. Die Taschenlampe haben die anderen, und es dauert etwas, bis sich die Augen an die Dunkelheit gewöhnt haben.

»Ich finde es echt krass, wie dunkel das Meer nachts ist«, sagt Paula. »Und der Strand auch. Irgendwie so …«

»… gar nicht beleuchtet?«, vollende ich ihren Satz und hoffe, dass es mir gelungen ist, meinen Spott zu unterdrücken.

Denn auf der einen Seite ist das zwar eine etwas einfältige Aussage, andererseits hat sie natürlich recht. Man ist aus unserem dicht besiedelten Leben echte Dunkelheit gar nicht mehr gewohnt, da kann man schon mal ins Staunen geraten, wenn man damit konfrontiert wird. Zwischen mannshohen Hecken und anderem Gestrüpp hindurch führt der Pfad. Man hört das Meer rauschen, das jeden Tag versucht, den Strand zu erobern, das aber immer wieder scheitert und sich zurückzieht, um die Kräfte erneut zu sammeln. Lore, Marlies und Fritz haben wir bald eingeholt, dann führt uns der Reiseleiter mit einem gespreizten »Hier entlang, die Damen« einen Pfad die Dünen hinauf, und so erreichen wir quasi durch den Hintereingang den Soldatenfriedhof. Der Mond bricht durch die Wolken, und die langen Reihen weißer Kreuze leuchten. Sie bilden, egal von welchem Blickwinkel aus, schnurgerade Linien, die Symmetrie des Todes. Es ist ein verstörender Anblick.

Wir laufen unter Zypressen hindurch an den Gräberreihen vorbei, und plötzlich ruft Paula: »Da hinten! Da ist jemand!«

Tatsächlich. Ein dunkler Schatten hebt sich in einer der Reihen ab.

»Jutta!«, schreit Marlies und erschreckt uns alle damit.

Nichts rührt sich. Mein Puls beschleunigt sich, auch die anderen werden jetzt unruhig. Wir legen einen Zahn zu. Und dann schält sich aus der Dunkelheit immer stärker der Umriss einer Person heraus, und wir stellen erleichtert fest, dass sie dort kauert und nicht etwa regungslos liegt. Und dass es tatsächlich Jutta ist. Sie kniet vor einer weißen Stele.

»Jutta, Gott sei Dank!« Lore seufzt und eilt die letzten Meter zu ihrer Freundin, hockt sich neben sie und legt ihren Arm um sie.

Jutta ist tränenüberströmt. »Guckt doch mal hier«, sagt sie schluchzend und zeigt auf den Namen des gefallenen Soldaten, »geboren 4. August 1923, gestorben 6. Juni 1944. Und der hier«, sie deutet auf das Kreuz daneben, »gerade mal zweiundzwanzig und schon so lange tot!«

Marlies reicht ihr ein Taschentuch. Nachdem Jutta sich geschnäuzt hat, fasst Lore sie sanft am Arm und hilft ihr aufzustehen, dann führen sie sie durch die Gräberreihen zurück auf den Rundweg, wo eine Bank steht. Ich bemerke, dass Dr. Fritz Bender sich immerhin jetzt abseits hält und uns unsere Privatsphäre gönnt, als hätte er doch so was wie Taktgefühl. Wir wollen Jutta zur Bank leiten, doch dann wirft sie sich plötzlich Marlies in die Arme und weint derart erbärmlich, dass sogar Marlies' Gesichtsausdruck weicher wird und sie ihrer Freundin tröstend die Schulter tätschelt. Als der schlimmste Anfall vorbei ist, setzen wir Jutta auf die Bank. Lore und Marlies nehmen sie zwischen sich, Paula und ich bleiben davor stehen.

»Kannten Sie die Soldaten da?«, fragt Paula und deutet auf die Gräberreihe, aus der wir gekommen sind.

»Natürlich nicht«, antwortet Lore an ihrer statt. »Nicht wahr, Jutta? Um die toten Soldaten dort weinst du gar nicht, oder?«

Jutta schüttelt den Kopf und beruhigt sich endlich so weit, dass sie wieder sprechen kann. »Rolf«, stößt sie nur hervor, dann fängt sie erneut an zu weinen, bis sie schließlich sagt: »Mir ist gerade heute etwas klar geworden.« Sie nestelt eine Weile an ihrem Taschentuch herum, dann schaut sie Marlies an. »Du hattest recht, Marlies. Ich habe alles verdrängt. Ich habe nicht um ihn getrauert, weil es … weil es …« Ihre Stimme wird so brüchig, dass sie kaum noch zu verstehen ist. »Es tut so weh!« Sie windet die Arme um sich und krümmt sich, als würde sie von heftigen Krämpfen geschüttelt. »Es tut so sehr weh«, wiederholt sie dann in derart jämmerlichem Ton, dass wir auch alle anfangen zu weinen. Selbst Marlies sieht mitgenommen aus, jedenfalls kommt ausnahmsweise mal kein besserwisserischer Spruch von ihr. »Lore, wie hältst du das nur aus?«, fragt Jutta.

Lore zuckt mit den Schultern. »Ich muss ja«, antwortet sie leise. Die beiden Freundinnen umarmen sich und weinen noch eine Weile gemeinsam. Als die Schluchzer in längerem Abstand kommen, fragt Lore: »Sollen wir jetzt zum Fischerhaus fahren?«

Jutta nickt. Lore und Marlies nehmen sie in die Mitte und führen sie zusammen zum Ausgang. Dr. Fritz Bender schließt sich uns an, immer noch in höflichem Abstand.

Diesmal bestehe ich darauf, dass jemand anders vorne sitzt, indem ich mich einfach als Erste auf die Rückbank schiebe. Lore und Jutta quetschen sich links von mir hin, Paula rechts, Marlies geht nach vorne. Auf der Rückfahrt sagt keiner was. Es ist halb drei in der Nacht, die Erschöpfung nach der ganzen Aufregung lässt alle ermatten.

Vor Lores Haus setzt Fritz uns ab. Die anderen steigen aus und gehen zum Eingang, und plötzlich bin ich allein mit Dr. Fritz Bender, aber nur einen Moment.

»Danke«, sage ich durch die Rückenlehnen nach vorne, weil ich ja auch ein höflicher Mensch bin, und will mich hinausschieben.

Da dreht Fritz sich zu mir um. »Gern geschehen«, sagt er. Und dann sehen wir uns an, und mir wird ganz flau im Magen, und mein Innerstes beginnt zu beben.

Sag was Unverfängliches, Emmi, irgendwas Harmloses, das mit dir und Fritz nichts zu tun hat und das dich heil aus diesem Wagen kommen lässt. Und da platzt es aus mir heraus: »Was ist das eigentlich für eine Karre?«

»Ach«, sagt er achselzuckend, »das Hochzeitsgeschenk meines Schwiegervaters.«

Und da fällt mir wieder ein, was für ein Kaliber Dr. Fritz Bender ist, was für ein Liebesjongleur, der so leichtfertig mit den Herzen anderer Menschen spielt, weil er selbst gar nicht mehr weiß, wie weh ein Herz tun kann. Dr. Fritz Bender will noch irgendwas hinzufügen, aber ich rutsche schnell zur Tür und lasse mich aus dem Wagen plumpsen.

Ich drehe mich noch mal zu ihm um und fauche: »Na, dann gute Rückfahrt zurück zu deiner Ehefrau!«, und versuche, die Tür zuzuknallen, was gar nicht so einfach ist, weil sie ungefähr eine Tonne wiegt, aber dann schlägt sie doch dumpf und endgültig ins Schloss wie eine Tresortür, deren Kombination man vergessen hat.

40

Am nächsten Morgen bin ich sehr früh wach. Mein System hat noch im Bett liegend einen Autostart gemacht. Eine namenlose Unruhe erfasst mich, die mich dazu bringt, die Küche und das Wohnzimmer aufzuräumen, das schmutzige Geschirr abzuwaschen und den Müll rauszubringen.

Als ich damit fertig bin, schlafen die anderen immer noch. Da körperliche Untätigkeit mich noch hibbeliger machen würde, trete ich den Gang zum Bäcker an. Einen Orangensaft könnte ich noch holen und vielleicht ein paar Radieschen, ich hoffe, ich begegne diesem grässlichen Hochzeits-SUV nicht. Mein Herz schlägt schneller, als ich aus der Entfernung einen dicken schwarzen Schlitten sehe, aber er hat ein englisches Kennzeichen. Gut so, denke ich. Hoffentlich ist Dr. Fritz Bender wieder nach Hause gefahren, dorthin, wo er hingehört. Ich habe beschlossen, es ihm wirklich sehr übel zu nehmen, dass er, gerade als es mir so gut ging, wieder alles durcheinandergebracht hat. Unglaublich rücksichtslos!

Eigentlich sollte mich das ja nicht überraschen, schließlich ist es ja nun die Quintessenz meiner empirischen Studie. Andererseits erreicht diese neuerliche Unverfrorenheit eine neue, bisher nicht gekannte Qualität. Ich überquere den Kanal an der Schwenkbrücke, einige Fischerboote werden gerade fertig gemacht fürs Auslaufen. Männer in Gummilatzhosen und mit Mützen auf dem Kopf laden Netze und aufgestapelte weiße Plastikwannen in die Boote. Auf den Terrassen der Cafés ist schon wieder einiges los – man trinkt seinen Kaffee und raucht eine Zigarette und quatscht über Gott und die Welt. Frauen mit Einkaufstaschen und Kindern an der Hand kommen mir entgegen, ein Mann auf seinem elektrischen Rollstuhl überquert die Straße, ein Hund schnüffelt an der Straßenlaterne, um sie anschließend zu markieren, alles geht hier seinen Gang.

Beim Bäcker sehe ich erleichtert, dass noch genügend Croissants da sind, so geht diesmal keiner leer aus. Dazu kaufe ich verschiedene köstlich duftende Brote. Schließlich erreiche ich das Fischerhaus, ohne auch nur eine Stoßstange von Dr. Fritz Benders Auto gesehen zu haben, was ich mit grimmiger Erleichterung zur Kenntnis nehme. Auf der Terrasse sitzt Jutta in ihren roten Schal eingewickelt.

»Guten Morgen«, grüße ich sie. Sie sieht immer noch mitgenommen aus. Von ihrem Strahlen und der Heiterkeit keine Spur. »Wie geht es dir?«

»So lala«, sagt sie und versucht sich an einem Lächeln.

»Möchtest du einen Kaffee?«

»Gerne.«

Sie steht auf und kommt mit mir rein. Gemeinsam bereiten wir das Frühstück vor. Auch Lore und Marlies stoßen zu uns, wir haben alle einen Riesenhunger nach der aufregenden Nacht. Nur Paula hat sich noch nicht gerührt, und wir lassen sie schlummern.

Die Konversation beim Frühstück beschränkt sich auf das Bitten um Handreichungen und das Loben der Backwaren. Die Aprikosenmarmelade ist wirklich eine Wucht, sie schmeckt wie Sommer im Glas – ein Klacks davon zusammen mit echter normannischer Crème fraîche auf einem Stück Baguette, und man hat das Gefühl, Torte zu essen. Sogar Marlies scheint von der Kombination angetan. Ich ertappe sie dabei, wie sie beim Reinbeißen vor Genuss die Augen schließt.

»Puh«, sage ich nach anderthalb Croissants und dem dritten Stück Baguette.

Wir sind alle von einer angenehmen Trägheit befallen, Nachwehen des Frühstücks und der kurzen Nacht. Und gerade als ich denke, wie schön friedlich alles ist, fängt Jutta wieder an zu weinen. Zum Glück nicht mehr ganz so arg wie gestern.

»Schon gut, Jutta«, sagt Lore sanft, und da bricht es aus Jutta heraus. »Er war einfach weg!«, sagt sie schluchzend. »Er wollte nur zu einem Freund fahren, und abends wollten wir ins Theater gehen, und dann ist er nie mehr nach Hause gekommen. Und … und …«, sie muss sich kurz sammeln und schnappt nach Luft, »… und er hat ja eine Seebestattung gewollt, und ich hab ihm das damals auch nicht ausgeredet, weil ich gar nicht genau wusste, was das für mich bedeutet. Das hab ich erst gemerkt, als er vom Meer verschluckt wurde. Ich wollte mich gerade noch von ihm verabschieden, da hat der Typ ihn schon ins Wasser gelassen – und er war weg. Komplett weg. Aber ich war noch da und hatte gar nichts mehr. Nicht mal einen Ort zum Trauern. Ich weiß, dass den nicht jeder braucht, mir hätte es jedoch geholfen. Wenn er noch *irgendwo* wäre. Wenn ich seinen Namen in Stein gehauen lesen könnte. Ihm Blumen bringen. Bei ihm sein. Aber das gibt es nicht, es ist nichts mehr von ihm da.« Sie schüttelt den Kopf, als könnte sie es heute noch nicht glauben. Dann schaut sie aus dem Fenster in Richtung Meer, schließt einen Moment die Augen und redet weiter. »Und das hat mich wütend gemacht. *So wütend!* Er hat mich einfach allein gelassen. Spurlos verschwunden war er. Und so konnte ich auch die Spuren, die er in meinem Leben, in unserer Wohnung, hinterlassen hat, nicht mehr ertragen. Ich kann mich heute kaum daran erinnern, aber ich bin wie im Rausch einfach durch die Wohnung und hab alles, was ihm gehörte, weggeschmissen, weggegeben. Ich konnte es nicht in meiner Nähe haben, wo er nicht mehr da war, weil es mich so unfassbar sauer gemacht hat.« Sie schnäuzt sich, und ihre Stimme, die eben noch heftig war, wird auf einmal leiser. »Und dann wollte ich es ihm … heimzahlen.« Sie lacht auf und verdreht dabei die Augen. »Unglaublich, oder? Ich wollte es meinem toten Mann heimzahlen, dass er mich verlassen hat. Und tja, da tauchte Reinhardt auf und …« Sie zuckt mit den Schultern. »Klingt das total verrückt? Ich finde jedenfalls, das klingt wirklich total verrückt.«

»Nein«, antwortet Marlies zu meiner Überraschung, und da sind weder Spott noch Hochnäsigkeit in ihrer Stimme. »Das klingt überhaupt nicht verrückt, Jutta.«

»Echt nicht?«, fragt Jutta erleichtert.

Marlies schüttelt den Kopf, den Mund ein bisschen verkniffen, dann sagt sie: »Jetzt, wo du das so erklärt hast, kann ich es verstehen.«

Jutta sieht Marlies unter Tränen dankbar an. »Mir ist das selbst erst heute Nacht richtig klar geworden. Und weil man auf seinen toten Ehemann ja nicht wütend sein darf, hab ich alles verdrängt. Und deswegen auch nie getrauert.« Ihr laufen schon wieder die Tränen runter. »Aber das hol ich jetzt alles nach«, ruft sie plötzlich lachend, »macht euch schon mal auf was gefasst!«

Wir lächeln sie alle aufmunternd an, während sie sich ein frisches Taschentuch nimmt und sich über die Augen fährt.

»Wir sind für dich da, Jutta«, sagt Lore. »Du kannst weinen, so viel du willst.«

»Danke«, haucht Jutta gerührt. »Ihr seid echt … sehr gute

Freundinnen, wisst ihr das?« Sie reicht hinüber zu Lore und Marlies, streichelt über ihre Arme und zwinkert mir dann zu.

»Ich …«, hebt Marlies an und wirkt dabei, als wollte sie etwas Wichtiges sagen, reicht mir dann aber ihre Tasse an, »… ich hätte gerne noch was Kaffee, bitte.« Während ich ihr einschenke, wechselt sie das Thema. »Dass dieser Arzt hier auftaucht, das war ja nun sehr … überraschend.«

»Ja, genau«, ruft Lore. »Hast du damit gerechnet, Emmi? Ich darf doch Du sagen, oder?«

Ich nicke und registriere erstaunt, dass mich das Angebot, das förmliche Siezen zu lassen, freut.

»Wirklich ein Ding!«, ruft Jutta und vergisst für einen Moment zu weinen. »Ich hab das ja gar nicht richtig mitbekommen. Er hat Lars an eurem Haus getroffen und ist einfach von Bonn hierhergefahren?«

»Mit dem Hochzeitsgeschenk seines Schwiegervaters«, antworte ich nickend.

»Wie mit dem Hochzeitsgeschenk seines Schwiegervaters?«, fragt Marlies verwirrt.

Ich kläre die Mädels auf, dass die Protzkarre ein Präsent der kürzlich angeheirateten Verwandtschaft ist und dass ich Dr. Fritz Bender seit sechs Jahren nicht gesehen habe und dann nur noch einmal, als ich mich vor einer Woche auf seine Hochzeit mit der nobelpreisverdächtigen Yuna Mika Park eingeschlichen habe.

Jutta verschluckt sich an ihrem Kaffee. »Vor einer Woche hat er geheiratet?«, fragt sie hustend. »Echt?«

»Das gibt es doch nicht«, ruft Lore.

»Und was sagt seine Frau dazu, dass er jetzt hier ist?«, will Marlies wissen.

Ich zucke mit den Schultern. »Ich würde mal mutmaßen, die findet das gar nicht gut. Und Familie Bender sicher auch nicht.

Die sind nämlich alter Geldadel und völlig verschroben, was das Heiraten angeht.«

»Aber was will er dann hier?«, fragt Marlies, immer noch verwirrt.

»Na, er will *sie*«, ruft Jutta und zeigt auf mich.

Marlies zieht entsetzt die Luft ein. »Nein! Das ist ja … das ist ja ein … *Skandal!*«

»Ach was«, winke ich ab, so lässig es mir möglich ist. »Er will mich gar nicht. Ich glaube, das ist nur so eine Schnapsidee von ihm. Vielleicht hat er eine Midlife-Crisis oder so. Und vielleicht ist er auch längst zurück nach …« In dem Moment summt mein Handy und zeigt den Eingang einer Nachricht an. Sie stammt von ihm. »Na seht ihr«, sage ich, während das Frühstück in meinem Magen plötzlich einen Purzelbaum schlägt, »Dr. Fritz Bender schreibt, dass er …« Erschrocken schaue ich auf die SMS, die in kleinen schwarzen Buchstaben vor meinen Augen flimmert. »Er schreibt, dass er einen kleinen Bungalow direkt am Omaha Beach gemietet hat und … dort auf mich wartet.« Sofort entbrennt eine lebhafte Diskussion, ob ich auf sein unmoralisches Angebot eingehen darf oder nicht und was das für die Verkommenheit der Welt zu bedeuten hat, und dann beende ich die ganze Sache, indem ich verkünde, dass ich mitnichten vorhabe, zu Dr. Fritz Bender zu fahren. »Auf gar keinen Fall. Erstens ist er verheiratet. Zweitens bin ich nicht interessiert. Drittens weiß ich, dass er der Prototyp des herzlosen Mannes ist, der null Rücksicht auf die Gefühle anderer nimmt. Und viertens … äh …« Mir geht plötzlich die Luft aus.

»Na also«, sagt Marlies zufrieden. »Dann ist ja alles geklärt.«

»Aber sie empfindet doch noch was für ihn«, widerspricht Jutta.

»Nein, meine Da…«, werfe ich ein, werde aber vollkommen ignoriert.

»Seine Frau empfindet ja wohl mehr für ihn«, ruft Marlies.

Da muss ich an die Prüfungssituationsmiene von Yuna Mika Park denken. »Ich weiß nicht, ob sie überhaupt was …« Aber ich komme wieder nicht zu Wort.

»Und außerdem müssten die beiden von Rechts wegen eigentlich in den Flitterwochen sein«, hebt Marlies die Stimme. »Und in den Flitterwochen fremdzugehen, das wäre ja nun wirklich ein extrem starkes Stück!«

»Das stimmt natürlich«, befindet Lore.

»Von Fremdgehen hat niemand gesprochen«, sagt Jutta. »Sie soll doch nur mal mit ihm reden!«

»Ja, dass du da wieder andere Maßstäbe anlegst, war ja klar«, giftet Marlies plötzlich. »Du hast eben keine Ahnung!«

Der Ton ist auf einmal umgeschlagen. Die Frühstücksharmonie liegt zerbröselt auf dem Tisch wie die Krümel des Baguettes.

»Aber Marlies«, fängt Lore an.

Marlies ist jedoch nicht mehr zu stoppen. »*Ich* weiß nämlich, wie sich das anfühlt, wenn der Mann fremdgeht und dann abhaut mit dieser … dieser *Person!*«

»Ich will überhaupt nicht …«, versuche ich wieder, dazwischenzukommen. Keine Chance.

»Wenn zwei füreinander bestimmt sind«, sagt Jutta laut, »dann nimmt das Schicksal seinen Lauf, auch wenn das für andere …«

»Ach, jetzt bist du also auch auf Wilfrieds Seite!«, keift Marlies. »Hab ich es doch gewusst!«

»Ich bin nicht auf seiner Seite«, erklärt Jutta ruhig, »aber manche Dinge kann man eben nicht verhindern.«

»Ha!«, schreit Marlies. »Wenn Herbert bei Lore geblieben ist, *obwohl* sie ihm keine Kinder geschenkt hat, welchen Grund hatte Wilfried dann, *mich* zu verlassen? *Welchen?* Sag mir *einen* vernünftigen Grund!«

»Ach, Marlies«, will Lore sie trösten.

Marlies ist jedoch viel zu aufgebracht. »Ich habe *alles* getan, um es ihm recht zu machen. Ich habe ihm zwei Kinder geschenkt und sie großgezogen. Ich habe auf eine Karriere verzichtet, habe das Haus in Schuss gehalten, so wie er das wollte, habe alles für ihn aufgegeben – und er hat mich trotzdem verlassen.«

»So sind die Männer eben«, mische ich mich energisch ein, denn das ist nun mal mein Fachgebiet.

»Ich hätte jetzt eher gesagt, so ist das mit der Liebe«, widerspricht Jutta, »es gibt keine Garantie, dass sie hält.«

»Aber doch nur, weil die Männer so herzlos sind!«, rufe ich aufgebracht, was mir die Aufmerksamkeit aller einbringt. »Ich weiß das aus Dutzenden Beispielen!«

»Du meinst wirklich, an allen deinen gescheiterten Beziehungen sind die Männer schuld?«, fragt Lore, und es klingt aufrichtig neugierig.

»Äh … Ja. Natürlich.«

Marlies mustert mich aufmerksam und legt die Stirn nachdenklich in Falten.

Jutta brummt: »Na ja. Ich glaube, jeder muss sich die Wahrheit so zurechtbiegen, dass er mit ihr klarkommt.«

Ich starre sie an und will ihr sagen, dass das rein gar nichts mit dem Zurechtbiegen von Wahrheit zu tun hat, sondern mit einer wissenschaftlichen Studie, aber aus irgendeinem Grund toben die Wörter in meinem Hirn herum und können sich nicht auf die Reihenfolge einigen, mit der sie rauskommen wollen. Und da schlurft sowieso Paula aus dem Gästezimmer.

»Ist noch Kaffee da?«, fragt sie gähnend.

41

Lore und Jutta sind zu einem Spaziergang aufgebrochen, Marlies hat sich ihnen angeschlossen. Vorher hat sie mir immer mal wieder fragende Blicke zugeworfen, und ein paarmal dachte ich, sie würde das Gespräch mit mir suchen. Dann hat sie es doch gelassen.

Paula und ich sitzen im Wohnzimmer. Obwohl ich doch alles so klar gesehen habe und jetzt auch noch im Urlaub am Meer bin, fühle ich mich extrem durcheinander. Auch Paula scheint es nicht wirklich gut zu gehen, sie klammert sich mit verquollenen Augen an eine Riesentasse Tee, während sie mit der anderen auf ihrem Handy herumwischt.

»Er hat sich immer noch nicht gemeldet«, klagt sie, und ich bin froh, dass sie mich mit ihren Problemen ablenkt.

»Vielleicht ist das ein gutes Zeichen«, sage ich. »Dafür, dass er sich beruhigt hat.«

»Ich weiß nicht.« Und nach einer Pause fügt sie hinzu: »Ich glaube, ich fahre nach Hause.«

»Wirklich?«, entgegne ich überrascht.

Sie sinkt schon wieder in sich zusammen. »Soll ich besser nicht?«

»Na ja. Ich würde es nicht machen. Nicht, solange er sich

nicht Hilfe holt. Wer weiß, was er macht, wenn du wieder auftauchst. Ich könnte mir schon vorstellen, dass er ziemlich wütend ist.« Und da schaut Paula mich an, ihr Kinn zittert. »Du musst das realistisch sehen«, versuche ich es mit Vernunft.

Und da ruft sie kläglich: »Aber er hat mich doch überhaupt nicht geschlagen.«

»Wie bitte?« Jetzt bin ich wirklich baff.

Ich mustere sie misstrauisch. Ist das wieder nur eine Schutzbehauptung?

»Er hat mich nicht geschlagen, kein einziges Mal!«, wiederholt sie. »Das stimmte wirklich mit dem Buch, das mir ins Gesicht gefallen ist. Paff, aus der Hand gerutscht, ein dickes Hardcover, und es ist mir mit der Kante aufs Auge geknallt.«

Jetzt, da ich weiß, wie tollpatschig sie ist, solange sie keinen Stift in der Hand hat, kann ich mir das sogar vorstellen. Ich meine, diese Erklärung ist so hanebüchen, dass man sie sich doch eigentlich gar nicht ausdenken kann. Sollte es also tatsächlich ganz anders gewesen sein, als ich vermutet habe? Klarer Fall für die klassische Verhörmethode, bei der man mit geschickten Fragen versucht, die Verdächtige in Widersprüche zu verstricken.

»Und der Krach?«

»Wir haben uns gestritten, und zwar ziemlich schlimm, und dabei habe ich aus Versehen den Bilderrahmen mit einem Foto seiner Mutter von unserer Kommode runtergefegt. Da wurde er sauer, weil er dachte, das hätte ich extra gemacht, und hat meine Lieblingstasse an die Wand geschmissen.«

»Worüber habt ihr euch denn gestritten?«

Sie starrt in ihren Tee, als ob die Antwort darin zu finden wäre. »Er hat mir einen Heiratsantrag gemacht.«

Mir fällt die Kinnlade runter, wahrscheinlich ist sie irgendwo in Australien aufgekommen. »Er hat dir einen … *Heiratsantrag* gemacht? Das war der Auslöser für euren Streit?« Ich bin hin- und hergerissen zwischen Lachen und Staunen.

»Ja«, sagt sie trotzig, »weil ich doch nicht weiß, was ich antworten soll.«

Ich kann es immer noch nicht glauben. »Das ist das ganze Problem? Du weißt nicht, ob du ihn *heiraten* willst?« Sie nickt betrübt. »Aber warum hast du dann gesagt, dass er dich schlägt?«

»Hab ich doch gar nicht«, protestiert sie. »*Du* hast das gesagt.«

»Aber … aber du hast nicht widersprochen. Und nur deswegen haben wir dich doch mitgenommen!«

»Ja. Ich weiß. Ich wollte … ich dachte, mit etwas Abstand kann ich eine Entscheidung fällen.«

Auf der einen Seite bin ich natürlich erleichtert, auf der anderen Seite auch sauer, weil sie uns zum Narren gehalten hat, und dazu noch ein bisschen besorgt, was die drei zu der Wendung der Geschichte sagen werden. Doch ganz abgesehen davon …

»Hast du dich denn jetzt entschieden?«, frage ich.

»Nein, das ist es ja. Ich weiß nicht, was ich machen soll. Es ist so eine große Sache. Und wenn ich falschliege, was dann? Wenn ich es irgendwann bereue?«

Ich seufze. »Kalte Füße bekommen viele vor einer Hochzeit. Liebst du ihn denn?«

»Total.« Sie nickt nachdrücklich. »Und du?«

»Äh …« Fragt sie mich gerade, ob ich Lars liebe?

»Ich meine, liebst du diesen Arzt?«, korrigiert sie sich.

»Nein!«, rufe ich vehement. »Natürlich nicht! Kein bisschen! Absolut *kein bisschen!*«

»Was macht er dann hier?«

Ich zucke mit den Schultern. »Keine Ahnung, was er sich

davon verspricht.« Ich erzähle ihr, dass er sogar einen kleinen Bungalow am Strand gemietet hat, anstatt einfach wieder nach Hause zu fahren. »Und jetzt sitzt er da und wartet auf mich. Hat er mir geschrieben.« Ich pruste. »Aber da kann er lange warten.«

Paula nippt an ihrem Tee und schaut mich über den Rand der Tasse aufmerksam an. Und meine Beine fangen an zu kribbeln, und ich muss aufspringen und im Zimmer auf und ab laufen. Jetzt weiß ich, warum ich so unruhig bin. Es ist, weil Fritz in der Nähe ist. Ich meine, natürlich bin über ihn hinweg. Allerdings nur, solange er mir nicht zu nahe kommt. Deswegen sollte ich schleunigst dafür sorgen, dass er verschwindet.

»Und was willst du jetzt machen?«, fragt Paula.

»Ich könnte bei ihm zu Hause anrufen«, überlege ich laut, »und Dr. Dr. Siegfried Bender petzen, wo sich der rebellische Sprössling hin verzogen hat, und dann warten, dass die Familienkavallerie anrückt, um ihn heimzuholen. Ich glaube, dann kuscht er ganz schnell. Und ich bin das Problem los.«

»Warum sagst du es ihm nicht?«

»Was?«, frage ich erstaunt.

»Na, dass du ihn nicht liebst. Und dass er sich keine Hoffnungen machen soll.«

Ich starre sie an. Mein Gott. Das ist so einfach wie genial. Und das von Paula! Sie scheint zumindest keine Schwierigkeiten im Lösen von Problemen *anderer* zu haben.

»Stimmt«, sage ich. »Das wäre natürlich am allerbesten. Genau das werde ich machen! Danke, Paula.«

Schon hole ich mir meine Jacke und meine Tasche. Während ich den Autoschlüssel von der Anrichte nehme, wo er in einer altertümlichen Schale liegt, fragt sie staunend: »Du machst das jetzt wirklich einfach so, zack?« Sie schnippt mit den Fingern, um zu unterstreichen, wie schnell ich mein Vorhaben in die Tat umsetze. »Du willst dir das nicht noch mal überlegen?«

»Nee, das war eine gute Idee von dir.«

»Echt jetzt?«, fragt sie ungläubig.

»Ja. Und wenn ich das jetzt nicht hinter mich bringe, drehe ich noch durch. Also, danke für den Tipp!« Ich verabschiede mich und laufe die Straße runter. Vor der Schwenkbrücke kommen mir Lore, Marlies und Jutta entgegen, mit roten Gesichtern und nassen Schuhen. Ich halte nicht an, denn dann würde ich vermutlich meine Pläne ausplaudern, und es würde eventuell gut gemeinte Ratschläge hageln, und ich kann jetzt keine Ablenkung riskieren. »Ich muss kurz wohin«, rufe ich. »Ich borge mir den Wagen, okay?«

»Oooo…kay«, sagt Lore und blickt mir staunend hinterher.

»Mach keinen Fehler«, ruft Marlies.

Was auch immer sie damit meint. Egal. Ich haste schnellen Schrittes zu dem Mercedes, der immer noch auf dem Parkplatz vom Hotel King steht. Ich muss kurz überlegen, wo ich langfahren muss, zum Glück gibt es hier nicht so viele Möglichkeiten. Außerdem ist Omaha Beach natürlich ausgeschildert. Es geht einfach rechts die Küste rauf. Ich rolle die acht Kilometer über die Landstraße, ein paar Wohnmobile kommen mir entgegen, ein einheimischer Lieferwagen überholt mich hektisch, ansonsten ist nicht viel los. Wenn ich mich nicht so auf mein bevorstehendes Gespräch mit Dr. Fritz Bender konzentrieren würde, würde ich noch mehr auf die Landschaft achten, die saftigen Wiesen, die vom Wind gebeugten Bäume und die vielen Blumen am Wegesrand. Aber für die Landschaft kann ich mich im Moment nicht begeistern, denn in Gedanken formuliere ich meine knallharte Absage an Dr. Fritz Bender, feile noch ein bisschen an der Rhetorik, die möglichst wenig Subtext haben sollte, um ihm keine Gelegenheit für unsensible Zwischenfragen zu geben, die mich aus dem Konzept bringen könnten.

Hinter der Kirche in Colleville-sur-Mer geht es rechts runter in Richtung Strand. Die kleine Straße schlängelt sich durch grüne Hügel abwärts zum Meer. Es ist unglaublich, dass dieser friedliche Landstrich Schauplatz eines so schrecklichen Kriegsgeschehens gewesen ist.

Schließlich sehe ich das Meer, das in der Sonne schimmert. Am Ende der Straße zwei große Parkplätze für die Besucher. Ich stelle den Wagen ab und schaue mich erst einmal um. Mehr als siebzig Jahre nach der Landung der Alliierten zeigt sich der Strand von seiner heiteren Seite. Kinder mit Schaufeln, Menschen mit Hunden, Angler, Strandsurfer, die mit vierrädrigen Wagen und Segeln über den breiten Strand sausen. Rechts von mir liegt der Ferienpark, dessen Bungalows den Hügel hinauf gebaut worden sind. In einem von ihnen ist Fritz.

Und da sehe ich auch den Hochzeits-SUV am anderen Ende des Parkplatzes. Mein Puls beschleunigt sich, mich fröstelt. Ich ziehe meine Jacke fest und stapfe entschlossen den Fußweg zu den Bungalows hoch. Drei Jugendliche mit Neoprenanzügen und Surfbrettern stürzen mir entgegen, ich weiche einer Gruppe Kinder aus, die, verfolgt von ihren Eltern, in Richtung Strand rennen. Auf einer Terrasse zur Rechten ein Liebespaar, das aneinandergekuschelt aufs Meer schaut. Ich biege nach rechts ab, ein Schild weist den Weg zu den Bungalows 13 bis 17. Nummer 17 ist es, hat er geschrieben. Zedern überragen die kleinen Ferienhäuser, spenden Schatten, dahinter fängt die mit Gräsern, Stechginster und Geißblatt bewachsene Dünenlandschaft an.

Nummer 13, Nummer 14. Meine Beine fühlen sich an wie Blei, obwohl es nur wenige Meter sind bis zu dem letzten Bungalow in dem sanft ansteigenden Hang. Kurz hoffe ich darauf, dass er zu einem Strandspaziergang aufgebrochen ist, doch da sehe ich ihn schon. Er sitzt auf seiner Terrasse, die nackten Füße auf dem Geländer, ein Bier in der Hand. Als er mich erblickt, lächelt er. Wirklich, er wagt es zu lächeln, als würde er sich Hoffnung machen, dass er mich mit seinen Kapriolen um den Finger gewickelt haben könnte. Ich atme tief ein und versuche, mich an die Eröffnung meines Monologs zu erinnern.

Und dann sagt er zur Begrüßung: »Ich wusste schon gar nicht mehr, wie das Meer aussieht.« Als wäre er kein bisschen überrascht. Als wäre es ganz normal, dass ich komme. »Willst du ein Bier?« Er greift neben sich in eine Kühlbox.

»Nein, danke«, sage ich und füge schnell hinzu: »Ich bleibe nicht.« Und dann will ich mit meinem Text loslegen, aber da drängt sich plötzlich eine Frage dazwischen wie ein dreister Kunde. Ich muss es jetzt wissen. »Was machst du eigentlich hier?«, frage ich verwirrt. »Warum bist du nicht bei deiner Frau?«

Er seufzt. »Siehst du den Horizont?« Er zeigt auf den Ozean, der sich unter den Wolken erstreckt. »Ich habe den Horizont nicht mehr gesehen, seit … pfhhh … ich weiß nicht mehr, wie lange. Mein Blick war total verstellt. Erst als ich in die Falle gerannt bin, ist mir das klar geworden.« Er schüttelt den Kopf, als könnte er es gar nicht fassen. »Ich wollte nie im Hamsterrad enden, weißt du noch?«

»Ich weiß«, sage ich. »Natürlich weiß ich das noch.«

Weil ich keine Minute vergessen kann, die wir zusammen verbracht haben. Aber das sage ich natürlich nicht. Er soll nicht auf dumme Gedanken kommen. Kommt er allerdings doch, auch ohne meine Hilfe.

»Lass uns auf Weltreise gehen«, sagt er plötzlich und grinst, als wäre das der beste Einfall aller Zeiten. »Du legst ein Sabbatjahr ein, und ich kündige im Krankenhaus und suche mir danach einen neuen Job.«

Er schaut mich an, und ich forsche nach dem süffisanten Lächeln, er sieht jedoch nicht aus, als ob er Witze machen würde. Ich glaube, er hat wirklich völlig den Verstand verloren.

»Du glaubst im Ernst, dass ich alles hinschmeiße, nur weil es dir gerade in den Sinn gekommen ist?«, frage ich kopfschüttelnd.

Er seufzt. »Nein, vermutlich tust du das nicht.«

»Eine Woche nach deiner Hochzeit, also bitte. Das ist doch lächerlich!« Ich werde lauter.

»Das ist nicht lächerlich«, antwortet er ruhig. »Das hier ist das Vernünftigste, was ich seit langer Zeit gemacht habe.«

Ich verschränke die Arme vor der Brust. »Was sagt die nobelpreisverdächtige Yuna Mika Park eigentlich dazu?«

Er grinst. »Ihr Vater hat mir in ihrem Namen einen Brief von seinem Anwalt schicken lassen, in dem sie mich auffordert, sofort Vernunft anzunehmen und die vertraglich festgelegte Bindung zu erfüllen, also auf der Stelle zurückzukommen. Sonst würde sie die Ehe annullieren lassen.«

»Echt jetzt?«, frage ich verblüfft. »Ein Schreiben vom *Anwalt?* Keine verzweifelten Telefonanrufe? Keine achthundert Millionen Nachrichten? Keine Alkoholexzesse, die zu noch hysterischeren Anrufen geführt haben?« Er schüttelt immer wieder den Kopf. Ach du meine Güte. Ich wusste, dass mit der Frau was nicht stimmt. »Und sie hat dich auch nicht verfolgt oder so?«, frage ich noch mal verständnislos.

»Nein«, er lacht schnaubend. »Übertriebene Zurschaustellung von Gefühlen ist nicht gerade eine Spezialität der Familie Park. Und der Familie Bender übrigens auch nicht«, fügt er hinzu und schaut mich wieder so durchdringend an, dass mir ganz flau wird. »Aber das weißt du ja.«

Ich muss seinem Blick ausweichen, weil meine Knie etwas nachgeben. Zum Glück sieht er wieder aufs Meer, als er weiterredet. »Emmi, ich habe damals einen großen Fehler gemacht, indem ich versucht habe, es meiner Familie recht zu machen. Ich weiß nicht, wie ich das so lange aushalten konnte. Ich kann das nicht mehr. Ich gehe vor die Hunde, wenn ich da nicht aussteige.« Und jetzt schaut er mich doch wieder an mit seinem Röntgenblick und sagt: »Und ich wünsche mir, dass du mit mir kommst.« Mir bleibt die Luft weg, als er das sagt, als er das ausspricht, was ich so lange gehofft hatte, von ihm zu hören. »Ich liebe dich, Emmi, du bist die Einzige, die ich jemals wirklich geliebt habe.«

Ich könnte richtig wütend werden und ihm an den Kopf werfen, wie lange ich gebraucht habe, um mein Herz zu flicken, und wie weh das getan hat und was er sich denn bitte schön dabei denkt, mir so was überhaupt zu sagen, da ich doch weiß, dass er es nicht ernst meint und ich am Ende wieder da bin, wo ich angefangen habe, im tiefsten, hintersten und dunkelsten Winkel des Liebeskummers.

Aber ich bin nicht mehr die Emmi Pfeiffer, leichtgläubiges Opfer für Liebesscharlatane. Ich bin Expertin für Enttäuschungen, und endlich, endlich zahlt es sich aus. Denn eine Expertin für Enttäuschungen erkennt eine Falle, und wenn sie noch so überzeugend feilgeboten wird.

Und mit diesem Wissen richte ich mich auf, werde plötzlich ganz ruhig und sage: »Aber ich liebe dich nicht, Dr. Fritz Bender. Und deswegen wird das hier nichts.«

Er seufzt. »Verstehe«, antwortet er leise und schaut wieder aufs Meer. Irgendwie will ich gehen, doch meine Füße sind wie festgeschweißt, und ich muss mich unheimlich anstrengen, sie überhaupt vom Boden zu lösen. Und gerade, als ich es schaffe, fragt er: »Hast du dich schon mal gefragt, wann eigentlich das schöne Leben anfängt?«

»Natürlich«, sage ich und bleibe noch mal stehen.

»Ich bin dahintergekommen.« Er dreht sich zu mir um. »Die einzige Antwort, die man darauf geben kann, ist: jetzt. Es fängt jetzt an.«

Das ist der Moment, in dem sich meine Beine verselbstständigen, meine Füße machen einen Schritt nach dem anderen, bis ich laufe, zwischen den Bungalows entlang, den Hügel hinunter, fast kopflos laufe ich und stolpere beinahe über einen flauschigen weißen Hund und schreie die verdutzten Besitzer an, dass sie doch wohl besser aufpassen könnten, und erreiche schließlich den Mercedes von Herbert Meurer, der auf dem Parkplatz am Omaha Beach steht, neben all den anderen Autos der Touristen und Strandsurfer und Spaziergänger und Besucher der Gedenkstätten, die mit Fototaschen und Picknickkörben gekommen sind, um sich die Seeluft um die Nase wehen zu lassen und eine Auszeit von ihrem Alltag zu nehmen.

42

Die Rückfahrt trete ich in einem regelrechten Hochgefühl an. Ich kurbele das Fenster runter und drehe das Radio auf und schmettere irgendein Lied von Katy Perry mit und bin sehr stolz auf mich. Ich habe es durchgezogen wie ein Profi. Habe mich nicht erweichen lassen. Soll er doch sehen, was er mit seiner verkorksten Ehe veranstaltet, ich mache da nicht mit. Vernunft ist eine der größten Errungenschaften des Erwachsenseins. Und ich fühle mich plötzlich richtig erwachsen.

Überhaupt ist doch eigentlich auf dieser Reise alles super gelaufen. Gut, es gab ein paar Zusammenbrüche und ein bisschen Streit, aber das hat eher gutgetan. Hat viel ans Licht gebracht, das lange verborgen war. Paula wird nicht geschlagen, Jutta hat sich ihrer Trauer gestellt, und Marlies, die werde ich schon noch davon überzeugen, dass sie auch einfach nur ein Opfer der männlichen Herzlosigkeit geworden ist. Und dann fällt mir aus heiterem Himmel Bobtail-Michel ein, und ich beschließe, dass es an der Zeit ist, ein kleines Detail in meiner Studie zu korrigieren. Aber das kann ich mir leisten, ohne dass das Ergebnis sich verändert. Ich meine, jeder *schummelt* doch mal an der einen oder anderen Stelle, bis er genügend Daten zusammenhat, um das gewünschte Ergebnis zu erreichen.

Die Wahrheit ist nämlich, dass ich nicht *mit ihm* Schluss gemacht habe, weil er untreu geworden ist, sondern, dass Bobtail-Michel *mir* den Laufpass gegeben hat, weil ich angeblich zu *unentspannt* war. Na gut, auch das ist noch geschönt dargestellt. Ich sei viel zu *stressig*, das hat er gesagt. Mein Misstrauen habe *genervt*. Von wegen Misstrauen! Gesunde Eifersucht würde ich das nennen. Und die war völlig berechtigt, wo er doch mit den ganzen Frauen geflirtet hat! Da muss man wachsam sein, oder? Ich meine, wer danebensteht und lächelt, wenn der Freund in fremde Dekolletés schielt, dem ist doch nicht zu helfen, oder? Auch wenn er behauptet hat, er würde nie in fremde Dekolletés schielen, wenn er zu seinem Privatvergnügen so eines hätte wie meines. Schmeicheln konnte er, das muss man ihm lassen.

Auf jeden Fall streiche ich ihn hiermit aus der Studie. Dafür nehme ich jetzt Dr. Fritz Bender II in einem Extrakapitel auf. Ich meine, ein Typ, der *einen Tag* nach seiner Hochzeit eine *andere* Frau fragt, ob sie zu ihm zurückkommt, ist doch wohl der Gipfel der Herzensbrecherei! Und wirklich ein Filetstück für meine Studie.

Ein Liedchen trällernd betrete ich Lores Haus.

»Und, wie war's?«, fragt Paula. »Hast du es ihm gesagt?«

»Yep«, sage ich zufrieden und steuere den Kühlschrank an, um zur Feier des Tages eine Flasche Wein rauszuholen.

»Wem was gesagt?«, will Marlies wissen.

»Sie hat dem Arzt gesagt, dass sie ihn nicht liebt.«

»Echt?«, fragt Jutta überrascht.

»Ich hab ihn zurück zu seiner Frau geschickt«, sage ich gelassen. »Weil die auch wirklich, *wirklich* gut zusammenpassen.« Ich erzähle, dass die nobelpreisverdächtige Yuna Mika Park emotional einem Kühlschrank gleicht, weil sie *kein bisschen* ausgeflippt ist, als ihr Ehemann durchgebrannt ist, sondern über ihren Vater einen *Rechtsanwalt beauftragt* hat. »Ich sag ja, die haben nicht geheiratet, da haben zwei Familienimperien fusioniert! Da braucht man auch Anwälte, um alles abzuwickeln!« Ich fuchtele empört mit den Händen herum, wobei der Wein in meinem Glas gefährlich schwappt. »Na ja. Geht mich alles nichts mehr an. Fritz' Übernahmeangebot für meine kleine Ich-AG ist gescheitert!«

Ich kichere zufrieden und trinke einen Schluck Wein, weil sich mein Magen auf einmal auch anfühlt wie durchgeschüttelt.

»Na, dann hat es wohl so sollen sein ...« Lore seufzt.

»Ja, genau«, setze ich nach. »Ich meine, die alte Emmi, die wäre bestimmt auf den Blödsinn reingefallen. Doch ich, die Verfasserin der Studie über die Herzlosigkeit der Männer, nicht mehr! Ha!« Ich trinke einen großen Schluck und füge hinzu: »Und deswegen ist jetzt alles *bestens*.«

Ich recke triumphierend das Kinn und weiche dabei Juttas Blick aus, der irgendwie mitleidig aussieht, aber da vertue ich mich wohl. Wieso sollte sie *Mitleid* mit mir haben, da ich doch eine unheimliche *Reife* gezeigt habe?

»Der Fehler liegt immer nur bei den Männern«, stößt Marlies da hervor und nickt mir komplizenhaft zu. »Dieser blöde Wilfried«, setzt sie noch hinzu, »war ja auch so ein Kaliber. Du meine Güte! Und ich habe mich die ganze Zeit mit Schuldgefühlen rumgeplagt! Tsss!«

Jutta schmunzelt und stößt ihrer Freundin sanft in die Seite, dann sagt sie: »Marlies hat es ihm gerade ordentlich gezeigt. Sie hat ihn richtiggehend vermöbelt.«

»Wie jetzt?«, frage ich. Und dann erzählt sie, dass Marlies eben am Strand eine verlassene Sandburg kaputt getreten hat und darauf rumgetrampelt ist und Wilfried angeschrien hat, was für ein ...

An dieser Stelle macht Jutta eine Pause, und Lore fügt für sie hinzu: »… was für ein *ungehobelter Mensch* er doch ist.«

Die beiden kichern.

Und Marlies sagt: »Das musste einfach mal gesagt werden.«

Jetzt giggeln alle drei vor sich hin und blättern weiter in dem Fotoalbum, das Lore mitgebracht hat, um die alten Kinderfotos von Herbert mit seinen vermeintlichen französischen Kindern zu vergleichen. Ich schenke mir ein weiteres Glas Wein ein und lausche dem Stimmengewirr. Weiter hinten im Album stoßen die Freundinnen offenbar gerade auf alte Fotos, die sie als junge Mädchen zeigen. Sie haben sich in einer Näherei kennengelernt, wo sie gejobbt haben. Natürlich will ich die Bilder auch sehen und komme aus dem Staunen gar nicht mehr heraus, wie jung und unschuldig sie aussahen. Na ja. Unschuldig wirkte eigentlich nur Lore auf dem Bild. Jutta hatte ein Stirnband und Schlaghosen an und Marlies ein ziemlich kurzes buntes Kleid und die Haare in großen Locken.

»Ich fasse es nicht«, rufe ich aus. »Das sind Sie?«

»Ja«, gibt sie zu in einer Mischung aus Stolz und Peinlichkeit. »Wenn ich mein Haar nicht sorgfältig glätte, dann sieht es so aus.«

»Aber das ist doch total klasse«, bewundere ich das Foto.

»Ich fand das eigentlich auch, nur Wilfried hat es nicht gefallen«, erklärt sie und fügt schnell hinzu: »Und ich finde meinen Stil jetzt auch viel besser.«

Jutta und ich werfen uns einen Blick zu. Welchen Stil?, hätte ich angesichts der grau-braun-beigen pragmatischen Kleidung und der Haarskulptur fast gefragt. Aber dann fangen die drei an, sich über eine Zeit zu unterhalten, in der sie mit ihren Männern oft ausgegangen sind.

»Unsere Treffen bei Gino in der Altstadt waren immer so lustig!«, sagt Lore.

»Ja, Wilfried und seine Geschichten über den Zustand der Republik!«, fügt Jutta hinzu.

Marlies sagt spöttisch: »Ja, Publikum hatte er immer gerne.«

»Ah, komm, wir haben viel gelacht damals, nicht wahr, Marlies?«

»Ja, stimmt«, sagt sie. »Ich habe dort sogar Zabaione gegessen! Stellt euch das mal vor!« Da wir nicht sofort begreifen, was Zabaione zu essen für eine besondere Verwegenheit ist, fügt sie erklärend hinzu: »Dieses Dessert ist eine sehr heikle Sache. Weil die rohen Eier nur über dem heißen Wasserbad aufgeschlagen und nicht etwa durchgegart werden. Zabaione ist sozusagen der Kugelfisch unter den Desserts. Ein Fehler bei der Herstellung und du bist vergiftet!«

Nachdem sie das mit ihrer Ernsthaftigkeit vorgetragen hat, brechen wir alle in Lachen aus.

Marlies ist erst eingeschnappt, grinst dann aber sogar, als Jutta ihr auf die Schulter klopft und japst: »Der Kugelfisch der Desserts! Mensch, Marlies, der war gut! Rolf hätte sich kaputtgelacht.« Dann fängt ihre Stimme plötzlich wieder an zu zittern. »Ach, das waren schöne Zeiten damals. War das nicht schön?«

Lore nickt, und ihr rollen zwei Tränen runter, und Marlies sieht plötzlich auch seltsam aus, steht jedoch schnell auf und verschwindet ins Bad. Als sie wiederkommt, hat sie sich wieder hergerichtet.

Jutta schaut erst aus dem Fenster, dann zu uns, und da bricht es aus ihr heraus: »Warum verlieben wir uns eigentlich, wenn es am Ende doch so wehtut?«

»Gute Frage«, sage ich, nippe an meinem Glas und überlege, wie ich sie für meine Studie verwerten könnte, und da kommt mir der Gedanke, dass der Fehler der Evolution vielleicht doch nicht nur bei den Männern zu suchen ist, sondern ob nicht vielmehr die Liebe der Fehltritt der Natur ist, weil sie Menschen dazu bringt, sich völlig verrückt aufzuführen und sich im Falle des Scheiterns sterbenselend zu fühlen, und je länger ich darüber nachdenke, desto logischer klingt das alles, und ich will gerade den Mund aufmachen und mich darüber ereifern, da meldet sich plötzlich Paula zu Wort.

Sie schaut uns mit ihren hellblauen Kulleraugen an und sagt ganz einfach: »Weil nicht zu lieben auch wehtut.«

Da bleibt mir jeder Monolog im Halse stecken, und ich starre Paula erstaunt an.

Auf Juttas Gesicht stiehlt sich ein Lächeln. Sie steht auf, drückt der verwunderten Paula einen Kuss auf den Scheitel und sagt: »Du hast ja so recht, mein Kind.« Und dann verzieht sie sich in ihr Zimmer, weil ihr »gerade eine Idee gekommen ist«.

»Bin gespannt, was das wohl wieder ist«, sagt Marlies, aber es klingt ausnahmsweise nicht feindselig, sondern eher heiter und sogar ... fast respektvoll. Die Stimmung ist wirklich auf dem Weg der Besserung.

»Was wollen wir denn heute Abend Schönes machen?«, frage ich unternehmungslustig, als Marlies' Handy klingelt.

»Wer mag das denn ... Oh, hallo, Claus Rüdiger!« Marlies macht eine wichtige Miene und reicht dann Lore das Telefon.

»Ja ... äh ... hallo, hier ist Lore Meurer.« Sie nickt ernst und hört eine Weile zu. »Wirklich? Hm. Aber das möchte ich nicht. Und es sind nicht seine Kinder. Nein. Ich bin die einzige Erbin. Ach so. Natürlich. Ja, das weiß ich auch nicht. Sie haben recht. Jajajaja. So schnell?« Sie hört noch eine Weile zu, dann legt sie auf.

»Was war denn los?«, fragt Marlies.

»Das war Herr von Achtendonk«, erklärt Lore, als ob wir das nicht alle wüssten.

»Was wollte er?«

»Er meint, er hätte die Finanzen durchgesehen, und das Einzige, was mich vor dem Ruin bewahren kann, ist, das Haus hier abzustoßen. Und zwar so schnell wie möglich, damit ich Steuern spare.«

»Wieso Ruin?«, fragt Marlies erstaunt.

Lore zuckt hilflos mit den Schultern.

»Wie Steuern sparen?«, frage ich. »Was für eine Steuer?«

»Erbschaftssteuer. Und französische Steuern für den Verkauf. Irgendwas mit Veräußerungsgewinnen, die versteuert werden müssen. Die Franzosen haben da wohl sehr strenge Vorschriften.« Sie streicht wieder mit ihren Händen über ihre Jerseyhose. »Ich meine, ich finde das Haus natürlich sehr schön und wunderbar, aber es macht ja wohl keinen Sinn, es zu behalten.«

»Wieso nicht?«, rufe ich. »Du hast doch immer von einem Haus am Meer geträumt!«

»Ja, nur was soll ich denn hier allein? Ich kann ja nicht mal Französisch!«

»Das kannst du doch lernen!«, rufe ich.

»In meinem Alter?«

»Warum nicht?« Ich zucke mit den Achseln. »Abgesehen davon erscheint mir ein Verkauf sehr überstürzt.«

Marlies macht ein etwas verschnupftes Gesicht, hat jedoch wieder diese Wichtigkeit in der Miene. »Ich kann nur sagen, dass Claus Rüdiger ein sehr feiner Mann ist, der Bescheid weiß über Dinge, von denen wir alle miteinander keine Ahnung haben.«

»Dann muss man sich Ahnung verschaffen«, sage ich.

»Aber das Haus zu unterhalten, das kostet sehr viel. Und wenn ich es nicht nutze, dann ist das doch rausgeschmissenes Geld«, argumentiert Lore.

»Das stimmt natürlich«, sage ich. »Trotzdem …«

»Er hat schon alles in die Wege geleitet und einen Käufer gefunden«, sagt Lore. »Er kommt später vorbei.«

»Mir kommt das komisch vor«, sagt ausgerechnet Paula.

Wir starren sie an. Ich meine, natürlich kommt es mir auch komisch vor, aber wieso ihr?

Da erklärt sie es auch schon. »Lars ist doch in der Immobilienabteilung seiner Bank, und der kriegt echt viel mit, und gerade im Moment wird mit Immobilien viel Abzocke betrieben.«

»Also, was dieser Psychopath dazu sagt«, sagt Marlies kühl, »interessiert mich persönlich nicht.«

»Zum allerletzten Mal: Er ist kein Psychopath!«, schreit Paula. »Und er hat mich auch gar nicht geschlagen.«

Die Nachricht platzt auf wie ein mit Wasser gefüllter Ballon und schwappt in unsere Runde.

»Was?«, entfährt es Marlies verdutzt.

»Emmi hat das nur *gedacht*«, erklärt Paula.

»Wie bitte?« Lore klingt so verwundert, als hätte ich sie absichtlich übers Ohr gehauen.

»Entschuldigt«, sage ich, »ich habe das wirklich geglaubt. Das Veilchen war ja auch echt. Und dann hat Paula nicht widersprochen … Und, tja … das geht wohl auf meine Kappe.«

»Wieso haben Sie denn nicht widersprochen?« Marlies mustert Paula streng.

»Weil ich ein bisschen Abstand von ihm brauchte«, gibt Paula kleinlaut zu.

»Also ist er gar kein Psychopath?«, fragt Marlies noch mal, als ob das noch nicht klar genug geworden wäre.

»Nein!«, schreit Paula. »*Ich* bin der Psychopath!«

»Haben Sie *ihn* geschlagen?« Lore schüttelt verwirrt den Kopf.

»Nein, niemand hat irgendwen geschlagen«, versuche ich zu vermitteln.

»Warum sagen Sie dann von sich, dass Sie …«

»Weil ich mich nicht entscheiden kann, ob ich ihn heiraten soll oder nicht!«, ruft Paula. Diese Information überfordert Lore und Marlies dann wirklich. Man sieht ihnen richtig an, dass sie jetzt nicht mehr mitkommen. »Dabei ist er derjenige, der mich am besten beruhigen kann, wenn hier oben alles verrücktspielt!«, fährt Paula fort und tippt sich gegen den Kopf. »Er ist derjenige, an den ich denke, wenn ich einschlafe. Und wenn ich aufwache, denke ich auch an ihn. Und wenn ich nicht weiß, was ich machen soll, dann frage ich ihn, und er hilft mir. Ohne ihn drehe ich durch!«

Sie fuchtelt mit den Händen, und ich kann gerade noch die antike Lampe auffangen, bevor sie auf den Boden knallt. Paula hält inne und schaut auf die Lampe, die ich vor dem Zerschellen gerettet habe.

Jutta erscheint auf der Treppe. »Was ist denn hier los? Hab ich was verpasst?«

Marlies berichtet brühwarm von den neuesten Entwicklungen.

»Und du weißt nicht, ob du ihn heiraten sollst?«, fragt Jutta. »Für mich klang das, was ich gerade gehört habe, aber ganz anders.«

Jetzt ist es an Paula, verdutzt zu sein. »Meinst du echt?« Sie zieht die Stirn kraus.

»Ja, total«, pflichte ich Jutta bei.

»Für mich klang das auch überzeugend«, sagt Lore.

»Na ja«, beginnt Marlies einzuwenden.

Doch Jutta fällt ihr ins Wort: »Du hast ihm gerade eine sehr, sehr schöne Liebeserklärung gemacht, Paula.«

»Stimmt.« Paulas Stirn glättet sich, sie lächelt auf einmal

verwundert. »Das stimmt *allerdings*. Und ich glaube … ich weiß es jetzt! Ja. Ich weiß es!« Und dann umarmt sie mich und drückt mich an sich und ruft den anderen »Danke!« zu, schnappt sich ihr Handy, weil sie es ihm *jetzt sofort* sagen muss. »Bevor ich noch weiter darüber nachdenke«, fügt sie hinzu und zieht sich in das Gästezimmer zurück. Da die Türen aus dünnem Holz sind und sie so brüllt, kriegen wir so ziemlich alles mit, was sie sagt. »Ja, Lars, ja«, schreit sie ins Telefon. »Ich weiß es jetzt, ich bin mir sicher.« Sie entschuldigt sich wortreich und wird irgendwann leiser. Nach einer Stunde kommt sie raus, der Akku hat schlappgemacht. »Er kommt mich abholen«, sagt sie selig grinsend. »Er fährt direkt los.«

»Du meine Güte«, sagt Marlies, »das ist ja ein Männerverkehr zurzeit zwischen Bonn und hier. Wie auf der Rallye Dakar.«

Paula zieht eine erschrockene Miene. »Hoffentlich ändere ich nicht meine Meinung, bis er hier ist. Ihr helft mir doch, oder?«

»Aber natürlich, mein Kind«, sagt Jutta.

»Na klar, Paula«, bekräftige ich. »Die Sache läuft. Fang doch schon mal an zu packen. Oder mal ein schönes Bild.«

Hauptsache Ablenkung.

»Ja, malen ist gut«, sagt Paula und schnappt sich ihren Zeichenblock und die Stifte und geht wieder in unser Zimmer.

Wir anderen wenden uns dem wichtigen Thema »Hausverkauf« zu. Auch hier wird Jutta auf den neuesten Stand gebracht. Sie kommt aus dem Kopfschütteln kaum noch raus, hält sich aber zum Glück mit Vorwürfen an Marlies' Adresse zurück. Der Vorschlag, den sie schließlich macht, ist dann ziemlich vernünftig, sodass wir uns alle einig sind, dass wir uns den Käufer ansehen und Lore mindestens eine Nacht drüber schläft und danach in Ruhe eine Entscheidung fällt.

»Ganz allein?«, fragt Lore erschrocken.

»Wir helfen dir«, springt Jutta ihr bei.

»Natürlich beraten wir dich«, sagt Marlies. »Wobei wir aber auch auf Claus Rüdiger hören. Das ist schließlich sein Fachgebiet.«

43

Lore tigert unruhig durchs Haus, besieht sich die Einrichtung oder starrt aus dem Fenster. Zieht Schubladen auf und macht sie wieder zu. Dazu sagt sie so Sachen wie: »Die Hutschenreuther-Hunde machen sich auf der Anrichte wirklich ganz bezaubernd, nicht wahr?« Zum Teetrinken setzen wir uns auf die Terrasse und genießen die Seeluft und beobachten die Möwen bei ihren Flugmanövern. Bei jedem Auto, das an unserem Haus vorbeifährt, horchen wir auf, und Lore fragt mehrfach: »Ist er das? Das ist er bestimmt. Oh, er fährt vorbei …«

Dann nähert sich ein Auto, neben dem Fritz' Hochzeits-SUV wie ein Mittelklassewagen wirkt. »Du meine Güte«, entfährt es mir angesichts des Mercedes-Monstrums, »die deutschen Panzer rollen wieder.«

Der Wagen hält vor unserem Haus. Lore richtet sich in ihrem Stuhl auf. Die Tür schwingt auf, und aus dem Führerhaus gleitet ein Mann mit Pilotenbrille. Natürlich eine Pilotenbrille, denke ich grimmig. Er hat sein geöltes schwarzes Haar zurückgekämmt und trägt ein dunkelblaues, eng anliegendes Jackett, ein hellblaues Hemd, graue Chinos und braune Lederschuhe. Das Konzept brauner Schuhe hat sich mir noch nie erschlossen.

»Der passt ja so gar nicht in die Gegend«, spricht Jutta aus, was ich denke. »Der sieht nach Côte d'Azur aus, aber doch nicht nach Normandie.«

»Und was soll das heißen, bitte schön?«, fragt Marlies, als wäre sie persönlich angegriffen worden. »Er sieht einfach aus wie ein Geschäftsmann. Wie ein *guter* Geschäftsmann.«

Der gute Geschäftsmann wirft einen Blick in eine lederne Mappe, die er dann auf den Fahrersitz legt, dreht sich zu uns um und hebt die Hand zum Gruß. *»Bonjour* Mesdames!«, ruft er.

Marlies steht auf, um ihn zu begrüßen. Er stellt sich als Antoine Carrasso vor, noch bevor er sich die Pilotenbrille in die öligen Haare schiebt. Lore wirkt sofort eingeschüchtert, als er ihr die Hand reicht. Jutta und ich halten uns einfach im Hintergrund und überlassen Lore und Marlies das Feld. Marlies bittet Antoine Carrasso ins Haus. Er wirft im Vorbeigehen einen Kennerblick auf die Tür, lässt sie ein paarmal hin und her schwingen, als ob die Prüfung der Scharniere ein entscheidendes Kaufargument wäre. Im Wohnzimmer dreht er sich einmal um seine eigene Achse und behauptet dann auf Deutsch mit französischem Akzent, dass es genau das sei, was er sich immer gewünscht habe. Und dann schwadroniert er davon, wie *superbe* und *formidable* er die Tatsache findet, dass Claus Rüdiger von Achtendonk an ihn gedacht hätte, als es um diese »Perle von Haus« ging.

»Natürlisch tut es mir sehrrr leid, dass Ihre Mann gestorben ist, Madame«, gurrt er in Richtung Lore. »Isch 'abe auch meine Vater kürzlisch verlore, mein arm *maman.*« Er macht ein verknautschtes Gesicht. »Wollte auch nischt bleiben in die gemeinsame 'aus.« Dann zückt er einen Verrechnungsscheck. »Isch nehme Ihnen diese Last gerne ab, Madame, und isch zahle jeden Preis für diese Schmuckstück.« Er macht ein listiges Gesicht und fügt hinzu: »Solange er nischt zu teuer ist.«

An dieser Stelle lacht er hechelnd, dann überreicht er Lore den Scheck. »Das ist Anzahlung, dreißigtausend Euro. Wenn Sie wollen verkaufen, Sie lösen Scheck ein bei Ihre Bank.«

»Aber …«, fängt Lore an.

»Isch vertraue Ihnen«, posaunt Antoine Carrasso. »Isch brauche keine Vertrag. Isch sehe, Sie sind ährlische Madame.«

»Aber …«, will Jutta sich jetzt doch einschalten.

»Liegt alles in Ihre ’and!«, unterbricht Antoine Carrasso. »Sie entscheiden, ob *maison* bleibt ungenutzt und kostet viel Geld jeden Monat oder ob Sie nehmen die Geld und kaufen sisch eine schöne Perlenkette, die passt zu Ihre formidable Teint.« Er wendet sich an Marlies, die unter seinen geschmeidigen Worten glatt errötet. »Oder Sie kaufen Ihre schöne Freundin ein neue Kleid zum Tanzen.« Antoine Carrasso zwinkert Marlies zu, deren Gesicht die Farbe eines Feuermelders annimmt. »Sie gehen gerne tanzen, Madame, nischt wahr?«

Verschämt lächelnd nickt Marlies. »Ja, aber natürlich!«

»Sie ’aben aber auch Figur einer Tänzerin«, schleimt Carrasso, und Marlies klatscht entzückt in die Hände.

Himmel. Er erinnert mich an diesen Animateur in dem Singleklub auf Mallorca, der die dummen Mädels reihenweise mit völlig erlogenen Komplimenten ins Bett bekommen hat. Ehrlich – dass ich auch auf ihn reingefallen bin, hat mir bis vor Kurzem noch manchmal die Schamesröte ins Gesicht getrieben.

Aber zurück zu Antoine Carrasso, der kurz einen Blick auf Jutta wirft, bestimmt, um auch bei ihr einen Schleimspruch abzulassen, es dann jedoch lässt, weil er merkt, dass er bei ihr keine Schnitte kriegt. Und dann ertönt eine nervtötende Posaune, und er reißt sein Handy ans Ohr und bellt: *»Oui, oui, oui, oui, oui.«* Hechelndes Lachen. *»Ah, très bien, très bien.«* Dann legt er auf. »*Mesdames*, isch muss misch verabschieden, ’aben wir alles besprochen. Rest erlädigt Claus Rüdiger.« Er verbeugt sich knapp, klappt die Brille wieder auf die Nase und stiebt aus dem Haus. Wir schauen ihm verdutzt hinterher.

»Na, das war ja seltsam«, sagt Jutta.

»Das finde ich auch«, bekräftige ich.

Marlies kichert mit rosigen Wangen. »Ich fand ihn eigentlich sehr charmant.«

Lore steht da mit dem Scheck in der Hand, den sie jetzt mustert, als wäre er hochexplosiv. »Er hat … hat mir eine Anzahlung gemacht«, stammelt sie. »Dabei weiß ich noch gar nicht, ob ich das Haus wirklich verkaufen will.«

»Wenn du nicht willst, dann lässt du es. Abgesehen davon würde ich mir noch eine zweite Meinung einholen«, sagt Jutta. Ich nicke bekräftigend.

»Genau«, sagt Marlies. »Lass uns Claus Rüdiger von Achtendonk anrufen und ihn fragen.«

»Das ist doch keine zweite Meinung, Marlies«, widerspricht Jutta, »ich würde jemanden fragen, der mit der Sache nichts zu tun hat.«

»Meinst du?«, fragt Lore, weiter kommt sie mit ihren Überlegungen nicht, denn schon klingelt Marlies' Handy. »Ah«, sagt Marlies wichtig, »da ist Claus Rüdiger schon.«

»Geh nicht …«

»Hallo, Claus Rüdiger«, säuselt Marlies.

»… ran«, brummt Jutta ihren Rat zu Ende.

Aber da reicht Marlies den Hörer schon an Lore weiter, die dem Anwalt ein paar Minuten lang lauscht. Als sie auflegt, sagt sie: »Vermutlich ist es doch das Vernünftigste, so schnell wie möglich zu verkaufen.«

»Wenn Claus Rüdiger das sagt, dann hat die Sache Hand und Fuß«, pflichtet Marlies ihr bei.

»Woher kennst du ihn eigentlich?«, fragt Jutta. »Ich meine, welche Referenzen hat er?«

Das bringt mich auf eine Idee, nämlich mir mal seine Webseite anzusehen. Die ich jedoch nicht finde. Während ich noch im Internet nach einer Präsenz oder wenigstens Erwähnung von Claus Rüdiger von Achtendonk suche, erklärt Marlies weitschweifig, dass er ein sehr erfolgreicher Anwalt in Sachen Finanzverwaltung und Steuerrecht sei.

»Dann sag schon, woher du ihn kennst!«, lässt Jutta nicht locker.

Marlies' Blick wird flackernd, und sie beginnt, mit der Hand unsichtbare Krümel von der Tischplatte zu fegen. »Das tut doch nichts zur Sache! Er ist ein guter Mann«, versucht sie sich erneut herauszuwinden. Als aber auch Lore sich vor Marlies aufbaut und Jutta sie immer noch durchdringend anschaut, reckt sie das Kinn angriffslustig in die Höhe und gibt es endlich zu. »Ich habe ihn in einer Trauergruppe kennengelernt.«

»In einer Trauergruppe?«, fragt Lore verständnislos. »Gibt es Trauergruppe für Geschiedene?«

»Nein.« Marlies seufzt. »Es war eine Trauergruppe für Menschen, die ihren Partner verloren haben.«

»Du bist in eine Trauergruppe für *Witwen* gegangen?«, fragt Jutta. »Warum denn das?«

Jetzt wird Marlies ziemlich rot, ihre Schultern sacken herunter, und sie setzt sich auf die Sofakante. »Ich habe gedacht, dass ich dort ...«, sie räuspert sich, »... dass ich dort vielleicht jemanden ...«

»Dass Sie dort jemanden kennenlernen?«, helfe ich ihr.

»O Gott«, flüstert sie und schlägt die Hände vors Gesicht. »Ich schäme mich richtig.«

»Aber Marlies«, ruft Jutta begeistert. »Warum denn? Das ist doch wunderbar!«

»Das ist nicht wunderbar«, widerspricht Marlies knurrend, »für eine Frau in meinem Alter. Das ist einfach nur furchtbar peinlich.« Sie hebt kraftlos die Arme und lässt sie wieder auf ihren Schoß sinken.

»Ach was«, sage ich. »Was meinen Sie, was Singlefrauen jeden Alters alles für Unfug anstellen, nur um jemanden kennenzulernen.«

»Wirklich?« Sie blinzelt mich an.

»Na klar. Ich wäre jetzt zum Beispiel eigentlich auf einer grässlichen Singlekreuzfahrt und würde dort vermutlich in einem grenzdebilen Theaterstück mitwirken oder mit einem schwitzenden Typen in der Karaokebar ein Duett schmettern oder andere Dinge machen, die ich hasse.« Und weil die Frauen mich so merkwürdig anschauen, füge ich hinzu: »Hey, das Singleleben ist nicht so glamourös, wie alle denken.«

»Das stimmt«, sagt Marlies auf einmal. »Es ist überhaupt nicht glamourös.« Sie fährt sich über die Haare. »Und ihr findet das wirklich nicht blamabel, dass ich in eine Trauergruppe gegangen bin, um dort einen schicken Witwer kennenzulernen?«

»Aber nein, Marlies«, sagt jetzt auch Lore. »Du hast doch ein Recht darauf, glücklich zu sein. Und wir würden uns für dich freuen, wenn du jemanden kennenlernst.«

Marlies strahlt auf einmal wieder. Bis Jutta einwendet: »Der Punkt ist ja nur: Wenn du gelogen hast, was dich angeht, kann es doch sein, dass dieser Claus Rüdiger von Achtendonk es auch getan hat.«

»Meinst du wirklich?« Marlies schnappt nach Luft. »Das wäre ja wohl die Höhe!«

»Vielleicht hat *er* es auf Witwen abgesehen!«, sagt Jutta. »Ich meine, finanziell.«

Marlies schlägt die Hände vor den Mund. »Ich habe da mal was gelesen …«, gibt sie zu und berichtet dann atemlos von einem Betrüger, der die Verwundbarkeit von Witwen ausgenutzt hat, um sie um eine Menge Geld zu erleichtern. »Lore«, schließt Marlies. »Wenn ich dich in die Hände eines Betrügers geführt haben sollte, werde ich mir das nie verzeihen.«

»Noch ist ja nichts passiert«, beschwichtigt Jutta, »dennoch sollten wir keine Zeit mehr vertrödeln, sondern der Sache schnell auf den Grund gehen.«

Also einigen wir uns darauf, dass wir am Montag nach Hause fahren. Damit sind wir alle einverstanden. Jutta möchte mit den Stieftöchtern alles klären und so schnell wie möglich Reinhardt aus ihrer Wohnung werfen. Und ich, ich kann auch nach Hause fahren. Schließlich droht von Dr. Fritz Bender keine Gefahr mehr.

Am Abend fährt wieder ein Auto vor unserem Haus vor, aber diesmal kenne ich es. Es ist Lars. Paula, die über Handy genauestens über die Reiseroute informiert worden ist, wartet schon total hibbelig vor dem Haus auf ihn. Kaum ist er aus dem Auto gestiegen, schmeißt sie sich in seine Arme. Wir vier anderen stehen am Fenster und beobachten die hollywoodreife Szene. Dann zieht Paula ihren Lars an der Hand ins Haus und stellt uns alle vor.

»Das ist Emmi«, sagt sie, als sie bei mir angekommen sind.

»Hi, Emmi«, sagt Lars.

»Hi, Lars«, sage ich.

»Ach, ihr kennt euch ja schon …« Paula kichert. »Hab ich glatt vergessen.«

»Tut mir leid, dass ich mich eingemischt habe«, sage ich.

»Schon gut«, antwortet er. »Es hatte ja auch sein Gutes.« Er drückt Paula an sich. »Wegen deines Tipps mit der Aggressionstherapie bin ich erst auf die Idee gekommen, dass …«, er wirft Paula einen liebevollen Seitenblick zu, »… dass Angst vor Entscheidungen vielleicht auch ein Problem sein kann, bei dem man sich Hilfe holen kann.« Paula nickt eifrig. »Und das werden wir machen. Das werde *ich* machen.«

Beim Abendessen, das Jutta und Marlies gemeinsam zaubern, fragt Paula ihren Lars nach dem dubiosen Immobiliengeschäft.

»Klingt nach einem Rip-Deal«, sagt Lars. »So was kommt in letzter Zeit öfter vor. Dabei melden sich angebliche Kunden auf eine Immobilie und verwickeln die Verkäufer zum Beispiel in ein Devisengeschäft oder in eine Falschgeldaktion.« Er kennt jemanden, der sich damit befasst, und verspricht, sich in Deutschland mit darum zu kümmern.

Nach dem Essen verabschieden sich Paula und Lars, um im Hotel King zu übernachten.

»Wenigstens ein Happy End …« Jutta seufzt, als sich die beiden Arm in Arm verabschiedet haben. »Schade, dass du nicht auch eins haben kannst«, sagt sie zu mir und drückt meinen Arm.

»Ich hab doch ein Happy End«, widerspreche ich. »Ich bin sehr glücklich, so wie es ist.«

»Natürlich«, antwortet Jutta. »Natürlich.«

44

Es ist Sonntag. Unser letzter Tag in Port-en-Bessin-Huppain. Jutta hat irgendetwas geplant, gibt sich aber wortkarg und geheimnisvoll und bittet uns nur, nach dem Frühstück mit ihr zum Omaha Beach zu fahren. Sie ist dabei so in sich gekehrt, dass selbst Marlies es schafft, sich mit Kommentaren zurückzuhalten. Wir benachrichtigen auch Paula und Lars, die ebenfalls dorthin kommen wollen.

Am Strand angekommen, führt uns Jutta an eine Stelle, wo weniger Menschen unterwegs sind. Dann erklärt sie uns, dass sie die Trauerfeier für Rolf nachholen möchte. »Damals auf dem Schiff wollte ich noch Lebewohl sagen, aber da hatte ich einen Kloß im Hals und musste weinen, und als ich das nächste Mal geguckt habe, da versank die Urne schon im Meer.« Sie schüttelt den Kopf, als könnte sie es immer noch nicht fassen.

»Und so eine Urne für die Seebestattung ist ja aus Salzstein, die löst sich dann auf im Wasser«, gibt Marlies kund. Wir schauen sie ein bisschen erstaunt an angesichts dieser etwas unpassenden Information. »Was denn?«, fragt sie. »Hat mir einer aus der Trauergruppe erklärt.«

Jutta seufzt, tätschelt Marlies' Arm und macht sich an die Vorbereitungen. Mit Kieseln legt sie ein Herz und schreibt in den Sand den Namen ihres verstorbenen Mannes hinein. Rolf. Daneben zündet sie ein Windlicht an, was bei dem Wind gar nicht so einfach ist und erst beim dritten Versuch gelingt. Wir stellen uns um das Herz herum, Jutta zieht einen Zettel aus der Tasche. Und liest das vor, was sie damals auf dem Schiff hatte vorlesen wollen.

»Ich Narr«, fängt sie an und räuspert sich. Schließt die Augen, sammelt sich einen Moment, und ich sehe, wie sie gegen die Tränen kämpft. Dann fängt sie sich und beginnt von Neuem, mit belegter Stimme. »Ich Narr. Hätte ich doch mein Herz in Ketten gelegt und hinter dicken Mauern eingesperrt. Dann hätte der Tod es nicht in tausend Stücke sprengen können, als er kam, um dich zu holen.« Sie schluckt und kann erst nach einer erneuten Pause weiterreden. »Doch hinter dicken Mauern kann man nur ein Stück vom Himmel sehen, weit oben, unerreichbar. Und deswegen ließ ich mein Herz frei. Und es fand dich. Und gemeinsam flogen wir um die Welt, und überall um uns herum war das Blau des Himmels. Nun liegt mein Herz in Scherben, weil du fortgerissen wurdest. Der Tod kann ein Herz in Stücke sprengen, aber der Liebe kann er nichts anhaben. Die Liebe bleibt. Und sie setzt mein Herz zusammen, Stück für Stück, bis es wieder schlägt im Takt mit deinem.« Sie senkt das Blatt und fügt den letzten Satz hinzu: »Ein Narr zu sein war die weiseste Entscheidung meines Lebens.«

So, und jetzt möchte ich einen kennen, der nicht mitweinen muss. Uns jedenfalls kullern allen die Tränen über die Wangen, sogar Marlies schafft es diesmal nicht, sich zusammenzureißen.

»Jutta Schilling«, sagt sie scherzhaft drohend unter Schluchzen. »Jutta Schilling … du …«

Anstatt den Satz weiterzuführen, umarmt sie ihre Freundin lang und innig. Auch Lore und Jutta umarmen sich, und überhaupt gibt es eine große Umarmerei und Heulerei. Wir sind alle so gerührt und gedankenverloren, dass wir nicht sofort nach Hause fahren können. Lars und Paula laufen Hand in Hand über den Strand, Jutta spaziert mit nackten Füßen durchs Wasser. Lore sitzt einfach im Sand, sie hat dic Schuhe ausgezogen und wackelt mit den Zehen. Marlies hockt auf dem Rasen hinter dem Strand, das Gesicht der Sonne entgegengereckt. Ich schlendere am Wasser herum, der Sand kribbelt unter meinen nackten Fußsohlen.

Ich sammle ein paar Kiesel auf, die verstreut herumliegen und verschiedenste Formen, Farben und Strukturen haben. Es gibt rot geäderte, milchig weiße mit grauen Sprenkeln, hellbraune mit honigfarbenen Flecken, es gibt glatte und runde und eckige. Sie sind an diesen besonderen Strand gespült worden, als wären es die versteinerten Seelen der hier gefallenen Soldaten. Der Wind fährt durch mein Haar, und ich lasse den Blick schweifen über unsere kleine Truppe: Jutta, sie umklammert ihr Taschentuch so fest, dass die Fingerknöchel weiß sind, wirkt aber trotzdem erleichtert. Lore, die eine Mischung aus Trauer und Glück zu empfinden scheint. Paula und Lars, die sich umarmen und nach dem heftigen Streit wieder zueinandergefunden haben. Marlies, die Verschrobene, die so eisern tut, aber sich doch auch danach sehnt, einen neuen Mann kennenzulernen. Und ich mit all meinen inneren Verletzungen. Wir alle sind Veteranen des Schlachtfelds, das sich Liebe nennt.

Ich hebe einen besonders schönen Kiesel auf, er ist ganz glatt, fast perfekt rund geformt und erinnert auch von der Farbe an ein Karamellbonbon. Ich schließe meine Finger um ihn, und obwohl er natürlich steinhart ist, schmiegt er sich in meine Hand. Und da wird mir auf einmal klar: Es sind gar nicht nur die Männer schuld. Es ist tatsächlich die Liebe. *Sie* macht uns zu Narren. Sie lässt uns verrückte Dinge tun. Sie macht uns verletzlich und ist imstande, uns den Boden unter den Füßen wegzuziehen. Aber sie ist es auch, die uns am Leben hält. Denn ohne Liebe gibt es kein wirkliches Glück auf dieser Welt. Und wenn sie stark genug ist, dann überwindet sie alle Schwierigkeiten. Kinderlosigkeit und Entfremdung und psychische Probleme und heftige Streits und Missverständnisse, ja sogar den Tod überwindet sie.

Die Worte, die Jutta eben gesagt hat, lassen mich nicht los. Denn sie hat recht. Nur eines überwindet die Liebe nicht: eine Mauer, die man um sein Herz baut, um nicht verletzt zu werden. Mein Blick wandert hinauf zu den Bungalows, wo Fritz auf mich warten wollte. Und plötzlich denke ich: Und wenn er es doch ernst meint? Und wenn das doch meine Chance ist auf Glück? Auf eine Familie? Und ich lasse sie mir entgehen, weil ich mir in den Kopf gesetzt habe, dass es bei den Männern heute nicht mehr möglich ist, die große Liebe zu finden! Soll ich mir die Chance wirklich entgehen lassen? Was wäre schlimmer – wenn ich unglücklich würde, weil ich es nicht gewagt hätte, oder weil ich es gewagt hätte?

Ich meine, an Lore, Jutta, Marlies und Paula sieht man es doch. Das Leben kommt nicht ohne Schmerz aus. Die Liebe kommt nicht ohne Schmerz aus, niemals. Und je größer die Liebe, desto größer der Schmerz. Das ist der Preis, den man bereit sein muss zu zahlen. Aber sich gegen die Liebe zu entscheiden, heißt auch, sich gegen das Glück zu entscheiden.

Eine heftige Böe weht vom Meer herüber, meine Haare flattern im Wind, und dann treffe ich eine Entscheidung. Ich, Emmi Pfeiffer, Expertin für Enttäuschungen, entscheide mich für die Liebe. Ob ich nachher Glück haben werde oder Pech, das weiß ich natürlich nicht. Aber ich gebe nicht auf, nur weil es ein bisschen schwierig ist. Weil es ein *Risiko* ist. Pfff! Studie hin oder her – ich werde keine Mauer um mein Herz bauen. Und dem Schicksal eine Chance geben. Ich werde jetzt zu Bungalow

Nummer 17 gehen. Und wenn er noch da ist, wenn Fritz wirklich auf mich gewartet hat, dann lasse ich mich darauf ein. Sollte er weg sein, dann ist es eben so. Dann ist es nicht Fritz, sondern irgendwann ein anderer Mann, mit dem ich glücklich werden werde.

Ich rufe den anderen zu, dass ich was erledigen muss, und laufe los, über den Sand, über den Fußweg zum Parkplatz und weiter die Treppe hoch. Mein Herz klopft aufgeregt, als ich mich dem letzten Bungalow nähere. Ich habe noch genau das Bild vor Augen, wie er auf der Terrasse sitzt, die nackten Füße auf dem Geländer. Wie er mich ansieht und lächelt und wie er aufsteht und mich umarmt und dann … steht dort, wo sein Stuhl stand, der Putzwagen. Wischmopp, Eimer, Müllsack. Von drinnen das Geräusch eines Staubsaugers, mit dem die Reste meiner Hoffnung aufgesaugt werden.

So ist es also. So ist es gut. Kein zweiter Versuch für Fritz und Emmi. Ich atme tief durch. Gut, ich bin enttäuscht, aber auch erleichtert. Ich wärme keine alten Geschichten auf, sondern schlage ein neues Kapitel auf. Ob ich die große Liebe finde, das kann ich nicht beeinflussen. Ich kann jedoch beeinflussen, ob ich zuversichtlich bleibe. Ob ich optimistisch an die Zukunft herangehe. Und das werde ich tun.

Entschlossen stütze ich mich auf das Geländer und schaue aufs Meer. Aber anstatt auf glattes Holz trifft meine Hand auf etwas Hartes, etwas Kühles. Und dort auf dem Geländer von Fritz' Bungalow finde ich einen herzförmigen Kieselstein, ein perfektes kleines graues Herz aus Stein.

Wie kommt das denn hierher? Hat Fritz es etwa hinterlassen? Ist das eine Botschaft von ihm, dass er mich liebt? Und kann das verdammte Schicksal mir vielleicht einmal *eindeutige* Zeichen geben?

45

Die ganze Rückfahrt lang habe ich Zeit, mich mit dieser Frage zu beschäftigen und ihr sorgfältig und unter Beachtung aller wissenschaftlichen Techniken auf den Grund zu gehen. Bis Le Havre bin ich überzeugt, dass Fritz mir mit dem Stein sagen wollte, dass er sein Herz an mich verloren hat und mich immer lieben wird und dass er woanders auf mich wartet. Zwischen Rouen und Valenciennes entschließe ich mich, dass es doch ein eindeutiges Zeichen dafür war, dass er jetzt zu seiner Frau zurückgekehrt ist und es nur ein kleiner Abschiedsgruß für mich war. Dann fällt mir ein, dass ich ja nur *angenommen* habe, dass Fritz derjenige war, der das Herz dorthin gelegt hat. Einen Beweis dafür habe ich aber nicht. Und als wir durch Belgien durch sind, weiß ich schließlich, dass es gar nicht Fritz war, sondern dass der Herzstein der Glücksbringer einer der Putzfrauen war, die beim Arbeiten einen Talisman braucht. Oder so was in der Art. Ich meine, wenn das Schicksal mir so eine Kuddelmuddelnachricht schickt, also bitte, dann hat es wohl seine Gründe dafür.

Auf jeden Fall hake ich die ganze Sache ab und schlage mir Fritz endgültig aus dem Kopf. Ich werde mir einen neuen Mann suchen. Einen, der in meiner Studie nicht schon zwei

Kapitel belegt. Genau. Ein unbeschriebenes Blatt, auf das wir gemeinsam eine wunderschöne Liebesgeschichte schreiben können. Und deswegen überquere ich guter Dinge die Grenze nach Deutschland. Ich lasse alles hinter mir und fange ganz neu an!

Bei Aachen machen wir eine letzte kurze Pause. Jutta nutzt die Gelegenheit, mit ihren Stieftöchtern zu telefonieren. Eine ganze Weile schreitet sie mit dem Handy am Ohr über den Rastplatz. Als sie wieder zu uns kommt, liegt ein Lächeln auf ihrem Gesicht. Erleichtert berichtet sie, dass sie sie noch heute Abend besuchen gehen möchte.

»Das ist aber schön«, freut sich Lore.

»Marlies, was ist mit dir?«, fragt Jutta sanft. »Willst du nicht auch mal mit deiner Tochter sprechen?«

»Kerstin will doch ganz offensichtlich nichts mehr mit mir zu tun haben, da unten in Baden-Württemberg«, sagt Marlies pampig.

»Sie ist doch der Liebe wegen nach Freiburg gezogen«, widerspricht Jutta, »nicht, weil sie nichts mehr mit dir zu tun haben will.«

»Aber sie ruft nie an«, mault Marlies.

Jutta seufzt. »Wenn du ihr nicht jedes Mal Vorwürfe machen würdest, würde sie vielleicht öfter anrufen.«

»Mach ich doch gar nicht!«

»Bist du dir sicher?«

Da kommt Marlies ins Wanken. Und brummt schließlich: »Na gut. Vielleicht schon. Ein paar Mal. Aber es ist doch auch wirklich schlimm für mich! Nicht nur, dass sie so weit weg wohnt, sie wohnt auch noch mit der Familie ihres Mannes Tür an Tür!« Sie stemmt entrüstet die Hände in die Seiten.

»Äh …«, macht Lore. »Ich verstehe das nicht.«

»Na, ist doch klar: Kerstins Schwiegermutter hat ihren

Mann, und jetzt hat sie auch noch den Enkel. Und was habe ich?«, fragt Marlies beleidigt. »Was habe ich?«

Und da sagt Jutta: »Freiheit, Marlies. Du hast deine Freiheit. Du kannst gehen, wohin du willst. Du kannst deine Tochter und deinen Enkel besuchen, wann du willst. Du kannst nach Freiburg *umziehen*, wenn du möchtest.«

»Aber …«, widerspricht Marlies direkt, hält dann inne und denkt nach. Plötzlich grinst sie und stößt mich komplizenhaft in die Seite. »Stimmt, wir Singlefrauen haben es ganz schön gut, nicht? Wir können machen, was wir wollen!«

»Allerdings«, sage ich und muss lächeln angesichts ihres fast jugendlichen Übermuts.

Und dann kauft Marlies für alle Kakao mit Sahne – aus einem Automaten, ohne sich über Bakterienansammlungen in Milchbehältern und Schläuchen zu sorgen.

Anderthalb Stunden später sind wir wieder zu Hause. Obwohl wir nur eine knappe Woche weg waren, fühlt es sich für mich an wie eine halbe Ewigkeit. Ich kicke die Schuhe von mir, ignoriere das ungespülte Geschirr in der Küche, setze mich erst mal auf meinen Balkon und genieße die Ruhe. Die Sonne bricht durch die Wolken und schickt noch ein paar warme Strahlen in den Juliabend. Ich werde mir auf jeden Fall ein neues Hobby suchen, Gin hat es nicht wirklich gebracht, überlege ich gerade, als das Telefon klingelt. Vielleicht ist es Fritz, schießt es mir durch den Kopf. Aber es ist Marlies. Während ich ihr zuhöre, frage ich mich, was Fritz jetzt macht. Sitzt er mit der nobelpreisverdächtigen Yuna Mika Park beim Abendbrot und unterhält sich über molekulare Bildgebung? Oder ist er tatsächlich ausgebrochen und besteigt gerade einen Flieger nach Fidschi?

»Ich meine, wir Singlefrauen müssen doch zusammenhalten!

Und danach lade ich dich auch zum Essen ein«, beendet Marlies ihren Monolog.

Ich registriere erfreut, dass sie mich duzt»Äh … Okay«, erwidere ich, wobei ich wieder ins Grübeln verfalle, ob ich ihr sagen soll, dass ich mich nicht mehr zu den Singlefrauen zähle. Oder bin ich doch wieder eine, weil ich mich entschlossen habe, die Männersuche nicht aufzugeben? Du liebes bisschen, ich verwirre mich selbst wirklich genug.

»Gut, dann morgen um neun Uhr bei mir.« Sie nennt noch ihre Adresse, dann bin ich mit Marlies Helmschrodt verabredet. Hm. Ich hätte fragen sollen, was wir denn eigentlich vorhaben. Aber gut.

Wie sagt meine Freundin Kim immer: *You can't get lost without a destination.*

46

Um neun Uhr morgens steige ich also vor einem verklinkerten Bungalow im Rosenweg von meinem Rad. Ein protziges Namensemblem ziert den Türgriff. Marlies und Wilfried Helmschrodt, in Bronze vereint bis in alle Ewigkeit. Ich klingele, anderthalb Sekunden später reißt sie die Tür auf.

»Ah, da bist du ja«, sagt sie fröhlich. Ihre Erscheinung überrascht mich. Sie trägt praktische Twillhosen, einen weinroten Pullover und ein Haarband. Ein *Haarband.* Das ihre Frisur in Schach hält. Statt der üblichen acht Tonnen Haarspray. Ein paar Strähnen kräuseln sich auch schon verdächtig. Und dazu trägt sie *Gummihandschuhe*. Ich nehme mir vor, niemals wieder mit den Gedanken abzuschweifen, wenn mich jemand um einen Gefallen bittet. Das hier sieht nämlich verdächtig nach *Arbeit* aus. Und da sagt sie auch schon: »Toll, dass du da bist. Allein schaffe ich das einfach nicht.« Sie dreht sich um und geht ins Haus. »Wir fangen mit dem Keller an.« Auweia. Der Satz »Wir fangen mit dem Keller an« bedeutet nichts Gutes. Ich kann mir jedenfalls keinen Zusammenhang vorstellen, in dem man nach dieser Verkündung von Glücksgefühlen überströmt einen Hopser macht. Entweder man sucht im Keller verzweifelt nach dem Abiturzeugnis oder dem Waffeleisen und muss sich durch staubige Regale wühlen und Spinnenzweikämpfe ausfechten. Oder der Kriminalkommissar wähnt unter dem von Spinnweben überwucherten Betonfundament die Überreste eines furchtbaren Verbrechens. Oder … »Wir misten erst den hier aus«, kommandiert Marlies und reißt einen verspiegelten Schrank auf, der so groß ist, dass man ihn in London vermutlich als Appartement vermieten könnte. … oder man mistet ein Haus aus. Und fängt im Keller an. Der mir sagenhaft groß vorkommt. Und *voll*. Nicht nur der Schrank quillt über von Klamotten. »Ich habe nie was weggeschmissen.« Marlies seufzt entschuldigend mit Blick auf die überfüllten Wände und Ecken. »Ich wollte, dass einfach alles so bleibt, wie es ist. Wie dumm von mir.« Für einen Moment verliert sich ihr unternehmungslustiges Grinsen. »Ich war wirklich dumm.«

»Ach was«, sage ich tapfer. »Die Verzweiflung treibt einen schon mal dazu, seltsame Dinge zu tun.«

Mein Blick bleibt an einem Bücherregal hängen, das voll ist mit Büchern über Hygienevorschriften und Lebensmittelsicherheit und dem zerstörerischen Werk der Bakterien in achtundvierzig Bänden. Daneben stehen Kisten mit altem Kinderspielzeug, ein hölzerner Schlitten, zusammengerollte Teppiche, ein alter Plattenspieler und jede Menge anderer Plunder. »Das muss alles raus«, verkündet Marlies, jetzt wieder unternehmungslustig. »Ich habe absolut keine Verwendung mehr für die Sachen meines Exmannes und meiner längst in alle Winde verstreuten Kinder. Ich bin schließlich eine Singlefrau und schaffe Platz in meinem Leben.«

»Das ist toll«, sage ich, »aber ganz ehrlich, Marlies. Das kriegen wir auch zu zweit nicht hin. Kennst du nicht noch jemanden, der helfen könnte?«

Sie stutzt. Dann brummt sie: »Vielleicht. Ich weiß nur nicht, ob er Zeit hat. Mein Sohn ist ja immer so beschäftigt.« Sie sieht sich prüfend um, dann sagt sie: »Aber du hast recht. Ich probiere es.«

Als sie vom Telefonieren wiederkommt, bringt sie selbst gemachten Eistee mit. »Das einzig Positive ist, dass es sich um einen Bungalow handelt«, sage ich und nippe an dem Glas.

»Stimmt«, kichert Marlies. »Wenn wir noch Stockwerke und einen Speicher gehabt hätten, wären die bestimmt auch vollgestopft.«

Wir nehmen uns als Erstes den Schrank vor. Wilfrieds Strickpullover, Cordhosen und Tweed-Jacketts stopfen wir einfach in Säcke, untermalt von Marlies' Mantra. »Weg damit und weg damit und auch weg damit. Du meine Güte.« Sie zieht die Nase kraus angesichts eines eidottergelben Pullunders. »Und erst recht weg damit!«

Schnell sind drei Säcke voll. »So, dann meine alten Sachen«, nimmt sich Marlies vor und zieht ein bunt gemustertes Kleid raus, das vermutlich noch älter ist als ich. Sie hält inne. »Das hatte ich bei meiner Prüfung zur Fremdsprachensekretärin an. Ich weiß es, als wäre es gestern gewesen.« Sie schüttelt den Kopf und lässt das Kleid sinken. »Es ist doch Wahnsinn. Erst hat man noch alles vor sich, und einen Moment später hat man sein Leben schon gelebt. Dann ist es vorbei, vorüber, gelaufen.«

»Du bist doch noch jung genug!«, widerspreche ich. »Du kannst noch so viel machen!« Sie streicht gedankenverloren über die grün-weiß-orangefarbenen Karos. »Ich weiß noch, wo ich das Kleid gekauft habe. Ich habe mir vorgestellt, wie ich damit an der Seine entlanglaufe. Ich wollte nämlich in Paris leben. Aber dann habe ich Wilfried kennengelernt und es irgendwie … vergessen.« Sie seufzt und macht Anstalten, das Kleid in einen Beutel zu stopfen.

»Nein«, rufe ich. »Heb das auf!«

»Meinst du?«

»Natürlich. So eine schöne Erinnerung wirft man doch nicht weg.«

»Stimmt eigentlich.« Sie hält sich das Kleid an.

»Du könntest damit immer noch in Paris rumlaufen. Das ist Vintage und wieder modern.«

»Das passt mir doch nicht mehr!«, protestiert Marlies.

»Aber natürlisch, Madame! Sie ’aben doch die Figur einer Tänzerin …«, imitiere ich Antoine Carrasso lachend.

Plötzlich blitzt es in Marlies’ Augen, und sie macht ein paar Tanzschritte mit dem an sich gepressten Kleid. Dann hält sie inne, als ob sie sich selbst ertappt hätte. »Du meine Güte. Was ist nur in mich gefahren?«, murmelt sie und legt das Kleid über eine Stuhllehne.

»Ich bringe die schon mal zum Altkleidercontainer, okay?«, sage ich und deute auf die drei Säcke mit Wilfrieds abgelegter Kleidung.

»Natürlich«, sagt Marlies, die unschlüssig in ihren Kleiderschrank starrt. »Warte, ich gebe dir meinen Autoschlüssel.«

Mit Marlies’ Smart und einem Berg Klamotten düse ich also zu dem Container, der nur einen knappen Kilometer weit am Rand des Parkplatzes eines Supermarkts steht. Gerade hebe ich zwei Säcke aus dem Wagen, da ruft jemand meinen Namen.

»Hey, Emmi!« Es ist Birgit, meine Schulleiterin, die braun gebrannt mit einem Einkaufswagen über den Parkplatz eiert. Wir loben uns gegenseitig für unser erholtes Aussehen, versichern uns, dass wir froh sind, dass der Urlaub noch nicht vorbei ist, fragen nach den weiteren Plänen für die Ferien – und dann fällt ihr beim Verabschieden ein, dass am letzten Schultag jemand in der Schule für mich angerufen hat.

»Ach ja«, sage ich abwehrend, »Mia Lochners Mutter, die war unzufrieden wegen einer Note und wollte …«

»Nee«, unterbricht mich Birgit. »Das war ein Mann. Warte,

er hieß …« Sie massiert ihre Nasenwurzel, um ihr Gedächtnis anzuregen. »Er hieß Arnold. Nee, Arne! Arne hieß er. Dombrowski.«

»Arne Dombrowski?«, wiederhole ich überrascht.

»Yep. Der war's.«

»Wirklich? Der süße Automechaniker hat angerufen?«

Birgit lacht. »Keine Ahnung, ob er süß war. Er hatte deine Nummer nicht und wollte sichergehen, dass er dich erreichen kann.«

»Er hat in der Schule angerufen?«, frage ich noch mal, völlig verdattert wie jemand mit Neigung zum Unterbelichteten.

»Ja!« Birgit schmunzelt. »Es war sein einziger Anhaltspunkt, wie er sagte. Es war ihm auch etwas peinlich, aber er hatte keine Adresse von dir und war sich nicht sicher, ob du seine Nummer vielleicht verloren hättest. Er hat gesagt: Wenn sie mich nicht anruft, weil sie nicht will, dann akzeptiere ich das natürlich. Wenn sie allerdings nicht anruft, weil sie die Nummer nicht mehr hat, dann wäre das sehr schade.« Sie zieht ihr Handy aus der Tasche und scrollt durch ihre Anrufliste. »Warte, hier hab ich sie. Soll ich sie dir weiterleiten?«

»Ja, okay«, sage ich.

Arne der Automechaniker. An den hatte ich gar nicht mehr gedacht. Ich hatte ihm ein Kapitel in meiner Studie verpasst und ihn dann aus meinem Gedächtnis gestrichen.

Als Birgit sich verabschiedet hat, vergleiche ich Arnes Nummer mit der von meiner Anrufliste. Und tatsächlich – sie ist falsch! Ich habe eine Null und eine Neun verwechselt. Das kann nur eines bedeuten: Es war gar nicht Arnes Fehler, sondern meiner. *Ich* habe mir seine Nummer falsch aufgeschrieben. Wie konnte das passieren? Ich bin doch immer so gewissenhaft, wenn es um die Telefonnummern von eventuellen zukünftigen Ehemännern geht. Warum habe ich hier versagt? Weil ich da insgeheim schon nicht mehr an die Liebe geglaubt habe? Oder war es etwas anderes, das an diesem Tag den Stift gelenkt hat? War es vielleicht … dieses Luder namens Schicksal?

Und da ziehe ich fest die Luft ein und zähle zwei und siebenundzwanzig zusammen. Ich meine, was ist eigentlich passiert, nachdem ich unter Arnes Nummer keinen Anschluss bekommen habe? Ich habe den Glauben an die Liebe verloren. Ich habe meine Studie für beendet und Männer für eine Fehlentwicklung der Evolution erklärt und mich zur alleinigen Geschäftsführerin meines erfolgreichen Lebens ernannt. Ich habe meine Singlereise abgesagt! Genau! Wenn ich mir also *nicht* die falsche Nummer aufgeschrieben hätte, wäre ich auf einem Kreuzfahrtschiff umhergeschippert. Und weder auf Fritz Benders Hochzeit aufgetaucht noch mit Lore, Marlies, Jutta und Paula in die Normandie gefahren. Und dann wäre Fritz mir nicht hinterhergereist. Und dann wäre ich nicht bei Rolfs Trauerfeier am Omaha Beach gewesen. Und dann hätte ich gar nicht noch mal über alles nachgedacht. Und dann wäre all das nicht passiert. Und verdammte Hacke – ist das vielleicht nur ein großer Haufen Zufall oder vielleicht doch … vorherbestimmt?

Und in dem Moment weiß ich, dass es überhaupt gar keine Fragen gibt, auf die man niemals eine Antwort bekommt. Man kann sie sich nämlich einfach selbst beantworten. Nein, sogar noch besser! Man kann sich sogar selbst eine Antwort *aussuchen* – und zwar nicht nur eine, mit der man zurechtkommt, eine, mit der man leben kann, sondern einfach die beste, die man sich wünschen kann. Genau! Und meine Antwort ist: Das war kein Zufall. Das war Schicksal. Weil das Schicksal will, dass Fritz und ich zusammen sind. Und wenn das Schicksal das will, dann muss ich jetzt mitspielen. Ich steige ins Auto, rufe Marlies an, dass ich eben was erledigen muss, und fahre los. Dann bremse ich wieder abrupt, als mir ein kleines Detail auffällt.

Ich weiß gar nicht, wohin ich fahren muss.

Wo ist er?

Mist.

Mit zittrigen Fingern schicke ich ihm eine Nachricht. Wo bist du? Schließe die Augen, warte eine Ewigkeit (ungefähr achtunddreißig Sekunden), immer noch keine Antwort. Untätig rumsitzen kann ich nicht, also fahre ich kurz entschlossen los zur letzten mir bekannten Adresse in der Königstraße. Parke vor einer Einfahrt, springe raus und renne zu dem Haus, vor dem Kim und ich vor endlosen sechs Jahren dem Geheimnis von Fritz auf die Spur gekommen sind. Mit den Fingern fahre ich über die Klingelschilder. Doch Bender/Schultheiß sind verschwunden. Verdammt. Ich hatte gehofft, dass Merle mir vielleicht sagen könnte, wo er steckt.

Was nun? Das Krankenhaus fällt mir ein. Aber arbeitet er da überhaupt noch? Da ich keine andere Spur habe, nehme ich Kurs aufs Hospital. Bin dankbar für den Smart, der auch in die kleinste Parklücke passt, weshalb ich ihn quer vor einem adipösen Volvo abstelle. Ich hetze in die radiologische Abteilung. Na ja. Sagen wir mal so. Ich hetze *vor* die radiologische Abteilung. Denn die ist durch eine Schleuse abgeriegelt, durch die nur Fachpersonal und Patienten mit Backstage-Ausweis gehen dürfen. Links ist ein Empfangstresen, hinter dem eine resolute Dame Anmeldungen entgegennimmt. Ich steuere auf sie zu und grüße höflich. Jongliere in Gedanken mit verschiedenen Taktiken, wie ich sie zu einer Auskunft bewegen kann. Da ich ja weiß, dass sie hier eine restriktive Informationspolitik betreiben, muss ich zu einer Finte greifen.

»Guten Tag, Emmi Pfeiffer, ich habe bei Dr. Fritz Bender einen Termin zum Röntgen«, sage ich.

»Überweisung, Krankenkassenkarte«, fordert die Empfangsdame.

»Äh … reiche ich nach«, sage ich schnell, und bevor sie mich abweist, füge ich hinzu: »Es ist wirklich dringend. Ich muss ganz schnell zu ihm. Ich brauche unbedingt ein … äh … Röntgenbild.« Die Empfangsdame rückt ihre Brille zurecht und mustert mich misstrauisch. Kurz überlege ich, ob ich eine Schienbeinfraktur simulieren soll, dann platzt es schon aus mir heraus: »Wissen Sie, es steht sehr schlimm um mich.«

»Was fehlt Ihnen denn?«

»Ich … ich hab ein gebrochenes Herz.«

»Hm«, sagt die Empfangsdame, ohne eine Miene zu verziehen. »Das ist natürlich eine sehr ernst zu nehmende Erkrankung. Bei wem, sagten Sie, haben Sie einen Termin?«

»Dr. Fritz Bender.«

Sie seufzt. »Ich darf Ihnen das ja nicht sagen, deswegen sage ich es Ihnen auch nicht, aber *in diesem Fall* müssten Sie es *woanders* probieren.« Sie nickt mir aufmunternd zu, um zu sehen, ob ich kapiert habe, was sie meint.

»Wissen Sie denn zufällig, *wo* ich es probieren müsste?«, frage ich atemlos.

»Nein, tut mir leid. Der Nächste, bitte!«

»Danke«, sage ich.

»Viel Glück«, wünscht sie mir, dann mache ich Platz für den nächsten Patienten und stakse aus dem Krankenhaus.

Bleibt mir nur noch eine Adresse. Eine, die ich eigentlich nie wieder aufsuchen wollte: der Herrensitz, auf dem die Hochzeit stattgefunden hat. Zum Glück hat mir Marlies ihren Wagen geliehen, denn mit dem Rad wäre das jetzt eine ziemliche Tour gewesen. Ich muss ganz aus der Stadt raus in Richtung Vorgebirge. Die Adresse weiß ich nicht mehr, aber ich versuche, meine Erinnerung an die Fahrt mit Cousin Ulf und seinem Angebercabrio wiederzubeleben. Ich gurke durch Alfter, biege zweimal auf gut Glück ab und lande schließlich tatsächlich vor dem Anwesen, dessen eisernes Tor offen steht, als hätte man mich erwartet.

Ich beschließe, auf eine Anmeldung und anderen Anstandsfirlefanz zu verzichten, um das Risiko, schon vor den Toren abgewiesen zu werden, zu verringern, und fahre einfach über die gepflasterte Auffahrt bis vor den Eingang. Mein Herz fängt an zu bummern, als ich den Hochzeits-SUV sehe! Da steht er! Fritz ist hier! Das ist alles, was ich denken kann. Ich hüpfe aus dem Auto, gehe mit weit ausholenden Schritten zu der doppelflügeligen Tür mit den Schnitzereien, setze meinen Finger auf die Klingel und drücke entschlossen.

Dann erst setzt mein Verstand wieder ein und brüllt mich an. *Und wenn seine Frau aufmacht? Und Fritz seinen Arm um sie legt und dich feindselig anstarrt? Und sie die Polizei alarmieren, weil hier eine arme Irre vor der Tür steht? Oder sie die Hunde auf dich hetzen?*

Gut, ich habe nicht den kleinsten Pudel hier gesehen bei der Hochzeit, aber Leute mit so einem Haus haben doch gerne mal ein Rudel geifernder Dobermänner in irgendeinem Zwinger. Ich will mich gerade umdrehen und wegrennen, so schnell mich meine Beine tragen, da wird die Tür aufgerissen. Es ist weder Yuna Mika Park noch Fritz noch einer von den unzähligen Doktoren der Familie. Es ist eine Haushälterin in dunkelblauem Rollkragenpullover und grauem Rock. Ich vermute zumindest, dass es eine Angestellte ist, da sie einen Staubwedel in der Hand hält. Und ich kann mir nicht vorstellen, dass ein Familienmitglied der mit Doktortiteln übersäten Sippschaft selbst dem Schmutz in diesem Haus zu Leibe rückt.

Ich räuspere mich und krame meine besten Kenntnisse im Umgang mit Hauspersonal heraus. »Guten Tag. Ich habe eine dringende Nachricht für Dr. Fritz Bender«, sage ich und bemühe mich, möglichst offiziell zu klingen.

»In welcher Angelegenheit?«, näselt die Haushälterin.

Puh. Komm ihr jetzt nicht mit privaten Tändeleien oder schicksalsgesteuerten Anfragen. Das geht schief.

»Es geht um die Anschaffung eines magnetresonanzgesteuerten Lasertopografen«, fabuliere ich.

Ich hoffe wirklich, es ist eine Haushälterin. Falls sie auch mit allen akademischen Wassern gewaschen ist, schlägt sie mir meine Lüge jetzt so was um die Ohren. Aber sie bleibt ganz ruhig und sagt die verhängnisvollen Worte: »Moment, bitte. Ich hole die Frau Professor.«

»Nein«, rufe ich. »Nicht nötig. Ich wollte es Fritz persönlich sagen. Dr. Bender, meine ich natürlich.« Jetzt mustert mich die Haushälterin auf einmal doch skeptisch. Lässt in einem Sekundenbruchteil ihre Augen an mir hoch- und runtergleiten. Mist. Auf der Skala der seriösen Garderoben kommt ein Kleid mit Flamingos knapp vor dem Hawaiihemd. Auch die Haushälterin scheint an der Rechtmäßigkeit meines Erscheinens so ihre Zweifel zu haben, und ich beschließe, einfach alles auf eine Karte zu setzen. »Nun sagen Sie mir doch in Gottesnamen einfach, ob Fritz da ist.« Sie steht immer noch wie angewurzelt da und ringt mit den Möglichkeiten. »Sie brauchen auch gar nichts zu sagen«, feilsche ich. »Sie können einfach nur zwinkern, *wenn* er da ist.« Aber die Haushälterin lässt sich kein bisschen erweichen, sondern reißt die Augen auf und glotzt mich an.

Und in dem Moment geht eine Tür am Ende des langen Flures auf, und es erscheint Prof. Dr. Annegret Bender. Ihre Absätze knallen auf den Marmorboden, als wollte sie ihn bestrafen. Sie hat einen dermaßen schnellen Schritt drauf, als müsste sie fix irgendwo einen Luftröhrenschnitt anbringen. Sie sieht mich. Ihre Augen fixieren mich wie magnetresonanzgesteuerte Lasertopografen. Mein Reflex sagt: abhauen! Aber ich kann jetzt nicht kneifen. Ich werde ihr gegenübertreten und sie einfach nach Fritz fragen. Ich meine, was soll sie machen? Mir den Kopf abreißen? Okay, so wie sie auf mich zustiebt, würde ich es nicht ausschließen. Ich räuspere mich, um mit einer liebenswürdigen, aber bestimmten Ansprache die Informationen zu erlangen, wegen derer ich hergekommen bin.

Und da ruft sie einfach: »Sie! *Sie!!! SIIIIIEEEEE!!!!*«

Und knallt mir die Tür vor der Nase zu.

Hm.

Ein wenig ermutigender Anfang. Andererseits scheint sie zumindest zu wissen, wer ich bin.

Ich klingele wieder.

»Die Tür ist einfach zugefallen«, sage ich, als Prof. Dr. Annegret Bender erneut aufmacht und vor Entrüstung schnaubt, weil ich immer noch da stehe.

Die Haushälterin hat sich verdrückt und wischt, für zufälliges Mithören strategisch günstig, über eine protzige Standuhr am anderen Ende der Eingangshalle.

»Was wollen Sie?«, bellt Frau Professor.

»Ich …«

Und da geht die Tür hinten erneut auf, und im Flur erscheint die nobelpreisverdächtige Yuna Mika Park samt Gefolge. Da sind ihre Eltern und zwei anthrazitfarbene Männer in schneidigen Anzügen. Sie gleiten mit raumgreifenden Schritten auf den Ausgang zu, grimmigen Triumph auf ihren Gesichtern. Weswegen? Weil Fritz klein beigegeben hat und zurückgekehrt ist? Oder weil sie einen guten Deal bei Dr. Dr. Siegfried Bender herausgeschlagen haben, der die Portokasse geöffnet hat, um die Angelegenheit geschmeidig aus der Welt zu schaffen?

Egal wie, ich wappne mich innerlich. Mag sein, dass Yuna Mika Park nach Fritz' Verschwinden die Anwaltskarte gezogen hat, aber wenn Fritz sie wirklich *meinetwegen* verlassen haben sollte, dann wird sie spätestens dann ihre Fassung verlieren, wenn sie mir gegenübersteht. Sie rauscht auf mich zu, ihre Eltern und die beiden Anzüge hinterher. Ich trete beiseite, unfähig wegzurennen. Yuna Mika Park schaut mich an, als wäre ich eine Mikrobe und sie das Penicillin. Für einen Augenblick fürchte ich, dass sie mir an die Gurgel springt. Doch dann ist sie schon an mir vorbeigerauscht, nur ein eisiger Lufthauch streift meine Wangen. Vielleicht ist sie in Wirklichkeit ein Cyborg. Die Koreaner sind ja technisch ziemlich auf Zack, wie man so hört. Prof. Dr. Annegret Bender starrt der Delegation seltsam betreten hinterher, unschlüssig, ob sie noch einen Gruß senden soll.

»Na«, sage ich. »Die verstehen was vom großen Auftritt.« Fritz' Mutter erinnert sich an meine unerwünschte Anwesenheit, jedenfalls stiert sie mich wieder an, als ob sie mich zum Frühstück verspeisen wollte. »Können Sie mir denn sagen, wo Fritz ist?«, frage ich.

»NEEEEIN«, kreischt Fritz' Mutter und knallt erneut die Tür zu.

Okay. Ich hab es versucht. Ein weiteres Mal zu klingeln erscheint mir reizvoll, aber wenig aussichtsreich. Die anthrazitfarbene Delegation steigt in den Hochzeits-SUV und eine schwarze Mercedeslimousine und fährt vom Anwesen wie nach einem Staatsbesuch. Kurz gehe ich die Möglichkeiten durch. Verwerfe die Idee, dass sie Fritz im Turmzimmer gefangen halten, bis er wieder Vernunft angenommen hat. Vielleicht haben sie ihn in eine Klinik einliefern und für unzurechnungsfähig erklären lassen. Vielleicht ist er auch zu seinem Bruder Hannes gefahren, um eine Herde schwarzer Schafe zu gründen. Auf jeden Fall komme ich hier nicht weiter.

Ich fahre zurück zu Marlies, will mich gerade für mein spontanes Verdrücken entschuldigen und ihr wortreich die neuesten Entwicklungen auftischen, als sie stolz sagt: »Frank ist da! Er hilft mir!«

»Echt jetzt?«

Sie nickt. »Er war so überrascht, dass ich endlich ein neues Leben anfange, dass er sofort gekommen ist.«

»Das freut mich für dich«, sage ich. »Soll ich denn auch noch mit anpacken?«

»Danke«, sagt Marlies. »Aber du hast sicher Besseres zu tun.« Habe ich eigentlich nicht. Trotzdem steht mir nicht der Sinn danach, in der Vergangenheit anderer Menschen herumzuwühlen, schließlich habe ich gerade das Schicksal verpasst. »Ich lade dich trotzdem zum Essen ein!«, ruft sie mir noch hinterher, als ich mich auf mein Fahrrad schwinge.

Ich rolle die Straße hinunter. Die Sonne scheint, es ist ein wunderschöner Nachmittag im Juli. In den Straßencafés schlürfen die Menschen Eiskaffee und löffeln Himbeerbecher. Auf dem Marktplatz jagen Kinder in kurzen Hosen ein paar Tauben. Auf der Treppe zum Rathaus wird ein Brautpaar von einem Fotografen für die Ewigkeit abgelichtet. Der Hofgarten ist voller Kicker und Frisbeespieler.

Ich biege ab zum Rhein und lasse mir die frische Luft um die Nase wehen. Aus einem Impuls heraus fahre ich nicht am Langen Eugen rechts hoch, sondern steuere auf die Rheinaue zu. Lasse mich an Spaziergängern, Kleinkindern auf Laufrädern, Hunden und Inlineskatern vorbeitrudeln. Nehme mir vor, einmal um den kleinen See zu radeln und dann nach Hause zu fahren. Am Hang über dem See liegen die Leute auf Decken in der Sonne. Einige picknicken, andere lesen oder schauen einfach nur ins Blau des Himmels. So wie der Mann mit den dunklen kurzen Haaren auf dem bunten Sarong, der die Hände unter den Kopf gelegt hat und die Wolken auf ihrem Weg zum Horizont beobachtet. Der sich jetzt aufrichtet und umdreht, als hätte ihn jemand gerufen. Und der mich ansieht und lächelt.

Epilog

Ja, ich bin Emmi Pfeiffer, Expertin für Enttäuschungen. Und als solche kann ich mit meiner ganzen Autorität verkünden: Enttäuschungen sind noch lange kein Grund, nicht weiter an die Liebe zu glauben. Denn wie man sieht, kann sich alles von einem auf den anderen Tag ändern.

Fritz behauptet ja, es wäre gar nicht das Schicksal gewesen, das uns an diesem Tag in den Bonner Rheinauen zusammengeführt hat, sondern die moderne Telekommunikation. Schließlich hätte er mir eine Nachricht geschickt, dass er dort sei. Mein Argument, dass ich die Nachricht gar nicht *gesehen* hätte, weil mein blöder Akku mal wieder leer war, ließ er nicht gelten.

Ich wollte mich schon darüber aufregen, aber dann küsste er mich und sagte: »Schicksal bedeutet nicht, dass man alles auf dem Silbertablett serviert bekommt. Manchmal muss man auch ein bisschen nachhelfen.«

»Aber nachzuhelfen gehört doch auch mit zum Schicksal dazu«, beharrte ich. »Oder?«

Und da lachte er und sagte: »Wir haben uns doch gefunden, das ist alles, was zählt.« Und damit hatte er natürlich auch recht. Es spielt doch gar keine Rolle, ob was vorherbestimmt war oder nicht. Hauptsache, es ist gut ausgegangen!

»Deine Mutter kennt mich jedenfalls jetzt«, sagte ich zufrieden.

»O ja. Die kennt dich. Aber ich glaube nicht, dass wir zu Weihnachten eingeladen werden.«

»Ist nicht schlimm. Weihnachten sind wir doch sowieso woanders.« Denn wir haben uns ein altes Wohnmobil gekauft. Ich habe Mia Lochner und ihre Klassenkameradinnen und -kameraden noch bis in die vierte Klasse begleitet, Fritz hat im Krankenhaus gekündigt und Teilzeit in einer radiologischen Praxis gearbeitet, und jetzt haben wir tatsächlich ein Sabbatjahr eingelegt, um durch Europa zu gondeln. Heute Morgen sind wir zu dem einzigen festgelegten Ziel unserer Reise gestartet.

»Da vorne ist es«, sage ich zu Fritz, der den Bus die Rue du Castel hinauffährt. »Das ist Lores Haus.«

»Ach was«, sagt er schmunzelnd.

»Ach ja«, fällt mir ein, »du warst ja auch schon mal hier.«

Aber von innen kennt er das Haus noch nicht. Lore und Jutta begrüßen uns herzlich. Sie sehen beide so anders aus, wettergegerbt und erholt.

»Wie zwei normannische Fischerfrauen!« Jutta lacht und zeigt auf die Wachstuchjacken, die an der Garderobe hängen.

»Das kommt nur davon, dass sie mich immer rausscheucht, um spazieren zu gehen«, neckt Lore ihre Freundin.

»Ja, wenn es nach dir ginge, würden wir nur im Café sitzen und Leute angucken«, gibt Jutta zurück.

»Und Törtchen essen«, ergänzt Lore prustend.

»Natürlich!«

Den beiden geht es offenbar sehr gut in ihrem Dauerferiendomizil. Wie gut, dass Lore es behalten hat! Als wir im vergangenen Jahr nach Hause kamen, hat sie sich gleich mit dem Bekannten von Lars in Verbindung gesetzt, der dann die Polizei eingeschaltet hat. Zum Schein ist Lore auf das Kaufangebot eingegangen. Claus Rüdiger von Achtendonk wollte, dass sie ihm die Anzahlung von Antoine Carrasso auf ein Konto überwies, damit er die ganze Abwicklung regeln könnte, bevor die französischen Behörden darauf aufmerksam würden und Steuern verlangten. Er drängte auf Schnelligkeit, angeblich zählte jeder Tag.

Lore war zum Glück gut informiert, sie hat das natürlich nicht gemacht. Denn der Scheck von Carrasso war nicht gedeckt, und Lore hätte das Geld verloren. Wie sich herausstellte, hatte sich Claus Rüdiger von Achtendonk, der eigentlich Udo Klamm heißt, unter verschiedenen Identitäten auf Witwenbetrug spezialisiert. Und jetzt hat Lore ihm das Handwerk gelegt!

»Gut, dass ich erkannt habe, dass es sich um einen Betrüger handeln muss!«, rief Marlies stolz. »Wir Singlefrauen sind doch wirklich gewitzt!«

Jutta hat ein bisschen die Augen verdreht, ihr dann aber auf die Schulter geklopft und gesagt: »Gut gemacht.«

Nach dem Schreck hat Lore sich dann selbst in ihre finanziellen Angelegenheiten reingekniet und festgestellt, dass Herbert auch hier sehr sorgfältig vorgegangen war. Lore musste sich überhaupt keine Sorgen um Geld mehr machen. Und weil sie sich mit Jutta überlegt hat, dass es schön wäre, zumindest für einige Zeit im Jahr am Meer zu wohnen, hat sie das Haus behalten. Lore hat mir erzählt, dass sie das hauptsächlich für Jutta tut.

»Weil sie dort ihren Ort zum Trauern gefunden hat.«

Und Jutta hatte mir anvertraut: »Ich fahre Lore zuliebe mit nach Frankreich. Sie hat sich das immer so gewünscht, mal am Meer zu wohnen. Und allein würde sie das ja nicht machen.«

Ich ließ beide in dem Glauben. Marlies hat sich den beiden nicht angeschlossen, obwohl sie auch eingeladen war. »Ich muss hier zu Hause erst mal mein Leben neu sortieren«, hat sie gesagt, und nach der großen Aufräumaktion in ihrem Haus ist sie nach Freiburg gefahren, um sich mit ihrer Tochter zu versöhnen. Was geklappt hat, wie sie mir stolz berichtete. Sie kommt auch heute. Denn genau ein Jahr nach Herberts Tod sind wir alle hier in dem Ort verabredet, wo so viel passiert ist.

Marlies hat sich seit dem vergangenen Jahr sehr verändert, sie ist kaum wiederzuerkennen. Sie hat aufgehört, die Haare zu färben, sodass sie grau meliert herauswachsen. Es wirkt sehr lebhaft, denn sie glättet sie auch nicht mehr. Und mit ihren neuen farbenfrohen Kleidern sieht sie um Jahre jünger aus. Was aber vielleicht daran liegt, dass sie jemanden kennengelernt hat, wie sie uns mit leuchtenden Wangen verrät, als sie ankommt.

»Im Aquajoggingkurs«, erklärt sie lachend. »Noch ist es zu früh zu sagen, was daraus wird, er ist auf jeden Fall ein sehr feiner Mann!« Erst mal freut sie sich allerdings über ihr zweites Enkelkind. Sie zückt ihr Smartphone, und wir müssen uns gefühlte zweihundertvierundfünfzig Bilder von ihren Enkeln anschauen. »Oh, das hat mir Kerstin heute von dem Großen geschickt. Ist das nicht süß?« Schon präsentiert sie einen Dreikäsehoch auf der Schaukel.

Lore hat auch was für uns, das sie uns zeigen möchte – die Karte von Paula und Lars von ihrer Hochzeitsreise nach Italien. Die beiden haben tatsächlich vor einem halben Jahr geheiratet. Vorher schon hat Paula eine Therapie begonnen, um ihre Entscheidungsunfähigkeit zu überwinden. »Es klappt«, hat sie mir freudestrahlend erzählt. »Es geht mir schon viel besser.«

Und so ist es ein sehr schönes Wiedersehen in Port-en-Bessin-Huppain. Wir trinken Cidre von einem Hof aus der Nähe, die drei Freundinnen erzählen Anekdoten aus ihrer Jugend und von ihren Männern, über die kleinen Abenteuer, die sie im vergangenen Jahr erlebt haben, und über ihre Pläne für die Zukunft, die sicher noch einige Überraschungen bereithält.

»Du kannst dir nicht aussuchen, was dir im Leben passiert …« Lore seufzt mit einem Blick auf das Foto von Herbert und ihr.

»Aber du kannst dir aussuchen, wie du damit umgehst«, fügt Jutta hinzu.

»Darauf trinken wir«, ruft Marlies begeistert. Unter dem Tisch drücke ich Fritz' Hand.

Egal, was noch kommt, ich werde das Beste draus machen.

Manchmal kannste nix machen außer weiter

Petra Hülsmann
WENN'S EINFACH WÄR,
WÜRD'S JEDER MACHEN
Roman
576 Seiten
ISBN 978-3-404-17690-8

Damit hatte die beliebte Musiklehrerin Annika nicht gerechnet: Aus heiterem Himmel wird sie von ihrer Traumschule im Hamburger Elbvorort an eine Albtraumschule im absoluten Problembezirk versetzt. Nicht nur, dass die Schüler dort mehr an YouTube als an Hausaufgaben interessiert sind - die Musical-AG, die Annika gründet, stellt sich auch noch als völlig talentfrei heraus. Aber wenn's einfach wär, würd's schließlich jeder machen. Annika gibt nicht auf und wendet sich hilfesuchend an Tristan, ihre erste große Liebe und inzwischen Regisseur. Von nun an spielt sich das Theater jedoch mehr vor als auf der Bühne ab, und das Chaos geht erst richtig los.

Bastei Lübbe